剧本写作元素练习方法

（修订版）

吕永华　周倩雯　吴丽娜　著

（排名不分先后）

中国戏剧出版社

CHINA THEATRE PRESS

图书在版编目（CIP）数据

剧本写作元素练习方法 / 吕永华，周倩雯，吴丽娜
著. -- 2版（修订本）. -- 北京 ：中国戏剧出版社，
2019.4（2025.3重印）
ISBN 978-7-104-04774-2

Ⅰ. ①剧… Ⅱ. ①吕… ②周… ③吴… Ⅲ. ①剧本—
创作方法 Ⅳ. ①I053

中国版本图书馆CIP数据核字(2019)第056809号

剧本写作元素练习方法（修订版）

责任编辑：齐　钰
策划编辑：高　峰
责任印制：冯志强

出版发行：中国戏剧出版社
出 版 人：樊国宾
社　　址：北京市西城区天宁寺前街 2 号国家音乐产业基地 L 座
邮　　编：100055
网　　址：www.theatrebook.cn
电　　话：010-63385980（总编室）010-63381560（发行部）
传　　真：010-63381560

读者服务：010-63381560
邮购地址：北京市西城区天宁寺前街 2 号国家音乐产业基地 L 座

印　　刷：北京鑫益晖印刷有限公司
开　　本：787mm×1092mm　1/16
印　　张：18.5
字　　数：320千字
版　　次：2019年4月　北京第2版第1次印刷
2025年3月　北京第2版第5次印刷
书　　号：ISBN 978-7-104-04774-2
定　　价：88.00元

目 录 CONTENTS

注：第一、四章作者吴丽娜　　第二章作者吕永华
第三章作者周倩雯

一、编剧的素养

美国认知和教育学家、哈佛大学“零计划”主持人戴维·N.帕金斯曾就创造性人格做过有趣的讨论。在总结其他心理学家所做的人格测试的基础上，他描述了创造性人格的基本特征，并对作家、画家、建筑家之间的人格差异进行了有效的比对。他发现一些重复出现的人格特质与创造性密切相关：“一个人如果不能以非同寻常的方式观察事物，接受某些新思想或体现出判断的独立性，他就不可能是一个创造性的人。……当然，其他一些较少逻辑必然性的人格特质，在创造性的努力中看来也具有明显的积极作用。高度的敏感性、对歧义的宽容，以及对复杂性的重视，所有这些都对创造过程有直接的贡献。”而在不同的职业领域，创造性人格呈现出不容忽视的差异，例如：美术专业的男性艺术家被称为“绅士海盗”，是因为他们既对细微差别表现出有教养的敏感，间或又会显得暴躁或闪现出愤怒。美术专业的女性艺术家则“较少夸饰，但更朴实更富于内省的想象力”。而创造性的作家虽“在人格量表的精神病理学项目上得分甚高”，但与此同时，“一种与之相抵消的心理因素也存在”。较之男性画家时常的情绪波动，“有较高创造性的作家在这方面却得分较高。”①

讨论适合成为编剧的人需具备哪些潜质是必要的。这就像霍格沃茨魔法学校那顶神奇的帽子，它被用在新生入学的分院仪式上，意义在于让人发现自己的本性归属。对此，戴维·N.帕金斯的研究从人格特质理论研究层面提

① ［美］阿恩海姆等著.周宪译.艺术的心理世界［M］.北京：中国人民大学，2003：248-251.

供了有益的经验。此外，文艺领域在论及创作规律时，反复提到编剧的创造性人格包含以下几个方面。

1. 建立秩序的能力

秩序的重要性，正如法国存在主义哲学家、剧作家让—保尔·萨特所说："如果我确定要在画布上或在写作中描写旷野的某个方面，或是描绘大海，或是描绘我所发现的某人脸上的神情，我知道自己是通过凝练各种关系，引进本不存在的秩序，以统一的思想，控制五花八门的事物，这才把它们创作出来的。"①

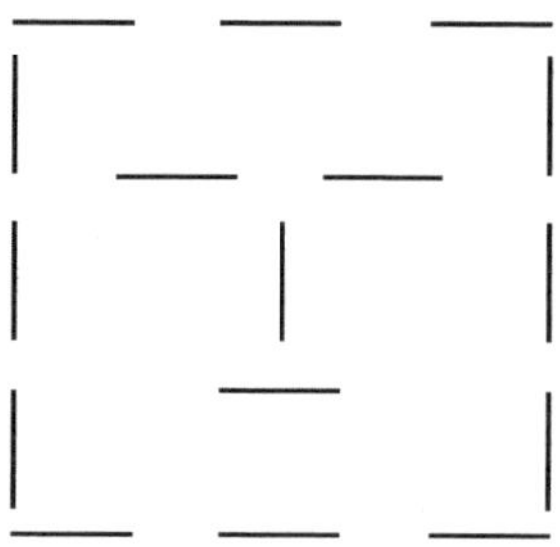

一盘散沙是无所谓秩序的，秩序总是意味着某种结构。而结构的首要特征就是系统性，即"结构大于要素的总和"。例如，右图是一个由 16 根火柴组成的图形，但它的意义不是"16 根"火柴，而是"人脸"图形。"这个意义是图形要素的总和不能表示的，只是由于要素的结构，才有这样的意义。""不仅如此，结构还先于要素。只是由于结构，要素才获得其意义、功能、性质，才成为某一系统中的要素。每一要素的突然变化会破坏平衡，因此，结构总要把它排斥在外，不服从结构的要素不成其为要素。"②

编剧的工作是用文字来描绘人的命运。命运即人生的结构，它包含了因与果的必然。所以，编剧不需要拉拉杂杂把人物所有的生活瞬间都写进剧本里来，只需要依据剧本篇幅，围绕人物的定位（即人物一生或在剧情时间内主要体现了什么样的因果），来选取相应数量的事件。

故事秩序凝结着编剧对生活世界运行规则的理解和体悟。例如，日本动

① 伍蠡甫．现代西方文论选［M］．上海：上海译文出版社，1983：192.

② 赵敦华．现代西方哲学新编［M］．北京：北京大学出版社，2001：235-236.

漫《钢之炼金术师 Fullmetal Alchemist》中，以“等价交换”作为这个故事世界的运行法则，并以此来隐喻其中所有人物的命运。等价交换是指没有牺牲就没有获得，要得到某种东西，就必须付出与之相等的代价。人生的选择无不遵循着等价交换的原则。在剧集中，爱德华要想安装机械铠，就需向皮纳可祖孙俩支付相当的金钱。阿尔冯斯为了修补断了手的铠甲，就需从铠甲上提取定量的金属去炼成一只新的手，代价不够的话还要以自己身体的一部分或者某些记忆来填补空缺。艾尔利克兄弟要想进行人体炼成使妈妈复活，即便失败了，艾尔利克兄弟也不得不分别支付自己身体的一部分或者全部作为“通行费”。爱德华为了救回弟弟，以自己的右臂为代价将弟弟的灵魂固着在盔甲上。罗伊·穆斯唐想要从巴鲁德的手里解救哈罗克将军，就需以关在第八监狱的解放战线领导人作为交换。而要想翻阅国家管理的重要文件，使用国家预算自由地进行研究，并得到能使炼金术师能力增强的银怀表，就必须成为国家炼金术师，这意味着一旦战争爆发他们就会被征用，只要上面有命令，就必须使用炼金术去夺取人的性命，变成军属人形兵器。等价交换原则，体现了权利与义务互为表里的关系，权利主体必须负担与之相应的义务。“贤者之石”的存在貌似是跳脱等价交换原则的一个例外，因为它似乎能够不要求代价地“予苦难以欢喜，予战斗以胜利，予死者以再生”，但实际上，这不过是一个假象，因为“贤者之石”的炼制过程本身就遵循着等价交换的原则，整个地下之城做了“贤者之石”的炼成阵，而全体居民则成了等价交换所需的物质原料。只是由于这个代价实在太过骇人听闻，炼制者不得不以这座城市以及城中所有居民的突然消失来做掩饰。

由伊萨克·阿西莫夫、杰夫·威塔等编剧的电影《机械公敌》开篇，直截了当地提出了维持这个故事运行的秩序，即“三大定律”：

第一定律：a robot may not injure a human being or，through inaction，allow a human being to come to harm. 一个机器人不能伤害人类或者允许人类遭受伤害。

第二定律：a robot must obey orders given it by human beings except where such orders would conflict with the first law. 一个机器人必须遵守人类的命令，除非这些命令与第一定律有冲突。

第三定律：a robot must protect its own existence as long as such protection does not conflict with the first or second law. 一个机器人必须保护自己的生存只要这种保护与第一定律、第二定律不矛盾。

剧中，在2035年的美国，总部位于芝加哥的USR公司开发出机器人产品渗透到了人类生活的方方面面：从保姆、厨师、快递、遛狗到管理家庭收支。在三大定律的制约下，机器人几乎无所不能地改善了人们的生活。但是，这幅人与机器人和谐相处的美好画面被一桩疑似谋杀案打破了，机器人研究中心的总工程师阿尔弗莱德·蓝宁博士从总部办公室坠楼身亡。警探戴尔·史普纳调查发现，将博士推下楼的正是他亲手研制出来的新型NS-5机器人。这貌似违背了三大定律，但随着调查的深入，戴尔·史普纳发现了一个令人震惊的事实：正是蓝宁博士本人的授命，NS-5才将他推下楼。NS-5并没有违背三大定律，因为蓝宁博士自杀是为了引起警方的注意，从而暴露大楼中实际的操纵者机器主脑薇娜的阴谋。从出发点来看，NS-5此举不是为了杀掉博士，而是为了拯救更多的人类。更奇妙的是，三大定律的强制性就连大反派薇娜也并没有违背。它之所以操纵机器人管制人类，限制人类的自由，恰恰是因为看到人类的自我管理并不完善，总是制造出这样那样的悲剧，它正是出于使人类得到保护的立场才做出那样残酷的事情。

上面两个例子都是存在于幻想故事中的秩序，以日常生活为题材的故事也有其秩序。例如《樱桃小丸子》中有一集讲小丸子和姐姐因为争夺一本笔记本吵架了，小丸子一怒之下在姐姐崭新的笔记本上画了乌龟，还写下骂人的话。后来，姐妹俩和好如初，姐姐为了表示诚意，把笔记本转赠给小丸子。结果，小丸子看到自己写上去的那些话，不知道是该生气还是该高兴。在这一集中，故事的秩序可以说是“自作自受”，或者“搬起石头砸自己的脚”。这也是因果的一种显现。

故事秩序除了表现为人物命运中过去—现在—未来的因果相承，还会在编剧方法上有所体现。例如，叙事结构中开端—发展—高潮—结局的递进关系，看似闲笔、与情节主干毫无瓜葛的事件或细节恰恰对主干形成了一种潜藏的隐喻关系，等等。对编剧而言，建立秩序的能力不仅意味着对人生经验的总结，也是一种剧作结构编排的能力。

2. 观察日常生活

“艺术源于生活”是一句朴素的真理，却因其朴素而容易被人忽视。有一种常见的观念：生活平淡庸常，所以人们需要惊险刺激的故事。在舞台和银幕上，我们最常看到、赚取最多票房的，往往是那些糅合着危机、阴谋、死亡、拯救等传奇元素的人生，这无可厚非。但是，我们还需要看到有更多的此类剧作惨遭失败，沦为惊险的俗套。

并非所有优秀剧作都要借助传奇元素，因为“在生活里人们并不是每时每刻都在开枪自杀，悬梁自尽，谈情说爱。他们也不是每时每刻都在说聪明话。他们做得更多的倒是吃，喝，勾引女人，说蠢话。必须把这些表现在舞台上才对。必须写出这样的剧本来！在那里人的来来去去，吃饭，谈天气，打牌……不过这倒不是因为作家需要这样写，而是因为在现实生活里本来就是这样。”[①] 而且，没有传奇元素不等于平庸，日常生活本身就包含着丰富的戏剧性。短篇小说家莫泊桑在《小步舞》中写道：“大自然和人类的那些残酷的暴行，使我们发出恐惧或者愤怒的叫喊，但是决不会刺痛我们的内心，决不会像看到有些令人难受的小事情那样使我们背上起一阵寒战。”[②] 剧作家契诃夫也说：“在舞台上得让一切事情像生活里那样复杂，同时又那样简单。人们吃饭，仅仅吃饭，可是在这时候他们的幸福形成了，或者他们的生活毁掉了。”[③]

阿巴斯·基亚罗斯塔米早年曾拍过一个 10 分钟的小短片《面包与小巷》：在一个小巷子里，小男孩一路走一路踢着一个压瘪的盒子，突然一条狗冲他狂叫起来，小男孩吓得连忙躲开。他不敢一个人走。随后，巷子里陆续过来一些人，可他们要么赶着骡子，要么骑着自行车，跑得太快。终于来了一个步行的老人，小男孩赶忙跟在他身后走进巷子，可没多久，老人拐到另一个巷子口，小男孩犹豫片刻，只好独自穿过大狗把守的巷子。大狗追上来，小

---

① 宇清，信德．外国名作家谈写作［M］．北京：北京出版社，1980：240.

② ［法］莫泊桑．郝运译．莫泊桑中短篇小说选·上册［M］．北京：人民文学出版社，1981：254.

③ 宇清，信德．外国名作家谈写作［M］．北京：北京出版社，1980：258.

男孩扔了一块吃食，大狗有滋有味地吃起来。小男孩继续走，大狗摇晃着尾巴不紧不慢地跟着。小男孩到家了，大狗被关在门外。这时，巷子里又过来一个端碗的小男孩，等他走近，大狗又冲他咆哮起来。

这个故事非常生活化，淡而有味，仅仅是一个压瘪的盒子、一条路边的大狗就让小男孩从游戏的快乐转瞬之间过渡到夺命狂奔的惊悚感，还有小男孩在等待路人时的焦灼，跟在老人身后的坦然，老人拐进别的巷子口后的惴惴不安，决定独自过巷子时的孤注一掷，被狗追咬时的张皇失措，投掷吃食时的急中生智，安抚大狗后的庆幸与镇定……短短 10 分钟能够展示出如此丰富、清晰又合乎生活逻辑的心理层次，又怎能说日常生活中没有戏剧性呢？

即便在一个成功的科幻故事中，也包含了大量的日常生活素材。吕克·贝松等编剧的《第五元素》将故事背景设定在 2259 年的纽约，人口密度比现在翻了数倍，人们住在参天高楼的狭小公寓里，出行坐飞行出租车，外卖店老板开着飞行船游走在各个楼宇之间，人们最向往的娱乐是乘坐极速宇宙飞船到失乐园游玩……但是，这些科幻外衣包裹之下的，仍然是在任何年代都有可能发生的生活片段：满腹埋怨的妈妈觉得儿子疏远了她，缠着儿子带她出去玩；好心的外卖店老板用一顿免费的午餐来安抚因失业充满烦恼的食客；一个离婚男人仍然保留着与前妻的合影；爱飙车的出租车司机驾照积分几乎全部扣光……

在故事中还原生活，有时比纯粹的虚构更难。因为即便是生活中的一个瞬间，也是包罗万象的。编剧很容易在还原中将这个瞬间本有的某个方面漏失了，从而令还原后的生活质感大打折扣。美国实用主义哲学家约翰·杜威曾说，论述艺术哲学的人有一项重要的任务，“这项任务旨在恢复经验的高度集中与经过提炼加工的形式——艺术品——与被公认为组成经验的日常事件、活动和痛苦经历之间的延续关系”。① 因为在他看来，“现有理论的缺陷，都是导源于把艺术割裂的做法，或者说都是从这样一种艺术观念出发的：一味地使艺术‘超脱’，不再同具体经验中的事物相联系。然而，与超脱论相反的理论，却并不是使艺术品水准下降或者庸俗物质化，而是另外一种观念：它指示艺

① 伍蠡甫．现代西方文论选［M］．上海：上海译文出版社，1983：217.

术品如何把人人所知的经验中的美好东西加以理想化。如果大家都认为艺术品与人的经验有直接联系，那么艺术品就会具有巨大的感染力量，这是艺术分类说盛行时期所远远不可及的。"[①]将创作灵感的种子种在生活的土壤里，将艺术与生活经验相联系，是杜威对理论家的忠告，对编剧也同样适用。所以，老老实实地观察生活、记录生活，是一项基本的编剧练习。

对编剧来说，在人群中生活是非常重要的。只有和形形色色的人交往，观察他们、熟悉他们，才可能在剧作中把人物写得活泼生动。契诃夫甚至说，剧本不需要编造什么，只要把生活场景忠实地记录下来就可以了。有的戏的确是编剧本人生活的写真，例如美国剧作家田纳西·威廉斯生长在美国南方，他的父亲是一个脾气暴躁的推销员，母亲是一个端庄秀丽的南方闺秀，父母之间感情不和，姐姐患有神经分裂症。他在经济大萧条时期被迫辍学，做过各种职业，比如侍者、电梯工人、打字员等。在人生低谷期，他常常混迹于下层酒吧间，与一些孤独、绝望的社会下层人士为伍。所以，在他的剧作中主人公常常是那些打着美国南方经济大萧条时期烙印的"高雅的梦幻者、不合时宜者、逃亡者和被社会遗弃者"[②]在《玻璃动物园》一剧中的阿曼达、汤姆、罗丝身上，很明显地镂刻着田纳西·威廉斯家庭生活的影子。

观察生活需要从对生活的物质性、功利性的考虑中跳脱出来，以超然、童真、客观、冷静的心态来感知生活表象，体会其中的趣味，即以审美的态度来看待生活。这样，一个被虫蛀的苹果不再面目可憎，而成了虫子理想的蜗居；一对怨偶的争吵也可能变得富有机趣和幽默感；而"巨大的灰色巴比伦在表面上很容易就成为一座长满大量能说明问题的植物的花园"。[③]

审美态度与实用态度之间的不同之处，还体现为对过程而非结果的重视。英籍美裔小说家、文艺理论家亨利·詹姆斯提出："在生活的最直接的领域里，对于行动，对于应用，对于完成一项任务而言，最重要的是让悬挂的重物砸下来并落在这一点上、那一点上或其他某一点上，而它主观上所产生的伴随

① 伍蠡甫．现代西方文论选［M］．上海：上海译文出版社，1983：222.

② 左宜．跋［A］．见：［美］田纳西·威廉斯．东秀等译．外国当代剧作选［3］．北京：中国戏剧出版社，1992：555-557.

③ 伍蠡甫．现代西方文论选［M］．上海：上海译文出版社，1983：101.

物倒是十分次要而无意义的。但是描绘者要做的事不属于生活的直接行动方面，而属于生活的思考反省方面，也就是说不是供应用的领域，而是供欣赏领会的领域，——这一实际情况就使我们检验效果的尺度完全不同了。我对人们生活经历的报道——我作为一个‘讲故事人’的报道——从根本上来说不过是我对它的欣赏与领会而已，我对我的男女主人公或别的人物做的事，只有通过欣赏与领会这一有价值的过程才会感到‘兴趣’。”① 这与常用的剧作叙事方法不谋而合。在一部剧作的开端，编剧会为主人公设置一个终极目标或者明确他的需求，但是这个目标或需求直到剧作的结尾才能达成或者落空。而中间漫长的过程，就用来展示主人公为了这个目标或需求如何克服重重障碍。过程的展示是剧作的主体部分，而不会像百米赛跑那样迅速冲向终点。

审美态度还意味着从多个角度来观察生活。相较于诗歌、散文等其他文学作者，这一点对编剧尤为重要。英国戏剧家马丁·艾思林说道：“一个剧作家对于他所描绘的情况及其中的人物想象得越充分，他的剧本也就越接近这个复杂的、充满矛盾的现实世界。”② 在一部优秀剧作中，作者个人的好恶常常是隐匿不见的。编剧就像一只“心灵虫”，时而附身于一个爱抱怨的剧中人，仅仅因为虚假的天气预报而大发雷霆；时而附身于一个乐观主义者，就连在车祸中失去了一条腿也要感谢上天让自己保住了性命。从多个角度观察生活，就是学会体验不同人物的内心世界，以及同一个人物的不同心态。以客观公正的态度来看待人和事物，对自己喜爱的人物能明白他的可笑之处，对自己厌恶的人物能看到他的可敬之处，不拘泥于一端，给所有人物同等的发言权。“一个卓越的戏剧家在写剧本时，必须从心灵深处体验他的每个角色的全部感情，尽管他对他们多么厌恶（莎士比亚的理查三世就是证明）。”③ “一个剧作家，在想象他的角色及其对话时，如果他真有本领，就必须深入到每个角色的情感、反应和个人的说话方式中去。”④

这样，编剧才能为每个剧中人的行动找到合理的根据，发现他们的潜在

① 伍蠡甫．现代西方文论选［M］．上海：上海译文出版社，1983：102.
② ［英］马丁·艾思林．罗婉华译．戏剧剖析［M］．北京：中国戏剧出版社，1981：95.
③ 同上：93.
④ 同上：102.

动机，人物之间的交往互动才显得真实可信。从这个意义上说，编剧的视野应该是高于剧中人和他的观众的，他拥有更多的观察角度，因而能够同时在不一样的人生中穿梭自如。“在多数小说里，读者好比说是被人带领而行，作者就是我们的向导。在戏剧里，就编剧而论，我们必须独自旅行。在小说里，作者讲解、叙述、分析，并且对环境和人物加以个人的评论。我们甚至期望小说家在作品中自己露面。但是伟大的戏剧家如莎士比亚和莫里哀，在作品中就特别不表现自己。只有比较拙劣的戏剧家如屈莱顿、琼生、查普曼才用人物做传声筒来表现他们自己的个性。既然现在独白和旁白差不多都不用了，戏剧家同小说家一比乍看上去似乎在他的表现上大受限制。他决不能把讲解、叙述、分析和个人评论作为他自己的东西来运用。他只是在比较少有的情况下，即当这些东西与说话的人相适应的时候才加以运用。他的主要依靠是符合剧中真实的也许是虚构的人物的、具有解说性的动作。当然，这样一种重大的区别必然对他的艺术技巧产生影响。所以，小说可能是，并且往往是高度的个人的；最好的戏剧是非个人的。”① 在《戏剧剖析》中，马丁·艾思林以一个反对死刑的剧本为例来说明这一点：一个人因为遭到敲诈勒索在盛怒之下杀死了敲诈者。剧作家会极力刻画这个犯人在审判时和审判后的痛苦，来引起公众对犯人的同情。于是，那些死刑拥护者就会变成借死刑来报复的坏蛋。但这样一来，这些坏蛋就会显得苍白虚假。所以，剧作家必定要写出宣判死刑的法官内心也同样痛苦，他定会把案件中对立的双方写得同样多、同样公正。② 在德国剧作家布莱希特的《伽利略传》里，将“罗马天主教会关于禁止自由科学研究一案（这一提案是布莱希特所憎恶并且全力抵制的）阐述得极为有力，充满了机智和说服力。这不过是因为：如果不这样写，自由科学研究案，就会显得不像它实际上那样的明智和令人信服，它的力量就会被削弱。当布莱希特去世前不久在东德排演这出戏时，他如此热心地说服他的演员以十足的信心去表达教会的观点，以致他自己突然停下来微笑着说：‘我好像是这个国家里唯一为教皇争辩的一个人了。’”③ 古希腊剧作家索福克勒斯的

---

① ［英］马丁·艾思林．罗婉华译．戏剧剖析［M］．北京：中国戏剧出版社，1981：6-7.

② 同上：93.

③ ［英］马丁·艾思林．罗婉华译．戏剧剖析［M］．北京：中国戏剧出版社，1981：96.

名作《安提戈涅》也是如此，剧中对立的双方安提戈涅与克瑞翁在如何处置波吕涅克斯的尸体这件事上，各执一词，无论是主张入土为安还是曝尸荒野，都有其合理性。所以，编剧在考虑问题时，往往是立体思维，能够同时观照到不同甚至对立的方面，这样才能跳出惯性思维，对原本熟悉的事物做重新地发现。

在观察生活的练习中，需锻炼选择的眼光。那些富有趣味的、触动心灵的、不同寻常的，或是寻常之中蕴含深意的生活片段，才是戏剧性的片段。编剧的任务只是将它的戏剧性以更加集中的方式展示出来而已。

此外，观察生活还能有效地避免细节错误。俄国剧作家契诃夫曾经说到这样一个作家："他是描写大自然的美丽的专家，他写道：'她贪婪地闻着鹅掌草的醉人的香气。'可是鹅掌草根本没有气味。不能说芬芳的紫丁香花束和野蔷薇的粉红色花朵并排怒放，也不能说夜莺在清香的、开着花的菩提树的枝头上啼鸣——这不真实；野蔷薇开花比紫丁香迟，夜莺在菩提树开花以前就不叫了。我们的作家的本分就在于观察一切，注意一切。"①

观察生活，主要是对人与社会的观察。回到朴素平凡的日常经验中去，换一种审美的眼光来重新看待生活，不仅是写作的准备，也是它的意义所在。毕竟，想写出令人愉悦的作品，编剧自身先要能体会生活的趣味。观察生活，这是编剧日常的功课。

3. 对歧义的宽容

我们常说，写作练习要避免概念化、公式化。什么是概念化、公式化呢？这就好比抱着解剖麻雀的知识去解剖青蛙，或者以经典力学的储备去研究微观世界，归根到底，这是不尊重对象本身，以一种先在的观念来解释对象的做法。这样无异于削足适履，将对象本身不符合先在观念的那些部分删除了，使之从一个驳杂斑斓的自在之物变得纯粹然而单调。正如电影大师布努艾尔

① 宇清，信德．外国名作家谈写作［M］．北京：北京出版社，1980：242.

所说："如果作品过于一目了然，它对于我来说就没有多大存在价值。"[①] 因为"戏剧（这里指广义的戏剧，包括舞台剧、电影等，编者注）的形象是多面的，戏剧的意义是充满矛盾的，正如它所反映的世界一样。这就是戏剧的主要力量，这就是戏剧作为一种表现方式的特色，这就是戏剧的伟大之处。"[②]

剧作练习要从概念化、公式化的泥沼中走出来，就必须回到模仿对象生活本身，以观察生活为起点，并将观察生活沉淀为一种如同饮食起居的日常习惯，成为"第二天性"[③]。唯有如此，我们才可能发现我们"早先没看见过、没留意到的东西：生活的反常，生活的矛盾……"[④] 生活本身并不清澈，它就像一个物种丰富的池塘，充满着歧义和混杂性。这种歧义和混杂性，不仅体现为个体的差异，还由个体内在的矛盾来展示。例如，人物的行为动机可能同时含有利己和利他的成分；道德高尚的人物未必有进步的信仰；人物向一个目标进发，却到达了另一个目的地；同一个请求用不同方式来表达，效果截然不同；一个约定本身就包含了否定自身的因素等等。世界是圆的，这可以看作是对生活的比喻。

翻开人物传记，我们常常看到自相矛盾却又不乏整体协调性的人物。例如，俄国沙皇彼得大帝"精力充沛，工作勤奋，但又沉湎于放荡不羁的生活之中"。"在日常生活中，彼得显得既吝啬又挥霍无度。他常常因为给情妇的报酬过少而招来破口大骂，但是作为君王，他在有些场合又显得十分慷慨大方，气派豪华"。作为一个具有高度集权思想的君主，他同时又极为重视集体智慧，他曾说："国王造就不出伟大的大臣，群臣才能造就出伟大的国王"[⑤]。不仅人物，其实很多事件本身也是多维的，很难说有一个绝对的真相。由芥川龙之介、黑泽明等编剧的《罗生门》便讲述了这样一个故事。

生活的伸缩空间是无尽的。编剧无须兼任生活的评论家，他的职责只是尽量客观地展示生活的本来面貌。这对编剧内在的协调性提出了较高的要求，

① 何太宰．现代艺术札记［M］．北京：外国文学出版社，2001：290.

② ［英］马丁·艾思林．罗婉华译．戏剧剖析［M］．北京：中国戏剧出版社，1981：113.

③ 宇清，信德．外国名作家谈写作［M］．北京：北京出版社，1980：254.

④ 同上：237.

⑤ 亚伯拉罕．历史博弈中的潜规则［M］．昆明：云南人民出版社，2004：250-251.

他需有能力在自相矛盾的世界中处之泰然，既看到生活的歧义和混杂性，又不至于被它弄得晕头转向乃至四分五裂。编剧可以描绘畸形人格，但自己不必如此。对此，费里尼谈道："不久前我念到纽曼写的关于创作，或者应该说关于'创作类型'的发人深省的文章。请容我粗略引述。大概是这么说的：谁是有创造力的人？什么是创作？有创作力的人是能在有意识的、令人宽慰、放心的文化标准，与无意识、千年岩浆、黑暗、夜晚、海底之间泰然自若的人。就是这个能力，这样的居中斡旋，促成了创作。纽曼说，这个人就在这一带伫立、感受，以便进行一项转换，是生命力的象征；而这场游戏的赌注是他的生命或他的心智健康。"① 这与戴维·N. 帕金斯就作家的创造性人格所做的讨论不谋而合。②

4. 真诚

写作常常被看成说谎的艺术，因为它将虚构的事件和人物描绘得像真实存在一样。然而，写作不等于说谎和欺骗，这涉及到虚构与真实的关系。亚里士多德在《诗学》中将历史学家与诗人的职责作了比较："两者的差别在于一叙述已发生的事，一描述可能发生的事。因此，写诗这种活动比写历史更富于哲学意味，更被严肃地对待；因为诗所描述的事带有普遍性，历史则叙述个别的事。所谓'有普遍性的事'，指某一种人，按照或然律或必然律，会说的话，会行的事，诗要首先追求这目的，然后才给人物起名字。"③ 或然律和必然律，说到底并非先验的规则，而只是编剧的人生经验。一部剧作是真实可信还是弄虚作假，与编剧有没有真诚地写出自己的经验息息相关。因为只有编剧自己相信和体验过的东西，他才有办法令其他人同样沉浸其中。真诚地对待自己，忠于自己的经验，这样才可能去除成见的蔽翳，以澄澈的目光发现

① ［意］费里尼．倪安宇译．我是说谎者 费里尼的笔记［M］．北京：生活·读书·新知三联书店，2000：211.

② ［美］阿恩海姆等著．周宪译．艺术的心理世界［M］．北京：中国人民大学，2003：249-250.

③ ［古希腊］亚里士多德．罗念生译．诗学［M］．上海：上海人民出版社，2006：39.

被描写事物本身。像柏拉图所说的，美是真的光辉。“艺术之所以特别好，就因为在艺术里不能说谎。在恋爱里，在政治里，在医疗里，都能说谎，能够骗人，甚至可以欺骗上帝——这样的事情是有的；然而在艺术里却没法欺骗。”①

真诚还会带来一种开放的心态。对象的本来面貌虽然一直摆在那里，观识主体却未必能够一望而知，反而会以肢解或曲解的方式来进行认知。何况，对象本身是不断变化的，如果没有开放的心态，就难以不断探索未知领域，并突破自身的疆界。契诃夫曾说：“我所学到的有关人性的一切都是从我自己这儿学来的。”② 开放的心态，既能帮助编剧获得客观公正的认知，也有助于反省自己的生活并加以改进。

《肖申克的救赎》《闪灵》的作者斯蒂芬·金写过一本总结自己创作经验的小书《写作这回事》，里面没有高深的大道理，只是讲了一些他过去生活的经历，读起来十分生动有趣，从中可以感受到这位大作家的真诚豁达。他曾说：“写作对于我来说好比是一种信念坚持的行动，是面对绝望的挑衅反抗。……写作不是人生，但我认为有的时候它是一条重回人生的路径。”

5. 勤奋

剧本是一个平台，它将编剧的人生经验以故事形态输送给观众。而判断剧本好与坏的标准，在于编剧是否成功地唤起了他想要在观众身上唤起的情感反应。一个真诚的编剧，未必是一个合格的编剧。要写出好剧本，除了需要天赋的才能之外，还需经历长久的磨炼。勤奋是至关重要的。

福楼拜在指导莫泊桑写作时曾对他说：“才能就是持久的耐性。对你所要表现的东西，要长时间很注意去观察它，以便能发现别人没有发现和没有写过的特点。任何事物里，都有未曾被发现的东西，因为人们用眼看事物的时候，只习惯于回忆起前人对这事物的想法。最细微的事物里也会有一点点未

① 宇清，信德．外国名作家谈写作［M］．北京：北京出版社，1980：239.

② ［美］罗伯特·麦基．周铁东译．故事［M］．北京：中国电影出版社，2001：453.

被认识过的东西。让我们去发掘它。为了要描写一堆篝火和平原上的一株树木，我们要面对着这堆火和这株树，一直到我们发现了它们和其他的树、其他的火不相同的特点的时候。”[①] 编剧需能发现事物的独特之处，不仅如此，他还需以精确的语言来描述这种发现。

“指出一个字用得其所的力量”[②]，是编剧在语言技能上的最高目标。语言是剧本写作的载体，所以，编剧需寻找、选择那个最贴切的字眼来刻画人物和环境。不要满足于“差不多”或是用“语言上的诙谐”来避免这些困难。“为了要把思想中最细微的差异也明确地表现出来，根本就不需要今天人们假托艺术语言的名义而强迫我们接受的那种奇怪、芜杂、繁多、神秘的词汇；而必须以一种高度的敏锐性去区别由于一个词在文句中位置不同其价值所发生的一切变化。我们要少用一些意思难以掌握的名词、动词和形容词，而多用一些结构迥异、结尾巧妙、音调响亮、韵律精美的各式各样的文句。我们不要做珍奇辞藻的收集者，还是去努力成为一个杰出的文体家吧。事实上，要把文句驾驭自如，使得它什么都能说明，甚至说明它没有表现出来的东西，使它蕴藏着未尽之意，隐蔽的未曾表明的意思，这要比发明一些新鲜的辞句，比在无人知道的古书中搜集一些不适用的、无意义的、对我们说来只是一些僵死文字的辞句更为困难。”[③] 锤炼语言，对中国古典诗词来说，主要是琢磨“诗眼”的个别用字；对编剧来说，则不仅仅在于单个字词的运用，还涉及到语句的编排，以及修辞、说服力、逻辑等诸多意义。如何用通俗的语言做含义丰赡或饶有趣味的台词，是对编剧的语言敏感度和表达力的一大考验。对编剧而言，关注语言具有重要意义，若非如此，表述明确和微妙之物将无从谈起，具有艺术性的作品也不可能应运而生。

从经典剧作中，我们可以看到很多精妙的对白。如莎士比亚戏剧《罗密欧与朱丽叶》的第一幕第一场中，凯普莱特的仆人桑普森看见蒙太古家的仆人亚伯拉罕等人来了，为了逞能，他对同伴格雷戈里说：“我要向他们咬我的大拇指，瞧他们能不能忍受这样的侮辱”。可当桑普森感到这样做有危险后，

---

① 宇清，信德．外国名作家谈写作［M］．北京：北京出版社，1980：161.

② 法国博物学家、作家布封的话。

③ 宇清，信德．外国名作家谈写作［M］．北京：北京出版社，1980：162.

他对亚伯拉罕说："先生，我不是向你们咬我的大拇指，我是咬我的大拇指。"通过文字上细微的变化，将一个侮辱性动作变成了一个纯粹的生理动作，这就是莫泊桑所说的"以一种高度的敏锐性去区别由于一个词在文句中位置不同其价值所发生的一切变化"。其他如修辞、说服力、逻辑等，也都可以在各个剧目中找到相应的案例，这里不再一一赘述。

除了语言技能之外，结构能力、认知的深度、识见的广度等都是编剧必需的储备。在都梁编剧的《亮剑》中，有一集讲李云龙和赵刚在排队买电影票时，出于好心劝架却卷入争执之中。当他们被扭送到派出所后，值班小将的工作态度一开始非常傲慢，使劲夸大打架这件小事的严重性。但在看到李云龙和赵刚的证件后，小将立马变得恭敬了，连忙大事化小小事化了。回家后，李云龙和赵刚在饭桌上把这事当笑话讲，同席的田墨轩却看到这件生活小事背后问题的严肃性，认为它暴露了封建时代遗留下来的特权崇拜在新中国死灰复燃。能够由表及里，由现象到本质地看问题，体现了编剧的认知深度。这种深度也是通过不断地积累、辨析、思考而获得的。

各方面的编剧技能都是可以练习的。勤记笔记不失为一个好方法。笔记可以是对人与事的客观描摹，也可以是从多个角度来写自己对人、事的观感，可以是一句话，也可以是长篇大论，总的来说，只要真实贴切就好。例如，福楼拜曾经给他的学生莫泊桑布置过一个有趣的练习："当你走过一位坐在他门口的杂货商的面前，一位吸着烟斗的守门人的面前，一个马车站的面前的时候，请你给我画出这杂货商和守门人的姿态，用形象化的手法描绘出他们包藏着道德本性和身体外貌，要使得我不会把他们和其他杂货商、其他守门人混同起来，还请你只用一句话就让我知道马车站有一匹马和它前前后后十来匹马是不一样的。"① 在莫泊桑的成长中，这种练习为他的写作打下了坚实的基础。剧作家契诃夫是一个勤记笔记的人。在他的笔记中，蕴藏着难以计数的情节和人物以及庞大的词汇量，这得益于他数十年如一日地记下自己的一切见解和印象。② 所以，如果说写作有捷径的话，勤加练习即是捷径。《汉尼拔》

---

① 宇清，信德．外国名作家谈写作［M］．北京：北京出版社，1980：161-162.

② 宇清，信德．外国名作家谈写作［M］．北京：北京出版社，1980：248.

《游戏之屋》等名作的编剧大卫·马梅也说："我要你们想一想为什么有些奥运会的溜冰选手会滑倒？对这个问题我唯一的答案是——他们练习不够。练习是唯一的方式，必须练到觉得烦躁，都还要再练！"[①]"艺术家的任务是把最简单的技术学得完美，而不是去学太多的技术。如此才可以使困难的事变得容易，容易的事变成习惯，习惯的事因此可以变得更加美妙！"[②]所以，要想成为合格进而优秀的编剧，就从练习开始吧。

除了上述这些素养，编剧还需具备承受非难和批评的勇气。"一个人由具有允许他写出好剧本来的这种符合于历史实践的技巧，成长到获取这种使他能够写出别人写不出来的剧本的技巧，必须在这三位大师指导下从事工作：不断的实践，严格检查作品，尤其是时间。只有他经受了这三位大师的考验，他才是成熟的艺术家。"[③]写作的技巧实际上就是删掉写得不好的地方的技巧。[④]如果不能平心静气地对待别人的非难和批评，就无从吸取那些有益的见解，从而改进自己的作品。

结语：上文归纳了名家的写作经验和学者的研究成果，从中理出编剧创造性人格的五个方面。简言之，这些素养可以借用著名社会心理学家罗伯特·N.威尔逊的发现来表述，它们是：经验能力、整理经验的能力、探究并运用自己人格的能力、利用语言的能力，以及和谐、平衡的人格。[⑤]

---

① ［美］大卫·马梅．曾伟祯编译．导演功课［M］．桂林：广西师大出版社，2003：52.
② 同上：5.
③ ［美］乔治·贝克．余上沅译．戏剧技巧［M］．北京：中国戏剧出版社，2004：4.
④ 宇清，信德．外国名作家谈写作［M］．北京：北京出版社，1980：250.
⑤ ［美］阿恩海姆等著．周宪译．艺术的心理世界［M］．北京：中国人民大学出版社，2003：239.

二、结构部

说 明

还有什么比一个老人躺在让人弄得昏睡不醒的姑娘身边睡上一夜更丑陋的事呢？六十七岁的江口仿佛是为了寻觅衰朽老丑的极致似的，一次一次走向一个建在海边悬崖上的客栈，那里有因服用了药物而赤裸沉睡的姑娘，她们是无论如何也唤不醒的。江口原以为那些姑娘会是丑陋的，谁知她们却都有着意想不到的美。第一次的姑娘不到二十岁，隐约的乳臭味让江口想起了他在婚后交往的艺妓以及婚前相好的情人。第二次的姑娘还是个处女，江口的眼前飘浮起散瓣的山茶花，他回忆起和女儿们一起去寺院看花的往事，以及小女儿的婚姻。第三次的姑娘是见习的，如死一般睡着，让江口想起三年前的春天在夜总会里搭上手的一个年轻女人，以及以前遇到的未成年的娼妓。第四次的姑娘仍旧沉睡，江口不禁要索取催眠的药物，希望自己也能有如此的睡眠。第五次有两个睡美人，江口的思绪回到了与自己最密切的两个女人身上：母亲和妻子。

在这个名叫《睡美人》的故事里，川端康成让几乎已经是非男性年纪的江口老人去秘密客栈买欢，随着一次次的回溯，暮年江口一生的轮廓闪现在小说里，他生命中过往的女性、他隐秘的欲望、他的执着、恐惧和绝望历历在目。当然，江口的故事也可以从头讲起，在时间的河流里顺流而下，讲述一个十七岁丧母的少年的情爱历程，在一个个女人远去后，这个已经有了孙辈的老人不得不在秘密客栈里独自面对老境的凄丑和尴尬。第一种结构充满了张力，让人产生急于窥视江口行为的愿望，第二种结构则是娓娓道来、不徐不疾。可见，同样的故事，因结构不同使得其面貌迥异。很显然，前者让川端康成找到了一个独特的角度去切入故事，不仅精巧，在叙事的时候也充满了回旋的余地。

结构是故事的讲述和呈现方式。作为动词，它是编结构造故事的动作，是如何对情节场景进行排列组合；作为名词，它是一种架构，是故事内容的安身立命之所。结构坍塌之时，内容将死无葬身之地。

对结构理论的探索从古希腊就开始了，但是两千多年后，新的结构依旧层出不穷。看看如下的结构吧，你认识它们吗？

结构通常可以分为常规结构和非常规结构。①

常规结构指传统的戏剧式结构，它具备传统戏剧故事的典型特征，如由矛盾冲突贯穿支撑故事、情节紧凑、主旨鲜明、人物主次分明、有着明显的开头、发展、结尾三大部分等。这也是迄今为止绝大多数电影所采用的结构。

非常规结构包括生活流式结构、意识流式结构、思想式结构、板块式结构、套式结构等。

如果你跟它们都不熟，那么，我可以说得形象点，来加深你的理解。

你一定听说过古往今来有种一直非常活跃的结构叫作大团圆结构。在此我并不是要和你讨论这种结构本身，我只是希望在你眼前可以立即浮现出一个滚圆的大饼。这个大饼的名字就叫作结构。

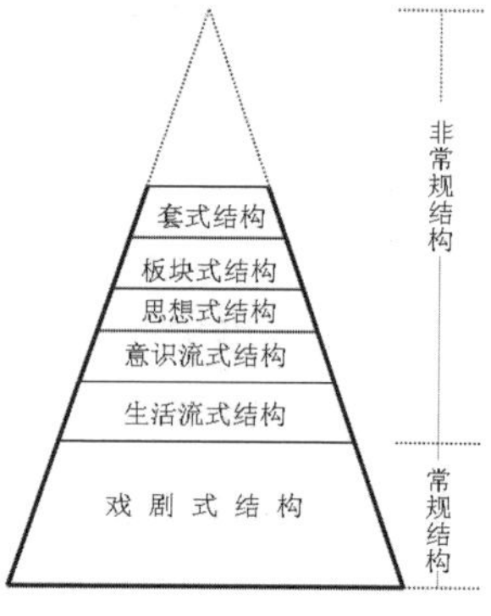

（图 1：结构大观）

如果在这个大饼中间横切一刀，就出现了下面的分法：

① 苏牧．荣誉［M］．北京：人民文学出版社，2007：331-335.

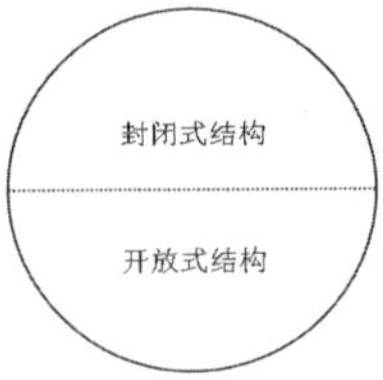

（图 2：按结尾方式分）

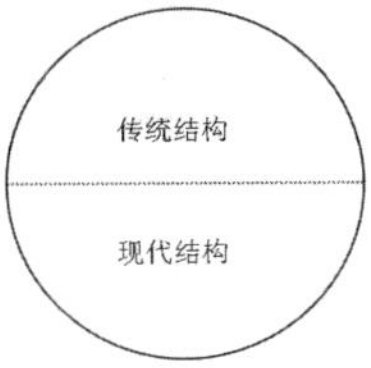

（图 3：按出现时间分）

按结尾方式分，有封闭式结构和开放式结构。

按出现时间分，有传统结构和现代结构。

如果在这个大饼中间切三刀，就出现了下面的分法：

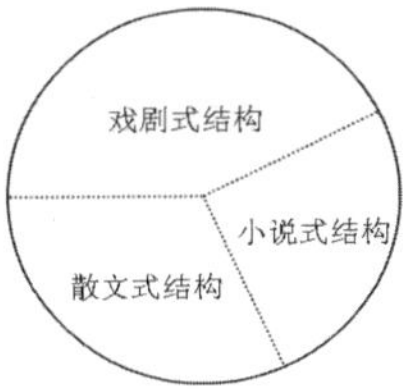

（图 4：按情节展开方式分）

（图 5：按叙事线索分）

按情节展开方式分，有散文式结构、小说式结构和戏剧式结构。

按叙事线索分，有线性结构、网状结构和块状结构。

如果在这个大饼中间再多切一刀，就出现了下面的分法：

按时空安排方式分，有顺序式结构、倒叙式结构、时空交错式结构和套层结构。

够了，不要再切下去了，因为我们已经看到了结构是如此多面。如果溺爱它们，它们就会遏制我们的自信，并且对初学者施加毁灭性的打击。在结构面前，满脑思想火花的失败者只能携带着美好的故事情节和优美的人物形象茕茕孑立、敝帚自珍。

（图 6：按时空安排方式分）

可见，对新手而言，深究结构理论本身也

许并非良策。我们必须抛弃这一方式。

有某种看法，认为编剧大概会是一副伏案疾写、皓首穷经的模样，圆珠笔、铅笔或者鼠标、键盘将霸占他们生命中最美好漫长的部分，不停写字就构成了他们的宿命。

这幅图景极具想象力，然而却是虚构的。

远观历史，16 世纪左右的意大利出现了一种即兴喜剧，演出之前没有固定的剧本，要靠演员现场的即兴发挥去完成。当然某些规则是固定的，比方说人物是固有的几种类型，动作、性格、心理状态也都有一定的风格，机智的演员会在表演的过程中插科打诨，形成意想不到的喜剧效果。近看现实，戏剧大师赖声川的表演工作坊会通过集体即兴表演的方式去完成一个剧本，像反映眷村生活的大戏《宝岛一村》就是如此。赖声川先是有了一个故事大纲，到角色人选都确定之后，"演员们排着队就像要领眷村的门牌号码一样，赖声川喊到某个角色的名字，该演员就出列演戏。赖声川一边在讲，演员一边在演，旁边有工作人员在做记录，晚上他回到家再修饰润色一下，那一段的剧本就出来了。《宝岛一村》就是这样编出来的。"①

还有另外的八卦或事实：本国最早的一些情景剧剧情据说是在热火朝天的火锅边诞生的；好莱坞编剧们站在一堵贴满小卡片的墙下集体切磋；从大陆到台湾的幕表戏演员们都习惯于就着一个情节大纲，走上台去现编现演，唱词不仅押韵，而且居然时不时能达到意境高远的地步。

那么真相就是：写字在编剧的职业生涯中所占比例其实不太多，对于一个编剧而言，他应该还要做很多别的事情，比方说思考、讨论、辩论、表演等等。

既然如此，编剧教学里也就应该采用这样的方式。这并不是独辟蹊径，而是还原本相。我曾长时间思考过这个问题，越思考越觉得这些方式有内涵，也曾在教学中时不时实践一下这些方式，越实践越觉得这些方式有所缺陷。最大的遗憾在于：在传说中的舞台、墙壁和火锅面前，实践者都是富有经验的强者，过程中也不乏导演或故事大纲的指引，而课堂上的学生只是新手，教师更是理想色彩居多，所谓棋逢对手、灵感迸发的情景，悲观及客观一点讲，

---

① 林丹丹．专访赖声川：揭〈宝岛一村〉幕后故事［EB］．猫扑娱乐：2010-1-8.

概率堪比飞鸟撞进飞机引擎。

然而，诚如人类虽是由灵长类进化而来，却到底还是演变成了万物的灵长那样，随着时间的推进，我们的剧本课程也衍生出了游戏、头脑风暴等其他方式类型。事实证明，当一些所需智商不高但极能增进互动的方式引进课堂后，一些智商很高的结果就出现了，尤其是对于结构的探索，在屡受挫折之后终于呈现出柳暗花明的局面。

具体来讲，既然课程的目的是想给初学者以指点，那么为何不把各种结构理论抛在脑后，并彻底抛弃全面深刻探索结构问题的妄想，转而选取一条不起眼的小路去走进结构呢？我选择的这条路，它的名字叫作“人物”。我一直坚信故事的核心是人物而不是其他，这是最基本的理由。然而又说它不起眼，是因为“人物”似乎从未以这样的姿态出现在关于结构的论述中过——“人物”怎么可能引领初学者走向结构？而且人物会挟持着游戏、头脑风暴和即兴表演，共同向着“结构”冲去？

这可真是一个好问题。套用米南德在《恨世者》中的句式，可以这么回答：如果从人物角度探讨结构的可能性是一种犯罪，那么，老师就是那个罪犯，选课的同学们都是从犯，所有的犯罪动机和方式都隐藏在以下这个流程里：

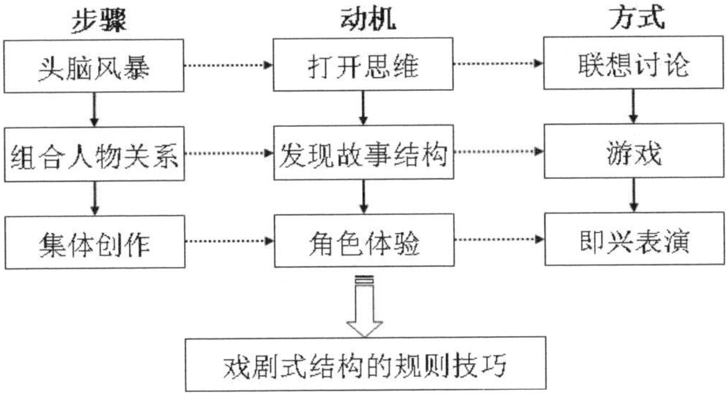

（图7：探讨结构的思路和方式）

上图表明了两件事：一、在内容上，我们只谈戏剧式结构，其余结构一律不谈。原因在于，戏剧式结构最常用，而且确实有明确的技巧可循，十分适合入门级新手；二、在形式上，我们会先以“写”之外的其他方式——分组讨论、游戏、即兴表演等——去尽量接近结构这一剧作元素，为后面详细探讨传统的戏剧式结构作准备。

这种思路并非臆想，而是产自日常教学的实践和验证。它强调了两种价值的重要：既有的理论规则、待挖掘的创新思维。

这样写书是需要自毁勇气的，因为它可能完全偏离读者的期待视野。不过，毁灭给人看也是美好价值自我实现的途径之一。

1. 另眼看结构

1.1 头脑风暴：沿着人物突破

一个比较荒诞的现实是：当我们着手开始讨论结构时，才发现这压根就是无从下手，因为眼前实在是没有什么可以让我们去结构的。有了情节或者故事才能谈到结构，这是常识。

好，先解决“怎么有故事”的问题。

在黑板上随手画下一个小人，请编出一个故事吧。

反应多半是一筹莫展。无奈、无能、无法适应，甚至还会有点愤怒。

这样的反应，真是太正常不过了。

其实我只不过是想告诉你：任何一个人物都能形成一个好故事，只要你突破成见，打开思维。

不妨引进头脑风暴法，大家分成小组，对人物进行自由联想和讨论。

你们在讨论中必然会对这个人物进行极尽可能地想象和渲染，但是我将会对你们的讨论方向进行一个指引。

1.1.1 自由联想练习：MBA & PHD

好，接着我告诉你，这个人物有一个标签：MBA。

哦，知道了，这是一个有着工商管理硕士学位的人，他有一份不错的工作，虽然工作上的事情让他很烦心。

是的，这些是一目了然的，他的同事和家人全知道。

我告诉了你三个字母 MBA，难道你就不能寻找一下字母背后的含义？

哦，MBA，Married But Alone。原来这是一个有着外人看不到的烦恼的人，可能就此引发出很多的故事呢。

好了，你看看，现在你都觉得这个人开始有故事了。你刚刚还不知所措呢。

你做的，不过是开始撕下了人物的标签，稍微关心了下这个人物本身而已，就看到了他面具后的一些真相。

好，顺着刚才的思路，给这个 MBA 的身边配上一个角色，干脆就叫 PHD 吧。

PHD，还是顺着刚才的思路，Permanent Head Damage。这么想真的不够人道，我们还是把这样的永久性脑损伤界定为非医学性的社会行为吧，这样不仅可以和真正的博士学位造成反差，而且易于展开剧情。

好，打住。这个练习的目的并非深入分析人物，而是提醒你，要善于发现人物背后的秘密。

1.1.2 交叉融合练习：Q & A

说真的，一个两地分居的 MBA，一个时不时脑残一下的 PHD，他们的故事从何开始？

也就是说，激发编剧灵感的时刻，来自何方？

感谢万能的网络，某一天，一个帖子的出现，使故事一下子开天辟地。

帖子内容来自中华人民共和国科学技术部网站的公众问答部分：

问题：您好，本人在家经过自主多年摸索并结合网络上面的大量文章成功制造了小型自制核反应堆，目前放在家中地下室内。本人每月电费为零都是因为通过小型自制核反应堆进行发电。目前有几个自称为恐怖组织头目的人纷纷联系上我要求向我购买反应堆。请问我可否申请小型自制核反应堆的专利并进行量产？如果不行，可否贡献给国家？

答复：*** 同志：申请专利问题建议你向中国专利局咨询。

当时我随手收藏了这个帖子，是因为里面人物的独特性以及弥足珍贵的幽默感。民间智慧是层出不穷的，但是以这样的面貌出现在国家部委的网站上，是多么让人耳目一新啊。如果抱着一种善良的娱乐心态，我们甚至能联想出提问者和答复者好几种可爱的性格与风格呢。

让我们直接把 MBA 和 PHD 放到提问者与答复者的位置上，继续头脑风暴的练习。

风暴撞击的结果是：他们是隐藏在网络背后互相不知道对方身份的人，但是在某一个特定的时刻，在一个帖子里，他们相遇了。他们在现实生活中有着常人的种种不顺，但是，在网络背后，无意中在言谈里露出了本真的一面。这是一个契机。

从 Married But Alone 这一点出发，MBA 和 PHD 将可能发展出一个爱情故事。

提问者 MBA 沉浸在关于核反应堆网帖的幽默里，心情愉悦，甚至觉得那个每天早晨总是在公寓电梯口把他的咖啡碰翻的女人都变得顺眼了。当然，MBA 并没有意识到，那个和咖啡有仇的女人就是网络背后的 PHD，他们住在同一栋楼里，而且是邻居。哦，这会是一个类似汤姆·汉克斯和梅格·瑞安主演的《电子情书》似的故事。

慢着，不要这么善良和天真，不要因为所谓的幽默感而忽视了真相。如果我告诉你，MBA 提的问题是真实的呢？那么重新审视这个帖子里的戏剧性，也许可以发展成不同风格的题材，比方说，严肃的反恐题材。

同样从 Married But Alone 这点说事。MBA 作为一个天才的发明家，不知不觉在上海的地下室里造出了目前地球上当量最大的核反应堆。眼下他的处境堪忧，因为远在北京的妻子被恐怖组织挟持为人质。现在，他就窝在自家的地下室里，拿着笔记本电脑，靠在他的小型核反应堆上，恐怖分子将在一分钟后断掉他的网线。考虑到妻子的安全，MBA 不可能直接向外部求助，于是，他利用这一分钟在正在浏览的科技部网站上留了言。这个留言是他向外界求救的唯一信号。

好，我们再给这个剧情加上一个时间炸弹，比方说，恐怖分子把启爆核反应堆的时间调到三小时后，而这也是上海世博会开幕式的时间，开幕式广场离 MBA 家很近。那这一切将会怎么样呢？

可怜的MBA，他碰上了一个娱乐至死的时代，他的帖子被当作一种黑色幽默被一些网民纷纷收藏，甚至连那个回复他的计算机博士也是一笑了之。剧情该怎么发展呢?

哦，也许主角应该是PHD，现在就让她的Permanent Head Damage的特征来推动剧情吧。你知道的，Permanent Head Damage会有反常规的、出人意料的行为，也许这将拯救整个城市。

打住，够了。从黑板上那个让人一筹莫展的小人像出发到现在，你都快有两个风格截然不同的故事了。简直太成功了。

而这一切，不过是一个独特的网络留言激发了你。这个留言成为一个契机，给你浮想联翩的空间，经由大家的自由联想和讨论，形成了不同走向和风格的故事。这样的契机可以是一句话、一个动作、一个具体的事件，如此等等。把你的人物和这个契机结合起来，故事也就来了。

1.1.3 逆向思维：作业里的精彩

故事之所以吸引人，很大程度在于讲述的方式。我在看《本杰明·巴顿奇事》的时候想到了马丁·阿米斯的小说《时间箭》，在看《情迷巧克力》的时候想到劳拉·埃斯基韦尔的小说《恰似水之于巧克力》，总体的感觉是电影无论如何也不如小说精彩，因为那两部小说都提供了独特经典的讲述方式。

那么，何不为独特而独特？如果说头脑风暴法能够让学生势如破竹般得到一个故事，那么，反向去剖开这根竹子，又可能得到什么样的故事呢?

我曾经让学生做过一个口述练习，要求就《挟尸要价》这张新闻图片，口述一个故事梗概。

这张照片反映的事实是：2009年10月荆州大学三名学生为救溺水儿童牺牲，而打捞公司在捞取尸体时竟挟尸要价，强行收取三万六千元捞尸费。

练习自然是有倾向性的。配合照片给出的是两段情绪截然相反的音乐，一段忧伤，另一段欢快，意图是和用相反的情绪去刺激学生对人物行为动机的思考。出人意料的故事出现了：

某日本纪录片摄制组来中国湖北的山区拍摄一部关于山歌的纪

录片。导游临时爽约，摄制组在语言不通的情况下来到了某条大河边上，看到岸边人头攒动，水中一只渔船，船上一老人使劲用手势和土语和岸上的人应和。日本人平时慢声细语惯了，一看到老人的手势铿锵有力，语调忽缓忽疾，声音浑厚悠远，调子为世所罕见，不禁大为叹服，再看到岸边的群众演员个个情绪饱满，这个唱了那个和，此起彼伏，猛然醒悟过来：这应该就是当地政府安排的原生态山歌的拍摄地了！摄像赶快扛起摄像机，怀着对博大精深的中国传统山歌文化的深深敬仰，记录下了这感人的场景。

这部叫作《中国山歌》的纪录片后来囊括国际各大电影节纪录片大奖，尤其是其中的船歌段落，以“精确记录了中国人的生活场景，用山歌连接了古代中国和当代中国的精神脉络”而被激赏。夜深人静，导演在剪辑室里，看着屏幕上屹立船头的老者，情不自禁地鞠躬感谢。在他身后就是那张照片，它现在是全球发行的 DVD 的封面海报。

这是一个很好地运用逆向思维和音乐联想进行即兴发挥的作业。照片中人物的行为动机没有变，但欢快的音乐促使学生对照片进行了颠覆性的分析，他们决定倒置一些东西，从而悲喜交加，荒诞的喜剧里流动着深刻的悲剧性。有了这一点，其他的简直无须多言。

再举一个逆向思维的作业，这是在做抽象和具象的转换练习时发生的：就着这张叫作《小黄和小蓝》的图片，即兴创作一个小故事。

图片中的信息是显而易见的：黄色和蓝色，在故事中应该是两个角色，可以是人、动物、植物或者其他什么，他们相遇，结果产生了新的颜色——绿色。那么，这个故事，也许可以牵涉到孩子的谦虚、家庭的和睦、种族文化的融合？两个角色走到一起就会产

（图 8：小黄和小蓝）

生新的东西，这是常见的思维。

有位同学的故事与众不同：

很久很久很久以前，地球上充斥着浓厚的绿，没有天、地、空气的概念，一切都是绿色的、安逸的。

时间就是这样流逝着。

偶尔，有块绿色翻个身，想起来动动，看到的还是绿，于是又睡去了。这一睡又是千万年。

时间就是这样流逝着。

终于，一团绿色忍不住了，它们集体起义，要挣脱周边无穷无尽的单调的绿色。

挣扎了千万年，终于，在时间的某一点上，它们挣裂了原来的绿团团。

刹那间，蓝色的海洋出现在地球表面，金黄色的太阳升上天空，大团大团的空气撑开了蒙昧的一切，绿色的森林和大地大口大口地呼吸着这新鲜的粮食。海阔天空，一个新的时代开启了。

这是一个多么神奇的故事啊！我们看到的是一个明显的逆向思维的过程：从绿色里分出了蓝色和黄色，而不是习以为常的蓝色和黄色结合产生了绿色。

如果对故事有真正的爱好，加上一点天赋，并假以正确的指引，我相信，很多学生内心的创意就会像地热般翻滚出来。

1.2 游戏：组合人物关系

罗伯特·麦基在《故事》中对结构的看法是这样的：

结构是对人物生活故事中的一系列事件的选择，这种选择将时间组合成一个具有战略意义的序列，以激发特定而具体的情感，并表达一种特定而具体的人生观[①]。

显而易见，麦基认为事件先于结构，这无疑是正确的。为了讨论结构，我们已经在前一节里无中生有地制造出了事件，但是，那些自由联想和讨论不过是从人物出发制造出了故事而已，有没有可能直接从人物出发就能推导出结构呢？

凡事皆有可能，未知的可能性说不定就隐藏在某一个我们经过的路口。在课堂上，我们用游戏的方式，在缺乏事件的情况下，经由创造性的想象，得到过引人入胜的事件和恰如其分的结构。甚至，在某些时候，结构也能推导出旁逸斜出的故事情节来。

这样的方法简直令人不安，因为它过于异类。不过我确信，在迷雾之后，也许正是辽阔之地。所谓的方法是这样的：从人物关系出发，通过不同的排列组合分拆，能得出一些不同的剧情模式，而结构，也就是事件的序列，就依附在这些剧情模式里。当然，这种人物关系的组合所能得出的只是粗线条的情节与结构，这点不可否认，然而它们却往往极其具有启发性。

1.2.1 游戏：警察、杀手、被害者

要求：学生三人一组，每个学生扮演一个人物，以一个人物为中心进行寻找他人真正身份的游戏。例如，如果是以警察为中心人物，那么，他会被告知在前面将遇到的人里面有一个是杀手，他需要凭借观察、问话以及判断，找出那个凶手，而另外两个角色也要根据情况的变化配合警察的寻找。在游戏的最后，他们会对三人之间的关系作出清晰的判断。

在游戏过程中，人物应该利用一切可以加以利用的因素配合游戏的进程，可以把场景设置在一节封闭的车厢里、一条战火纷飞的战壕中，可以有菜刀、纸条等道具出现，但是教师不能给出任何有关故事情节的提示。

如果别的人物够强势，他甚至可以在游戏过程中取代主角的位置，以他为核心重新进行游戏。这一点是为了充分调动学生的积极性，感知主动性对于一个角色而言是如何的重要，这种未知的主动性可能会完全把游戏带向另

① 罗伯特·麦基. 故事[M]. 北京：中国电影出版社，2001：39.

外一个方向，同时也有利于在游戏中保持一种竞争态势。

游戏的目标是寻找出三个人物之间的关系，而不是产生一个完整的故事情节。

这个游戏最大的秘密在于主角孜孜不倦的强势寻找以及人物之间足够的互动。在经历了平淡无奇、沮丧之后，令人震撼的人物关系终究会在游戏的结尾处展现出来，并且，在某些时候，那种人物关系确实足以有趣或者深刻到让参与游戏的学生难以自拔，不少同学会在课程最后的剧本创作中选择那样的人物关系展开故事情节。比方说，很多同学就偏爱这样一种人物关系：啊！我是那名寻找杀手的警察，但是到最后，我才发现，我自己原来就是那个被害者！我早就已经死了！但是我一直不知道这个事实！

是的，印度裔导演兼编剧的奈特·沙马兰早在 1999 年就在《灵异第六感》里运用过这种人物关系，这种人物关系的揭示其实是依赖于一种名为“惊奇”的技巧。后来，同为导演兼编剧的西班牙人亚力山德罗·阿曼巴在《小岛惊魂》里效仿过它。但是，只有通过学生们的亲力亲为，好像这种人物关系就是他们创造的，犹如上帝创造了人类那样，他们才会对人物关系的重要性以及随后的结构、故事等产生相当的兴趣。

如果在这个游戏里确实发现了有意思的人物关系的话，那么，就有必要对此进行一个后续练习：利用上一个游戏里发现的人物关系，三个角色经过讨论，利用即兴表演的方式对上一个游戏里隐约或者明显存在的故事情节进行整理和完善。

通常，在组合人物关系的练习中，当人物关系经过漫长的摸索最终明确后，参与者会发现，这种摸索的路程实际上就是一条结构线，在这根结构线上，主要情节基本上是可以看到的。后续练习是要在已存的结构线上，对故事的完整性进行修缮。这个时候还考虑不到细节、人物性格差异等细微之处，主要目的还是让学生感知“人物关系——结构线——故事”这样的一种思路。

同时必须强调的是，也许利用得出的人物关系重新制造剧情可能会得到更好更强的故事，但这并不在后续练习的目标范围之内。这些练习的初衷依旧是打开学生的思维，启发他们的兴趣，要正儿八经写故事，这种练习失之粗放。

综合上面的两个练习，如果是以警察为核心人物，让他出发去寻找，基本上能够得到以下六种人物关系，以及情节结构线（警察寻找杀手的过程）和修正过的故事。

1.2.2 游戏产生的人物关系

独立的人物关系

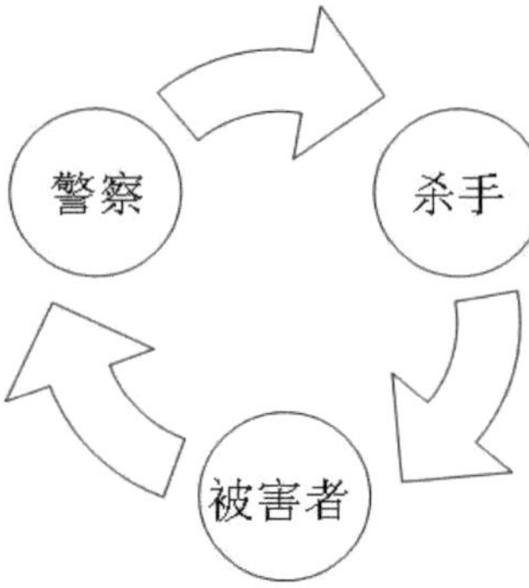

（图 9：独立的人物关系）

人物关系：三个人物的生活圈子本无交集，由于警察履行职责，他们的生活有了某种联系，但是在其他大部分范畴内，这三个人物之间彼此独立。

情节结构线：一个警察踏上了寻找杀手的旅程，历经艰险，终于找到杀手，为受害者报了仇。

故事：王警督在去参加自己的退休典礼的路上遭遇了恐怖袭击，他从现场的特殊脚印中意识到这是纠缠了自己好几年的一桩案件里的嫌犯所为。他驾车一路穷追不舍，打断并穿越了总统就职演说的会场、机智营救了被嫌犯挟持为人质的一群小学生，勇敢地从黄石公园的大地震中逃脱，最终在典礼开始前亲手抓获了嫌疑人。看着上司为自己戴上的荣誉勋章，王警督想，明天终于可以睡个安稳觉了。

其他：这是一个传统类型的单线索故事，它的推进是由警察一个人主导的，其他人物基本上都比较被动，被害者的形象几乎很模糊。

交集的人物关系

人物关系：三个人物因为警察的职业使命而产生交集，但是慢慢地，他们发现彼此在血缘、婚姻生活或社会关系等方面也存在联系，比方说，警察发现杀手就是自己的儿时伙伴，而受害者居然就是自己的养父。

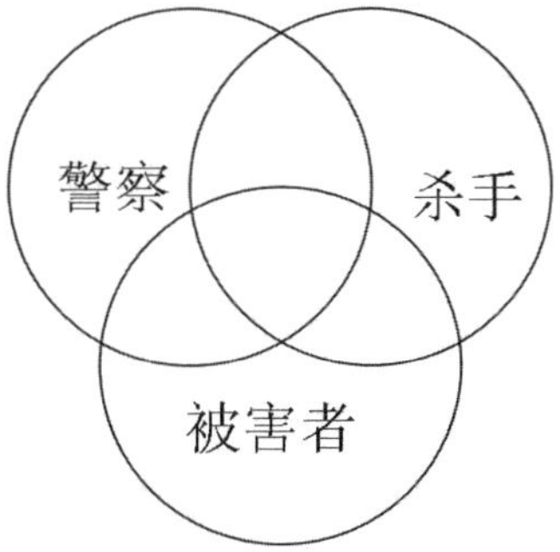

（图 10：交集的人物关系）

情节结构线：警察去追查一个凶杀案，好不容易找到杀手准备将其绳之以法的时候，却发现杀手是自己的至亲。警察在经历了心灵的煎熬后，在最后关头暗中帮助杀手远走高飞。

故事：刚刚进入警界的凯瑟琳最大的愿望就是能找到失散多年的养父，然而，她做梦也想不到，在一次失败的缉毒行动中，被毒枭发现并杀害的线人就是她年迈的养父。由于和被害人的特殊关系，凯瑟琳被上司禁止参与这个案件的侦破。

凯瑟琳独自去追查凶手。她成功打入贩毒集团，找到了凶手，凶手居然就是养父的儿子杰克，也是凯瑟琳儿时青梅竹马的玩伴。凯瑟琳不动声色地得到了贩毒集团的秘密，并报告上司，欲将对方一网打尽。杰克对凯瑟琳一往情深，在生死关头为掩护她而受伤。海陆空的力量已经把深山里的毒枭老巢包围得水泄不通，而凯瑟琳却在无意中发现了上司和养父及毒枭之间的联系，揭开了一个警界高层和贩毒集团的惊天秘密，而杰克才是真正的无辜者和抗争者。

凯瑟琳决定放走杰克，然而警界高层却要将他们彻底消灭。杰克和凯瑟琳在插翅难飞的情况下，成功逃脱，远走高飞，实现了他们儿时的共同约定。

其他：这也是传统类型的故事，但是人物之间的互动已经明显强于上一个故事，警察和杀手共同成为戏中的核心人物，他们之间的关系是最有价值的。这种状况下，警察的选择会带有忠勇侠义家国等方面的倾向性，也就是麦基所指的价值观。如果让吴宇森来处理，也许会把警察和杀手全部设置成男性，可能会在暴力之中体现男性之间的友谊吧。

同化的人物关系

人物关系：警察和杀手是同一个人，所以名义上有三个人物，实际上只有两个。警察的寻找之所以迟迟没有进展，是因为他很明白自己的另外一个身份：杀手。于是，在这个练习里，与其说是让警察去发现人物关系，不如说是警察极力在掩盖、淡化人物关系。真相会在最后的时刻揭开，警察和杀手之间的关系会被其他角色发现。

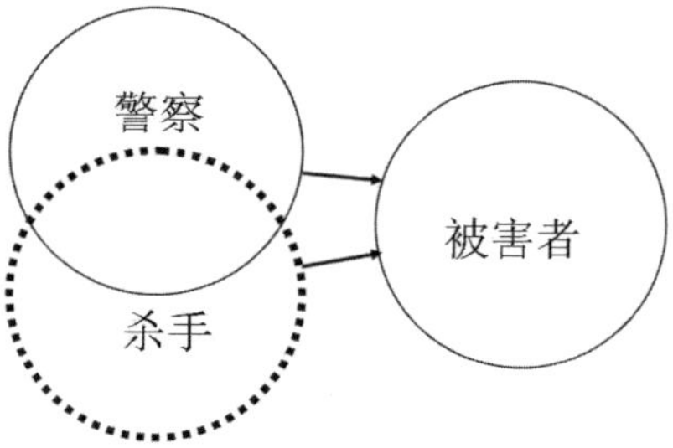

（图 11：同化的人物关系）

情节结构线：一个警察临危受命去寻找杀手，但是迟迟不见进展。受害者同情警察的处境，暗中协助警察的侦查，谁知却发现了杀手和警察是同一个人。

故事：亨利和玛丽的婚姻处于七年之痒，工作也毫无起色。玛丽爱着亨利，希望协助丈夫度过中年危机，便暗中主动帮助亨利正在侦查的案件中的受害者——黑人妇女曼森太太。

曼森太太身为教堂唱诗班的领唱，生性乐观坚强，是阿加莎·克里斯蒂侦探小说的忠实拥趸。曼森太太非常喜欢玛丽，无意中也关心起亨利来，但是她却越来越发现亨利行事矛盾而诡秘。运用从阿婆侦探小说中学来的破案技巧，曼森太太成功发现了陷害自己的杀手的线索，并且设下计谋和玛丽在教堂里追踪到了他——就是亨利本人。曼森太太非常为难，因为宗教伦理、侦探精神及朋友情谊和她的处境都是相悖的，她能不能在最后关头放下受害者的身份呢？

其他：这是一个强势的人物成功抢戏的绝佳例子，同时也告诉人们，相同的故事，只要换了讲述的角度，所呈现的效果是大不相同的。在原来的游戏中，主角本来是警察，但是由于他迟迟不见行动，或者说内心动作超越了外部动作，却没有办法表现出来，被受害者后来居上，于是重新开始游戏，以受害者为核心展开练习。警察在这次的游戏中成为次要角色，大多数时候，他处于被观看的位置，他的妻子这一角色是在后续练习时加入进去的。但是，无论过程如何复杂或惊险，这依旧是一个传统意义上的人物关系，不过是切入的角度不太一样而已。

内化的人物关系

人物关系：这是一种人物关系的内向维度的挖掘，警察和杀手依旧是同一个人，但是，在这个练习里，警察从一开始就在真正寻找着人物关系到底是什么，他慢慢才发现自己的另外一面：白天他是警察、夜里他是杀手。怪不得他一到晚上八点就必然是像被催眠一样睡过去人事不知，原来他是一个精神分裂的病人。

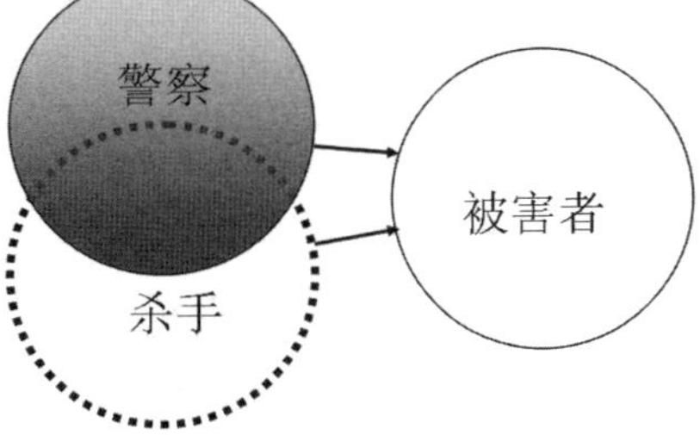

（图 12：内化的人物关系）

情节结构线：一名警察从一场严重的车祸中幸存下来，他无法控制自己生活。他奉命追查车祸的制造者，但证据屡屡被一种无形的力量提前毁灭。为了追缉元凶，他众叛亲离，最终在另外一场车祸里找到真凶，并把自己推向了崩溃的边缘。

故事：汉米尔顿是退役的 F1 赛车手，他在告别赛中脑干受伤，摘除了一部分小脑，但却获得了某些特殊的能力，比方说，一喊叫玻璃就会破裂，听觉也特别敏感。

汉米尔顿住在一个海边的小别墅里，一次在夜间电视新闻里看到一则车祸现场的报道，某种似曾相识的感觉驱使着他想去弄清楚车祸的真相。同时，车祸中的受伤者、同时也是警察的约翰也在追查车祸的真相，但是每每有线索的时候，线索就未卜先知般自动切断，他十分烦恼，工作能力受到上司卡特的质疑。

汉米尔顿破解了约翰的网络密码，了解约翰的一举一动，开始暗中协助约翰，但是依旧有一些不解之谜横亘在他们面前。约翰突然失踪，汉米尔顿夜间潜入约翰的寓所，发现了两人拥有着一些相同的生活习惯，比方说淋浴房不是玻璃的而是用塑料帘子围起来的，抽同样牌子的雪茄等等。汉米尔顿循着蛛丝马迹连夜驾车赶到囚禁约翰的海边古堡，用密码潜入古堡，然而约翰已经逃离，逃离前在裂开的镜面上写下了自己的恐惧。汉米尔顿沿着海边的道路追踪约翰，但是这段路程却让他自己深陷恐惧之中，他意识到两场相似的车祸都与 F1 的豪门恩怨有关。

第二天早晨，F1 赛车手汉米尔顿在海边车祸身亡的消息出现在突发新闻栏里，约翰从加油站的电视里惊奇地看到，电视里汉米尔顿除去头罩的脸与自己何其相似。约翰在博客看到了汉米尔顿的留言，某些线索变得越来越清晰。约翰潜入 F1 老板家，利用超强的听觉找到地下密室，终于解开了 F1 豪门之间为了商业利益要置汉米尔顿于死地的阴谋。在最终的档案里，约翰发现自己就是汉米尔顿，车祸后的汉米尔顿脑部被植入芯片，但是他提前逃离医院，成为只能在夜里活动的不知疲倦的特殊人物，而残存的记忆促使他以警察的身份在海边的警所安顿下来等待复仇。

最终的决战来临，约翰杀死了 F1 老板，而一直在暗中帮助汉米尔顿也就是约翰的卡特也终于露出了庐山真面目。

其他：故事都是相似的，仅仅是讲述的角度不同而已——一旦发现这一点，参与练习的人就会倾注极大的热情且乐此不疲。这个练习里发现的人物关系，原本可能做一个相对简单的故事，警察和杀手的双重身份，可以表示一个人的两面性，也可能是人性双面的一种隐喻，能做到这种程度，已经可以算是达到目的了。然而，在这个后续练习中形成的故事，已经出现了两条线索，故事复杂而不凌乱，还有不同类型影片的气质在窜来窜去，若加以更精细的讨论和思考，它将会成为一个好故事。顺便说一句，如果你对这种人物关系有所警觉，那么在看《搏击俱乐部》时，你应该会对号入座，预测到爱德华·诺顿饰演的失眠症患者杰克和布拉德·皮特饰演的肥皂商人泰勒之间的关系。当你多次发现泰勒在与自己无关的剧情里一帧闪现而过，当你终于看到杰克开始寻找泰勒，你就不可能猜不到大卫·芬奇会提供一个什么样的结尾。

异化的人物关系

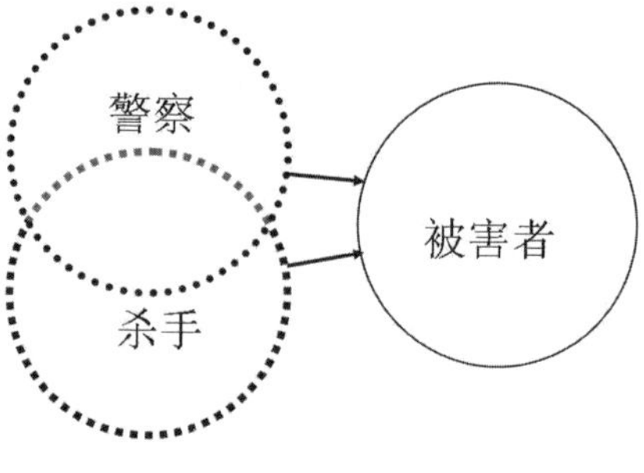

（图 13：异化的人物关系）

人物关系：人物关系的内化程度加重，甚至产生了变异。警察依旧在孜孜不倦地寻找杀手，最终却发现杀手早就死了，而他自己就是这个已经死去的杀手。

情节结构线：一个警察要去追查凶手，但是屡屡受阻，于是他避开警局展开私人调查，从受害者的姐姐入手，却发现自己就是那个凶手，而且凶手早已死去，而先前屡屡受阻的原因也得到了回答。

故事：麻州大道发生抢劫案，一名年轻的黑人摇滚乐手被害。警察莫里斯驾驶巡逻车路过，拔枪想制止歹徒，不料警车失控，莫里斯躺在血泊之中。

醒来后的莫里斯想在乐手的葬礼上找点线索，却得不到那些摇滚乐迷的配合。乐手的姐姐特雷莎惊诧于莫里斯的勇气，同意莫里斯去家里看看。

莫里斯如约前去，发现家里挤满了等待帮助的神经兮兮的妇女，原来特雷莎是一个占星术家和通灵者。没有什么人理睬莫里斯，只是一个瘦弱的小孩丁丁主动找到莫里斯，打着手势和莫里斯说话，还被特雷莎赶走了。

莫里斯回到警局，发现自己的桌子被占用了，他找到上司理论，上司却把一本他的档案啪的一声扔到桌子上，翻了几页，塞进了碎纸机。莫里斯为自己巡逻当天没能制止血案而自责，而以前的同事也对他一言不发，似乎无法原谅他的失责对“全美最佳警局”造成的名誉上的玷污。同样，在家里，莫里斯的妻子辛迪也对他冷淡有加，不仅独自睡在沙发上，还把照片倒扣，把结婚戒指扔在桌子上。莫里斯约辛迪在结婚三周年的晚上去麻州大道订婚的餐厅吃饭，但是他没有等来妻子。

莫里斯一心一意投入调查，但是调查来的证据却得不到上司的认可，甚至渐渐地上司也不愿意见他了。这个时候，丁丁找到莫里斯，把他带到特雷莎家。莫里斯惊奇地发现，辛迪在特雷莎家里，她向特雷莎诉说自己和莫里斯过往的美好爱情，以及悲伤的现实。特雷莎和丁丁满目悲戚地望着莫里斯，原来，在巡逻那天，莫里斯看到麻州大道那家订婚餐厅，走神导致警车失控，走火误杀乐手，自己也被撞身亡。通灵者和不会说话的小孩可以看到亡灵，但警局的同事及辛迪都看不到他。莫里斯万分恐惧，他的眼前再次浮现出烛光温馨的餐厅、辛迪的笑脸、乐手惊恐的眼神、失控的警车、子弹走火的弧线，以及躺在血泊中的自己。

其他：这样的故事有赖于严密的逻辑关系和合理的剧情衔接，整个故事的结构就依赖着"惊奇"这一技巧的支撑。据说《灵异第六感》的后面原来是有字幕的，它提醒观众千万不要把剧情透露给朋友家人，以免影响后来的观众在看到电影最后时产生的震惊感。现在我们对类似的剧情已经不惊诧了，因为只有模仿少有创新。第一个吃螃蟹的人是英雄，后来吃螃蟹的人就难说了。

辐射的人物关系

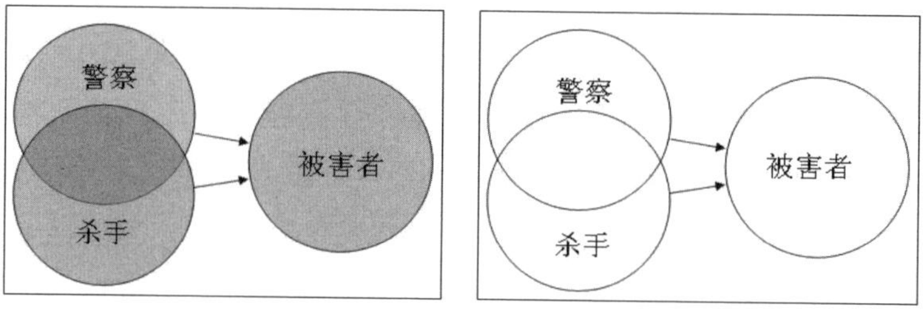

（图 14：辐射的人物关系）

人物关系：这个游戏里产生了两组人物关系，如果有需要，还可以成为三组。每一组里都有三个人物，不管他们之间的具体关系如何，每组之间的关系都是并列的。

情节结构线：可能是戏中戏结构，也可能是板块式结构，或者其他结构。

故事 1：警察阿三在抓犯人的过程中被剧组拉去饰演一个警察，他发现饰演剧中杀手的演员小四正是他要追捕的杀手。

故事 2：2009 年，猫耳朵胡同的老房子要被拆迁了，某户主失业的女儿糖糖为了维权自焚而死，她的同居男友因为通风报信而被提拔为城管队长。

熊熊烈火中，糖糖随风飘进入了 1919 年的猫耳朵胡同，户主的女儿北大学生晓芙和男同学一起加入到爱国游行的队伍，被枪杀在街头。

糖糖又飘进了 1900 年的猫耳朵胡同，王府的珍格格跑到这户人家，把大量珍贵的字画埋在了院子里，和额驸一起，迎着八国联军入侵北京的炮火，开始了颠沛流离的逃难。

其他：这种并列的以组的面貌出现的人物关系，很容易让人联想到电影史上一些著名的影片，如《维罗妮卡的双重生命》《法国中尉的女人》《美丽佳人奥兰多》等。必须强调的是，这样的组合注重的是哲理意义上的思考。前一组人物和后一组人物处于不同的时空，或者处于同一空间的不同时间，或者处于同一时间的不同空间。时空的相异会给他们的命运带来不同的结局，这样的结局展示的是编剧对于当下、历史或人类命运的思考。

以上六种人物关系的组合，是完全无视既定剧作法的规则，在有意无意之间窥见的可能性。所谓法无定法，如果我们能够在日常的创作中保持如此的状态，倒是确实能够生出一种从不同角度看事物的惯性。这种习惯有益于故事的创新——我们往往考虑故事之中的人物关系，为什么不反其道而行之，创造新的人物关系尔后再制造故事?

不妨举例来理解这种思维的价值。比方说，从人物关系角度看，尼尔·布洛姆坎普的《第九区》和邓肯·琼斯的《月球》在 2009 年大获好评就几乎是必然的。为什么？原因之一是因为他们都出现了新鲜罕见的人物关系。

《第九区》里，外星人像难民那样被囚禁在南非一角。人类对他们的感情极其复杂，历经了最初的恐惧到后来挥之不去的包袱感，直至想榨取外星人获利。主角威库斯对外星人的态度有所不同，却在工作中受到感染，成为外星人的同类，反过头来变成人类猎取的对象。当威库斯对外星人的处境感同身受时，人物关系必然又会发生逆转。想想看，如果我们从斯皮尔伯格的《E.T》开始审视那些涉及外星人的电影，难道它们不是显示出了一条人类和外星人关系变化的轨迹吗？毫无疑问，人物关系一旦创新，故事的引人入胜几乎是必然的。谁又能否定，以后出现在电影中的外星人不会是像霍金在某部纪录片中所预言的那样，只是漫游在星际空间中的游牧民族，而长相却是人类肉眼难以辨认的细菌？届时，人类又如何处理与其的关系呢?

而《月球》在人物关系上走得更远。主人公山姆发现，在“月球巨人”基地工作的其他员工和自己长得一模一样，慢慢地，他发现那些人都是自己的克隆人，也就是说，人物关系严重内化了。但是最惊悚的事情不止于此，最后，山姆发现自己也是一个克隆人。他人就是自身，自身又谓何物？在这个故事里，人物关系被极其浓重地向内挤压，一切人只是一个人，而这个人对自身身份的确认还是疑虑重重。

随着社会和科技的发展，新型的人物关系也被带入了故事中，给故事带来了新的挑战和机遇。正如弗洛伊德的理论影响了上个世纪的文学艺术一样，平行宇宙理论、克隆技术等也给近年的电影故事带来了新的风貌。要什么样的想象力才能穷尽彼岸世界的真实面貌？在这个速朽的年代，恐怕只有保持真诚的好奇心和敬畏感，从不同的视点切入我们面对的世界，打破成见，方可保持一个手艺人最基本的自信与尊严。

练习：

1. 观察并分析你今天所见的第一个陌生人，为其设置一个习惯性动作，据此编写一个独特的故事。

2. 遵循“内化的人物关系”的思路，以熊猫阿宝、宝父鸭子、雪豹大龙为核心人物，编写一个功夫熊猫如何成功烹饪出天下第一面条的故事。

2. 庖丁解牛：戏剧式结构解析

2.1 人物主导故事

从上一节的组合人物关系练习中，我们已经看到了强势的人物如何成功把自己从配角转化成主角的例子，也就是说，戏是由某个或者某些核心人物主导的。如果我们承认这一前提，那么，从人物出发就成为一个结构故事的基本思路。为了强化这种思路，我们先来做一个即兴表演的练习。

2.1.1 即兴表演练习：空的舞台

空旷的舞台上只有一张长条椅。风很大，树叶都落得差不多了。

要求每组学生分别推选一名同学上台，根据所给的环境和道具进行即兴表演，该组台下的其他同学可以用画外音、音乐、音响等配合他的表演，最后共同形成一个情节紧凑的故事。

在这个练习里，提示是必须的，那就是，希望上台表演的那名同学能对自己所扮演的角色进行认真的分析，至少要明白：他是谁，为什么在这里，要做什么，如何去做，结果做成了吗？

不要指望大部分表演都会成功。其实失败也是有用的，失败可以从反面照亮成功的路。有的时候，失败的例子更有说服力。

我们从学生们的即兴表演中选择两组：

第一组：演员在舞台上手足无措，不知道做什么好，索性在椅子上睡着了。这引起了该组其他同学的愤懑，决定干脆让那个角色死了算了，于是就决定那是一个冻死在野外的长条椅子上的打工仔，其功能类似一件道具。另外一个演员上台，重新开始表演。

那是一个过年回家的民工，被风雪阻拦在路上，前不着村后不着店。民工看到了椅子上的打工仔，发现他已经死了，大惊，但是又怕说不清楚不敢报警。犹豫再三，开始搜打工仔的口袋，从棉袄夹层里搜出一大包现钞，十分惊喜，据为己有，跑了。复又返回，把钱放回棉袄，并念念有词地恳求原谅。民工无意中从打工仔的棉袄夹层里找到一封信，信的内容由台下同学念出，十分感人，信是写给一个叫春妮的人，大意是：在外面十年，终于存够了钱，能回来见你了。民工又在棉袄里搜出了春妮和打工仔的照片，看上去都是已经五六十岁的人了。民工念出照片背后的地址，在山西的一个地方，竟和自己的老家不远。台下的同学又读出了照片下面的一行毛笔字：春君，幸毋相忘。舞台陷入静寂。台下风雪声大作，有熊吼叫的声音。民工拨打手机，信号全无。民工把打工仔僵硬的身体收拾好，绑在自己背上，走下舞台，边走边说：兄弟，我送你回家！

第二组：一个小混混走上舞台，东倒西歪地，扑在椅子上号啕大骂，原来他因偷窃被追打，狂奔一百里，又累又饿，总算是到了一个安全的地方。小偷伏在椅子上，又骂这世道不好，搞得他大年三十都没有开张，十分晦气。小偷注意到了椅子，上下看了个遍，开始动手拖椅子，然而椅子是被固定在水泥地上的。小偷毫不气馁，掏出螺丝刀，熟练地把椅子拆卸成几块，扛起它们就跑。地很滑，小偷摔倒了，倒在地上，一屁股坐在了椅子腿上的一颗大钉子上。小偷抱着屁股满地滚，他有血晕症，见到自己的鲜血，马上就晕过去了。等他醒来，发现自己的腿已经瘸了，只有黑夜和狂风相伴。小偷点燃木条取暖，他很饿，对着火光产生了幻觉，以为眼前的木条是鸡腿，大咬一口，结果把牙齿崩了。几番往复，已是人鬼不辨、神魂颠倒。小偷拿起手机，拨通了 120，又自言自语说救护车要钱的吧，我可不给这冤枉钱。于是掐掉，拨出另外一个号码：喂，110！又给你们打电话了！我在哪？还在老地方！

2.1.2 人物主导故事

这两组表演各有特色，都是成功的。在第一组里，第一个演员的失败是由于不了解角色的目标和方向，所以沦为一件道具。第二个演员赋予了角色可信的性格，而台下同学的提示给出了一个感人的爱情故事，尤其是“春君，幸毋相忘”这句来自于汉简家书残片中的话可谓神来之笔，成为角色最终动作的推动力。可以说，是内部和外部的合力把这个故事推向了情绪的顶点。

而第二组演员的表演充满了动作性，这种动作更多是外部肢体动作，而不是第一组里那样有很多内心动作。你可以认为这个小混混的行为不具备第一组表演所呈现出来的那种感人风貌，但是，你却不可否认这个小混混的确是一名极其具备主角气质的人物——他永远在为自己找事情做，像永动机一样一刻不停，只要他在舞台上待着，编剧就不必担心戏的停滞，因为即便毫无预兆，这个人物也在没事找事，并且立刻行动。是的，只要人物具备了这样的特征，那么，在编剧的眼里，这个小混混就已胜似伟大的国王和绝世的英雄，就已经能够担当一个举重若轻的主角的责任——决定主角位置的，不在于他的身份和地位，而在于他的目标和贯彻目标的行动，而且，几乎是必然的，要立刻行动。

这个规则的确立，可以追溯到戏剧历史的开卷部分。我们看到，忒拜的国王俄狄浦斯站立在索福克勒斯的笔下，对于自己的命运，他以惊人的勇气和毅力竭力反抗，知其不可而为之。如果俄狄浦斯王不是有着孜孜不倦地解除忒拜城瘟疫的愿望，并且坚持不懈地追查杀害城邦原国王的凶手，那么，他就不会发现关于自己身世的可怕秘密，弑父娶母的预言就不可能实现。在这个故事里，索福克勒斯赋予主角一种源源不断的主动性，是主角的步步为营把自己逼入了命运的绝境中，在德尔菲神庙预言的终点，这个因前人的罪愆而饱受命运凌辱的人刺瞎了自己的双眼，以此表示对盲目命运的无声抗议。很明显，理性看待剧中的命运观念，我们能发现是俄狄浦斯自身的行动而非其他原因推动了这个故事的前进，即便索福克勒斯运用了回溯的方式，依旧很容易就可以看出这是人物主导型故事的典型例子。

这套技巧在欧洲的故事传统里得到了阐释和传承，从而形成了关于戏剧式结构准则的一些基本规定，并且在十九世纪末诞生的电影的叙事里发扬光大。它没有也不会过时，而是在时光的沉淀中，成为最基本的一种结构技巧。

这种结构，最简单最合理的定义，在我看来，是悉德·菲尔德在《电影剧本写作基础》里说过的那句话：戏剧性结构可以被规定为一系列互为关联的事情、情节或事件按线性安排最后导致一个戏剧性的结局。①

这个定义极其简单，用极少极吝啬的文字揭示了本质，简洁有用。

少就是多，简单就是美。唯其有用，方能不朽。

2.2 戏剧式结构地图

有人说编造故事得靠天赋，据我的观察，这个说法相当片面。就戏剧式结构的掌握而言，首先涉及的是技术，其次才是脑力。

2.2.1 戏剧式结构地图

好，我们可以把戏剧式结构看作一个待攻破的堡垒，那么，我告诉你，它的布局是这样的：

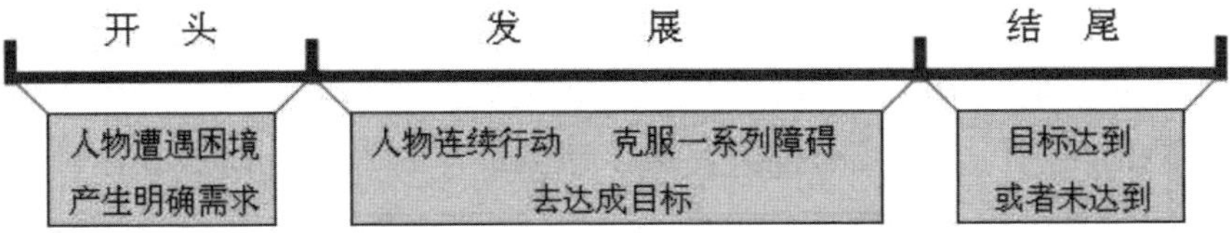

（图 15：戏剧式结构示意图）

这根粗线条的结构线显示了一个抱着强烈愿望的主人公人物如何层层推进，历经一系列的阻碍，最终达到愿望彼岸的过程。

① 悉德·菲尔德．电影剧本写作基础［M］．北京：中国电影出版社，2002：15.

它最大的奥秘在于全部叙事的动力来自于主人公自身的愿望，以及为了贯彻这个愿望而产生的不折不挠的行动。

换句话说，当你面对一个人物不知如何开始他的故事时，给他一个目标，让他去行动，再让他的行动一再受挫，最后让他达成目标，或者让目标离他远去。这就是一个传统的戏剧式结构故事的基本模式。

再或者说，当你有一个模糊的故事不知如何下手时，先找出其中的主人公，再让这个人物按照上面的模式去受罪，故事就成了。

为了强化这个认识，我们不妨以电影《一条叫旺达的鱼》为例进行分析。它的剧情如下：

女贼旺达、伪装成旺达哥哥的旺达情人奥托、贼头乔治和有口吃毛病的同伙肯四个人成功抢劫了伦敦一家珠宝店。旺达和奥托向警方举报了乔治，想拿走珠宝后远走高飞。实际上旺达还有更深的打算，她要独吞珠宝一人单飞。谁知，当旺达和奥托到达藏宝地时，发现保险箱里的珠宝已被乔治提早转移，旺达准备砸向奥托脑袋的铁棒不得不收了回来。

旺达立即开始了寻宝行动。阿奇是乔治的出庭律师，不管乔治要说什么，都要先告诉阿奇，所以旺达借故接近阿奇。在无意中拿到肯藏在鱼缸里的宝藏钥匙后，旺达把它藏在了贴身的项链中，现在只要知道藏宝地就万事俱备了。旺达去拜会阿奇，得知乔治很可能会认罪，这对旺达的计划很不利，于是旺达马上夜里去阿奇家色诱阿奇。谁知由于奥托的搅局和阿奇妻子提前回家的状况，旺达不但没有套到阿奇的口风，反而丢了项链。

旺达为了拿回钥匙，和阿奇在阿奇朋友的寓所约会。第一次由于奥托的突然出现，旺达什么也没有搞到。第二次拿回了钥匙的同时，旺达惊奇地发现自己居然真的爱上了阿奇！而阿奇为了拿回被妻子误认为是礼物的项链，不惜伪装成小偷盗窃自己的房子，还在他人面前出尽洋相，饱受挫折，加上自己其实并不富有，遂决定不再招惹旺达。

法庭上，旺达做了对乔治不利的证词，而阿奇的反应也让阿奇的妻子醒悟过来，宣布和阿奇离婚。阿奇临阵倒戈，为了爱情，这个律师彻底和盗贼站到了同一条战壕里。旺达拿到了珠宝，阿奇甩掉了奥托和肯，两个人一起登上去南美的飞机，享受爱情和财富。

《一条叫旺达的鱼》的剧作展示了一个典型的戏剧式结构是如何布局的。它的线索是旺达寻取珠宝的行动，而旺达和阿奇的爱情故事则是一直贯穿的、隐藏的线索。同时，这条结构线在剧情上明显地分为开头、发展、结尾三个部分。

开头部分：保险箱空无一物，旺达遭遇了困境。然而她独吞珠宝的目标是如此的坚定。

发展部分：旺达立即行动。为了套口风，她去阿奇的办公室，甚至半夜去阿奇的家，还丢了钥匙。为了拿到钥匙，她和阿奇两次在阿奇朋友的寓所约会。在此过程中，她还摆平了嫉妒的奥托、疑心的乔治和肯。

结尾部分：旺达达到了目标，得到了珠宝，还收获了爱情。

2.2.2 四大要素练习

不管开头、发展、结尾三个部分是如何清晰，它始终成不了这条结构线上最关键的部分。如果我们对剧情做粗线条的梳理，会发现这条结构线成功与否，是由四大要素决定的：旺达这伙人、他们的目标、他们为达到目标遭受的挫折、他们扫清障碍的行动。

这里隐含了戏剧式结构的四大要素：人物、目标、障碍、行动。

你不妨把这四大要素看作是占据在通往堡垒路途上的四个要塞。只要漂亮地解决了这四个要塞，堡垒就在望了。

另外一个要害在于：在戏剧式结构的规则中，无论故事长短，大的障碍必须要有三个。

可以这么说，有了这四大要素和三大障碍，不一定能保证故事的精彩，但能保证故事的完整。

为了加深对四大要素和三大障碍的印象，我们不妨打乱《一条叫旺达的鱼》的结构布局，重新折腾出一些新的剧情来。

把学生们分为两组，这是因为我们要把原剧中的两个配角作为主角来构造故事。第一小组分到了“乔治”，第二小组分到了“肯”。

好，第一步，让学生们赋予分到的人物详细的性格和历史，描述他到底是怎么样的一个人。两人在原作中虽有刻画，但相比旺达、奥托和阿奇显然是逊色多了。充分相信学生的想象力，看他们到底能描画出什么与众不同的人物出来，乔治还是那样多疑吗？肯是否会得到比口吃更精彩的特征？

第二步，交换小组，也就是说，“乔治”小组拿到的是“肯”的性格和历史，“肯”小组拿到的是“乔治”的性格和历史。接着，两小组分别给予人物目标，这个目标将会在剧情的结尾等候大家，也许是达成了，也许没法达成。这样的交换往往会产生意想不到的效果，激发参与者继续练习的兴趣，比方说，也许第一小组在设置乔治这个人物时，打算他的目标是挖出团伙中的内奸，但是到了第二小组手里，乔治的目标居然是要成为英国达人。同学们对付肯也是毫不手软，第二小组原来设想的目标是：肯治好了口吃病，并且开办了全英最大的口吃儿童康复治疗中心，奈何明月照沟渠，第一小组的同学们的理解不是这样的，他们希望肯逃往挪威，在那里和他的同性伴侣举行合法的婚礼。

好吧，第三步，还是交换小组，所有人将会为此前的行为付出代价，因为他们要分别为人物实现目标设置第一个障碍了。第一小组的同学们，如果你觉得对乔治成为英国达人相当不爽，那么机会来了，你就竭尽全力阻止他的成功吧。第二小组的同学们，你们也一样。

第四步，再次交换小组，你们会发现这纯粹是两个小组之间斗智斗勇的较量。第一小组的同学们将全力破解肯在追求同性婚姻旅程上的障碍，谁让你们给肯设置了这么一个目标呢？第二小组的同学们也应该如此去做。

当第一个障碍被破解后，重复第三步和第四步，直至用行动破解掉第三个障碍为止。

组别 / 要素	第一组	第二组
人物	描述乔治的性格，写人物小传	描述肯的性格，写人物小传
目标	给肯设置目标：去挪威举行同性婚礼 （第二组给肯设置的目标是开办口吃康复中心）	给乔治设置目标：成为英国达人 （第一组给乔治设置的目标是挖出内奸）
障碍1	给乔治成为英国达人设置第一个障碍	给肯去挪威举行同性婚礼设置第一个障碍
行动1	让肯用行动破解障碍，迈出去挪威的第一步	让乔治用行动破解障碍，朝着英国达人迈出第一步
障碍2	给乔治设置第二个障碍	给肯设置第二个障碍
行动2	破解肯的第二个障碍	破解乔治的第二个障碍
障碍3	给乔治设置第三个障碍	给肯设置第三个障碍
行动3	破解肯的第三个障碍	破解乔治的第三个障碍

（图 16：四大要素练习）

把这上述几步连接起来，看看最后到底得到的是怎么样的故事？编写故事是不是变得容易了？

好了，较量结束。收获是：我们得到了在以“四大要素”为核心的规则下尝试了编剧的初步经验。

2.3 其他要素简析

上节展示的戏剧式结构的基本布局和四大要素，只是管窥，而非全貌。之所以说得那么简单，为的是在展示概貌的同时给初学者增添一点自信。现在，是时候去巡视地图上的其他哨卡了。为了不致凌乱，我们依旧以《一条叫旺达的鱼》为例进行理解。

2.3.1 从段落性质看

（图 17：从段落性质看结构）

剧作的结构是一个强烈的需求经过一系列的对抗得到解决的过程。

这简直就是对“四大要素”的重复强调，如此反复地叮咛不过是为了表明这四大要素的重要程度。在《一条叫旺达的鱼》中，旺达的需求也就是她的终极目标，她的需求遇到各种障碍的过程也就是故事的主体进程。这样的对抗来自于他人的阻碍，横亘在目标终点的路途上。不管对抗有多激烈，最终必须有一个解决，那就是拿到珠宝，或者拿不到珠宝，故事必须结束。在旺达的故事里，她得到的比预期的还要多。

2.3.2 从剧作技巧看

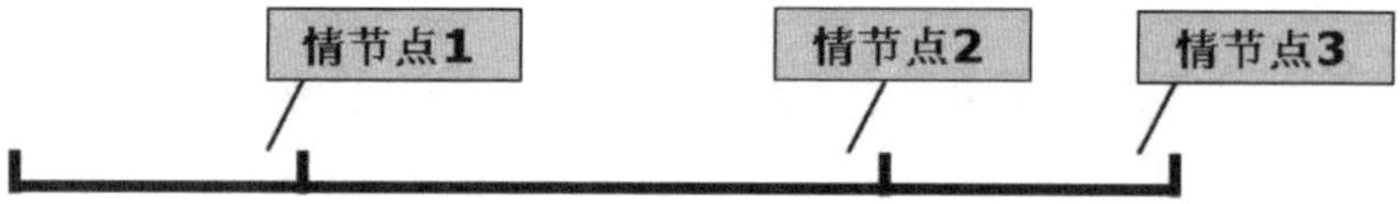

（图 18：从剧作技巧看结构）

一个完整的剧作要有三个大的情节点。

情节点是一个事件，它的作用是改变剧情的发展方向，犹如一把钩子，让故事偏离原来预想的轨道。

情节点也是划分剧作段落的标志，以三个大的情节点为界，剧作形成了开始、发展、结尾三个部分。

回想一下我们在上节提到的三大障碍。三大障碍就是三大情节点吗？

不能这么认为。虽然障碍看上去确实和情节点很像，但是，障碍只是阻碍了人物的行动，不一定能改变故事的走向。而情节点在大部分时候确实本身也是障碍，但是它必须要具有的特质是：扭转剧情的方向。

打个比方，新郎去教堂结婚，在路上遇到了一个抢劫犯。如果新郎制伏了抢劫犯，顺利到达了教堂，那么，抢劫犯的出现是一个障碍；如果新郎制伏了抢劫犯，却因为受伤不得不去医院输血而非去教堂结婚，那么，故事原来的方向被扭转了，抢劫犯的出现就不仅是障碍，还是一个真正的情节点。

看上去，到底哪一种情节更精彩呢？毫无疑问，是后一种！

现在你发现其中的危险了：我们在前一节的练习中所设置的三大障碍是不严谨的，它们只是侥幸达成了一个粗线条的故事框架，他们常常是禁不起深究的。在戏剧式结构的操作指南中，精确的技术术语应该是三大情节点。结构线上要设置的是情节点，而不是障碍。

那么，为什么在前一节的练习里要设置三个障碍呢？

因为，有很多野心勃勃的故事，一路所向披靡，最终恰恰就是在情节点脚下倒下了！

只写障碍，而不是写情节点，这是戏剧式结构中最常见、最隐蔽、也是最致命的错误。

这样是不是反而能够增强你对情节点重要性的认识呢?

依旧来看《一条叫旺达的鱼》的情节点。情节点1出现在旺达和奥托去桥下涵洞里开保险箱那场戏里。保险箱空了，旺达独吞珠宝的设想落空，故事的发展方向改变了:旺达不是拿走珠宝，而是要去找珠宝。

情节点2出现在旺达和阿奇在阿奇朋友寓所约会那场戏里。

在寓所幽会时，旺达发现自己爱上了阿奇，那么她单飞的目标就必须进行调整，这个难度太大，也不在她的计划里。所以这也是改变剧情方向的一个大变化。值得注意的是，这个情节点所能带来的变化随后就被男主人公阿奇的动作叫停了，因为阿奇斟酌再三还是决定不再和旺达见面。阿奇的这个决定似乎是扼杀了这个情节点的作用，似乎是造成了戏的停滞，因为他的决定让旺达将会继续单打独斗，戏似乎回到了原来的轨道上去了。

但是，情节点的作用绝对不仅仅是在故事情节上的，而且还是主题和情绪上的。考虑到这个戏不仅仅是大胆女贼的盗宝故事，而且还是一个女贼和一个律师的爱情故事，而旺达发现自己爱上阿奇确实在戏的节奏和情绪上堪称一个大的转折，所以我们仍旧把它断定为第二个情节点。能够验证它究竟是不是第二个情节点要看下面的剧情变化，果然，接下来阿奇还是回归了爱情。所以它的确是第二个情节点。

在这个故事里，对于第二个情节点的判断很容易发生失误，比方说，旺达在阿奇家丢失了项链难道就不是一个大的情节点?她原来只需要套出藏宝地，现在却必须要找到藏宝钥匙。难道剧情不是发生了大的转折?

是的，这是一个情节点，尤其是从单纯盗宝行动这条旺达的行动链来看。但是，如果放在整个大的故事环境里，重视这个故事的隐形线索，即旺达和阿奇的爱情故事，我们便可以明白，旺达丢钥匙只是一个小的情节点，还难以担当大的情节点的重任。

情节点3发生在法庭戏后，阿奇把假头套扔进垃圾箱，把旺达拉进自己的汽车，去找肯询问藏宝地。这不仅是剧情的转折，而且是主题与情绪上的一个高峰。

2.3.3 从戏剧性看

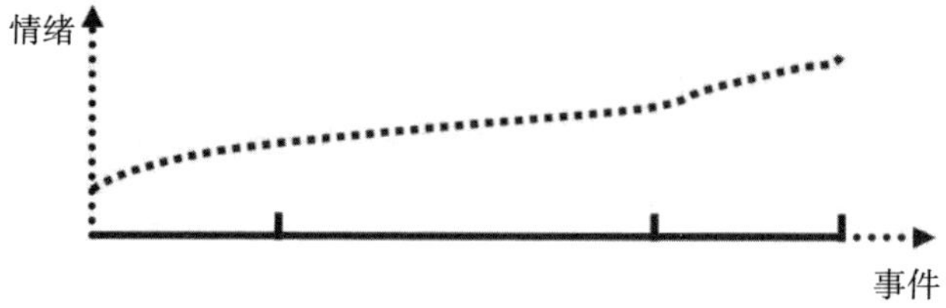

（图 19：从戏剧性看结构）

就戏剧性而言，故事不可平淡无奇，必须跌宕起伏，且在情绪上是渐次高涨的过程。在剧情结尾处，戏剧性达到高潮。高潮是剧情上升的顶峰，也是全剧中最有意义的时刻。冲突在高潮中解决，人物塑造主题思想都在高潮中完成。

在《一条叫旺达的鱼》中，整个故事的戏剧性随着旺达对自己和阿奇之间的关系的发现而曲折起伏。当阿奇毅然决然抛弃过去的一切加入到旺达的行列时，剧情真正达到了一个戏剧性的高潮。

2.3.4 从时间比例看

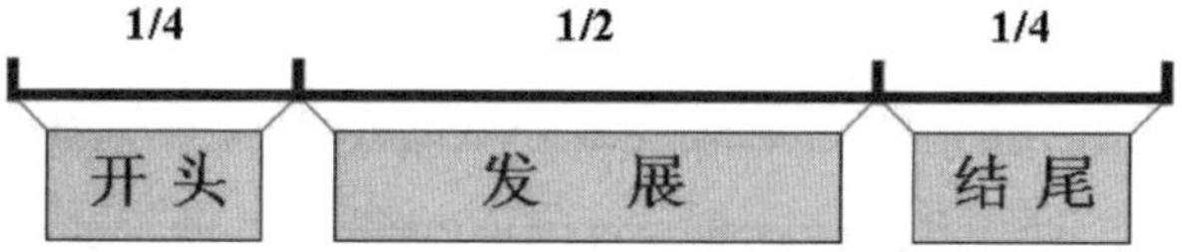

（图 20：从时间比例看结构）

在一个标准的戏剧式结构故事中，前 1/4 为开头部分，中间 1/2 为发展部分，最后 1/4 为结尾部分。即，三部分在时间上占剧情的比例分别为 25%、50%、25%。

当然这只是一个大致的规定，而不是一个绝对的规定。时间的比例上可能会有一些误差，但是误差不会太大。

在《一条叫旺达的鱼》中，三部分在时间上占剧情的比例大致为：15%、60%、25%。

综上所述，我们可以得出《一条叫旺达的鱼》的结构线上的主要元素：

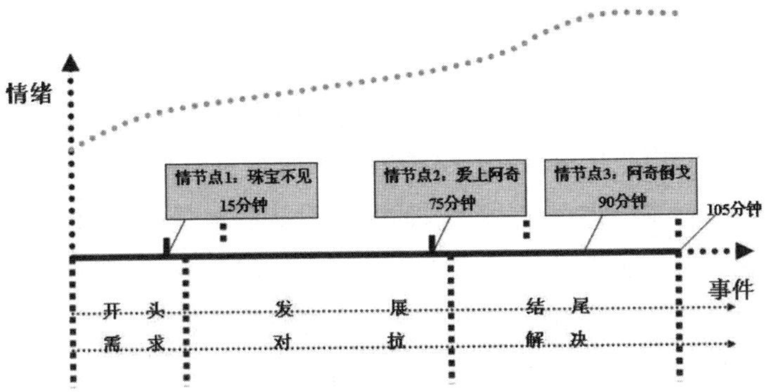

（图 21：《一条叫旺达的鱼》结构分析）

2.4 向现实生活索取戏剧性结构故事

一旦我们拥有了对戏剧性结构的基本认知，那么，我们就可以开始正儿八经地制造这种类型的故事了。假如你对生活所知有限，假如你的想象力贫乏，假如这两种担忧都是真的，那么，你就应该直接向生活下手。直接从现实生活中索取情节编造故事，这也许是一个非常好的起步方式。

2.4.1 挑选辨别素材

有的时候真是难以置信，仅仅是在网络上稍微搜索一下，就能发现人海之中竟然潜藏着如此众多的有意思的真实素材。

比方说各式求婚：有人乘坐滑翔伞在空中向女朋友求婚，但在低空降落时，因一阵强风被刮到树上，致使他们活活在树上挂了近一个小时，只能请来吊车救援，最后求婚被拒；有人在优胜美地国家公园的悬崖边求婚，结果很可能因坠崖而生死不明；而有的人呢，虽然女友很漂亮，但他仅仅是三餐加宵夜不停地带女友吃喝，致使对方从 50 公斤一下子长到 90 公斤，轻轻松松就求婚成功。

比方说“可爱”的小偷：一小偷半夜去幼儿园，专门喝牛奶吃小饼干；一小偷专偷学生用品，偷完试卷还自己做一遍；一小偷在失主家逗留 3 小时，连炒了 15 个鸡蛋，喝了红酒白酒，还撕了小朋友的暑假作业；一小偷担心脚步声会惊醒主人，就脱了鞋，结果脚臭把主人熏醒。

再比方说躲不开的监狱：一在逃人员接刑满朋友出狱，结果当场被抓获；一小偷连续 34 年偷火腿，年年被抓，累计获刑 10 年；一男子受不了邻居噪音欲报复，跑巴基斯坦买枪被捕；一女子到派出所查自己是不是逃犯，民警一查，真是逃犯；一男子刚出狱又作案，被抓时正看法制节目学习抢劫知识；毒贩视力不好，交易毒品收到冥币，一怒之下报警；孕妇花 3 万 1 千元购买冰毒，回家发现变冰糖，一怒之下报警；两逃犯遇检查编造两亲戚名字，不料那俩亲戚也是逃犯；一男子插队叫嚣找民警，他忘了自己被通缉；贩毒老大被判死刑，五个小弟混进庭审现场送行齐被抓；六名逃犯 KTV 中高唱“不要怕，擦干泪，至少我们还有梦”，结果被警察一锅端；狱警昏倒，囚犯越狱营救，警方感动同时加固牢门。

在这些真实的新闻里，出现了性格鲜明的人物，有的还有明确的目标，很多事件本质是为了达成这个目标所采取的行动，但由于障碍的力量太大，鲜有成功的。

这些，不就是戏剧式结构故事所寻求的吗？

按照这个思路，有意识地在素材中淘洗，看看有没有适合编成一个戏剧式结构故事的？比方说，以下四则报道——

报道一：投入 18 万只造出 16 万假币，为安全只造 1 元硬币。

三名男子合伙制造假币赚钱，为了防止被识破，他们买了设备，学了技术，不假造百元大钞，而是假造 1 元硬币。得知线索后，警方立即成立专案组，锁定了犯罪嫌疑人，三名犯罪嫌疑人很快落网。

据了解，36 岁的钱某是兰陵县的一名农民，做生意失败后，动起了歪脑筋，拉拢堂弟钱某某和朋友合伙造假币。当时，钱某在上海做生意，发现上海有制造游戏机币的机器，认定这个机器就可以制造假币。

三人将机器和原材料买到手后，就开始大量生产 1 元假硬币，原本计划大赚一笔，可假币造出来三人傻眼了：投入 18 万元成本，却只造出 16 万多枚硬币，亏了近两万。

三人原想售完这些假硬币就散伙，结果只卖出一部分。截至被抓，三人手里还剩有4850枚硬币。

报道二：一下偷到70多万吓坏了！窃贼悄悄退回去还多给2000元。

鄄城县公安局接到村民王先生的报警电话，称家里的保险柜以及一辆电动车被盗，损失达70余万元。

就在警方展开调查时，受害人却打来一通意外的电话。受害人称，被偷的现金被送还回来，上面还附着一张纸条，纸条上写：多送两千块钱，用于购买保险柜和电动车，切记撤案。

办案民警对受害人家附近的所有监控进行了调取分析，最终锁定犯罪嫌疑人，一举将其抓获。

到案后，嫌疑人邢某交代了自己的犯罪事实。由于邢某好赌欠下十多万外债，才最终动了盗窃的念头。进受害人家里发现保险柜，邢某就直接抱着保险柜出来了，在院子里又发现了电动车，上面还插着钥匙，就把保险柜放到电动车上，把车骑走了。

邢某得手后，撬开保险柜，但发现现金太多，他胆怯了，就偷偷送回去，还多送了两千块弥补对方的损失。

报道三：小偷偷2000多箱凉茶价值17万，倒掉后卖空瓶得115元。

瓯海的梁先生做饮料生意，发现自己仓库里的2000多箱凉茶不见了。警方接警后，没有在监控里发现搬运迹象，现场调查，周围人没有发现任何蛛丝马迹，只是在仓库门口闻到饮料的味道，以及散落在仓库外的一些绿色饮料瓶盖。经过缜密侦查，警方将犯罪嫌疑人张某抓获。

张某交代，发现这批饮料后，见四下无人，就钻进仓库将这些饮料搬到门外倒了起来。后来，有三个收废品的人拉着板车路过，张某就把人叫过来，说有一批空瓶子要卖，让他们一起倒饮料。这批凉茶每箱15瓶，2000多箱一共30000多瓶，张某和三个收废品的一道，从早上8点多一直忙到晚上8点多，才将这些凉茶倒完。最后，三个收废品的人给了张某115元。而所有的纸板箱和空瓶子，一共卖了900多元，除去给张某的115元，收废品的每人分到了200多元。

报道四：一贪官躲农村种地 13 年，不仅没赚钱还欠了数十万，过不下去选择自首。

2017 年初，普洱市思茅区检察院迎来了一位特殊的客人，他就是该院追捕了 13 年的涉贪犯罪嫌疑人管某。管某系农行某支行行长，受贿三十余万人民币后潜逃。

出逃期间，管某重演着潜逃贪官们的悲惨生活。几经辗转，管某在广东某地落脚，以种地为生。“一没钱，二没合法身份，只有种地才不需要身份证。”管某拿出在湖南亲友那里筹集来的资金租了七十多亩地，种植玉米、芋头等农作物。“每到农忙时期，我凌晨三四点钟就起床，拿着手电筒到地里干活，但到了最后，不仅钱没有赚到，还欠下数十万元的地租和化肥钱。”回忆起不堪往事，管某不禁老泪纵横。在政策的感召下，管某选择了自首。

透过以上报道，仿佛有两个年轻的故事主人公从小镇边上朝我们走来。对，我们迅速对素材进行了符合我们意愿的加工。那两个年轻人，只有一个朴素的愿望：有钱了就去上海看偶像的演唱会。他俩的性格呢，瑕瑜互见，善良而胆怯、愚蠢和小精明共存、勤劳热情、志大才疏。他们种地却养不活自己，造假币却亏本、偷饮料却买椟还珠、无意中干了一票大的还把自己吓坏了最后贴钱消灾……总之，他们的目标总是难以实现。人物、目标、障碍、行动，这就是我们从报道中得到的东西，也是我们得以编出的戏剧式结构故事的线索。

2.4.2 新闻连连看

某一天，一条标题为“男子坚持偷盗 10 年引警察抓自己，只为进监狱合唱团”的新闻引起了我的好奇，这简直是一个天生的戏剧式结构故事，人物有着与众不同的目标，只需给予有难度的障碍，然后破解这些障碍即可，何况，该犯罪嫌疑人最近一次的作案地点离我们学校很近啊！于是立即搜集了最近几年的年度喜感新闻，结果，却是另外几条引起了我的注意：

新闻 1：男子每次和女友吵架都骑车发泄，最远骑到了非洲。

新闻 2：南昌一男子潜入彩票店偷走所有彩票刮开，最后兑了 450 元。

新闻 3：杭州女子怀疑家中有贼报警，原是老公不想去上班躲在衣柜。

新闻 4：小伙五次主动坐牢逃避婚姻，自称跟不爱的人结婚很痛苦。

新闻 5：蠢贼砸车盗窃拍视频传抖音：靠自己致富的样子真帅！

新闻 6：小伙扮女装盗窃被拘，为了装女性作案前先跳段舞。

新闻 7：连云港一男子带着涂料和刷子将左转弯道“P”成了直行道。

新闻 8：老婆出轨，男子花 20 多万“学费”向情敌学追妻招数。

以及当天看到的一则网络笑话：“警察向上司报告：我们不能再盘问那个被指控有谋杀罪的推销员了！整个队弟兄轮流审了他 3 个小时，叫他自首，结果是，他已经卖给我们 3 部吸尘器、2 部洗碗机和 5 个电吹风了。”

坦率而言，我觉得以上这些新闻和笑话都具备一种神秘而接近的气质，仿佛是从同一个故事上长出来的肢体，隔着电脑屏幕在字里行间向人类打招呼。于是我马上就下手了，构思了以下不算规范的故事梗概：

王明明是一个内向而不擅沟通的人，这给他的生活带来了无尽苦恼。

早在谈恋爱时，王明明每次和女朋友娄薇薇吵完架，都要骑自行车远行发泄情绪。2016 年吵架，他从家中骑到了北京，2017 年再次吵架，他从佛山骑行去了重庆，从重庆到西藏到尼泊尔，再过坦桑尼亚，去了赞比亚，然后抵达了南非。

2018 年，王明明和娄薇薇结婚了。婚后，外向的娄薇薇里外一把手，健谈到了话痨的地步，在家族圈、朋友圈的人气之高，让王明明更加感到了压力。有一次，两人骑车逆行被警察抓住，在派出所做笔录时，身为网店老板的娄薇薇居然一下子卖给民警 3 部吸尘器、2 部洗碗机和 5 个电吹风，最后两人被所长赶了出来。所长是个追求完美的人，绝对不容许这种交易在自己的眼皮底下发生。这件事情极大刺激了王明明，他决定和妻子离婚。但是王明明是个善良的人，他不想娄薇薇和其父母受到伤害，他希望由妻子提出离婚。

这天，娄薇薇提前下班，发现家门被反锁，里面还传来动静，立即报警。民警撬门进去后，发现了躲在衣柜里的王明明。王明明坦白，自己已经失业一段时间了，并且在股市里赔光了积蓄，只有每天都躲在衣柜里假装上班来骗过娄薇薇。王明明自以为抓住了妻子的要害，因为他觉得娄薇薇非常在意钱。娄薇薇果然非常气愤，将王明明数落得狗血喷头，连警察都看不下去了，纷纷劝阻，没想到娄薇薇把警察说得没有招架之力。为了回击所长提出的看心理医生和离婚的提议，娄薇薇豪爽地给了王明明一大笔钱，让他恢复信心。

王明明开始想方设法让妻子嫌弃自己。一天半夜，王明明穿上裙子，带着涂料和刷子，故意来到派出所边上的交叉路口，把左转弯道“P”成了直行道，然后故意在监控下面露着整个脸部跳舞。他喜滋滋地在家等着民警上门，果然，一大早所长就来了。所长来向娄薇薇订购摄像头，他们所边上的监控坏了好几天，但是没有经费，现在出事了也找不到视频证据。王薇薇高屋建瓴地把所长的工作批评了一番，所长为了赊账，只有忍了。

王明明名义上恢复了上班，实际上是每天骑着车在街上游荡。娄薇薇跟踪过王明明几次，发现王明明每次都在同一家彩票店买彩票，以为他想一夜暴富弥补股市损失，也就不在意了。王明明踩好点后，夜里闯入彩票店，确认监控正常后，就把所有的刮刮乐彩票偷窃一空。王明明非常兴奋，还特意录制了“加油！靠自己致富的样子真帅！”的励志视频。

回到家，王明明主动做了早餐，邀请妻子和自己一起刮彩票，梦想喝着咖啡束手就擒。两个人刮完了两万块钱彩票，总共才中了两块钱人民币。娄薇薇气愤地说，怪不得那家店装了最便宜的监控，因为他们彩票造假，就算被盗了也不会报案的。

王明明崩溃了，他立即把那段励志视频发到抖音上，没想到视频很快淹没在网民的赞美中，王明明的行为被视为一个行为艺术。只有娄薇薇意识到事情是真的，她什么话都没有说，给派出所所长打了电话。

王明明等待的时刻终于到了，谁想到，娄薇薇抱着所长痛哭起来，请所长介绍以前说到的心理医生，以拯救王明明。

王明明夫妻开始了心理治疗。心理医师姗姗来迟，原来他就是所长本人。所长考上了心理医生资格，这是他的第一单生意。娄薇薇原本是求教的心态，现在一下子逆转了形势，利用自己的口才，让所长把自己的困境和盘托出：自己没法舍弃派出所的工作，但又因家事需要钱。娄薇薇刻薄的言语不但让王明明难堪，还使得所长失态发火，指出娄薇薇才是两人婚姻困境的主因。

王明明私下向所长提出额外出钱让所长追求娄薇薇，以达到娄薇薇主动提出离婚的目的。所长虽然不屈服于王明明的要挟，但看在钱的份上，还是同意了。根据自己的刑侦经验和心理学知识，所长提出了短平快的“七日计划”。

计划很快奏效。娄薇薇越来越勤地去拜访所长，同时一改在王明明面前的话痨，渐渐变得冷淡，以至于不和王明明说话。王明明一开始觉得很清净，慢慢地还有点不适应了。

第七日，所长邀请两人共进晚餐。先到的王明明问所长进展，所长说如果娄薇薇心情好跳舞了，那么事情就会成。王明明无意中发现自己的信用卡已经被冻结，隐约觉得事情有点不对劲。娄薇薇光彩照人地来了，王明明看着他们旁若无人地闲聊，居然有些不快，就邀请娄薇薇跳舞，被拒绝。王明明松了口气。娄薇薇起身和所长跳舞，王明明感到十分妒忌，他突然回想起这几天的一些蹊跷之事，赶忙查了自己和妻子名下的资产，发现已经被转到一家心理咨询所的名下，而这家咨询所的老板，就是所长本人。

这个时候，娄薇薇宣布自己做了一个重要决定，决定重新开始生活。王明明打断了她，说绝不同意。所长非常震惊，无意中泄露了七日计划，对资产在咨询所名下一事也并不隐瞒。娄薇薇对于王明明居然雇佣所长追求自己一事非常气愤，她在婚前婚后一直包容对方到了毫无理由的地步，家里的经济大任也是由她一肩挑起，仅仅由于话痨而被弃，而王明明自己呢，他的性格和责任心一直以来毫无长进，所以她一再坚持自己的决定。王明明在这几天内其实也意识到了自身问题的严重性，决定改过自新，即便两人名下已经一贫如洗，唯一的财产就是两辆单车，他还是恳求娄薇薇不要离婚。

但娄薇薇的新决定并不是要离婚，而是要接手一家心理咨询所，而所长，就是她聘用的第一个咨询师。

原来，娄薇薇在王明明之前就雇用了所长，七日计划也是她提出的，同时，她还接受了所长的治疗，用逐步“戒言”的办法，改善了自己的话痨症。

所长在此过程中也戒掉了追求完美的毛病，因为他放低原则、忍辱负重，完成了作为心理咨询师的第一单，并且正式开始了兼职心理咨询师的历程。

王明明以为风暴将息，谁知娄薇薇说必须开始新生活：一起骑行到南非，以此测试两个人的婚姻是不是值得继续下去。

实事求是地讲，我只是按照戏剧式结构的框架迅速地在电脑上调整了新闻标题的次序，然后就开始写了，有些地方写得很详细，因为新闻里本来就有，我不过是复制过来，有些地方明显写不下去，是因为没有新闻可抄。主人公的形象是比较明确的，善良而拙于交流，他的目标一开始就确立了：让妻子主动提出离婚。障碍基本是新闻中现成的，只要用行动破解便是，所以，粗的架构一下子就搭建出来了。写到派出所卖电器时，便知道这个性格会在故事里非常有用。写至衣柜藏人吵架时，意识到所长是个重要角色，于是回到卖电器事件中，把他单独拎出来强调了一下，并且接下来赋予了所长独特的贯穿始终的戏剧任务。总之，我并没有更多的考虑，就这么写下来了。可能正因为所思甚少，在最后一部分，由于没有新闻素材的支撑，而我的想象力明显败给了现实生活的戏剧性，所以这部分便写得不那么利索，只能尽量用修辞技巧去完成它，感觉前面部分的喜剧风格明显强于最后部分。

只要不对成果过于苛求，你也可以来试用这种办法，来迅速获得对于戏剧式结构故事的初步搭建经验。

言归正传，让我们对照戏剧式结构的要素，检查一下上面这个故事有没有出现大的纰漏。

故事明显分为三个部分。王明明因为妻子过于唠叨而产生离婚念头，派出所卖电器事件让他下定决心，但一定要让对方主动提出离婚。有了目标后，王明明一下子就铩羽而归，因为躲衣柜事件中，娄薇薇压根没想到离婚，反而给他一笔钱。这是开头部分；接下来，王明明继续行动，“P”弯道，派出所监控坏了，偷彩票店，彩票店造假不报案，拍视频发抖音被误认为是行为艺术，娄薇薇叫来了所长，却是要给他进行心理治疗。这些行动都失败了，这是发展部分；王明明暗中付钱让所长追求娄薇薇，差点人财两空，虽然是虚惊一场，但是王明明主动断了离婚的念头，两人都对婚姻中的自己有了新的认识。这是结尾部分。

从段落性质看，这个故事确实符合“一个强烈的需求经过一系列的对抗得到解决的过程”。需求：对方提出离婚；一系列的对抗：躲衣柜事件、“P”弯道事件、偷彩票店事件、七日计划事件；解决：王明明放下离婚念头，恳求娄薇薇不要离婚。

从剧作技巧看，这个故事里的三大情节点非常清晰，分别是：躲衣柜事件未引发娄薇薇的离婚念头、偷彩票店事件导致薇薇请所长介绍心理医生拯救王明明、七日计划事件导致王明明意识到自身问题而打消离婚念头。

从戏剧性看，这个故事尽量想做出一条清晰的情绪线，那就是王明明和娄薇薇的情感随着对抗的加剧而曲线上升，随着双方尤其是王明明本人意识到自身问题开始逐步修正自己而加剧上升，并在最后部分抵达一个情感的高潮。当然，这条线目前来看还只是一个美好的愿景，它的成功有赖于对人物的分析、对事件的补充、对细节的加入等等，总之，这是一个不容易的过程。

从时间比例看，这个故事尽量在开头发展结尾三部分体现了 1 ∶ 2 ∶ 1 的比例原则。开头是需求提出后立即进行躲衣柜事件；中间安排了两个独立的事件，即“P”弯道和偷彩票店。由于担心时间比例，特意把偷彩票店事件拉长了，分成偷窃、刮彩票、发抖音、找所长四个连贯的小事件。如果时间比例不够，可以再加入一个独立事件，或者拉长已有独立事件的过程；结尾部分是一个大的以七日计划为主的情节事件。不管这个故事到底时长多少，构思时确实遵循了 1 ∶ 2 ∶ 1 的原则，如果修改这个梗概，那么，也需要按照同样的思路进行。

练习：

1. 用戏剧式结构去重新编写梁山伯和祝英台的故事，要求不改变原有人物关系和故事结局。分析并写出“四大要素”，详细列出三个情节点，确保不落俗套。

2. 收集最近的媒体新闻，尝试利用其中的素材编写一个戏剧式结构的故事。

3. 如法炮制：如何编写戏剧式结构故事

上一章对戏剧式结构做了一个粗线条的介绍。当真正提笔时，你会发现困难比预想的更多。编剧除了对故事的主人公、主人公的目标、为了达到这个目标而受到的重重干扰以及破除干扰的各项行动了然于胸外，还必须像一个指挥家那样统领全局，从大处的创意谋篇，到小处的细节描写要全部兼顾。

3.1 开头要解决的问题

这里的开头有两层意思：一方面，是真正动笔前在脑子里必须整理清楚的一些很重要的思路，另一方面，是在剧本的开头部分应该用文字解决的问题。

3.1.1 知道故事的结尾

结尾，落实到前面所说的四大要素上，其实就是其中的“目标”。

没错，在故事开始的时候，你就必须想好了结尾。作为一个编剧，你不是和你的剧中人物一起在黑暗中努力摸索，而是那个帮助剧中人物安排好一切的人，包括其最终归宿。固然，八卦界免不了有一些神奇的传说在流传，说某些天才如何在某个时刻有如神助般奋笔疾书，如秋风扫落叶般文思泉涌，没有刻意便成就了一部旷世名片。这种传说既不靠谱，也不太尊重客观规律，初学者千万不要上那个当。总之，你是一个指挥者，但你要谦虚，这意味着，在开始动笔之前，你对于这条结构线上的一切都成竹在胸，动笔不过是让你的人物各就各位参加完比赛而已——也许是 90 分钟，也许是 120 分钟。总之，你必须知道撞线的那一刻是什么样的场景。

有的时候，预先考虑故事结尾能够赋予剧作者另外一种思路：从结尾的地方开始思考剧情，从高潮的地方往回推溯出剧情。故事构思从哪里开始？从结尾的地方开始。

最早的案例，还是以索福克勒斯的《俄狄浦斯王》为例。我们知道，这个故事遵循了三一律，剧情大致是在一天内完成的，故事开始时，忒拜的瘟疫已经蔓延很久了，俄狄浦斯正在为解除瘟疫寻找良方。事实上，这个故事的实际发生时间远远长于一天，如果是从俄狄浦斯的父亲拉伊俄斯去皮萨寻求庇护算起，这称得上是一个悠长的涉及两代恩怨的故事，即便是从俄狄浦斯离开科林斯去阿波罗神庙求神谕算起，也是一个历经了好多年的故事。索福克勒斯把这漫长前史的蛛丝马迹交融在对话中，以回忆的方式带过了，观众在开场时，就已经在面对一个竭尽心力解决层出不穷的致命问题的国王。

这是典型的从结尾的地方开始写故事的方式。其实这个例子有点极端，因为它不仅是从结尾的地方开始构思故事，而且压根就是大刀阔斧地省略了很多剧情，当然，这也跟希腊戏剧中经常会出现的“事后身后”的隐蔽视野有关。

事实上，我举这个例子的根本用意在于：它如旗帜般猎猎作响，在故事史的开端之处，为后来人昭示了一种明确且有用的思路。

写这些文字的初稿时，是2010年清明节的中午，也是华晋焦煤王家岭矿透水事故救援的转折点，电视直播中显示，第42名被救工人成功升井。

针对这条新闻，我采用了一个真实的场景作为一个故事的结尾：

电视直播记者激动地叫起来：出来了！第42名矿工出来了！周围响起了热烈的掌声！

担架从巷道里抬出来。参与抢救的憨厚矿工激动得说不出话来。

大批待命的急救车、铁锈斑斑的标语牌、迎风招展的红旗、夹道等待的人群，在电视画面里反复出现。

直播主持人：他们又一次创造了生命的奇迹！9天！他们在矿下生存了9天！生命的奇迹再次发生！

针对这条新闻，我还杜撰了一个场景作为另一个故事的结尾：

直播主持人：他们又一次创造了生命的奇迹！9天！他们在矿下生存了9天！生命的奇迹再次发生！

一个满脸尘土的少年扑向担架，被簇拥的警察架开。

担架上被救矿工的手垂下来，他的手里紧握着一样东西。

少年的手发抖，他松了一口气。

一个脸色阴郁的领导模样的人在人群中，一言不发。

少年的眼神和领导的目光在正午的太阳下蓦然相撞。

少年站在灿烂的阳光里。斑驳的阳光打在领导的脸上，阴影浮动。

我们不妨根据以上两个不同的结尾反向逆推剧情。按照“四大要素”法则，我们现在知道的是人物和目标（即故事的结局），要添加的是障碍和行动，那么，对照戏剧式结构的布局地图，我们不难推导出两个剧情平平的故事：

故事一：老何（人物）顶替生病的工友下井遭遇透水事故，他想着一定要上去，要坚持着看到千里迢迢赶来探亲的老婆儿子（目标）。在这个信念的支撑下，老何组织起工友，逃离了地下暗河的洪水、排除了瓦斯爆炸险情，克服了困倦的生理极限（障碍与行动），终于在第九天成功获救。这个故事，不妨叫作《九天九夜》。

故事二：留守儿童小何（人物）从老家逃学，去看远在山西挖煤的父亲老何（目标）。然而，通往煤矿的路被武警把持，连媒体记者都无法进入（障碍）。小何从小在山里长大，半夜绕道涉险进入矿区（行动），顺路救了一个奄奄一息的想混进去的孙记者（人物）。老孙曾经因为揭露煤矿业的黑幕被跨省追缉过，他掌握了此次事故不为人知的内幕。老孙带着小何，排除万难，通过多种渠道迫使事故方加大救援力度（障碍与行动），并且成功逃脱了不明身份者的追杀（障碍与行动）。最终，在第九天，也就是老何生日那天的中午，小何在万念俱灰中等到了升井的父亲。这个故事，权且叫作《血煤》。

总结一下，所谓的知道故事的结尾，首先是指在动笔之前的思索阶段，编写者已经控制了故事的总体布局、把握了其间大的情节事件。其次是指可以从故事的结尾处往回思考，也就是“倒着写”，这在某种程度上可以补充顺着写的不足，并且保证故事线不会写到岔道上去。在此，不妨再加入一个课堂讨论中出现过的例子：以《结婚路上》为题，讨论出一个戏剧式结构故事的大致框架。

好，李大威和陈小倩将于上午 10 点在教堂举行婚礼。讨论的两组一致同意沿着时间线设置情节障碍。讨论依旧采用两组对抗的赛形式进行。

A 组设置情节点 1：李大威如约一大早出门去接新娘，却因为突发的他人重大交通事故被堵在半途。

B 组的破解：李大威的朋友王大锤劫持了一辆救护车，8 点准时把新郎送到了新娘家楼下。

A 组设置的情节点 2：但是下车的新郎却不是李大威，而是毛大中。王大锤开错了救护车，李大威上的是另外一辆车，那本该是搭乘本市第一例变性手术病人毛大中的救护车，这场手术通过媒体全程现场直播。现在，王大锤通过电视看到，等待手术的正是李大威。

B 组的破解：王大锤伙同其他伴郎改变传播信号，让媒体转播另一台手术，使李大威的真实状况不被新娘和全市观众知晓。他们切断医院电源、用各种手段引诱医生，但是手术依旧开始了。最后他们冒着生命危险，抢劫了手术室，在 9 点半把不省人事的李大威扛到了救护车上，冲出重围。

A 组设置的情节点 3：现在是 9：50，婚礼快开始了，李大威终于醒了过来，然而，当他走下救护车的瞬间，和被耽搁手术的毛大中一见钟情。

B 组：没法破解。没办法在几分钟内扭转一个天生的同性恋和一个后天的同性恋的一见钟情，李大威无论和谁结婚都缺乏逻辑和情感的依据，都像个闹剧。太狗血，不值得写。

不错，搞砸了。

让我们回到故事的结尾去修正这条故事线。假如，两组一致同意故事的结尾是李大威和陈小倩结婚了，B 组也无法破解情节点 3，那么，我们就去掉这个情节点重新设置。

好，首先修改情节点 2 里的条件，修改为变性手术并没有开始，李大威仅仅是被麻醉，并未受到其他身体伤害。再仔细想想，李大威为什么一定要在 10 点钟完成婚礼？因为李大威是富二代，他父亲看他不想结婚，就限定他如果不在今天 10 点钟结成婚，就取消他的继承权。好了，那么，就用时间炸弹来修正这个情节点。

A 组修改后的情节点 3：9：50，李大威终于醒了过来，但是他被麻醉得太厉害了，导致牧师拒绝主持婚礼。

B 组的破解：李大威由于被麻醉得太厉害了，所以走错了楼层，他在二楼看着所有人焦虑万分，还觉得非常好笑。李大威拒绝下来，楼下的人又无法上去——

A 组：等等，李大威的症状不像是被麻醉，更像是磕了药。

B 组：是的，李大威其实被注射的是迷幻药。所以发展部分要加上：王大锤他们本来想用迷幻药放倒医生，结果被医生当作麻醉剂给李大威打进去了。

A 组：那好吧。

B 组：9：55，新娘和牧师沿着圣坛爬上二楼，在空中举行了婚礼。

A 组：但李大威读错了誓词！牧师拒绝证婚！

B 组：9：59，毛大中抓着教堂中央的水晶吊灯上去，给新人证婚！毛大中也是一名牧师！

A 组：这样真的好吗？毛大中怎么会是牧师呢？

B 组：把毛大中改成查尔斯，把李大威改成约瑟夫，把这个教堂改在国外，有问题吗？

A 组：改在同性婚姻合法的国家吧！

B 组：那么为什么不干脆让查尔斯和约瑟夫结婚呢？等一下，查尔斯为什么总是不结婚？因为，他是一个没有出柜的同性恋啊！

A 组：所以这个故事要做的主题是关于同性恋？勇敢出柜？是不是要做一个续集呢？没有婚姻的同性恋人是不是该有继承权？查尔斯和约瑟夫没有结婚，故事从约瑟夫病危查尔斯有没有签字权开始——

讨论到此结束。

所以你看，在动笔之前，如果对全盘没有掌控，就会写岔掉，也会写得收不回来，无法自圆其说。深思熟虑，甚至是倒着往前推理，都是很好的解决问题的办法。

也许有人会说，为什么总是列举一些没有营养的缺乏思想的禁不起斟酌的例子？这个很抱歉，这种局面难以改变。写出既有意思又有意义的故事，是一种理想状态，这和作者的思想、趣味、技巧息息相关，而思想和趣味是无法教会的，这里只能提供一些技术上的思路。仅此而已。

3.1.2 厘清一些重要的关节点

厘清关节点，是思路梳理的一种，这里主要指动笔之前，你应该对这个故事里重要的几根线条做到心中有数，反复推敲，直到它们合理而精彩。这些线条基本上包括：情节线、动作线、情感线、人物关系线等。在此，我们先有选择地谈一下情感线，以及与之相关的人物弧。

随着一场场戏的积累，如果方向正确，情感的变化是必然的。比如，在《狮子王》里，辛巴从一只单纯自责的小狮子成长为一位自信勇敢的万兽之王，中间虽有低谷和波折，但总体来说情绪是上升的；再比如，在《窃听风暴》中，秘密警察维斯勒上尉对艺术家德莱曼夫妇的情感历经了冷酷到好奇到感动到同情到保护的过程，这是一条不停波动上升的弧线。

这样的变化，是一个成功故事所必须得到的观照：从整体而言，故事须有一条隐形的情感线索从开始贯穿到结尾；就个体而言，人物在故事里必须发生改变，即便从外表上看，有时人物在开始时和结尾处并没有什么不同，但是，其内在的变化必然已经完成，否则故事必败无疑。

也就是说，变化有两种：实际变化和无形变化。实际变化好处理，无形变化才是棘手的，它可能包括了人物的价值观、内涵、性格、立场等抽象的东西。而且，变化应该是有迹可循的，因为戏剧式结构遵循的就是线性因果关系，它应该呈现出一种趋势，看上去更像是一条起伏不停的弧线，如影随形般伴随着一件件事情的发生，直至故事的终点。

还是用前面编过的《血煤》为例，看看如何理清故事中的情感线。我们把小何与老孙的情感关系分为四个阶段：排斥——接近——理解——依靠。

这样的设置自然是和人物及剧情的发展相关的。

首先分析下小何这个人物。小何的身份是一个典型的“穷二代”，13 岁，却当了 10 年的留守儿童，缺乏父爱，属于喊出“爸爸，我可以去你家玩吗？”的一代。从他身上，你可以看出中国社会发展进程中遗留下的巨大问题，这是极度缺乏爱、教育、安全感等生存必须条件的一代，他们不会像父辈那样崇尚无私的体力劳动，对体力和精神的剥削不会表现出强大的容忍，他们的反抗会以常态的怀疑、突发的暴力、放弃自己等与前辈迥然不同的方式出现，但是，在人性深处，他们依然保留着纯真、善良、勇敢等本质，只是这些本质被掩埋在了身份背后而已。

而老孙就是逐渐揭开这个本质的人。作为一个被封杀多年的媒体人，老孙对自己的职业和职业环境有着深刻的理解，外圆内方、悲天悯人。他和小何共同接近煤矿的过程，是克服障碍的过程，也是情感加深的过程，也就是说，情节线和情感线一起驱动了整个故事。情节与情感，两者缺一不可，一为有形，一为无形，相互的关系，犹如血肉之于筋骨。

从以上的分析我们明白了一个简单的真理：故事若单纯只有情节而鲜有情感，或者有情节线而情感线断裂，那充其量只能成为一个事件，而注定无法成为一个好的故事。

事实上，分析情感线的过程，也就是我们再次检视故事、丰富人物、成就故事的过程。既然我们知道了小何与老孙情感发展的四个阶段，那么，我们不妨延续下去，为这四个阶段加上关键事件，也就是说，把情节线上的一些重要情节抽出来，得出属于这四个阶段的关节点：

排斥阶段：小何被武警拦在警戒线外，而伪装成检查组成员的老孙却成功混了进去，让小何对老孙无奈且痛恨。

接近阶段：半夜，小何在山脚下发现了骨折的老孙。小何撇下老孙幸灾乐祸地走了，半路又折回来把老孙背走。

理解阶段：老孙与小何在躲避追赶的过程中掉入一个废井。老孙向小何回忆在某次溃坝事件中，他整夜趴在被泥流埋平的村庄上，仿佛听到那些赶集中被掩埋的村民的灵魂在催促着他一定要做出报道。小何向老孙诉说自己在童年时经常穿过乱坟堆上下学，他在坟头上假想自己和死去的母亲对话。小何和老孙建立起信任和亲近感，他们成功躲过一劫。对了，可以紧接着加入一个小的突发事件，目的是确认并巩固这种理解。

依靠阶段：小何听到了父亲在井下身亡的谣言，老孙在精神上成为他的支柱，承担起父亲的责任。老孙努力不让小何的最后一丝希望破灭，通过一个善意的谎言，使小何坚持到最后一刻，在老何生日的那天中午，父子团聚。

把这四个阶段沿着剧情方向连接，就是故事的情感线。

小何与老孙的情感关系的变化，构成的是故事的情感线。这条线索的连续和贯穿，依赖的是具体角色自身内在的变化，这就是和整体情感线并行的人物弧，麦基称之为人物戏光：人物本性的发展轨迹或变化，无论是变好还是变坏[①]。

坚实的人物必然会产生人物弧。随着事件的展开，人物对事件发生反应，做出回应动作，在一系列累加事件的最后，无论结果是什么，人物都必须承担由此产生的后果。人物弧是检验人物塑造是否成功的指标，它和情感线一道，把主旨推向剧终的高点。

我们来分析一下迪斯尼2009年的二维动画《公主和青蛙》，看看它是如何处理男主人公纳文的人物弧的。

这是一个以爵士乐故乡新奥尔良为背景的故事，女主人公蒂娜勤劳工作、努力攒钱，希望能有足够的能力去实现父亲的遗愿：开一家自己的餐厅。为了得到允诺的钱，蒂娜吻了传说中的青蛙王子纳文，谁知不仅青蛙没有恢复王子的身份，反而自己也变成了一只青蛙。为了恢复人形，他们在鳄鱼路易斯的陪伴下，去找能解开魔咒的女巫乌迪，并且在途中得到了萤火虫雷的帮助。但是乌迪认为还是做青蛙更快乐一点，而且她也没有能力解开魔咒，除非纳文能在当夜十二点前得到蒂娜的儿时玩伴夏洛特的吻。纳文和蒂娜，一个是不学无术、身无分文的快乐王子，一个是崇尚努力工作、自我奋斗的平民女子，原本他们是彼此不屑的，却在寻找解开魔咒的旅程中爱上了彼此。夏洛特被他们的爱情感动，决定即便不和王子结婚也要成全他们，然而十二点的钟声已经敲响，夏洛特的吻并没有带来奇迹。在乌迪的主持下，两只青蛙举行了婚礼，在婚礼的接吻中，纳文和蒂娜恢复了原形。他们回到新奥尔良开起了梦想中的餐厅，过着幸福的生活。

纳文是以一场街头歌舞正式出场的。他是一个被父母切断经济来源的落魄王子，却对一切都不在意。他刚抵达新奥尔良，快赶不上晚宴了，却躲开仆人在街头狂欢跳舞、和美女搭讪。在娶一个富家女和做苦工之间，他显然不会选择后者。这是一个没有什么责任心、好逸恶劳的角色，渴望自由，却没有金钱的支撑。

当纳文变成青蛙，需要一个吻来解除魔咒时，他依旧充满了王子的优越感，以英俊潇洒和家里有钱为诱饵，让装扮成公主的蒂娜来吻自己。

① 罗伯特·麦基．故事［M］．北京：中国电影出版社，2001：122.

在两个人都变成了青蛙的逃亡路上，纳文毫不避讳地向蒂娜说出了自己将会变富的手段：娶富家女。

这种观念和蒂娜信奉的努力工作、一分耕耘一分收获的理念是截然不同的。纳文没有感觉到不妥，在险象环生的路途中，依旧让蒂娜承担撑篙的体力劳动，他自己呢，像游客一样弹琴，想象到自己变回人类后，一定要尽情享受，左拥右抱。

所以，蒂娜觉得纳文压根就是没钱没品又懒惰。纳文反而觉得蒂娜无趣，但他这种人是想象不出无趣的蒂娜会每天打两份工养活自己。

接下来，转变慢慢发生了。当纳文在偷猎者的枪口下勇敢救了蒂娜后，他不仅稍微扭转了自己的形象，而且开始发现他人的长处了，因为他看到了蒂娜在危机时刻的幽默，蒂娜完全不是一个无趣的人。

在学习切蘑菇这场戏里，纳文费劲全力，才在蒂娜的帮助下切好了一个蘑菇。蒂娜的包容和鼓励让他敞开了心扉，原来，他也不全是一个花花公子，他也明白自己的处境，不过由于实在不会任何生活技能，只能随着原来的惯性生活而已。可以说，是蒂娜的性格、厨艺和包容打开了他的心。

顺理成章地，在森林的美好月色里，纳文对蒂娜产生了爱情。但是，由于之前造成的印象过于深刻，蒂娜一直以为纳文希望跟夏洛特结婚，她对这样的情感也不抱幻想。

找到了乌迪婆婆后，纳文犹豫不定的内心被乌迪婆婆点破：即便你现在变成人类，娶了富家女，也不会开心。所以，纳文彻底决定改变之前的计划，听从于自己的内心。

在船上，纳文做了精心的求婚准备，暗自下定决心，以后即便自己打两份工三份工，也要筹集资金，帮助蒂娜开餐厅。然而，这场求婚尚未开始就结束了，因为他必须面对现实：明天筹集不到钱，蒂娜的餐厅就归别人了。

这只已经学会了为他人着想的青蛙准备牺牲自己的婚姻，老老实实和夏洛特结婚，这样就会有钱帮助蒂娜开餐厅。幸好，这样的牺牲被得知真相及时赶到的蒂娜制止了，所以，纳文和蒂娜，作为两只青蛙，幸福地生活在一起了。

童话不都是骗人的，在婚礼上，他们变回了人类。

以上就是纳文这个角色的变化轨迹，从一个好逸恶劳、想靠婚姻脱贫的年轻人到发现真爱、能为对方着想、并勇于自我牺牲的人物形象的发展曲线，也就是纳文这个角色的人物弧。主角之间的人物弧互相作用和配合，就决定了故事情感线的走向。

3.1.3 预设或检视

至此，对于开头部分，我们已经讨论过了从结尾开始倒着往前想的思维方式、选择以情感线和人物弧为例，讨论了在总体上把握故事的关节点，也就是几条关键的线索的重要性。现在，我们要从另外一个角度进入开头部分。

布莱克·斯奈德曾经把一部电影分成了 15 个节拍，即布莱克·斯奈德节拍表①。在一部 110 分钟的电影（大致相当于 110 页剧本）里，15 个节拍沿着剧情线做如下分布：

1. 开场画面（第 1 页）
2. 主题呈现（第 5 页）
3. 铺垫（第 1—10 页）
4. 推动（催化剂）（第 12 页）
5. 争执（辩论）（第 12—25 页）
6. 第二幕衔接点（第 25 页）
7.B 故事（第 30 页）
8. 游戏（娱乐）（第 30—55 页）
9. 中点（第 55 页）
10. 坏蛋逼近（第 55—75 页）
11. 一无所有（第 75 页）
12. 灵魂的黑夜（第 75—85 页）
13. 第三幕衔接点（第 85 页）
14. 结局（第 85—110 页）
15. 终场画面（第 110 页）

① 布莱克·斯奈德. 救猫咪——电影编剧宝典 [M]. 杭州：浙江大学出版社，2001：57.

这里的三幕，大致相当于戏剧式结构里的三个部分。

这张表格，既可以在构思阶段帮助作者明确每个部分的戏剧目的，也可以在写完剧本后，回头检视各个阶段所缺失遗漏的重要功能。总之，这是一张非常有参考价值的验收图。

在此我们只看第一幕，它的内容实际包含了开场画面、主题呈现、铺垫、推动和争执。根据布莱克·斯奈德的解释，开场画面奠定了观众对于故事的第一印象，设定了影片的基调、情绪、风格，通常还介绍了人物，并展现了主角的前史；而在结构突出的剧本中，在前 5 分钟就会有人（通常不是主角）提出问题或作出陈述（通常针对主角），而这个问题或陈述就是影片的主题。这个人物会说“担心你许的愿”“骄傲会导致挫折”或“家庭比金钱更重要”之类的话。这些话在后面会有意味深长的影响，这种表述就是电影主题的暗示；而铺垫部分，则是在 A 故事中介绍所有人物的地方，并且，在此开始赋予人物肌理，展现后面需要强化的动作，表现主角为了获取成功需要进行什么样的转变。当主角需要什么或者缺少什么东西时，就需要向观众一而再、再而三地展示主角生活中所缺失的东西；紧接着，改变命运的催化剂出现了，通常以坏消息的形式出现，把原先的世界捣毁了；然后，为了解决这个坏消息，争执出现了，主人公必须实践自己解决争执的方案。

这就是布莱克·斯奈德对于开头部分的看法。这是相当值得借鉴的，尤其当我用它来对照一些成功的戏剧式结构影片之后，就更加坚定了这种评价。一般而言，我不会执着于具体的时间，这是不必要的，因为仅仅从粗略的框架来看，这张表格就已经够有用的了。

依旧对照着它来分析下《公主和青蛙》的开头部分：

-3’35：小蒂娜和小夏洛特听蒂娜母亲讲述青蛙王子的故事。这个童话和影片主体的故事情节互为镜像。同时，小蒂娜和小夏洛特对被青蛙王子吻的态度，是人物的立场和差异所在。配合片首的歌曲，影片的题材、基调、情绪、类型已经初步展现。

-6’40：小蒂娜和妈妈回家、一家人做秋葵汤并邀请他人分享、餐厅的梦想、父亲的教诲、小蒂娜对晚星的许愿。这是主角前史，也是故事前提。在此，人物的目标和故事主题都出现了。开一家属于自己的餐厅，成为故事贯穿始终的目标。而父亲的教诲是被重点陈述的，也会在以后蒂娜的记忆中反复记起：但是你要记住蒂娜，那颗星星只能实现你梦想的一部分，你必须自己克服困难，之后，你才能做自己想做的事情。答应爸爸一件事情，永远不要忽视真正重要的事情。

-16’00：蒂娜为了攒钱开餐厅努力工作、歌曲对于故事环境和其他人物的强调、夏洛特带来纳文将要到来的消息、蒂娜在新餐厅里畅想未来。蒂娜的目标被一再提及，而关于她的缺失部分，她父亲的逝去是一种无法挽回的失去，金钱的缺乏，则是横亘在梦想路途上的直接障碍。母亲提醒她，虽然她的父亲在世时没有得到更多的物质，但是他拥有爱，作为母亲，她也希望蒂娜拥有爱，包括爱情。但是蒂娜有自己坚定的观点，她认清了在新奥尔良，人们大都择易而行，而她一定会听从自己的内心，谨记父亲教诲，克服艰辛，实现梦想。不仅女主角的形象得到了反复塑造，而且，男主角和反派都登场了。

按照斯奈德节拍表，经过这些铺陈，接下来的布局应该是催化剂和争执。确实如此。在舞会上，蒂娜收到了芬纳兄弟的反悔，除非在限定的时间内出价更高，否则蒂娜就会失去那个餐厅。这是一个真正的噩梦般的消息，是对主角目标的破坏，而事实上，这是对剧情的推动，这也引发了接下来的转折事件：为了得到自诩富有的青蛙许诺中的金钱帮助，蒂娜吻了青蛙，导致自己也变成了一只青蛙。第一幕结束。

斯奈德节拍表最直接的好处就是可以在构思时帮助你预想各个情节的功能，以及在写完后，帮助你回头检视每个情节的不周全之处。它直接提示你，故事的风格基调应该一望即明，而主题是如此重要，以至于一开始就必须给出强烈的暗示，给观众明确的方向感，至于主角，是故事的核心所在，必须从一开始就从外在和内在进行双重塑造，并且把围绕周围的人物关系或明或暗地展现给观众，为接下来的转折和破局作铺垫。

对于开头部分，节拍表还对其他重要事项进行了强调，比如人物关系和人物塑造。接下来，我们再举两个有特色的例子作为补充说明。

在《一条叫旺达的鱼》的开头 15 分钟，编剧给出了一个奇怪的珠宝劫案，以及劫案中新奇的人物关系，牢牢吊起了观众的胃口。在这里面，最有建树的是人物关系，貌似杂乱的角色关系以旺达为中心铺陈开来，事件冲突都以她为中心展开。这 15 分钟的内容是：

1. 阿奇在法庭陈词、旺达在珠宝店门口偷拍照片、奥托在床上看书和胡乱开枪、肯在家里喂鱼。

90 秒。简明扼要地点出了主要人物和人物状况。

2. 片名和演职员表。

70 秒。

3. 旺达把奥托介绍给肯和乔治。

85 秒。人物的性格、特征和微妙关系从一开始就浮现在观众眼前。

4. 阿奇和妻女的对话。

65 秒。阿奇糟糕的家庭生活。

5. 旺达、乔治、奥托和肯讨论抢劫计划。

135 秒。人物之间的不信任给人深刻印象。

6. 抢劫、逃走并藏匿好珠宝。

240 秒。事件过程一气呵成。

7. 乔治折回藏宝地。

25 秒。简洁得恰到好处。

8. 旺达和奥托向警局举报乔治。

70 秒。人物的动机浮出水面。

9. 乔治藏好钥匙后被警方带走。

60 秒。

10. 旺达和奥托去拿珠宝，保险箱空了。旺达想独吞珠宝的图谋也夭折了。

85 秒。最出人意料的人物动机出现了，剧情充满了悬念。

显然，以旺达为中心的人物关系是这样的：旺达是乔治的情人，旺达和奥托明为兄妹实为情人，奥托虽为乔治的下属，实际上却是乔治的情敌。肯是和他们一伙的，但并不知道旺达和奥托想要栽赃乔治的计划。而旺达和奥托其实也是离心的，旺达甚至想干掉奥托。而阿奇，他马上就要成为乔治的律师，从而和所有人建立关系，尤其是和旺达。

在这张人物关系网构建的同时，突发事件发生了，并成为剧情的一个转折：乔治提前转移了珠宝，旺达独吞珠宝的计划受挫。

这 15 分钟写得干脆利落、简洁明了，使观众对故事环境有了简练而正确的了解，并对即将发生的碰撞充满了期待。这是一个人物关系和突发事件和谐配合的例子，造就了一个戏剧性极强的开头。

英剧《贴身保镖》第一季讲述了伦敦警察厅要员保护处的大卫·巴德警官因为职业关系而被深切卷入政治高层内斗及恐怖组织安全事件的故事。该剧第一集以一个惊心动魄的火车“人弹”自杀事件开场，不仅一下子就奠定了该剧的风格基调，揭示了主题方向，还以颇具层次肌理的人物塑造牢牢攫取了观众的注意力。

大卫带着两个孩子坐火车回伦敦。在停车间隙，大卫看到站台上一个亚裔男子的反常举动，立即警觉起来。他查看车厢，和预知恐怖袭击事件的警方人员配合，甚至是主导着找出了“人弹”。当风暴骤息时，大卫在洗手间里发现了第二名“人弹”，一名叫纳蒂亚的穆斯林女子。纳蒂亚穿着炸弹衣，举着引爆器，和大卫狭路相逢，气氛非常紧张。

大卫立即反应过来：愿安拉赐你平安。我只想跟你谈谈，仅此而已。我看得出来你跟我一样害怕，女士，我只是想帮你。你不必那么做，你可以改变主意，别按下去，求你不要，别动，不要动。拜托，不要动，求你别动。求你了，拜托！

纳蒂亚的情绪稍微舒缓，大卫开始攻心战术：你不想这么做？你看起来并不想？听着，反恐特种小组已经知道车上可能发生恐袭，所以我想告诉他们，你愿意跟他们谈，你同意吗？只是谈谈，这是第一步。

大卫通过车上的警察，要求等待在下一站的武装警察待命，先不要上火车，优先让拆弹小组和谈判专家上来。不过最重要的是，立刻清空相邻车厢。

检查了车厢被清空后，大卫告诉了对方自己的名字，想用伦理亲情打动纳蒂亚，并给对方看手机里自己孩子的照片，安慰纳蒂亚不会有事。

他说：刚才在这里的那个男人，是你的丈夫是吗？你丈夫希望你死吗？你不必当烈士，纳蒂亚，我们可以拆除炸弹装置，也可以保护你不受你丈夫伤害，如果你不想见他，以后再不必见到他。纳蒂亚，看着我，我跟你一样害怕，我保证。我刚带着孩子探望了我母亲，在回家路上。

以上这些，是一个特别尽责的、有能力的警官在遇到恐怖自杀事件时的反应和行动。在一个突发事件面前，人物的动作已经让他把自己变成了一个颇具吸引力的形象。

但是，在接下来的事件进程，这位大卫·巴德警官展示出了一种特殊性。当列车停住，武装警察出现在小站时，纳蒂亚立即抗拒起来，这时候，大卫的言语和选择都出乎人的意料。

大卫：不要，别这样，停！听我说！你爱的人为什么会希望你死呢？你被洗脑了，他是，你也是。我知道。我去过阿富汗，我的战友也被杀了。我自己也差点死了，为了什么，毫无价值。政客都是满口谎言的懦夫，哪里的都一样。那些满口大道理的人从来不愿意流一滴血。但你和我，我们是牺牲品。别让他们赢，纳蒂亚，别让他们赢。

这段话的前半部分是合理的，但后半部分充满了未知的含义，观众明白，这关乎人物的前史、人物的立场、人物的价值观，它在这里出现肯定有其必然的理由。由于之前对大卫的塑造已经抓住了人心，所以，这段台词成了一种期待的理由。

大卫坚持和纳蒂亚一起，因为熟悉流程的他知道，必然有狙击手已经埋伏好，只要稍有空隙，就会对纳蒂亚一枪毙命。

指挥行动的武装警察行动指挥官命令大卫配合行动，立即让开。

大卫坚决不服从。他抱住纳蒂亚，要求拆弹专家上车，并引导纳蒂亚举起双臂。这样是为了不给狙击手任何一个可以涉及的角度。

大卫：那把枪是 MCX 卡宾枪，一颗子弹能打穿我们两个人，我相信他们不会朝自己人开枪。明白吗？你也相信我吗？

目标走出卫生间才能给狙击手机会，指挥官命令他们走出卫生间，又被大卫拒绝了。

在紧张的等待中，纳蒂亚不慎一步跨出了洗手间，大卫立即抱着纳蒂亚转圈，不给狙击手任何机会。直到拆弹专家拆除炸弹，大卫引导纳蒂亚下车，确认纳蒂亚彻底安全了，方才作罢。

大卫的行动虽然具有个人英雄主义色彩，但是，作为一个深谙内部规则的专家，大卫越位了。他不仅僭越了行动指挥官的权力，不听从指挥官的现场指挥，而且，他冒着生命危险救了一个浑身绑着炸弹的想在列车上实施自杀式爆炸袭击的恐怖主义袭击者，并且坚信对方是被洗脑的，是一个牺牲品，正如他自己一样。这究竟是为什么？作为一名参加过阿富汗战争的退役军人、一名现在保护国家要员的警察，为什么大卫对政治的评价如此不堪？

由于把人物突然扔进了一个具有巨大冲击力的恐袭事件，人物的各种特质都纤毫毕现。当这个开场结束后，人们会慢慢意识到，关于故事的风格基调主题、关于接下来的事件呈现，开头所展示和埋伏下的东西，比一开始意识到的要多得多，尤其是在当下的欧洲安全形势下，政治生活和个人生活相互纠缠时，人性的复杂程度超乎想象，之前的一切经验和价值都需要重估。所有这些，构成了一个相当有难度却相当具有吸引力的问题，指引着观众马不停蹄地进入故事里寻找答案——但是，这一切都能在开头里找到端倪。甚至，当故事推进到本季的末尾，观众看到最后一个大的情节事件到底是什么的时候，还会回味出编剧在结构的序列上呈现出的一种对称之美。

3.2 情节点的设置

情节点的技巧是戏剧式结构最重要的技巧。

在人物克服障碍不停行动接近目标的过程中，会有一只无形之手推动整个故事的进程，那就是情节点。悉德·菲尔德是这样认为的：情节点是一个事件，它“钩住”动作，并且把它转向另外一个方向。[①]

我们知道，一个故事中有大大小小很多障碍，情节点虽然大致相当于障碍，但是，并不是所有的障碍都能称得上是情节点，只有那些使故事前行的方向发生大的转折的障碍，才是够格的情节点。

3.2.1 合格的情节点

在情节点的概念中，以下三点必须一再强调：

1. 情节点使故事的方向发生了质的转折，推动剧情前进。

2. 一个完整意义上的故事必须有三个大的情节点，这些情节点在时间上

① 悉德·菲尔德.电影剧本写作基础[M].北京：中国电影出版社，2002：115.

线性排列，并且在内容上具有因果关系。

3. 在剧情时间上，不管故事的长短，三大情节点大致分别位于剧情的前四分之一、四分之三和结尾处。这三个位置基本位于开始、发展和结局部分的关联点，也就是说，情节点是判断开始部分、发展部分和结局部分位置的标志。

这些规则过于简单，简单到了容易招致忽视的程度。

不过，如果我们找一个样板，仔细去分析一下好莱坞百年来那些成功的戏剧式结构故事本身的话，便会发现，这些规则是被电影工业所严格遵循的，可以称得上是编剧方法的一条黄金法则。

以 1994 年的电影《生死时速》为例，我们来详细看一下戏剧式结构的故事是如何设置三个情节点的。

《生死时速》的故事围绕着特警杰克和退休警官佩恩的较量展开。佩恩为了钱而策划了一系列劫持案，杰克必须和他斗智斗勇，他们在电梯、巴士、地铁上展开一系列殊死搏斗，这些搏斗不仅仅是履行职责，保护安妮等市民的安全，也是为了给同事亨利报仇。

影片全长 116 分钟，三个情节点的出现时间依次为第 30 分钟、第 97 分钟、第 106 分钟。也就是说，开始部分、发展部分、结局部分所占剧情比例大致为 25%、60%、15%，基本上符合对于情节点的时间规定。

第一个情节点：在杰克和亨利成功解救了被困电梯的人质、粉碎了佩恩精心策划两年的计划后，警察们进行庆祝，杰克收到了佩恩的威胁电话，说一辆巴士被他放置了定时炸弹，当车子时速超过 50 英里后，若降速，巴士就会爆炸，若中途有人下车，巴士同样会爆炸。

这个事件确实改变了剧情方向，因为，人们皆以为佩恩已死去，然而电话表明这事没完，接下来的剧情和电梯案也有因果关系。

第二个情节点：佩恩从地下通道取走了赎金，并绑架了安妮，在安妮身上系上了定时炸弹。

这个事件使故事方向发生了重大转折，原来只需要抓住佩恩，而现在的当务之急变成了解救安妮。

第三个情节点：杰克杀死了佩恩，解除了安妮身上的炸弹，但安妮被铐无法动弹，而地铁尚未完工，要逃生只有跳车，杰克会怎么选择呢？

这个情节点把杰克和安妮的情感推向了另外一个高度。安妮感动于杰克居然在生死关头没有独自逃命而是选择了和自己在一起，两人心心相印，忘情地拥吻在一起。而在几个小时前，他们还是互不相识的路人。经过前面两个情节点的剧情铺垫，影片终于达到了情节和情感的同步升华。

可见，《生死时速》的三大情节点确实遵循了戏剧式结构故事中情节点的相关规则。

3.2.2 不合格的情节点

经常有同学拿着自己的剧本问：老师，这个故事的症结到底在什么地方？

其实问题往往是很明显的，同学，你太轻视一些常识了。请你拿起圆珠笔，在第一页后最后一页之间竖着画一条线，然后标出情节点在什么地方。

哦，毛病马上就出现了：只有两个情节点，或者只顾抒情或抒发思想，直到结尾的地方才出现了一个情节点。

也就是说，情节点不足。你铁了心要写一个戏剧式结构的剧本，却吝啬付出三个情节点。还有的同学，打开头在潜意识里钟爱的就是伯格曼式的意识流，却生硬地要在故事里强加三个情节点，这就更加离谱了。

等你大方地给出三个情节点后，多半还会沮丧地发现：有两个情节点被退货了，因为它们没法“钩住”剧作，进而扭转剧情方向。

这些“钩子”的毛病究竟何在？

1. 钩子不够厉害，未能彻底扭转剧情的方向。

让我们来设想一个情节：有一个小气鬼要买一包安眠药，目的是设局催眠网友后实施抢劫。现在，我们要利用小气这个特点来为剧情设置一个情节点。如果小气鬼讨价还价以半价买了安眠药，然后兴冲冲地走向了小饭店，那么，显然看不出剧情有转折的迹象。如果小气鬼依旧是以五折的价格买了安眠药，但是卖药的大嫂给了他一包过期的药，那么，当我们看着那个小气鬼雀跃而去的背影时，心情则是完全不一样的。价格打了五折的安眠药不能充当情节点，但药效打了五折的安眠药则完全可以。

还有一种情况，有些情节貌似也能改变剧情，但是仔细分析，那些事件只是小障碍，尚担当不起大的情节点的作用，只能是作为小的情节点而存在。这些小的情节点组合在一起，构成的是情节段落。

让我们分析一个现成的例子。在《生死时速》的发展部分，杰克要解救巴士上的乘客，但是主客观条件都对解救进程不利：有乘客拔出手枪要求停车，但停车的话，巴士就会爆炸；公路上堵车，如果减速的话，巴士也会爆炸；公路有缺口，如果停车的话，还是会爆炸；油箱漏油，等燃油耗尽，巴士停下来，照样会爆炸，等等。这些情节都是解救过程中的障碍，放在故事的整体进程中来看，我们发现，它们作为大的情节点显然是不合适的，都没有使剧情发生大的质变，而是一些小的曲折，只是构成发展部分的情节链条上的几个小环而已，所以，这些障碍只能作为小的情节点而存在，它们的组合构成了情节段落，而这些情节段落，便是情节的基本单位。

2. 好些“钩子”都是同类型的，或者是同质的，那么，再多的“钩子”也只能算作一个“钩子”，而且还会造成戏在节奏上的平缓。

依旧以《生死时速》的发展部分为例。依照编剧格雷厄姆·约斯特的思路，我们其实可以为这个部分增加无数个“钩子”，比方说，有乘客因为临产而必须下车，有乘客因为心脏病发作而必须下车，等等。但是，只要我们稍微一想，就会看到这些设置的拙劣是显而易见的，因为格雷厄姆·约斯特已经设置了一个司机因为中枪而必须下车的情节了，类似的同质的情节就必须被制止。与其让乘客再下车，不如让公路上突然刮起龙卷风，巴士冲进了风暴中，再被吸力卷着上升，那个时候它的时速会慢于50英里吗？这是一个不同类型的障碍，就算情节不靠谱，但这却正是一个正确的思路。

3. “钩子”能扭转方向，也是不同类型不同质的，但是三个“钩子”在剧情之路上走的是直线，没走上坡路。记住，大的情节点可以是不同的事件，也可以是同一事件中的不同阶段的一系列小事，但是不管怎么样，这些情节点必须在情绪和叙事上是处于逐渐上升的态势。尤其是第三个情节点，必须达到情绪和情节的高潮。

3.2.3 第三个情节点

第三个情节点对故事的成功与否有着一锤定音式的决定力。

第三个情节点造就影片的结局，它的任务是把全片从情节和情感上推向顶点。如果没有情感的升华，故事再完整也算不上完美。因此，第三个情节点的分量不言而喻。

我们依旧以《公主和青蛙》为例，看看它是如何处理第三个情节点的。

片中的三大情节点依次为：蒂娜变成青蛙；乌迪说解除咒语的方法是纳文能在当夜十二点前得到夏洛特的吻；夏洛特没有把纳文吻回原形。影片的第三个情节点是夏洛特在狂欢节午夜吻青蛙的那场戏：

夏洛特　天哪，真是太不可思议了！我的理解对不对，如果我在十二点前吻了你，你和蒂娜就会变成人，然后我们俩结婚，之后就过着幸福的日子？

纳　文　差不多吧。但是记住，你要给蒂娜足够的钱去开自己的餐厅，因为蒂娜她——她是我的 Evangeline。

夏洛特　都听你的亲爱的。撅起嘴巴小可爱！

蒂　娜　等等！

纳　文　蒂娜？

夏洛特　蒂娜！

蒂　娜　不要这样。

纳　文　必须这样，我们没有时间了！

蒂　娜　我不答应！

纳　文　这是实现你梦想的唯一办法！

蒂　娜　我的梦想？我的梦想，没有你的话，是不完整的。我爱你纳文。

纳　文　不论发生什么？

蒂　娜　不论发生什么。

夏洛特　我一生读过很多有关真爱的童话故事——蒂娜，你找到了！我会吻他的，为了你亲爱的！不需要和我结婚！

［墙上的时钟指向十二点，钟声响起。

夏洛特　　哦天哪！也许是那个旧钟走快了！

［夏洛特猛吻青蛙，但是青蛙还是青蛙。

夏洛特　　抱歉！

这个情节点有双重功能：在叙事上，它完成了第三个情节点，原本夏洛特在午夜十二点之前吻了纳文，大家都能恢复原形，但是由于蒂娜的出现，时间被耽搁了，这个愿望没有实现，改变了故事发展的方向；在情感上，纳文和蒂娜彼此通过行动和表白证明了对方在自己心目中的位置，纳文为了帮助蒂娜实现梦想而去找夏洛特，而蒂娜一直是个头脑清醒的女孩，她终于发现自己的梦想里不仅包括餐厅，还包括纳文。随着钟声的敲响，两个相爱的人恢复不了原形已经是不可挽回的事实。伴随着第三个情节点的结束，观众对蒂娜和纳文的既庆幸又惋惜的情感也达到了顶点。所以，《公主和青蛙》里的第三个情节点是一个合乎准则的情节点，它在叙事上超越了前两个情节点，在情感上把爱情的真义推向了前台。

接下来的场景是纳文和蒂娜在婚礼的接吻中恢复原形，回到新奥尔良过上了音乐和美食相伴的理想生活，影片结束。也就是说，即便在物理时间上，举行婚礼和开餐厅的场景会相对很长，但是这已经不是剧情的重点，既然叙事和情感高潮已经过去，那么影片就应该适时结束。

这个问题，也就是结尾的时间，即故事何时结束的问题。

一般而言，结局要短，现代的作品往往以无结局为结局，高潮结束，故事便结束了，第三个情节点完成了，影片也该收尾了。在《生死时速》中，从第三个情节点到影片结束持续了 6 分钟，而《公主和青蛙》的第三个情节点距结尾也恰好是 6 分钟。是的，高潮已经是整个故事人物动作和情感的顶点了，主题也升华了，此时不结，更待何时？见好就收吧，就像大仲马曾经告诫儿子小仲马的那样：让你第一幕清楚，最后一幕简短。

关于情节点在实际操作过程中容易出现的问题，我们来看几个课堂练习：

练习一：王大超历尽艰辛向电瓶车主索要发票，因为他偷的电瓶车爆炸了导致他产生了巨大损失，没有发票就没有办法向厂家索赔。要求给出产生需求的事件、三个情节点和结局。

讨论结果：

产生需求的事件：王大超的儿子在事件中被炸伤，贫穷的王大超付不起医药费，需要得到电瓶车发票找厂家索赔。

情节点 1：王大超潜入电瓶车主家偷发票，没有找到，发票无意中被车主带走了。

情节点 2：王大超在车主家门口劫持了车主儿子，并留下字条。车主情急之下报警，王大超被抓，并且被拘留。

情节点 3：王大超儿子由于病情严重需要抽取王大超的骨髓，王大超因此出狱，苦苦哀求车主。车主心生怜悯，寻找发票，却发现发票被弄丢了。

结局：两家联合发起募捐，得到捐款，救治王大超的儿子。

点评：

情节点 3 需要修改，把王大超因此出狱改成王大超因此越狱，从一个被动的结果变成一个主动的行动，构成一个具有动作性的情节。如此，不仅主人公的主动性增强，而且，在救治儿子的路途上，王大超偷发票、劫持人质、越狱，事件层层加码，一个为了儿子不顾一切的父亲形象脱颖而出，给出了一条不停上升的情感线。当然，这条情感线能不能得到观众的认同，取决于你们对于王大超的人物设置，他偷车的理由是什么？对于他逐步加深的违法行为，观众会如何评价他？这个人物会引起观众的共鸣吗？从结局看，连被偷车被劫持儿子的车主本人都被打动以至发起募捐，王大超这个人物肯定具有非如此不可并打动观众的理由的，对吗？

情节点 2 部分的行动和障碍，构成了故事的发展部分，占据一半左右的时长，这里面的情节段落，足够吗？

练习二：快递员王大超历尽艰辛送完了今天的最后一个包裹。要求给出产生需求的事件、三个情节点和结局。

讨论结果：

产生需求的事件：王大超在临近下班时接收了一个好几天都没有送达的包裹，站长说客户投诉了，如果今天再不送达，全站的奖金都泡汤。

情节点 1：王大超立即开着三轮车出发，但是因为过于疲劳而中暑晕倒，错过了客户约定的时间。

情节点 2：王大超恳求客户宽限时间，由于赶时间而未来得及戴头盔，被交警教育并在路口维持秩序，再次错过客户约定时间。

情节点 3：王大超再次恳求客户并取得谅解，但由于下班时间堵车而被撞，离客户约定的时间只剩下 5 分钟。

结局：王大超不顾自己的伤势，丢下三轮车抱着包裹朝客户家冲去，终于在约定时间的最后一刻把包裹送到客户手里。

点评：

不能说思路是错的，但是，从戏剧式故事的角度来看，它较为俗套，从情节点的角度来看，它们有同质化之嫌，尤其是情节点 2 和情节点 3。

回想一下，什么是戏剧式结构线？一条线性因果之线，一环扣一环的线性链条，如果从这个角度去思考呢？会不会出新的情节点？假设我们把情节点 1 修改一下，变成王大超因为过于疲劳而中暑，因为中暑而被一条狗咬了，然后去打破伤风针，出来的时候发现包裹不见了。这是一个真正的障碍，我们把它界定为情节点 1，那么接下来的情节顺理成章就成了王大超为寻找包裹的重重努力。王大超根据蛛丝马迹，判断包裹就在前面的那辆车上，但是由于下班堵车，王大超迟迟不能截住那辆车，反而因为遵守交通规则被撞，但是王大超没有放弃，凭借着自己对地形的熟悉而抄小道，却因为丢了头盔而被交警拦下、在路口维持秩序时眼睁睁地看着自己追踪的那辆车溜走了。在这里，我们是把情节点 2 和情节点 3 合并了，做成第二个情节点。那么情节点 3 呢？顺着这样的思维，在线性链条之上继续追索下去，找到最后一个情节点。别忘了，你们还有好多元素可以拿过来帮助你们思考，起码包裹的主人现在还没有用到，如果那条咬人的狗和包裹主人有关呢？那辆车也是包裹主人的呢？再次审视下这个人物，找到情节点 3，也许，这个故事的情绪线也就浮出了水面。

练习三：失业青年王大超历尽艰辛要拿回自己的 100 元押金，结果把自己送进了监狱。要求给出产生需求的事件、三个情节点和结局。

讨论结果：

产生需求的事件：进入传销组织需要 100 块押金。

情节点 1：网上退款未果后，王大超亲自去现场拿押金。现场有人抢劫，许诺王大超如果帮忙就给他钱。王大超帮忙又后悔了，抢劫者走时丢下王大超不管。

情节点 2：王大超在地上捡了一张百元大钞要跑，警察赶到，王大超慌不择路，钱掉在地上，并被监控拍下正面影像。

情节点 3：王大超躲进传销组织，威胁让他们赔钱，否则就报警，但是他威胁的人正好是警察的卧底，王大超被抓。

结局：王大超进了监狱，但是他不知道押金的网上退款已通过，钱到账了。

点评：

情节点 1 和情节点 2 属于同一个事件，合并，这样就缺一个情节点。增加情节点 1 为：网上退款未果后，王大超请一名老外用英文写了一封要求退款的邮件，但是由于被报道的类似事件不少，王大超的邮件没有被搭理。王大超不仅没有取回押金，反而身上最后剩的 50 块钱也被老外索取作为酬劳。情节点 2 采用讨论结果，王大超去现场拿押金，但是发生抢劫事件，王大超帮忙反悔，还被监控拍下捡钱的视频。

情节点 3 有问题。回头看看人物目标是什么？拿回押金，这个情节点 3 和人物的目标有关系吗？不管事件前后在逻辑上有没有关联，情节点是为了实现目标而对障碍进行的破解，再回头审视情节点 3，是不是表述出了问题？如果结局是王大超被抓，那么，情节点 3 要求的是一个王大超为了拿回押金而导致自己进监狱的事件，是和拿回押金相关的事件，而不是其他。

3.2.4 完美对抗的条件

情节点是一个转折性的事件，必然牵涉到主人公的行动和干扰主人公的障碍。障碍是由反主人公的一方造成的，没有它，主人公可以直达目标的终端，故事的过程也就不存在了。行动是对障碍的破解，它和障碍是相互对峙、相互对抗的关系。

按照罗伯特·麦基的经验，对抗原理是故事设计中最重要而又最不被理解的原理，对这一基本概念的忽略是一些剧本及据其所拍摄的影片之所以失败的首要原因。麦基这样看待对抗的原理：主人公及其故事的智慧魅力和情感魅力取决于对抗力量对他们的影响，应与之相当。[①]

可见，对抗并不是简单的对决。效果完美的对抗是需要条件的。

1. 对抗要引起观众情感上的共鸣。

在《一条叫旺达的鱼》中，肯接受了一个任务，那就是除掉认出乔治的养狗老太太。编剧为这个任务设置了三次障碍，收到了不同凡响的戏剧效果：

第一次：肯想放恶狗咬死老太太，谁知恶狗找错对象，把老太太的一只小狗叼走弄死了。

第二次：老太太总是怀疑天是不是要下雨，走路犹疑不定，导致肯没有命中目标，反而开车压死了老太太的第二只小狗。

第三次，肯想用高空坠物的方法杀死老太太，结果老太太还是怀疑下雨，坠落的声音让老太太误以为是打雷，结果回身打了个伞，导致老太太的第三只小狗被压死。

肯的三次谋杀不过是运用了一个简单的戏剧技巧：重复。肯想谋杀的是老太太，谁知每次都是直接杀死她的一只狗，三只狗杀完了，老太太也因心脏病发作被间接杀死了。

为什么一个简单的技巧会收到如此强烈的戏剧性？换句话说，在行动与障碍相互对抗的过程中，是什么奥秘能使戏显得扣人心弦精彩不断？

答案是：在行动与障碍的对决中，双方相互作用的结果不仅仅要推动剧情前进，还要引起观众情感上的共鸣。

所谓推动剧情前进，指的是在三次谋杀了三只小狗后，剧情必须回到杀死老太太上来，因为是老太太死亡而非三只小狗的死亡才能推动戏的发展。老太太固然可以养了十只狗让肯逐一杀害，谋杀方法可以千奇百怪寻开心，但是如果戏不往前推进，那么那些开心就不过是一堆廉价的笑料而已。

所谓和观众在情感上的共鸣，恐怕才是产生戏剧效果的关键点。为此，编剧为肯设置了独特的性格：无限热爱小动物，死了一只狗比让他自己去死还

① 罗伯特·麦基. 故事［M］. 北京：中国电影出版社，2001：371.

难过，这种性格必然和他行为后果产生强烈的对比。而且，肯还会偷偷出席小狗的葬礼，让观众对肯的窃贼身份产生新的印象，认为肯是一个有爱心的特别的小偷，而且还很倒霉，甚至对身为杀手的肯产生了同情的念头，也就是说，观众对肯产生了强烈的共鸣。老太太在这三场戏里没有一次台词，但是戏剧性也很足：每次出现都和天气有关，第一次是雨天，第二、三次都是怀疑下雨。这样设置，也许是和伦敦的气候特征有关吧。

2. 对抗双方的力量不能过于悬殊，最好能保持势均力敌。

举个现实的例子，在 2009 年的中国暴力拆迁事件中存在过的唐福珍和成都市金牛区的城管是无法成为对抗双方的，城管坐视唐福珍的自焚就是最好的证明。这个规律在故事法则中同样成立。

如何让对比悬殊的力量成为合格的对抗力呢？很简单，让别的力加入，增强薄弱一方的力量。

比方说，一个人要踩死一只在他脚下爬着的瓢虫。我们这样设置对立双方的情况：

第一种：一只穿了皮鞋的大脚、一只可怜的吓呆了的瓢虫。

第二种：一只没有穿鞋的大脚、一只可怜的瓢虫加上一枚从地上露出一半的锈迹斑斑的铁钉。

很显然，第二种情况更符合对抗的条件。铁钉在此具备了角色的身份，它和瓢虫联合起来成为对抗力的一方，如果和没有穿鞋的大脚展开 PK，则戏剧性是显然易见的。如果还嫌不够，还可以在铁钉上涂上毒液，就像克劳狄斯对他的侄子哈姆雷特所做的手脚那样。

在上面这个例子中，角色都是具象的。事实上，抽象的、看不见的东西也能成为角色，比如说，道德舆论、体制、人心向背等。如果要编写一个有关唐福珍自焚的故事，那么，这些抽象的角色都可以加入进来，分别站在唐福珍和城管身后，为他们的对决助力。

3. 化行动为动作，让行动达到动作的浓度。

若要真正把一个对抗的戏剧性做足，则需要的是动作，而不只是行动。

行动和动作是两个不同的概念。按照温迪 · 简 · 汉森在《编剧步步为营》中的理解，“动作意味着人类的行为，包括激发他们行为的潜在欲望、需求以及要求，而行动则是完全不同的意思，它表达的是一种形体上的含义，是角色在表达他们的欲望、需求以及要求。”①

可以这么说，行动只是动作的一部分，是最后的外在表达，是看得见的肢体举动，而动作的涵义则要丰富得多，它不仅包括行动本身，还包括为什么要做这个行动，以及这个行动将引起的潜在反应，即这个行动应该带来改变。

有的编剧让剧中人物忙忙碌碌行动良久，效果却等于什么也没做，或者做得远远不够。初学者容易犯的错误，就是往往写了大量的行为冲突却达不到动作的浓度，既解释不了主人公行为的起因，又改变不了原先的结果，导致与障碍的对抗迟迟不能到来，还造成了节奏的拖沓。当然，故事并不排斥行动而只接纳动作，两者必然永久性地在故事中同时存在。只是，我们要警惕一种倾向：行动泛滥，动作稀有。

那么，什么样的行为才能达到动作的浓度呢？让我们找一个《一条叫旺达的鱼》中的例子。

在电影的第 14 分钟，旺达和奥托悄悄来到了藏宝地，准备私吞珠宝后远走高飞。奥托在开保险箱的时候，旺达在他背后悄悄举起了铁棍，打算砸昏奥托。但打开后的保险箱是空的，旺达愣了一下，立刻把铁棍收入囊中。

在这个情节中，旺达举起铁棍复又收起的举动是一个标准的动作，它包含着丰富的信息量。形体的行动都是视觉化了的，奥托拔出手枪射出子弹打穿保险箱的锁是一气呵成的连贯行动，而旺达站在奥托身后从包里拿出铁棍对准奥托高高举起也是一个紧凑的肢体行动，和奥托的射击举动在时间上同步发生。但是，旺达举棍的行为戛然而止，则揭示了旺达内心深处的秘密，虽没有明讲，却已经是毋庸置疑的了。观众到这个时候才恍然大悟，原来旺达这个角色有着不为人知的隐情，即，铁棍的举起和放下之间，不仅旺达行为的潜在逻辑显露无疑，而且剧情的将来走向也被隐隐预示了。很显然，在这个情节中，比较在同一时间里两个角色的举动，谁的是行动，谁的是动作，不言而喻。

---

① 温迪·简·汉森. 编剧：步步为营［M］. 南京：凤凰出版传媒集团，2006：73.

比起单纯的行动来，动作具有承前启后的功能，不仅能让观众看到动作的前因，而且会使观众对后果充满期待。不管动作本身如何，它都是由人物生发的，所以，源头还是应该追溯到人物，对人物进行详细的分析。

3.3 对人物的要求

人物的成败，决定了故事的成败。

我们在最开始的时候花费的大量笔墨不过是为了论证一件事情：人物确实可以成为构思故事的突破点，对人物关系的探索甚至能够引领人们走向结构。我们所介绍的戏剧式结构，也是从人物主导故事的即兴表演练习开始的。这样的思路并非随意为之，而是意在强调“人物”正是我们探讨作为剧作元素的结构的核心所在。对于人物，编写者需要额外的耐心和努力。

3.3.1 主人公要有明确的终极目标

必须赋予主人公明确的终极目标。这个目标不仅是人物的动力，也是叙事的动力所在。

在《一条叫旺达的鱼》中，旺达的目标始终清晰且明确：不是拿到珠宝，而是独吞珠宝。无论遇到多大的障碍，她的这个目标从未动摇过。

这么说吧，能够站在剧本起点上的那个人物，必须对自己的使命、目标、愿望或需求有着清晰的诉求，这是辨别这个人物能否成为主人公的标志，也是一个结构链条能否行进下去的基础。在剧情的终点，主人公将和他的使命、目标、愿望或需求再次相遇，无论起点上的这些要求实现与否，剧情都必须结束。

一个对自身状况犹豫不定的人显然是无法承担起主人公职责的。在戏剧式结构的链条上，主人公一开始就必须对自己要什么会做什么相当明确，就算他是在寻找自身的使命，这个寻觅的过程也不应该占据太久的时间。在短暂的寻觅之后，他应该立即意识到接下来要做什么，要采取什么行动去完成这一使命。

来看两个曾经的新闻人物张海超和犀利哥[①]，看看他们是否符合这一标准。

河南省新密市工人张海超被多家医院诊断出患有“尘肺”，但由于这些医院不是法定职业病诊断机构，所以诊断“无用”。而由于原单位拒开证明，他无法拿到法定诊断机构的诊断结果，最终只能以“开胸验肺”的方式进行验肺，其行动历程为：

2007 年 10 月份，X 胸片显示张海超双肺有阴影；此后多家医院检查诊断其患有尘肺病。

2009 年 1 月，北京多家医院确诊其为尘肺病。

2009 年 5 月 25 日，郑州职业病防治所的诊断结果为“无尘肺 0+ 期（医学观察）合并肺结核”。

2009 年 6 月，张海超主动爬上手术台“开胸验肺”。

2009 年 7 月 15 日，媒体介入报道。

2009 年 7 月 23 日，郑州市振东耐磨材料有限公司否认公司有责任。

2009 年 7 月 24 日，卫生部督导组介入。

2009 年 7 月 27 日，确诊张海超为三期尘肺病。河南省新密市劳动局认定为工伤，张海超开始申请伤残鉴定。

按照“主人公要有明确的终极目标”这一衡量标准，民工张海超是合格的戏剧式结构故事主人公，因为他非常明确自己的目标是什么：讨回清白。张海超如何去达成目标呢？开胸验肺。

而犀利哥则不合适做这种结构的主人公，他每天徘徊的生活缺少一个坚定的方向。

犀利哥是宁波街头一名乞丐，身世复杂。2010 年 2 月 21 日，犀利哥因天涯论坛一篇详述其衣着造型的帖子而迅速走红，被网友誉为“极品乞丐”“第一极品路人帅哥”“乞丐王子”等。2010 年 3 月 2 日，网友、媒体以及救助站三方联手找寻“犀利哥”的行动在宁波街头展开，其亲人紧接着现身宁波，其身世得以确认。

回到老家后，犀利哥的生活逐渐恢复平静，健康状况和精神状态良好。

---

① 有关张海超和犀利哥的内容部分，根据相关网络资料整理。

许多好心人都在以不同的方式给他以帮助，但犀利哥告诉记者，能够与家人团聚就很快乐，他最大的愿望就是能够自食其力，过上正常人的生活。

犀利哥出名以来，每天都有大量的电话打来，这些电话有工厂企业、文化传播公司、演艺公司的，也有热心的网友与策划人的。其中大部分是好人，但也有一些不怀好意的人，让犀利哥与他家人受到伤害。根据他们的策划，犀利哥参加过多种媒体活动，但无法应付自如。

热潮过去之后，据网友发帖，曾经看到过犀利哥在老家附近流浪。

很显然，如果作为剧作人物，犀利哥属于缺乏叙事动力的角色，无法担任戏剧式结构的主人公。如果犀利哥身边出现一个网友，他竭尽全力要帮助犀利哥回家，或者要在商业上包装犀利哥使其名利双收，那么，该网友则是主人公的合格人选。毕竟，戏剧式结构有着自己的特定要求，像爱斯特拉冈和弗拉基米尔这样在盲目的等待中耗尽一生的人物比较合适出现在现代派戏剧的舞台上，在戏剧式结构的故事中，其主人公的位置只能旁落。

值得提醒的是，在设置人物目标的时候，不妨对自己的要求高一点。如果你想要一个引人入胜的故事，何不在开始阶段就给人物以独特的目标？一个主动找医生开胸验肺的主人公远比一个去医院排队拍片验肺的主人公更有吸引力，这几乎是在起点就赢了一步。同样地，一个在半夜三更用枪指着对方鼻子道歉的人，显然比一个毕恭毕敬道歉的人更让人想刨根问底，而前者正是小偷奥托在《一条叫旺达的鱼》中向律师阿奇道歉的方式。

可以这么说，失去了独特性，就失去了存在的理由。

3.3.2 主人公要立即行动

不要让人物在游移不定中浪费时间。要让主人公立即行动，才会确保戏的流畅，否则只会造成戏的停滞。主人公可以有思想，也可以思考，但是不能一直在思考而不行动，要知道，你的主人公不是哈姆雷特，总是在人生的关键点上犹豫不决。你的主人公要直冲着终极目标而去，让他马上动手吧。

这也就意味着，主人公的行动是主动的。主动的行动来源于人物内在的动力，而被动的行动则是由于外力的压迫。毫无疑问，主动的行动更能推动剧情的前行。

不仅要让主角主动地立即行动，而且要着力塑造人物的紧迫感。紧迫感无声诉说了主人公为了达成目标的迫切心情，很大程度上会造成观众对主人公在情感上的关切。

依旧以《一条叫旺达的鱼》为例。在发现保险箱里的珠宝不翼而飞后，旺达说“我要去和他谈谈”并转身就走，这就是旺达的行动，充满了紧迫感的行动。

在看守所，旺达装出惊诧和害怕的神情扑向乔治的怀抱，并确认了珠宝确实被乔治转移了。然而乔治已经开始怀疑奥托，旺达知道直接询问肯定是无果而终。在看守所的门外，旺达一眼发现了下一个猎物：乔治的律师阿奇。于是，旺达马上脱掉外套，穿着露胸长裙，一边走一边戴上眼镜，伪装成性感而知性的女性，去钓律师上钩。

旺　达　（对奥托）：那是乔治的律师。另一个一定是大律师。

［旺达边说边脱下外套和耳饰塞给奥托。

奥　托　那又怎样？

旺　达　相信我。

［旺达走向阿奇。

［大律师和阿奇握手道别。

大律师　若发生什么意料之外的事情，记得通知我。

旺　达　（对阿奇）：抱歉！我是不是认识你？

阿　奇　应该不认识。

旺　达　哦，但你是有名的大律师吧？

阿　奇　不算是。

旺　达　可不可以帮我签名？

阿　奇　当然可以。

旺　达　谢谢你。

［阿奇签名。旺达凑近阿奇。

旺　达　我在研究你们的法制，我是美国人。

阿　奇　真的？

旺　达　我只是刚开始研究，觉得很有趣。

阿　奇　你为什么来这里？

旺　达　说起来会令人有点尴尬。我有一位朋友……

阿　奇　我，我明白了。

［旺达拿起阿奇的签名，做狂喜状。

旺　达　我早就知道！你是阿奇利许！

阿　奇　利奇。

旺　达　对！两周前我在法庭上见过你。

阿　奇　赌场被劫事件？

旺　达　你很棒！

阿　奇　我……

旺　达　我很仰慕你！我喜欢你的盘问技巧！我真的很佩服你！

阿　奇　谢谢。

旺　达　我不会再打扰你。

阿　奇　没关系。

旺　达　（扬着签名）：谢谢你，我会很珍惜。

［阿奇说了一句法文。

旺　达　（深情状）：你也说法文。哦！

［旺达摇曳多姿地走了，边走边回头。

［阿奇意犹未尽地开车而去，甚至忘记拿下车顶的公文包。

旺达简直是一个随时准备战斗的主人公。她的眼光精准，知道自己需要的是什么，更知道如何得到自己所需要的。她不仅随时准备行动，而且准备活动非常有效：随身携带变装道具，迅速判定对方的薄弱之处准确出击，并且在行动中及时调整焦距，把握节奏和分寸。

这段戏的精彩，不仅仅在于旺达的反应，还因为它和面前一段剧情相互呼应，显示了编剧对于人物把握的火候。在剧情的 4—5 分钟之间，这是阿奇第一次出场，他和妻子、女儿分别展开了一段极其意味深长的对话：

［草坪。阿奇跑向妻子温迪。

阿　奇　温迪！今天怎么样？

［温迪坐在椅子上，翻报纸。

温　迪　我整个早上都在等收垃圾的，我和马杰里布克吃午饭，她不停地埋怨丈夫，然后我和菲利普玩游戏，然后我回来这里，桑特森送错花了。

阿　奇　哦，真糟糕。你想喝茶吗？

温　迪　好。

［阿奇往家里走。

阿　奇　（回头）：我赢了官司。

温　迪　（头也不抬）：我现在才拥有一些私人时刻。

［阿奇失望地走了。

［家里。阿奇进。

阿　奇　波西亚，表演怎么样？

波西亚　很糟，爸爸，我需要一匹新马。

阿　奇　我以为你喜欢“魅影”。

波西亚　它不适合我。我可以换掉它吗？很重要的，而且不需要很多钱。

阿　奇　我们要问贝琳达。

［温迪进。

温　迪　我以为你在泡茶。

阿　奇　我是，对不起。

温　迪　我去弄！

阿　奇　让我来。

温　迪　不，让我来！

［阿奇无奈地望着泡茶的妻子。

阿　奇　（满怀希望地）：我赢了官司！
温　迪　（拿起一个茶杯）：这个裂了。

这一分多钟的戏可谓一针见血，对话没有一句多余，反而有很多言外之意，展现了夫妻之间、父女之间无法沟通的局面，也显示了阿奇家庭内部无法调和的矛盾，更是切入了阿奇处境的核心。而旺达主动跟阿奇套近乎的戏刚好和这场戏有某种气质上的呼应：旺达对阿奇的恭维切中了阿奇最缺失的部分，和他从妻子女儿那得到的反应正好相反。旺达的见好就收反而让阿奇恋恋不舍。

这固然是旺达作为主人公的出色之处，但更重要的是编剧安排的用心。当旺达行动之前，编剧已经为她做好了足够的铺垫，戏与戏之间的衔接、配合显得她的行动切中肯綮且成效卓著。

3.3.3 人物之间要互相配合

人物之间的配合，主要是行动配合和性格配合。

先说行动配合。

一个故事里基本上会出现好几个人物，如何协调这些人物的行动而不使戏显得凌乱或者断裂是非常重要的，这个时候，行为贯穿线就显得尤为重要。

行为贯穿线是一条抽象的长线，它显示了人物为了各自的目标而进行的努力，这些努力依附在走向目标的路途上，它们形成一股合力，最终把人物送到目标的彼岸。

行为贯穿线并非主人公独有，主要的配角应该都有着明确而清晰的行为贯穿线，不过是根据剧情的比重或深或淡而已。

既然每个人物都有行为贯穿线，那么，如果任凭这些力道四处乱来，就会像走火入魔的武林高手一样，把故事搞得紊乱。新手容易犯的错误之一，就是凭自己的好恶塑造人物，不是根据故事的逻辑而是跟随四处喷溅的灵感去写人物，结果，轻重不分，给人物（尤其是次要人物）以断裂的行为贯穿线；或者，给了一个人物一些有意思的行为后，那个人物就消失得无影无踪。前者会造成此人物再次出现时，他的行为会给人突兀之感，后者压根就是莫名其妙。

这个时候，编剧的掌控能力就显得尤其重要，那就是：无论你是多么偏爱其中的一个人物，也必须让他的行为贯穿线服务于主人公的行为贯穿线，不要给他额外的戏份和动作去干扰剧情；无论你是多么蔑视其中的一个散发出腐朽气息的人物，也必须根据剧情需要去做出增减，不要因为讨厌他就减少他的戏份从而削弱主题的力量。

不同人物的动力会有不同的剧情指向，当次要人物的动力和核心人物的动力相互作用后，不管两者是同一方向还是相反方向，最终的结果都必须是直接推动了剧情的前进。也就是说，在推动故事前行这一前提下，次要人物的目标哪怕是和主人公的目标风马牛不相及，他的行为所造成的效果实际上应该是增进了主人公前进的动力。

比方说，在《一条叫旺达的鱼》中，奥托十分妒忌旺达去找阿奇，这样的妒忌表现为一种无意的破坏力，无意中打断旺达的进程，却达成一种力的配合。旺达第一次去阿奇的家，是为了套到有利信息，但是奥托的出现，让旺达不得不打断正在说的内幕。紧接着阿奇的妻女回家，让旺达不得不采取下一次行动，剧情向前推进；接下来，旺达和阿奇在河边寓所相会，旺达想和阿奇更进一步时，奥托的出现又搅了局；于是旺达要求奥托去向阿奇道歉，然而奥托却把阿奇当作小偷给打了。凡此种种，我们可以十分清楚地发现，奥托的行为目标与旺达的截然不同，但在奥托每一次实施搅局的行为后，旺达和阿奇的见面就不得不延续下去，于是情感的加深也就成为可能。可见，奥托的行动线丝丝入扣地配合了旺达的目标，虽然旺达的目标并不是他自己的目标。

故事的思维正是这样的：在故事推进发展和实现终极目标的过程中，每个人物都担负着非常特殊的使命，任何一个人物都朝着自己的目标而去，但是，在实际效果上，他们的行动其实应该是离主人公的终极目标更近，无论他们作用的是推进的力，还是反推进的力。故事必须如此去安排。

关于性格配合，我们来看一个广为流传的小品《卖拐》，看看里面的人物性格是如何配合的。

《卖拐》讲述的是由赵本山扮演的大忽悠如何成功地把一副拐卖给一个健

康的厨师的过程。在这个小品里，范伟和高秀敏分别扮演厨师和大忽悠的妻子。从戏份上来看，重要程度依次是大忽悠、厨师和忽悠妻。从人物性格上来看，大忽悠属于强势进攻型，精明、世故、灵活，擅于根据对方的反应及时调整骗术。厨师则属于弱势防守型，老实、善良、思维简单、对陌生人没有防备之心，甚至还有点小小的愚蠢。忽悠妻的性格比大忽悠要弱很多，有良知，但是不敢做过多的反抗。

当大忽悠通过望和闻判断出厨师的职业后，厨师又信又急：

厨　师　啊，呀呀呀，是，是。那你刚才怎么的说我，说什么又是严重了，又是晚期，那是怎么回事儿？

大忽悠　你能信吗？

厨　师　我我我我信。

大忽悠　在最近的一段时间内，感觉没感觉到你的浑身某个部位，跟过去不一样了。你想，你使劲想，真的！

厨　师　我没觉着，我就觉着我这脸越来越大呀？

大忽悠　对了，这不是主要病症！你知道你的脸为什么大吗？

厨　师　为啥？

大忽悠　是你的末梢神经坏死把上边憋大了。

厨　师　那是哪憋的呢？

大忽悠　腰部以下，脚往上！

厨　师　腿呀？

大忽悠　对头！

厨　师　不对，我腿没啥大毛病！

大忽悠　走两步！走两步！没病走两步！走！

厨　师　行行，走两步走走走两步走两步走两步。

大忽悠　停！你鞋没毛病吧？

厨　师　有啥毛病呀？

大忽悠　一跟高一跟低？

厨　师　这这这是旅游鞋死跟地！

大忽悠　对头，就是是你的腿有病，一条腿短！

厨　师　没那个事儿！我要一条腿长，一条腿短的话，那卖裤子人就告诉我了！

大忽悠　卖裤子的告诉你你还卖裤子么，谁像我心眼这么好哇？这样吧，我给你调调。信不信，你的腿随着我的手往高抬，能抬多高抬多高，往下使劲落，好不好？信不信？腿指定有病，右腿短！来，起来！

［厨师配合做动作。

大忽悠　停！麻没？

厨　师　麻了。

忽悠妻　哎，他咋麻了呢？

大忽悠　你跺，你也麻！

大忽悠　麻没麻？麻没？

厨　师　麻了。

大忽悠　走起来，走起来！别控制，腿百分之百有病，别控制，放松！走！走走走！走，快走！走，别想，你跟我走好不？走起来，一点一点就好了，走！

［厨师配合做动作。

厨　师　诶呀，诶呀，诶呀！哎呀我的妈呀！

就这样，大忽悠成功地把厨师的腿给忽悠瘸了。在这个过程中，大忽悠的江湖性格和厨师的单纯直接形成了鲜明的对比，这是剧情前进的隐形推手。什么是性格的配合？这就是典型的性格配合。如果厨师和大忽悠一样精明，戏还能推进得这么流畅吗？

而大忽悠马上开始了欺骗流程中的下一步：

大忽悠　你看着没，我媳妇儿都看出来了，她说你忽忽悠悠就瘸了。

厨　师　大姐呀，那这早咋没发现呢？

忽悠妻　早你没碰见他，你早碰见他早就瘸了。
大忽悠　我早就给你调过来了。
厨　师　大哥，这是怎么回事呢？这？
大忽悠　别着急，你呀，小的时候，崴过腿？
厨　师　没有啊，我这只崴过呀？
大忽悠　转移了！不知道吧，后来你的职业对你很不利，原来你不是颠勺，你是切墩，老是往这腿上使劲，就把这条腿压的越来越重，越来越重。轻者踮脚，重者股骨头坏死，晚期就是植物人！
厨　师　大哥，那什么我得用点什么药呢？
大忽悠　用药不好使！
忽悠妻　大过年的，别让人吃药，快说拐吧！
大忽悠　看，我老伴都知道，拄拐！
厨　师　拄拐？
大忽悠　请坐。拄上拐之后，你的两条腿逐渐就平衡了，一点一点也就好了，我当初，一个老头看出我腿有病，她就心疼钱，不让我看病，最后，残了！
厨　师　你呀？
大忽悠　里头有钢板，回不过来弯。
厨　师　这是条废腿呀？
忽悠妻　老头子咱这是好腿——
大忽悠　你说啥呢！好？好腿谁拄拐呀？
厨　师　是。
忽悠妻　那拐不是——
大忽悠　你别蒙人了！
厨　师　哎呀大姐你就别老跟着瞎搅和了行不行啊？这是病人和病人之间在探讨病情，你老跟着掺啥呀这是！我看这腿怎么回事——
大忽悠　你不用腿。看，我给你走，我过去都没走，这完了都——

［大忽悠走。

厨　师　哎呀，哎呀，哎呀我的妈呀，哎呀呀呀！这么严重呐！

在这段戏中，厨师的轻信让人又好气又好笑，大忽悠现身说法，连蒙带骗带威胁，让厨师觉得事情已经严重到自己非用拐不可的地步了。如果说大忽悠的性格在现实生活中确实存在的话，那么，厨师的一根筋似的简单却是让人心存怀疑的。而接下来的戏，却让人抛开了对这种真实性的怀疑，因为厨师的愚笨会更进一步，达到了可爱的程度。两个角色的性格，一个是简单的愚笨，一个是复杂的精明，两者的极度反差糅合在一起发酵，产生了强烈的戏剧效果：

厨　师　那得在哪买拐呢？

大忽悠　拐呀？

忽悠妻　这不是吗，正好把这副拐就卖给你。

大忽悠　你说啥呢？过去！卖啥呀？我拄什么完应卖？你咋这样呢？女人抠，送给他不就完了吗？

厨　师　别呀！

忽悠妻　不卖啦？

大忽悠　别说话了行不？接拐！

厨　师　呀，大哥！哎呀，大哥，我不能白要，我得给钱。

大忽悠　我知道你性格，她女人要钱了，你也磨不开不给，你要脸，你这么给你说我不要就等于瞧不起你，是不？我还得要，给一半，一百。

厨　师　哎，行行行！

大忽悠　我告诉你多给我跟你急噢！

厨　师　好好好！

大忽悠　别说话了。

［厨师掏钱。

厨　师　哎呀大哥呀，大哥那什么，我这俩兜加一块才三十二块钱——

忽悠妻　那就拿着吧，要多少是多呀！

大忽悠　要什么自行车呀？要啥自行车？

厨　师　哎呀，对对对！

大忽悠　你咋这么个样呢？

忽悠妻　我没说要自行车呀？你说的要自行车——

大忽悠　见笑了噢，这媳妇儿我也管不了了，就跟人要自行车！

忽悠妻　我没说要自行车！

大忽悠　以后我不领你出来！

厨　师　大哥你别老生气，我觉着我大姐这句话说的还是有道理的，你说像我这腿脚呢，基本就告别自行车啦，是不？我就把自行车给你啦！行不行？

大忽悠　好好好！

忽悠妻　不行！你不能要人家自行车。你快点拿回去，推回去！你不知道他这是坑你呢！

厨　师　你这是坑我！你怎么这样呢？我就纳闷了，同样是生活在一起的两口子，做人的差距怎么这么大呢？

大忽悠　兄弟，架拐！

厨　师　大哥，缘分呐！

大忽悠　别激动，回去好好养病，过几天就好了！

厨　师　好，大哥！

大忽悠　别激动！

厨　师　那什么，我啥也不说了我！

忽悠妻　你这么做是不有点太过分了你呀？

大忽悠　过啥分，他还得谢咱呢！

厨　师　谢谢噢！

厨师在买拐过程中的反应简直是神来之笔，一个“被人卖了还替人数钞票”的形象脱颖而出，这个时候，人们已经不会去追究厨师的性格是不是合理，而是完全被这种性格带来的戏剧性折服了。而这种戏剧效果的形成，完全是大忽悠和厨师两个人物之间截然相反的性格造成的。他们的性格本身是相悖的，但效果指向是一致的。

另外，无法忽视的是，忽悠妻虽然戏份很少，但是她的性格却无时不刻在配合戏的进行。作为一个强势性格的反衬，她的性格属于“遇强则弱”型，在每个关键时刻都用语言提示厨师可能受骗，然而效果却总是适得其反，和她本身的意愿截然相反，厨师根本就不信，反而把行动归结到大忽悠希望的道上去。所以，我们发现，忽悠妻虽以示弱的性格出现，但结果却属于火上浇油。三个人的性格，就是如此地强弱对比且配合，产生了意料之外的合力，把戏往前推进。

我们不妨打乱编剧对于人物性格的设定，看看会有什么结果出现。如果，厨师的性格是“遇强则强”型呢？那么戏的发展显然就不是原貌了，大忽悠和厨师之间会发生剧烈碰撞，结果如何要沿着性格逻辑和戏的逻辑发展，走到哪一步还不好说。如果，忽悠妻的性格不是示弱型，角色本身不是作为一个配角而存在，即，她的性格是“遇强更强”型呢？很显然，戏中角色的纷争又会呈现出另外一种面貌，她可能会抢戏，成为主角，而另外两个角色的性格反而会和她配合。假设规定了她只能是一个配角的话，那么，也许她的性格在另外两种同类型性格的冲击下，角色本身可能会成为丑角，而不是在原作中尚存道德良知的人物。总之，不同的性格设定和配合，会把戏引向不同的结果，如果你有兴趣改变《卖拐》中人物的性格，把戏按着人物性格的逻辑改写一下，想必你会加深对这个问题的认识。

当然，选择这个小品作为例子是具有风险的，因为它展示的是极端性格之间的对比配合而产生的戏剧性，这样的性格是经过提炼的，在现实生活中，人们很难遇见如此真实的存在。难道，故事不是要求尽量从生活本身出发，展示出一种真实性吗？是的，这的确是个悖论，喜剧小品给人的印象和弊病往往纠结在这一点上，容易给人不真实之感。不过，如果我们对戏剧性故事的要求离“深刻”“真实”远一点，再离“娱乐”近一点，那么，就很容易理解了这种特点。毕竟，它不是艺术电影，也不追求原生态，它只能在极其狭窄的空间里做戏，在尽可能浓缩的时空内，把各种故事元素加以合理的配比，使之产生化学反应，直到冒出戏剧性的气泡。从这个角度来看，《卖拐》又确实是一个极端合适的例子，它让人窥见了人物性格的极致配合是如何活生生地压榨出了戏剧性。

3.3.4 挖掘人物的内在涵义

在我们漫长的观影经验中，有很多人物穿越了时间的烟尘而历久弥新，比方说，《肖申克的救赎》中那个花了十九年时间挖掘地道越狱的银行家安迪、那个不适应出狱后生活而自杀的被体制化的老布，《荒野生存》里那个彻底回归了自然和自由的年轻男孩克里斯托弗，《窃听风暴》里那个在昏暗的阁楼里露出人性光辉的盖世太保维斯勒上尉。这些人物形象身上所传达出的精神气质已经超越了电影本身而成为了一种象征，成为电影工业所塑造的理想化人格的标志之一。当然，更多的人物就像潮汐后的泡沫一样，伴随着他们所在故事的蒙尘而消失在了观众的视野里，而且绝对不会在挑剔的观众心里留下什么印象。

一般而言，人物形象有三个层次：原型、有内涵的人物、平庸的人物。

优秀的人物形象，往往是一群人的象征、一种文化的代表，甚至会上升到原型的高度。不是每一个天才都能塑造出俄狄浦斯和哈姆雷特，但是，这并不表示，其他编写故事的人就有借口不在人物形象塑造上树立远大理想并付诸行动。三个层次的说法是在提醒任何一个对故事抱有热忱的人：人物是如此的重要，值得你费尽心机去经营，在外表、动机、动作之外，请重视并挖掘人物的本质，倾听来自人物内心的声音，使其成为独特的“这一个”，而不是仅仅在你的故事中曾经露面的过客。

先举个不存在的例子。我们在前面假设过的《血煤》中的小何的形象，你固然可以把他设置成一个失学的带点小混混气息的贫家少年，但是，你不如把当今“穷二代”的典型特征糅杂在这个人物形象上，因为，穷二代折射着这个时代的病症与缺乏，这个群体的生成有着深刻复杂的社会原因，对当下的中国社会发展产生着重大影响，可以说，穷二代的形象，是我们时代的一个缩影。如果把小何当作一个穷二代的典型去塑造，显然会给人物赋予更多的内在涵义。

再举个存在的例子。《一条叫旺达的鱼》中的阿奇和奥托是一对相悖而并行的人物形象，两个人在剧中位置对立、观点对立、行事风格对立，但正是在这些对立中，两个代表了英美文化截然相反的内涵气质的形象却脱颖而出了。

奥托，美国小贼，年轻，喜欢冒险，充满了年轻新大陆的活力，是女主角名义上的情人。

阿奇，英国律师，年长，老成持重，浸染了古老旧文明的压力，和女主角产生真正爱情。

然而，奥托的内在和外表有着极大的反差。他狡黠，貌似强势，推崇尼采的哲学，也时常翻看尼采的著作，但是对哲学和历史的理解都极其浅薄。他其实没有自信，每次都会被别人说他的“愚蠢”两个字所激怒，并且做出更加愚蠢的行为来。他对弱者，无论是人还是动物，都缺乏平和的同情心，对于英国人和英国文化，则是抓住一切时机进行嘲笑，说明了他不过是个自大的弱者。在影片中，奥托是愚蠢和夸大作风的象征。

阿奇貌似古板沉闷，先以一种示弱的姿态赢得观众的同情，然后以真诚的态度获取了女主角的爱情。对于英国的文化和身为英国律师的自己，阿奇有着深刻的理解并报以自嘲的态度。他处在婚姻道德和职业道德的双重规则之下，却力图在尊重规则的前提下追寻自由，比方说，他是在妻子宣布和他离婚后才彻底决定追随旺达的，在行使律师职责的过程中也是尽量恪守职业操守。作为一个中产的有体面职业的中年男人，阿奇谦虚沉稳，在内心时刻流露出对自由和爱情的渴望，但是这一切都被死水微澜的生活压制了。除此之外，他是一个绅士的、容忍的、性感的、会多种语言并对人性和责任有着独到理解的人。毫无疑问，编剧在阿奇身上寄予的在英国主流文化下生活的男性特质，可能不完美，但却真实。

这样两种文化的对比，通过两个人物形象表现了出来，而且处理的风格不一样。如果说，奥托的戏类似闹剧的话，那么，阿奇的戏则更像正剧。在故事的三个男配角里，乔治的戏份相对很少，而肯的戏份则是通过不停制造笑料增加戏剧性，编剧唯独对奥托这个角色偏爱有加，奥托的出现不仅仅是搞笑，更是赋予了美国文化的一些特质，和承担了英国文化特征的男主角阿奇一起，把《一条叫旺达的鱼》的人物形象塑造推向了一个高度，令观众过目难忘。

真正有价值的故事一定会把写人放在第一位。在《一条叫旺达的鱼》中就有颇多这样的场景，比方说，阿奇在办公室接见了旺达，接下来是平行剪辑的戏：旺达和奥托上床、阿奇和温迪上床。这是典型的借事写人的戏，尤其是对于阿奇而言。

阿奇的妻子温迪和女儿波西亚又在为整容之类的琐事拌嘴。阿奇无奈而麻木。

在奥托咕哝着意大利语扑向旺达的同时，阿奇和温迪分别脱衣上各自的床，夫妻之间关系冷漠。

阿奇机械地脱袜子、剪趾甲、修老皮、看文书、打呵欠，无聊之极。

温　迪　阿奇，我想你和她谈谈整容手术。

阿　奇　嗯？

温　迪　听我说，我想你和波西亚谈谈。

阿　奇　好，我早上会找她谈谈。

温　迪　晚安，阿奇。晚安！阿奇！

阿　奇　晚安，旺达！

温　迪　你向谁说晚安？

阿　奇　哦，抱歉，是明天要开庭的一个混账案件里的一个人。

从停车场里的“不期而遇”，到办公室里的会面，旺达的身影已经深深印在了阿奇的脑海里，她性感、美丽、风趣，和他的妻子截然不同，所以，阿奇虽然在临睡前假装看着明天开庭的案件资料，脑子里却对旺达浮想联翩。这段睡前对话展示了阿奇心态的变化，也为接下来两人在阿奇家的约会埋下伏笔：作为一个谨慎的老资格律师，阿奇之所以在自己家里留下旺达，绝对不能断定为中年危机男人的道德出轨，而是有着阿奇自己的感情埋藏在里面。

这场戏也很短，但确实是故事链上必不可少的一环：有了它，就会逐步有令人信服的爱情发生；没有它，接下来发生的只能算偷情。《一条叫旺达的鱼》的隐形线索就是旺达和阿奇的爱情故事，所谓风起于青萍之末，如果没有类似的虽小但重要的一场场戏的积累，没有了男女主角心理变化的轨迹，爱情故事又从何而来呢？

同样的，另外一些小细节也写出了旺达心理的变化，比如他们第二次在阿奇朋友寓所约会时。

阿奇在楼下表演他的语言天赋，旺达在楼上突然问：阿奇，你有钱吗？

阿　奇　　我没有钱的。

旺　达　　那房子呢？

阿　奇　　那是温迪的，她很富有。

旺　达　　哦。

当一个极其爱钱的人突然问对方关于钱的问题时，她的内心肯定发生了某种变化。

人物才是戏的核心，写事不是目的，真正的目的是为了写人。只有深入人物内心，才能制造出典型化个性化的人物。

当然，这个标准很高。然而，我们不正是应该这般严格要求自己么？

3.4 技巧之外

最重要的事，最难克服的缺陷，反而值得长话短说，以示痛彻和庄重。

前面的举例中，曾涉及华晋焦煤王家岭煤矿透水事故。事故后两月，一则相关新闻引起全国舆论一片哗然：

> “王家岭大救援”创造了煤矿救援史的奇迹！它即将被山西电影制片厂搬上银幕，暂定名《八天八夜》……剧本以“3 · 28”王家岭矿透水事故真实事件为背景，着重描写153名矿工被困井下后，山

西省委、省政府不惜代价、不分昼夜地坚持和努力，最终救出受困8天8夜的115名矿工，在漆黑的矿井中托起了生命的方舟，创造了世界救援史上的奇迹。

省煤炭地质局副总工程师李振拴、汾西救护大队党委书记宋承文、阳煤救护大队大队长赵青云、同煤救护大队副大队长马红利，均是剧本原型。他们与省煤炭厅、卫生厅、安监局等部门参与“3·28”大救援的人员，共同完成了对《八天八夜》剧本的研讨。[①]

愚蠢时常是自证的。不久之后，《八天八夜》有疾而终。

决定故事高下的，有时候看上去像是剧作技巧，然而，真正的终极较量却是价值观的较量。

漫威之父斯坦·李在被问及中国的超级英雄应该是什么样的时候回答道：“想想看这几十年最大的恐惧和不安是什么，以及人民最向往却无法实现的愿望是什么，以想象力去达成它”。这个回答看上去像是关于题材和人物，然而它的源头却发自人的头脑深处。书写个体的困境，用思想、技巧、趣味去包裹它，这是毋庸置疑的常识。

技巧可以模仿或学习，而价值观的养成则需时日的磨砺，它不仅是自我修炼的过程，也是外在环境作用的结果。如果没有宽广的视野、对真相的洞察，对复杂事情的高超分析能力，以及丰富的阅历和对正确立场的坚持，那么，价值观的“够不着”早晚会成为编剧的伊卡洛斯之翼、阿喀琉斯之踵。

记者柴静曾经在博客中谈到过这么一件事：

去唐山采访地震三十年的时候，有位摄影师是当年在场唯一可以用相机自由拍摄的人，拍了一千多张，大都是如何抗震救灾和灾后孤儿的幸福。

我问他要一些灾难现场的照片。

他说没有。

---

① 康景琳. 王家岭矿难救援将搬上银幕 暂定名《八天八夜》［EB］. 山西新闻网 - 山西晚报：2010-5-29.

我说是不让你拍么。

他说不是，“是我自己当时的世界观。”①

而纪录片导演书云在制作《西藏一年》的时候也遇见了类似问题：

片子经领导审过后，书云请了一位懂汉藏双语的女士，看看片中藏族人说话的汉语字幕是否译得准确。这位女士边看边评论：“这些应该删掉。你们怎么拍这么多反映西藏落后的东西？那么多好的东西为什么不拍？”书云说：“我请你来是看翻译的，不是让你来审片的。”这位女士说：“我都通不过的，领导怎么能通得过？”书云说：“看到她，我真同情中国的导演。”②

前者是为时代所囿，后者是主动画地自限。这不啻是一个充满戏剧性的对比：我们自诩处在一个空前开放的时代，实际上却常常连自己的脚趾头都看不清楚。只能说，没有独立的思想和人格，缺乏普世价值观，虽然也许能写出技巧高超的故事，但是不可能写出价值观正确的卓越的故事。时下颇多作品，喧嚣之后，速成泡沫，究其弊，多源于此。付出勤奋而鲜有天赋，坐拥灵气却缺乏灵魂，乃是殊途同归的悲剧。

练习：

1. 观看《回到未来1》，根据戏剧式结构的要素和要求，详细分析其结构。

2. 选择一部国产的戏剧式结构电影，对照戏剧式结构的要素和要求，分析其得失。

---

① 柴静．难道就我爸跟别人不一样［EB］．嫣牛博：2010-3-20.

② 王尧．《西藏一年》：从 BBC 到 CCTV［EB］．中青在线 - 中国青年报：2009-7-31.

三、情节部

1.《情节》单元的写作说明

首先，本章并未将“情节”元素集中于戏剧或影视艺术中的一种，事实上世界上所有的叙事艺术都包含着情节元素，包括小说等。要学习编剧，除了精读经典的剧本作品之外，还需对各种叙事艺术有所涉猎，此外还应从其他艺术门类，例如音乐、绘画、雕塑等寻找灵感，作为素材的搜集，学习者甚至不应放过在新闻媒介中所阅读到的一些片段，毕竟一个编剧者不可能仅仅挖掘自身的经历就可以写作剧本的，本章节在行文中尤其注重拓展读者的阅读面，而不是仅仅站在编剧学习者的立场上狭隘地看待编剧写作这件事，换而言之，学习者必须先是一个思维敏捷、涉猎广泛、人情练达的人，才有可能成为一个出色的编剧。

其次，综合一切叙事艺术中关于情节的表述，笔者认为，情节之“情”与“节”分别对应了“情绪”与“节奏”，这两者构成了情节的血肉和骨骼。要在编织情节的过程中掌握“情绪”和“节奏”并非易事，首先要对这两者有着充分的感知和体悟。因此在练习中要充分考量到这一点，要着力训练学生对于情绪尤其是综合情绪的感知力，此外还包括对于节奏感的把握。编剧学习者通过一定的表演训练，可以避免纸上谈兵地看待“情绪”，只有自己感受到情绪对于人的感官作用，编剧者才有可能在情节写作中赋予人物真实可信的情绪动机。而关于“节奏”，则需要学习者充分领略“节奏”在各项艺术中的重要地位，“节奏”不仅属于戏剧，还属于音乐、美术等，尤其在音乐直接是节奏的艺术。因此笔者认为由音乐艺术入手，可以帮助学习者建立良好的节奏感，触类旁通，编写情节中更需牢记节奏的重要意义。

围绕着“节奏”和“情绪”构成的“情节”元素，笔者列举了大量例子，其中有经典剧作片段的剧本文稿，也有一些剧作的梗概内容，甚至还包括学生并不成熟的习作。笔者并不愿提倡完美的范本，而是希望学生在学习过程中，配合书中的讲解做进一步的阅读观摩。笔者的教学方法是：搀扶一把，令学生自己走下去。因此每项例子并未动用过多的篇幅，目的在于发挥学生的主观能动性，换而言之，一部分的教学过程可能无法体现在书中，而需要教师在讲授中和学生建立起密切的关系，通过讨论和学习产生新的火花。因此书本的写作风格其实是开放性的，并非是以概念和公式框定学生的思路，而是期望学生通过体悟的方式了解编剧艺术的魅力所在。

一般而言，有关情节的写作教程，例如罗伯特·麦基的《故事：材质、结构、风格和银幕剧作的原理》往往采取精讲影视作品（例如电影《唐人街》）的方式，这种讲授方法比较精炼集中，但由于情节风格、样式、节奏的多样化，也许应有另一种方法提醒读者拓宽阅读面，以循序渐进的方式打开编剧思路。此外作为以班级为单位的教学活动，一位编剧课的老师可能要面对 20—30 人左右的学生们，罗伯特·麦基和悉德·菲尔德的编剧著作或许更适合学生在课后精读，但是作为编剧课堂上的教学，学生们还需在一个类似工作坊的环境中通过表演训练以及讨论的方式增进对于情节写作的感性认知。本书的《情节》单元正是抱着这样的想法展开写作。

2. 什么是情节

2.1 探索情节的基本特征

雕塑家可以用各种材质塑造富有张力的人物形象，画家可以用画笔和颜料渲染呼之欲出的各类场景，而戏剧的魅力在于，能够以魔法般的力量，对上述两种元素——“人物”和“场景”加以编织，赋予其动人心魄的神采。

而这种魔力，几乎一举俘获了所有热爱故事的人们。编织故事的艺术工作者，从初学者到成名的大作家，都将其视为自身才华的体现，他们殚精竭虑地磨炼写作技艺，正是为了葆有这种神奇的魔法；而对于故事的聆听者 / 观看者而言，这种魔力可以跨越时空，令不同时代、不同国家的人们屏住呼吸同欢喜、共忧虑。另一方面，它也可以力透纸背，突破文化的壁垒，即便是牙牙学语的孩童、目不识丁的老妪，都能够通过聆听 / 观看一个戏剧故事感受人类共通的情感波动。

自古以来的戏剧理论家，都不约而同地将这种所谓的“魔法”视为戏剧的核心特质。当然，要对它作出科学的解释而非玄学的描述，“魔法”显然不是一个合适的头衔，而更为通用的名称应当是——情节。这个词确实通俗易懂，我们可以在大幅的电影海报上读到它——“情节跌宕起伏……”，剧院散场时，三三两两的观众一路交谈着：“今天这出戏情节太平淡，我都睡着了……”。而编写故事的人则茶饭不思，苦苦念叨着：“情节、情节怎么编……”。几乎人人都在谈论“情节”，但假如你去问他们：什么是情节？他们的回答往往模棱两可——“说不清楚，就是一种感觉”“可以分辨好的情节或坏的情节，但是要摸清它的来龙去脉却很难……”这正是问题所在——我们往往只是知道“情节”这个说法而已，但对于它的本质是什么，却依然感觉云山雾罩。这也是所有编剧初学者最为困惑的所在——从所有的教科书中知悉了“情节”的重要性，却依然枯坐良久，无从下手。甚至学习数年后，对于编织情节的技能产生了一种不可知论的看法：编写情节的能力需要天赋和悟性，如同绝世武功般可遇而不可求。

“情节”果真那么神秘吗？难道对于希冀掌握编剧技巧的人们而言，只能坐等这种“魔力”从天而降，却束手无策？未必如此。要掌握编写情节的能力，我们不能避开对于“情节”本身的客观认识，前人的理论成果或许可以帮助我们直面神秘的“情节”。

亚里士多德认为：情节是行动的摹仿。[①] 这一观点批判性地承袭了柏拉图的艺术摹仿说。相比柏拉图而言，亚氏将艺术的起源点由理想国挪到了人间，

① 亚里士多德．诗学［M］．罗念生译．北京：人民文学出版社，1982：20.

他在“诗”（即戏剧）中看到了人类对于现实生活中的“日常行动”有着与生俱来的摹仿天性，他尤其重视“行动”本身的完整性——“所谓‘完整’，指事之有头，有身，有尾。所谓‘头’，指事之不必然上承他者，但自然引起他事发生者；所谓‘尾’，恰与此相反，指事之按照必然律或常规自然的上承某事者，但无他事继其后；所谓‘身’，指事之承前继后者。”①

黑格尔则用辩证法解释“情节”。这又被称为是情节的“冲突论”。黑格尔认为：“情节应表现为动作、反动作和矛盾的解决的一种本身完整的运动。”②他给出了一个严谨统一的情节公式：“动作——反动作——矛盾解决”恰好对应了“正——反——合”的辩证法。不可否认，这一情节公式具有高度的凝练性。但是在实际的剧本创作中，似乎很少有人将这一公式生搬硬套地运用。换而言之，概念先行往往无助于创作。要找准和“动作”严格对应、契合的“反动作”并非易事。假如两者力量相当，便很容易演化为一场拉锯战，由于拉锯双方的力量彼此消解，最后所谓“矛盾的解决”便成为了一个鸡肋似的概念。没有观众愿意欣赏彼此力量互相消解的拉锯战，那注定是让人昏昏欲睡的演出。作为哲学家的黑格尔，看来只是借助戏剧情节的例子阐述他的哲学理念，而作为戏剧专业人士，却不能止步于这一概念公式的表面——即使是为了这一概念的正确与否，喋喋不休地争论也会显得相当肤浅。我们须认识到，站在“冲突论”的立场上，“正动作”和“反动作”之间存在着微妙、复杂、多变的博弈，这种博弈本身的对比幅度、频率乃至最终走向收场的整个过程曲线（即“矛盾的解决”）才是“情节”的精髓所在，正如劳逊所说：“动作是一个复杂的运动，在这运动中各个个人的意志和社会的意志（环境）连续不断地创造一种力量的新的平衡，它又反过来影响和改变个人的意志。”③黑格尔的贡献在于提供了一种经典的情节范式，但是如何把握情节的内在张力并加以建构则是一件难事。

迄今为止，对于“情节”最为形象生动又简明扼要的解释当推福斯特——“‘国王死了，不久王后也死了’是故事，‘国王死了，不久王后也因伤心而死’

① 亚里士多德．诗学［M］．罗念生译．北京：人民文学出版社，1982：25.
② 黑格尔．美学（第一卷）．朱光潜译［M］．北京：商务印书馆，1979：278.
③ J·H·劳逊．戏剧与电影的剧作理论与技巧［M］．中国电影出版社，1989：54.

是情节。”[1] 前者所罗列的是两件孤立的事件——国王死去、王后死去，在时间的轴线上依次排列，仅此而已；而后者则将这两件看似孤立的事件进行了重构，而这种重构的依据则是人类的情感逻辑。正如高尔基所言：“情节，即人物之间的联系、矛盾、同情、反感和一般的相互关系，——某种性格、典型的成长和构成的历史。”[2] 正因为人与人的各种情感联系具有普适的价值，能够激发人类的感伤、喜悦、惊悚以及希望，所以人们渴望在情节中陶醉，而对干巴巴罗列的事件本身毫无兴趣。例如在上面的例子中，人们了解到国王和王后的死讯，并无任何感触，因为这两个人物只是虚构的身份符码而已，但是当人们看到“王后因为伤心而死”，便会体会到夫妻之间的深厚感情，由于人们对于爱情本身的真切认同感，会进而对于国王和王后这两个虚构的人物产生了兴趣，并忍不住追问：王后为什么会如此伤心？她和国王之间的情感是怎样达到生死相随的地步的？这便是情节在发挥其动人的力量了。

高尔基所言“性格”——“成长”——“历史”，则是作家企图通过情节本身，由点及面传达给读者 / 观众的鲜活内容。我们可以从心理咨询专家那里获取一个人的性格分析报告，可以从档案资料中了解个人、团体的成长履历，更能从历史卷宗中了解某年某月某日发生的一场战役、谈判或是其他事件，但是剧作家却有能力让死的报告、档案、卷宗复活。剧作者从生活中抽取、再创造出特定的人物和场景——于是，在发黄的纸页上只注明时间、地点、名称的战争，变成了可歌可泣的英雄挽歌和情人间的生离死别（例如前苏联电影《雁南飞》的情节）；历史教材上寥寥数行的记载，全因人类的情感投注，其事件力透纸背、呼之欲出。

说到这里，我们似乎抓到了情节的内在动力和黏合剂——情感。情感构建人物关系，然后推动人物关系发生变动，由此发展出情节。有人将这个所谓的“情感”用一个更为中性的词语来替换——“动机”。无论是“情感”“动机”“欲望”，或是导演口中的“最高任务”，我们都可以将其看作为一种和情绪、心理有关的动因，是“我想做些什么”的冲动。可是读者也许要问，难

① 福斯特. 小说面面观［M］. 广州：花城出版社，1984：75.

② 高尔基. 论文学［M］. 北京：人民文学出版社，1978：335.

道只要有情绪上的冲动、情感上的需求就能构成情节了吗？比如一位妇女痛失爱子，然后她一直在哭，不停地哭，这是不是情节？——情绪上的冲动、情感上的需求不曾缺少啊？那就让她一直哭吧！哭上一个小时都不停下，你看看观众会不会答应，并认为这是情节的再现？观众一定会摇头：这太乏味了，一直在哭，编剧到底想让我看什么？可是如果编剧真的懂得情节的精髓，他就会这样写：这位女性的儿子死于意外，她先得到消息。而她的丈夫还不知道这件事，她回到家想把这件事告诉他，又不忍开口，她压抑住自己的悲伤，企图像往常一样做家务，和丈夫闲聊。但她实在是太痛苦了，只能找了一个借口去盥洗室，她在盥洗室痛哭失声，但却害怕丈夫听见，于是她将水龙头开得很大声，过了一会她平静下来，把眼泪抹干，然后走出盥洗室，慢慢走向正在看电视的丈夫身边……，你发现这一段描述和之前的描述区别在哪里吗？原本单一的情绪有了变化起伏，有控制有释放……其实这个情节还可以继续编下去，比如丈夫其实也早已知道这件事，只是他也不希望让妻子知道，于是两个人用不同的方式隐瞒，于是情绪的控制与爆发在两个人之间交错展开，其变化的方式也变得更为丰富。

由上文的例子我们不难看出，情节当然要有情绪、欲望、冲动的加入，但绝不是单一的、乏味的过程，而必须在情绪发展的时值线上有丰富的频率、振幅变化。这个过程如同一个音乐作品，如同一段优美的旋律一样，富有节奏和韵律。如此说来，懂得编写情节的人，必须如同音乐家一般，能够把握节奏、熟稔旋律的无穷变化，并善于组织整个作品的结构，使其如同一部交响乐一般具有动人心魄的力量。

自主学习板块：

（一）识别情节

香港动画电影《麦兜的故事》广受观众喜爱，事实上这不仅是为儿童创作的动画故事，更是切中了成年人对世事变迁、无从把握的一丝悲凉，以及对童稚初心的追念之情。让我们截取该片的主题曲《爸爸教我如何去小便》歌词，你可以在网络上搜索到这首歌曲，静静地聆听，如果恰好不懂粤语，也没关系，我提供了歌词大意。如果你能细心体会，你会发现即使有若干不懂的字句，也不妨碍你领会这首歌词的情节特征。你也许会好生奇怪，拥有这样一个无厘头式歌名的歌词居然也可以从中探究情节？当然！如上文所述，“情节”在艺术领域无处不在，歌词即诗歌，诗能抒怀，能咏志，当然也能叙事。《爸爸教我如何去小便》就是一首优秀的叙事诗歌。

爸爸教我如何去小便

爸爸带我去食叉饭食卤味
爸爸带我去“席爹席猪头肉”①
爸爸带我去食粢饭
然后带我去食牛治
仲叫了两个蛋挞
爸爸带我过大海食葡国鸡
爸爸带我远赴番禺食乳鸽
爸爸与我看着海浪
与我一起对浪小便
爸爸突然对我话：
佢话唔系要系咁 不过就 不过就
不过就会总系咁
嗰啲嘢 过去就
经已没有嗰家嘢
经已没法不分开
你以后全部靠自己
一个人小便
爸爸带我去食拉面食咖喱
爸爸带我去食叉濑食炖奶

① 注：潮州方言。

爸爸带我去小便
仲教我要怎样小便
如何靠自己拉链
佢话唔愿变成咁 不过就 不过就
不过就会总系咁
嗰哟嘢 过去就
经已没有嗰家嘢喇
所以没法不离开
以后全部靠自己
一个人小便
爸爸带我去带我去食叉饭食卤味
爸爸带我去“席爹席猪头肉”
爸爸带我去小便
仲教我要怎样小便
如何咪滴湿笪地
爸爸带我去小便
仲教我要怎样小便
如何咪滴湿笪地

尝试着做这样几件事：

1.为整首歌曲划分段落。

2.圈定整首歌词情境中出现的动作，并注意其反复出现的节奏频率。

3.确定核心的戏剧情节，核心戏剧情节有如下指标：a.体现人物关系的互动性动作；b.这一互动性动作具有情感力量，构成特定情境；c.这一特定情境具有一定的隐喻意义。

4.以麦兜父子为主要角色，尝试写作一段对话，还原核心戏剧动作构成的特定情境。

（二）鉴赏情节

参考影视作品：

1.《昨天》(2001 年，张杨导演)，重点关注片中父子之间交流的情节桥段，尤其是其中那首甲壳虫乐队的“Let it be”(《顺其自然》)出现多次，仔细研究歌曲是如何参与到故事情节韵律的铺陈中去的。

2. 动画短片《父与女》(2000 年，迈克尔·度德威特导演)，重点关注片中的核心情节与音乐相配合的节奏韵律。

（三）想象情节

第三个练习再让我们聆听一首歌曲，这首歌是加拿大著名流行乐歌手贾斯汀·比伯的《what do you mean》。

What do you mean? Ooh
When you nod your head yes
But you wanna say no
What do you mean? Hey
When you don't want me to move
But you tell me to go
What do you mean?
Oh, what do you mean?
Said we're running out of time
What do you mean?
Oh oh oh what do you mean?
Better make up your mind
What do you mean?
You're so indecisive of what I'm saying
Trying to catch the beat, make up your heart
Don't know if you're happy, or complaining
Don't want for us to end where do I start
First you wanna go to the left and you want to turn right

Wanna argue all day, making love all night
First you up and you're down and then between
Oh I really want to know
What do you mean? Ooh
When you nod your head yes
But you wanna say no
What do you mean? Hey
When you don't want me to move
But you tell me to go
What do you mean?
Oh, what do you mean?
Said we're running out of time
What do you mean?
Oh oh oh, what do you mean?
Better make up your mind
What do you mean?
You're overprotective when I'm leaving
Trying to compromise but I can't win
You wanna make a point but you keep preaching
You had me from the start won't let this end
First you wanna go to the left then you want to turn right
Wanna argue all day make love all night
First you up and you're down then you're between
Oh I really want to know
What do you mean? Ooh
When you nod your head yes
But you wanna say no
What do you mean?（oh what do you mean）Hey
When you don't want me to move

But you tell me to go
What do you mean?
I wanna know
Oh what do you mean?
（Ooh）
Said you're running out of time
What do you mean?（ah baby）
Oh oh oh what do you mean?
Better make up your mind
What do you mean? Ooh
When you nod your head yes, but you wanna say no
What do you mean?（you're so confusing baby）
Hey, when you don't want me to move,
But you tell me to go
What do you mean?
Oh, what do you mean?
Said we're running out of time
What do you mean?
Oh oh oh what do you mean?
Better make up your mind
What do you mean?

译文

你什么意思?
你点头答应，其实却想说不
你什么意思?
你不想让我离开，又叫我走
你是什么意思？你是什么意思?
你说我们已经没有时间了，这什么意思?

你是什么意思?
你最好做好决定
你什么意思?
你对我说的话还犹豫不决
我试着去抓住你的心跳节奏
不知道你到底是开心还是抱怨
我不想结束我们的关系，我要该从何开始
刚开始你想向左，然后又向右
只想和你白天争吵，夜晚缠绵
起初你是这样 然后又变那样
哦，我真的很想知道
你想怎样?
你点头答应，其实却想说不
你什么意思?
你不想让我离开，又叫我走
你什么意思?
你什么意思?
你说我们已经没有时间了，这什么意思?
你是什么意思? 你最好做好决定
你什么意思?
当我要走的时候你百般挽留
我试图妥协却还是赢不了
你想要表明你的立场却一直对我说教
你让我从一开始就不想结束
刚开始你想向左，然后又向右
只想和你白天争吵，夜晚缠绵
起初你是这样 然后又变那样
哦，我真的很想知道
你什么意思?

你点头答应，其实却想说不
你什么意思?
你不想让我离开，又叫我走
你什么意思?你什么意思?
你说我们已经没有时间了，这什么意思?
你是什么意思?你最好做好决定
你什么意思?
你点头答应，其实却想说不
你什么意思?
你不想让我离开，又叫我走
你什么意思?你什么意思?
你说我们已经没有时间了，这什么意思?
你是什么意思?你最好做好决定
你什么意思?

和前面那首歌不同，这首歌词并未体现任何具体的故事情境，但是却在每个段落给出了鲜明的情绪对比，与之相对应的动作也是充满了矛盾性，例如:“你不想让我离开，又叫我走……”“你点头答应，其实却想说不……”并且，这样充满矛盾的动作组合反反复复，构成了整首歌的大情节。你可以充分利用其中的一组歌词，找一位同伴合作，为这首歌词设计情境和人物关系，分角色饰演故事，注意，不一定是爱情故事，尝试着另辟蹊径!

2.2 情节之“情”——情绪的铺陈

无论故事本身是以人作为对象，抑或以其他生物、非生物为对象，须知:所有的故事都是为了激荡人类的情感。无论是喜悦、悲伤、恐惧、勇敢、还是爱意、憎恨，这些人类的基本情感都会直接影响人类的情绪表现。想象一下，“恐惧”是怎样一种体会?在一个黑暗的环境中，不知道从哪个角落里会冒出危险的敌人，每走一步都不知道是否会掉入深渊，你的体验是如何的?肌肉收紧、呼吸急促，但是毛孔似乎在放大，所有的感官系统高度戒备，时刻提防着危险的来临；“悲伤”则会让人全身瘫软，心脏一点点地皱成一团，身体微微颤抖，仿佛虚脱一般；“爱”的感觉又是如何呢？温暖的气息从手心、脚心一点点地上升、皮肤好像变得湿润光滑，如同被人轻抚过一般舒畅……我们可以去设想每一种情绪。在印度的宗教中，有类似的对于情绪的体会，人类表演学家谢克纳据此设计了一个味觉盒子的实验，将人类常见的九种情绪，置于每一个味觉盒子中，你可以尝试着走入每一个盒子，在那个盒子里你可以尽情地体会那种情绪，但是一走出盒子，就意味着和那种情绪告别，转而选择另一种情绪，当实验者在不同的味觉盒子中体验时，他（她）能强烈地感觉到：在一个特定的盒子中，会有一种强大的气场令人欲罢不能，所以每一次的进入和退出盒子都会变得异常的艰难，而要在不同的盒子中游走则更是一件相当困难的事。“味觉盒子”的实验尤其适用于表演训练，因为任何一位演员必须时常在戏剧演出中经历情绪的变化，而如何尽快地投入每一种情绪是演员需要面对的首要问题；同理，如何尽快地从某一种情绪中退出同样非常重要——这是对于演员自身的一种保护。

从“味觉盒子”的实验中我们不难看出，所有的戏剧演出就是依赖演员的肢体、肌肉反应、气息变化来完成一次一次的情绪呈现以及情绪的变化。演员是辛苦的职业，因为他们要在很短的时间里体验常人可能一辈子都不会遇上几次的剧烈的情绪波动，这种情绪的投入和拔出是极度耗费体力、精力的过程。当然演员需要呈现的不一定是剧烈的情绪波动，有时是一些极其细微的情绪，细微到普通人未必会觉察，而演员必须对任何细微的情绪波动有着敏感的认知体会，所以对于演员而言，他（她）不能以现实生活中大多数人都拥有的厚厚的铠甲去保护、掩饰自己，而必须敞开自己每一寸的感觉器官，去体会、呈现物质世界对其或大或小的情绪影响。

做演员如此不易，作为编剧则更有职责关注人类的每一种情感体验，以及由此带来的情绪波动。对于编剧而言，除了把握“味觉盒子”所描述那些基本情感，他（她）甚至还必须成为一个真正的心灵捕手，去捕获那些非同寻常的情感体验，或者将不同的基本情感互相糅合，构建出五味杂陈的情绪。编剧们穷尽毕生精力，都是为了以美妙的情节打动观众，可是，假如他（她）无法寻觅到符合人性的情感体验，又如何令观众相信那些故事是真诚地反映人类情感呢？

普通的编剧工作者只能一次抓取一种情绪，而无法体会错综交杂的复杂情绪。比如为了描写一个人失恋，仅仅让这个失恋者摇着爱人的肩膀，不停地呜咽："你为什么不爱我，你为什么不爱我……"编剧为什么不能深入到失恋者的内心去体会：失恋本身就是一个综合了各种情绪的情感体验：其中有怨恨——所爱的对象为什么狠心拒绝我；有羞辱感——自尊心的被伤害；还有无法抑制的爱——无论对象如何拒绝自己，都不能抑制爱他（她）的本能……一个尽职的编剧为了挖掘到更为丰富的失恋者情感，甚至不会满足于上述的情感罗列，他（她）还会从自己的人生体验中寻找更为真实可感的依据。观众乐于在故事中看到这样血肉丰满的失恋者，他们在这样的故事中，在这样丰富的情感容器里，找到了自己的情感体验，所谓"共鸣"就此产生。

技巧稚嫩的编剧工作者一心想取悦观众，以眼花缭乱的、匪夷所思的故事让观众目瞪口呆，却从未想到这样根本无法取悦观众。有一些初学剧本写作的学生习惯于让自己的剧作中动辄便死去数人，甚至血流成河；有些热衷于编写爱情故事的编者，动辄让自己的主人公缺胳膊断腿、失聪、失忆、毁容、得绝症等等，以为这样就能让观众为这爱情故事唏嘘不已，殊不知观众在这些似曾相识的故事里已变得麻木，甚至会对于这样俗套的设计感到厌烦和可笑。于是，对于编剧而言最可怕的现实便是：银幕 / 舞台之上演员在投入地演出悲剧，底下的观众却笑成一片。这种充满反讽意味的观演落差，正是由于编剧的轻率和自以为是造成的。而有经验的编剧则会从生活中挖掘出细微却拥有爆发潜力的情绪原点，他们深知：未必是人生的大起大落事件才能成为重要的情绪原点，有时一件小事也能成为情绪的爆发点所在。

缺乏想象力的编剧工作者会迫使演员非常辛苦地、声嘶力竭地表演某类情绪，以为竭尽全力的情感爆发能够顺利地将观众淹没，而结果往往是事倍功半。而聪明的编剧却懂得，要在故事中制造情感的流动，这个任务的重担可以不必完全压在演员身上，难道忘了观众也是活生生的情感动物吗？观众的情感体验同样可以注入故事的情绪流中。举个例子：一个劫持人质的罪犯，在枪战中被警察射伤，然后被送往医院救治（参见《实习医生格蕾》的相关情节），作为一个拥有情感、伦理道德的人，当然无法接受去抢救一个丧心病狂的罪犯的生命，但是作为医生——出于专业人士的职业道德，他必须救死扶伤，即使这个人是罪犯，甚至在被救活后就将被处以极刑。我们可以设想医生在处理这个医疗事件时所面临的情感纠结。但是我们在观看这段剧情时，只看到了医生在无影灯下做手术，而看不到医生如何呈现自己的情感体验，但即便如此，观众依然心潮澎湃，因为观众们自觉地将自己的情感体验带入了医生的情感体验之中，观众一面为罪犯的罪行而愤怒、另一面又不得不试图体会医生救死扶伤的人道主义精神，并为之感动。观众既期待罪犯死——为其罪行付出代价；又期待罪犯生——医生实现无私的人道主义救援，在这种看似矛盾的情感纠结中，观众体验到了情绪的碰撞。

要想令观众体验激烈碰撞的情绪，编剧必须设计一个恰如其分的情境，“情境”是一个常用的编剧术语，抛开那些生涩的解释不谈，情境其实就好比是情绪的一个容器，在拥有了这个容器后，各种情绪才有可能灌注进去。

例如，我们可以在列宾的名画《意外归来》中看到情境是如何作为容器存放情绪的。正如题名所揭示的：意外归来——这是一个相当明确的情境安排，在流放者踏入久别的家门的那一瞬间，每个在场的人物仿佛瞬间凝滞，这一间居室瞬间成为了一个情绪的大容器，所谓的“百感交集”莫过于此。图中的每一个人物，都对应着与流放者的不同关系，呈现出不同的表情，而流放者作为画面的中心人物，不仅在和其他人物目光交接处有情绪流转，甚至于这间曾经无比熟悉的居室，居室中每一件熟悉的器皿和家具，都有可能激荡起他复杂的情绪，而这一切，观者尽可以加以想象。

情境好比容器，好比载体，也好比画布，剧作者对于情节之“情”的想象力尽可以施展开去。俄罗斯电影导演尼基塔・米哈尔可夫在其代表作《毒太阳》（又译《烈日灼身》）中恰好设置了和《意外归来》颇为类似的情境，贵族青年米迪亚十年后重回家园，而他多年前的爱人玛露莎已嫁为人妇，编导设计玛露莎十年后重新见到米迪亚的反应，并非一触即发，而是隐忍、压抑。她面容平静，却转身走到厨房，拿起一只玻璃杯，灌注了清水，狠命地啜饮。观众自能从她的举动中体会到情绪的一触即发，这种细腻又独特的情绪表达方式是由动作构筑而成的情节，远远强于台词的罗列。

当我们论及叙事艺术时，会发现戏剧、电影相较小说艺术而言，更擅长的领域并非建构性地叙“事”，而是在于叙“人”。小说虽然也塑造人物，让角色参与到叙事中，但是作家本人还需借角色之口，阐述个人的人生观、价值观和世界观，这是因为，小说作为文字的艺术，确实也为这种借“人”发挥提供了便利——小说中的“人”，好比是人文精神的载体。但是戏剧、影视则将人作为叙事的核心，尤其是影视艺术，能够逼真呈现出人物本身的肢体、语气、表情，换而言之，影视中的“人”在精神载体之外，还将作为物质的、肉体的介质本身在银幕中出现——而肉体性的“人”，其最为可观的便是无边无际、无从捉摸的情绪之流，正因其无边无际、无从捉摸，才会在有限的叙事框架中衍生出无限的阐述方式。

自主学习板块：

（一）感受情绪

首先，读者须从切身感受入手，体会人类的普遍情感诉求，锻炼自身敏锐的观察力和感知力。先从简单的甚至是标签化的情绪入手，再尝试较为复杂的、综合性的情绪组合。切记：为情绪设立标签只是为了让你更为容易地从个人经验中寻找到切入口，但这并不等同于情绪就应该是标签化的图解，也不是一种概念先行，每位练习者还是要诚实地面对人类丰富多变、捉摸不定的情绪流动，努力地捕捉各种微妙的情绪感应。

在建立情绪记忆之后，读者应适当地进行一些笔头工作，为情绪寻找合适的情境容器。换而言之，从此刻起，你可以开始从事简单的编写情节工作。但你还是要记住，任何天马行空的想象力都必须双脚着地。也就是说，你可以借助想象设计情境，你可以在恰当的范畴中虚构情境，但是无法虚构人类普适的情绪感受，必须让任何戏剧动作符合人物应有的情绪波动。

1. 根据在上文中提及的列宾名画《意外归来》，展开联想，为画中每个人物撰写人物小传，并赋予每个人物一个主导性的情绪。

（二）情绪练习

1.“味觉盒子”练习

在一个空旷的教室中，划定若干方格，在每个方格中标注“喜”“怒”“哀”“勇”“惧”“爱”等情绪标签。在第一轮练习中，练习者围绕着这些方格行走，边走边调用自己的记忆库，寻找到最容易介入的一种情绪，确定之后走入方格，记住：一旦进入不可轻易退出，在踏入方格的那一瞬间必须迅速地找到那种对应的情绪，并让自己沉浸其中，而不是等到进入后再调用情绪。在第二轮练习中，练习者以不假思索的速度依次走入每一个方格（甚至可以是依次滚过），体会不同情绪之间的快速流转。

2. 扑克牌情绪练习

我们都知道扑克牌有四种花色，分别是：♤ ♡ ♢ ♧，假定♤代表喜，♡代表怒，♢代表哀，♧代表惧。组织一个小型的即兴表演，每人上台前抽取一张扑克牌，根据抽中的花色明确自己所扮演角色的基本情绪。由单人表演扩展为双人表演、多人表演，角色自拟、情境自拟，但必须坚持自己抽中的情绪标签，看看是否能带着特定的情绪记忆将戏剧动作持续下去。

扑克牌情绪练习还能有更为创新的玩法，例如同时抽取两种不同的花色，尝试将两种情绪标签以先后或融合的方式表现出来，注意所有的表演均建立在设置具体情节的基础上，而不是凭空的发泄情绪，要有明确的情绪过渡以及情绪转换的依据。

例：两人一组，一人抽中“怒”，一人抽中“喜”，“怒”与“喜”的情绪冲撞会带来怎样的故事情节？可以是一人设了小计谋捉弄了另一人，一方捧腹不止，一方怒不可遏。但是仅凭如此少的情节信息，显然无法使两种情绪持续下去，只有建制人物背景信息、明确人物关系，并不断丰富人物关系的变化细节，才有可能将“怒”与“喜”的交锋持续下去。

（三）参考影视作品

观看动画片《猫与老鼠》任意一集，结合上题所述“怒”与“喜”的情绪交锋，撰写拉片笔记，重点关注两位主角所代表的基本情绪是如何在故事发展过程中不断交错变化的，纪录其变化的曲线以及两者相会、对峙瞬间的情绪特征。

2.3 情节之“节”——节奏的安排

故事情节的基础在于挖掘情绪原点，并合理地阐发情绪。因为唯有情绪的张力才能打动观众，使其与剧中人物产生共鸣——“情节”之“情”正在于此。但是当这些令人喜悦、悲伤或恐惧的素材放在编剧面前时，他该如何去处理；情节之“节”，按字面的理解是“节点”的意思，好比我们看到的竹子由一节节的竹节构成，假如以全面的、宏观的视角来看待情节之“节”，会发现，正是一个个节点的设置安排，规定、控制、释放了情绪的流动，因此所谓的“节”，更适宜将其看待为“节奏”。人类的情绪五味杂陈，有时波涛汹涌，有时又细如涓流，假如节奏处理不慎，任由情绪流转，那么带给观众的可能是洪水泛滥，也有可能是枯竭断水。所以唯有控制情绪的节奏，以或收或放的巧妙布置才能让观众在观演中既不会感觉乏味，又不会高度紧张。这正是“情节”中的“节”之重要性。

首先，我们必须了解何谓“节奏”。俄国形式主义学者维·什克洛夫斯基曾在《散文理论》中举过一个例子，解释了“节奏”的起源：河边的纤夫在拉纤的时候需要耗费大量的体力，于是就有了船工号子，为什么众人一起喊号子就可以更有效率地干活呢？因为号子是有节奏的，号子提醒大家不用时刻让自己的肌肉紧张，而是踩着节奏让肌肉时紧时松，肌肉紧张的时候大家一齐使劲，肌肉放松的时候是一个调整和短暂的休息，这样拉纤的工作就更有效率，纤夫们也不至于不能承受长时间的劳动。这个例子充分地说明：节奏具有很实用的功能——观众来到剧院看戏，并不希望神经时刻高度紧张，他们是来寻求一种愉悦的，而不是来到剧场用“蛮力”摧垮自己的神经。假如一个冒险题材的故事时刻让观众保持紧绷的情绪，让人透不过气来，那么观众很快便会筋疲力尽而不得不退场；假如是一则喜剧或悲剧故事，编剧试图将令人窒息的痛苦或无休无止的笑料强加于观众身上，那么观众同样也无法接受。观众需要在每个故事里体会情绪，但却不是劈头盖脸而来的情绪，他们需要张弛有度地欣赏故事——有冲突，有延宕，有起有落，而这项工作，应该是由编剧完成事先的设计。

戏剧情节中所有的紧促与延宕，乃是为了一个节奏而服务，情节设置中的种种误会、巧合、突转、发现都是为了制造这必要的节奏。世界各地的故事中不约而同的包含了一些经典母题（例如俄狄浦斯王式的杀父娶母），并非有着什么神秘的因素，而只是因为这些光怪离奇的材料能够更为方便地用来编制富有节奏的情节。正如维·什克洛夫斯基所说：“情节与情节性是与韵脚一样的形式。在分析艺术作品时，从情节性的观点而言，‘内容’这个概念是不需要的。”①

节奏是什么？是一种修辞，一种有关于节省原则的修辞。它和诗歌中的韵脚并无二致，都作为一种绝对的形式而存在。在节省原则之下，戏剧情节如同日常生活中的简单劳动和复杂劳动，在行动的过程中需精简至一个合适的尺度，目的是让人尽可能舒适地、有效率地完成一项行动。没有人愿意自讨苦吃，人类的工业革命乃至日新月异的科技革新，不都是为了完成一个“四两拨千斤”的目标吗？而戏剧，其本质也就是游戏、娱乐，既然如此，这就是一桩让人轻松的活动，因此也少不了利用节奏的合理分布来完成“节省原则”。编剧课老师们常常告诉学生，一个好的编剧应该是讲好一个故事，但是大多数的学生只是“讲一个故事”，如何做到讲“好”？并没有一个明晰的要求。写剧本的人如果不从观众角度出发，考虑他们对于节奏的需要，进行理性的设计（而不是一味感性的在剧本中抒发自己的情感），又怎能算是讲“好”一个故事呢？假如编剧们无法在剧本中体现节奏，只能促使导演们在二度创

① 维·什克洛夫斯基．散文理论［M］．刘宗次译．江西：百花洲文艺出版社，1994．

作中去设计节奏，或依赖演员们自动激发出节奏感，舞美灯光强化节奏。长此以往，编剧专业工作者总有一天会失去饭碗。

如何在剧本中体现“节奏”？这需要从两个层次来讨论。

首先，从剧本整体结构布局中体现节奏。对于编剧而言，每一幕、每一场的写作并不是“脚踩西瓜皮，滑到哪里是哪里”，而是必须在整体上把握一个节奏感。要如同创作一部交响乐一般，合理地分配、体现节奏的张弛。我们可以看看史上最著名的剧作家莎士比亚是如何做的：在《麦克白》一剧中，最为惨烈惊人的一幕发生在麦克白深夜谋杀国王的那场戏，观众几乎是心掉在嗓子眼目睹了麦克白一步步地走向国王的卧室，举起寒光闪闪的匕首，刺向国王。经历过这一幕，观众几乎在心跳加速中体验了恐惧、震惊和愤怒……而随后一幕过场戏，我们则看到：天亮了，守门人夫妇一觉醒来，互相插科打诨——这是轻松愉悦的一幕，和此前一幕截然相反。莎士比亚为什么要安插这一段看似和主情节关系不大的桥段呢？其目的便是缓解观众此前强烈的情绪。类似这样的戏剧布局在莎士比亚的剧作中常常出现。

英国剧作家阿诺德·韦斯克的剧作《厨房》（1958 年），讲述了发生在某餐馆厨房中一天的故事。厨房里 14 位厨师以及杂役、女侍者在厨房里各司其职。读者可以想象，厨房中忙碌、机械化的工作流程很容易造就一种单一的节奏：忙碌、争吵、烦躁……如果始终以这样的节奏贯穿全剧，观众也会对这纷乱烦躁的对白、争吵感到聒噪不安，所以剧作家绝不会这样布局，他必须在展现厨房忙碌景象的两幕之间，加入一段“插曲”，表现厨房在经历了一上午近乎疯狂的忙碌后，进入了短暂的休息时间。这一休息段落起到了调整的作用——既是为了让演员调整表演节奏，也是为了让观众调整过于紧绷的神经，进入观演的调整阶段，以平静的心态审视角色——这些像机器一样忙碌的厨师的内心世界。

其次，在剧本的每一个或大或小的独立场景中体现节奏。这就要求编剧必须无时无刻不考虑戏剧的节奏安排。例如：有经验的编剧懂得让他的剧中人物“卖关子”——不紧不慢地展现戏剧动机，让最激动人心的情绪爆发稍晚出现；而编剧新手则恨不得让他的角色一开始就将所有的心声和盘托出。以往，我们将这种“卖关子”的技巧称为“延宕”“悬念”，其实从“节奏”

的安排考虑，所有的悬念、延宕都是为了给节奏的波峰和波谷留下空间。有些编剧初学者以为只有在大的情境中才需精心设计令人咋舌的悬念，或者以为只有悬疑题材的剧作才需要“悬念”元素，实则不然，如果能够意识到“悬念”“延宕”均是为了节奏而服务，编剧者就会在任何细小的环节——例如情人间相赠礼物或是学生推开老师办公室的门、家庭主妇在街市和人讨价还价……这些看似微不足道、未必能构成主情节的地方充分展现节奏的魅力。

《金瓶梅》中潘金莲戏武松的桥段一直为读者所称道，除却语言本身的鲜活力量，在这一幕短短的双人交锋中，可以清晰地感知到节奏的徐徐展开。

> 潘金莲（独白）:“我今日着实撩斗他一斗，不怕他不动情。”
>
> **——莲动机坦白**

莲：叔叔寒冷。

松：感谢嫂嫂挂心。

（莲接过毡笠儿） **——莲进**

松：不劳嫂嫂生受。 **——松退**

莲：奴等了一早晨，叔叔怎的不归来吃早饭？

（以上：小幅进退）

松：早间有一相识请我吃饭，却才又有作杯，我不耐烦，一直走到家来。

莲：既恁的，请叔叔向“火”。 **——莲进**

（以上：小幅迂回）

松：正好。（坐好）哥哥哪里去了？ **——松随**

莲：你哥哥出去买卖未回，我和叔叔自吃三杯。 **——莲进**

松：一并等哥来家吃也不迟。 **——松退**

莲：哪里等得他！（酒已拿来） **——莲跟进**

松：又教嫂嫂费心。 **——松随**

莲：（敬酒千娇百媚地）叔叔饮满此杯。（武松一饮而尽）天气寒冷，叔叔饮过成双的盏儿。 **——莲更进**

（以上：节奏渐强；莲主导）

松：嫂嫂自请。 ——松随

莲：（满带春意，酥胸微露，云鬟半躺）
我听得人说，叔叔在县前街上养着个唱的，
有这话么？ ——莲挑衅
松：嫂嫂休听别人胡说，我武二从来不是
这等人。 **——松自卫**

莲把控节奏渐驰；尺度趋强

莲：我不信！只怕叔叔口头不似心头。 **——莲再挑衅**
松：嫂嫂不信时，只问哥哥就是了。 **——松自卫**
莲：呀，你休说他，哪里晓得什么？如在醉生梦死一般，
他若知道时，不卖炊饼了。叔叔且请杯。
（潘金莲连饮三杯，哄动春心，武松知了八九分，并不兜揽）
莲：（在武松肩上一捏）叔叔只穿这些衣服，不寒冷么？
（武松不自在，不理她，潘金莲拿起火钳拨火）
莲：叔叔你会簇火，我与你拨火，只要一似火盆来热便好。
（武松焦躁）
莲：（看不到武松焦躁，丢下为钳，拿一杯酒来，自呷了一
口，剩下半盏酒，看着武松）你若有心，吃我这半盏儿
残酒。 ——莲侵犯性挑衅

双方僵持

松积蓄情绪，即将反转

（武松信手夺过来，泼在地下）
松：嫂嫂不要恁的不识羞耻。 ——松激烈反击
（武松把手只一推，争些儿把妇人推了一交） **——松进**

松：（睁起眼）武二是个顶天立地噙齿戴发的男子汉，不是那等败坏风俗伤人伦的猪狗，嫂嫂休要这般不识羞耻，为此等的勾当，倘有风吹草动，我武二眼里认的是嫂嫂，拳头却不认的是嫂嫂。 **——松态度坦明**

莲：（通红了面皮）我自作耍子，不值得便当真起来，
好不识人敬！（潘金莲收下家伙，自往厨下去） **——莲退**

节奏强而有力

如果我们需要为这一戏剧段落做最为精简的故事梗概，那么只需提取潘金莲开头处的“动机坦白”以及篇尾处武松的那段“态度坦明”。本来两句对白便可说明的故事，为何中间有那样迂回曲折的“折腾”？正是这来回的“折腾”才让整个戏剧段落呈现出丰富的节奏韵律：观众看到的是潘金莲的逗引、挑衅、自得、落败；武松的持重、退让、焦躁、反击，并从中得到观赏的乐趣；而作为编剧学习者，则找寻到整个戏剧段落的各个大小“节点”和每个分节点的强弱控制。所有的“折腾”构成了挑动观众情绪起伏的要素。而这些巧妙之处均来源于编剧对于“节点”的设计以及对于节奏起伏强弱的把握控制。

上文剧本中用字体加粗标注的均可视为“节点”的所在，而分割线则标识了整个段落最重大的分节点。在分割线之前，潘金莲主导了整个戏剧节奏，由她施加动作，而武松处于被动状态，她的行动由谨慎的试探开始，逐渐加大尺度，而武松由于秉性的醇厚，并未及时判断出潘金莲的意图，因此在退让和迂回中度量情势的发展；而分割线之后的段落，潘金莲自以为胜券在握，有所松懈，也愈发肆无忌惮，终于惹怒武松，使其愤而反击。仅仅是对话之间，读者便可感知两个人物不同的情绪流以及交织而成的情绪节奏变化，这种节奏变化绝不是枯燥呆板的，而是生动活跃的。观众所要从中获取的也绝非是“动机坦白”或“态度坦明”那样干巴巴的梗概介绍。

如果是写一个有多人参与的群戏，节奏的安排难度可能会比双人戏更加复杂，但是剧作者可以动用一些技巧将有可能凌乱的节奏梳理得更为清晰，在此介绍电影《鬼子来了》中的一个片段。姜文扮演的马大三在一个夜晚遇到了蒙面陌生人的持枪要挟，要他照看两个日军俘虏，第二天他召集村民商量该如何应对这件事。

七爷家 冬夜 内

大三（画外）：这么的，就这么的，这么的这么的……就这么的！噌！噌！噌！跳墙就撩了！

大三手里拿着一个炕笤帚，顶在六旺的脑门上，他正模仿持枪人的样子，形容给来这里商量事儿的村民们看。村子里的长者五舅姥爷此时拿着一根没有点燃的烟袋，吧嗒着没牙的嘴。

五舅姥爷：那么的……他叫个啥？

大三：没说，就说个“我”。

五舅姥爷：那么的……他长得啥样？（摇上）五舅姥爷苍老的脸。

大三：没看着，**我合着眼呢。**

六旺：穿啥衣裳，多高个儿呀？

大三：**我合着眼呢！**你合着眼，你看见我了？

二脖子蹲在地上，问道：多少人呢？

大三急了：**我不是说，合着眼呢嘛？**没敢看！

“我”是谁

五舅姥爷追问（画外）：那么的……他到底咋说的？

大三：他就说：这两人先搁你们村儿，等三十年夜黑介，再回来取人。

鱼儿小声补充了一句：呃，那伙子人话说得挺厉害。

大三：还说，这叫“灯下黑”。

“咚！”的一声，有人捶了一下炕。（声音提示节点）

那是一直躺在那儿的疯七爷。

疯七爷：**我崩了你这个王八操的！**

“我”交代什么事？

疯七爷说着就要去摘挂在房梁上的那把筒子枪。

大三瞟了他一眼。

七爷在往上够那枪。

鱼儿见状上炕，急忙上去抢枪。

五舅姥爷不满地（画外）：你们家的事，往后再说！

鱼儿抢到枪重新挂回去。她来到桌边给七爷倒水。

五舅姥爷（画外）继续：你儿媳妇跟大三的事儿也不是一天两天了，这商量正经事呢！

疯七爷扭身指着他们说：这俩货有啥正经事啊！

五舅姥爷（画外）：**睡觉！**

鱼儿给疯七爷端上一碗水，放在他面前，轻声地说：

插入闲笔：鱼儿和马大三偷情之事

爹，喝碗水。

疯七爷把头转向一边（画外）：我不是你爹，不要脸的养汉老婆！

五舅姥爷（画外）：你这也像老公公说的话？

鱼儿委屈地看了一眼大三。

这时，大三呼地把笤帚往柜上一拍，冲着疯七爷说：你老还是崩了我吧！我正愁着没辙呢！

疯七爷也翻身起来：哎！**我崩了你个王八操的**…

五舅姥爷训斥大三：蹲下！

他又对着七爷说：**睡觉！**

疯七爷气不顺地转回身。重新躺好了。

鱼儿给大三使个眼色。

大三转身回到原位。

疯七爷喘口气躺好。

静了一下。（静场提示节点）

插入闲笔：鱼儿和马大三偷情之事

五舅姥爷：是福不是祸，是祸躲不过。

刚蹲下的大三又站起来（摇上）。

大三：那到底是福是祸呀？你老说到底咋办呢？

这时一直蹲在那儿的二脖子突然拍了一下大腿，好像有了一个好的主意。

二脖子：哎？送炮楼子上去，我跟先生有面儿。

大三：说啥呢？

二脖子伸了一根大拇指朝脑后比划着：交给日本子！

大三：那不中啊！那……那三十儿午夜黑介那伙子人过来取人咋办呢？

二脖子：让他找日本子要人去，他敢把日本子咋着？

大三：哎呀！日本子？日本子都叫他们绑着塞麻袋里头了，你说他能咋的？

六旺：你不是汉奸吗，你？

二脖子出主意

大三：真是！

二脖子又蹲下了。（休止动作提示节点）

疯七爷躺在炕上，两只手比划着说：**我一手一个掐巴死俩，刨坑埋了！**

二脖子出主意

大三很不以为然地看了一眼疯七爷。

突然六旺也拍了一下腿，自告奋勇地说：哎！我看中！不就刨个坑吗？我刨！

大三：你刨？那伙子人说了，丢一个少一个，要是让日本子知道了，那…… 那人家就不要人了，那就该要命了！

村民得头儿进前一步，紧张地问：要命？要谁的命啊？

二脖子也问：要谁的命啊？

大三：要……要咱们全村人的命呗！

大家听着这话，都沉默了，油灯的火苗跳动着。（静场提示节点）

六旺出主意

突然，二脖子又拍了一下大腿，声音很响，好像又有了一个主意。（声音提示节点）

二脖子：哎！

他正要站起来说，可还没等站直，又蹲下了，自言自语地说：不中！

大三看了他一眼：你说。

六旺：你说呀！

二脖子：不说了。

五舅姥爷用烟袋杆指着二脖子：说！

二脖子噌地站了起来：我是说呀……咱们全村儿都跑了！就留下他们俩，看他要谁的命！

五舅姥爷皱了一下眉，生气地说：**蹲下！**

二脖子出主意

二脖子缓缓地蹲下了，边蹲边说：我说不中嘛，非让我说，这不耽误事吗？

“咚”的一声，疯七爷又狠狠地一拳砸在炕上，（声响提示节点）

指着大三：**我还是把你崩了吧**，全村儿早晚死你手里！

五舅姥爷生气了：别说了！别说了！再说我走了。

听到这话，二脖子和村民们起身就要走。

五舅姥爷：回来！

已来到门口的六旺被鱼儿挡住，听见舅姥爷的呵斥，村民们又都回来了。

五舅姥爷：**蹲下！**没听说，要要咱们全村人的命吗？

疯七爷小声嘀咕着：**我一手一个掐巴死俩，掐巴死俩，刨坑埋了……刨坑埋了……**

五舅姥爷：来者不善，善者不来。此等作为，非等闲之辈。山上住的，水上来的，都招惹不起。

大三和六旺专注地听着，随后慢慢站起来（摇上）。

五舅姥爷（画外）：五天一过，就是三十，三十一到，就来取人，神不知鬼不觉，把人送走，消灾免祸。

大家都在听着。

五舅姥爷叫他（画外）：三儿呀。

大三：哎。

五舅姥爷：这几天你多操点心，这也是为了咱们全村儿。

大三答应。

五舅姥爷又对二脖子：二脖子！

二脖子站起：哎，舅姥爷。

五舅姥爷：这事儿别跟你妈说，她那嘴，不严实！

二脖子发誓似的说：我把这事烂肚子里，中不？

五舅姥爷：那就……家走！

二脖子出主意

讨论僵局

五舅老爷确定商讨结果

这次村民们是真的往外走了。

大三急了，对众人喊道：哎……别走哇！

大三挡在众人面前。

【五舅老爷确定商讨结果】

大三：事儿还没完呢。那伙子人说了，这俩人让咱们抽空帮着审审。

六旺等不解地看五舅姥爷，

五舅姥爷：审审？审啥？

突然，外面传来了军乐队的声音。（音乐提示段落的结束）

大伙一惊，扭头向着窗外。不知不觉天已经亮了。

【大三提醒审问之事】

上文以方框标识了这一戏剧段落中的每一板块布局的主要内容，而加粗的楷体字则标识出了台词中出现的“重复”修辞。读者不难看出，剧中的疯七爷自始至终并未参与核心剧情——村民的讨论，他只是一个神志并不清晰的发牢骚者，他的台词也始终一再重复，并无实际的意义，但是读者可以发现疯七爷在这一桥段中几乎是不可或缺的，因为他的每次出场几乎都在情节的节点之处，换而言之，他赋予了整个段落以生动的节奏感。另外，值得一提的是疯七爷挑起的关于马大三和鱼儿的恋情，似乎也是游离于主情节之外，但是却延宕了这一段落的情节悬念，同时又不露声色的交代了马大三和鱼儿之间的人物关系。

除却台词的重复构成的戏剧节奏以外，横线标注的“静场”和突如其来的声响或音乐也构成了节奏点，它们往往和重复出现的台词一起，构成了每一小节的节拍点。

在每一小节中，其实还可找到更为细碎的小节奏。我们甚至可以再多加考量为什么这一戏剧段落的开头，马大三并不是将他前晚所遭遇的时间从头到尾和盘托出？这既是出于省略原则，同时也是为了在段落开头制造强有力的节奏感，我们从马大三的画外音中便可体会出这一点：“这么的，就这么的，这么的这么的……就这么的！噌！噌！噌！跳墙就撩了！”——充满节奏感的台词设计，从段落开始就昭示着整部作品的明快节奏。而结尾处的小节“马大三提醒审问之事”则是为了避免收尾的平淡，设计了一个承上启下的伏笔。

如果没有这个戏口，后面的戏剧段落就很难镶嵌其后。

如果观众通观《鬼子来了》全剧，会发现就连“村民讨论”的段落也不止一次出现，每一次的“村民讨论”段落，恰好也对全剧进行了有机的规划和节奏控制。只是这部分的内容涉及到剧本创作的“结构”元素，读者在本书的结构单元可加以学习揣摩。

上文所举的例子，均是以成型的戏剧作品为例，以倒推的方式揣摩剧作家本人在创作中的节奏设计。读者须知：即使本书举出成堆的例证，也只能证明每部成功剧作在节奏设计方面的妙不可言，但却无法总结出一个放之四海而皆准的节奏规律，事实上假如存在这样的既定规律，那么节奏之美就宣告死亡。于是我们面临一个学习创作的悖论，作为创作者本人，究竟应该如何在作品尚未成型的过程中把握节奏？

俄国戏剧家梅耶荷德在从事戏剧工作前具有良好的音乐功底，他一直立志于将音乐的节奏性运用于戏剧表演训练，假如我们换一个角度审梅耶荷德为演员专门设计的“节奏三部曲”训练方法，就会发现其中蕴含的节奏理念同样适用于剧本创作。

> 梅耶荷德演员训练节奏三部曲：
>
> 奥卡兹（otkaz）：“拒绝”——跳起之前的蹲下或扔出去之前身体往后拉
>
> 泊希尔（posil’）：“发送”（实现）——跳起来或扔出去
>
> 托施尔（tochka）：“结束点”——收场白：一种静止、但又暗示着新的开始[①]

梅耶荷德从小提琴演奏的动作中概括出戏剧表演应有的节奏模型，和前文中所提及的纤夫号子以及“节省原则”其实一脉相承，戏剧动作的释放绝不是一蹴而就，而是必须积攒能量，以退为进。犹如拉弓射箭一般，先施加一个向后的力量，才能使箭获得反作用力，同时这也是一个校准目标靶心的

① ［英］乔纳森·皮奇斯．表演理念：尘封的梅耶荷德［M］．北京：中国电影出版社，2009：77-78.

准备工作，虽说“箭在弦上，不得不发”，但是所有的控制力均掌握在射箭者的手中。而箭发射的过程，恰是整个射箭动作系统的华彩和高潮部分，同时也是脱离射箭者视域和理性掌控的过程，富有经验的射箭者其实在箭离弦的那一刻已明确箭是否能中靶心，他只需在那一刻将控制权放弃——即所谓的“释放”，最后射箭者只需稳住震荡的弓弦，整个射箭的动作宣告完成。

从梅耶荷德的戏剧实验中不难看出，要掌握戏剧情节的节奏，必须找准发力点，发力点之前是积蓄能量，发力点之后则是释放能量，这个发力点也就是上文中反复讨论的戏剧节奏的“节点”。我们可以通过分析成功的剧作，先找寻“节点”的所在，确定节点后再顺藤摸瓜，将一头一尾的收与放再细加分析。通过借鉴和揣摩，当剧作者自己创作时，也须谨记两条：找准节奏、控制节奏。

人类的艺术往往有着共通之处——音乐作品的旋律变化、美术作品中的光影变幻、雕塑作品中的结构组合以及叙事艺术中的情节铺陈，都包含着节奏的韵律。所以如果你有心成为一名剧作家，就得从不同的艺术类型中寻找节奏的妙用，例如，欣赏一首音乐作品，哪怕是结构最为简单的通俗音乐（例如民歌），你会发现强烈的节奏暗示。在这时你不妨在心中默默地再现节奏的起伏变化，再想象一下，如果要以这样一个音乐作品作为你的创作主题，你会如何设计情节，又该如何将音乐的节奏和故事的节奏同步起来？

自主学习板块

（一）发现节奏

关于“节奏”的练习，可以从最富节奏表征的音乐、体育入手。聆听音乐、参与体育项目，你都可以找到不同的旋律节奏，找到节奏感，并将其应用到戏剧创作中。当然，这需要持之以恒地观察生活，并细加揣摩，将节奏的脉动融入创作内容中去。

从音乐中寻找节奏：

贝多芬第九交响曲中多次出现宣叙调，宣叙调引领出不一样的旋律，体会其变化及重复，了解其节奏频率，配合音乐讲述一个故事。

从体育运动中寻找节奏：

你喜欢竞技性体育项目还是挑战个人极限的单人体育项目？前者以双人或双组的对抗为主，例如网球、篮球、足球、拳击等，始终充满着双方力量的博弈，因此体现出来的节奏韵律呈现出“此消彼长”的态势，和戏剧节奏非常类似；而后者则多以田径、射击、体操为主，虽然是单人展示体育技能，但其节奏一样气韵生动，单人体育项目同样需要对节奏把控，如果是长跑运动员，不可能在出发伊始就迅速发力，他（她）必须保存体力，控制呼吸，紧跟第一梯队，直到赛程后半段，调整策略，伺机加速，或通过和队友的战术配合，打乱对手的节奏，直至赛程尾声，利用此前保存的体力发力反击、冲刺，直至夺冠。你看，这和戏剧情节的铺设是不是也很相似？难怪体育竞技称之为“game”——是一种游戏、也是一种戏剧的“戏”。

选择一种体育项目，尝试着从这一体育项目的基本特征入手，为其梳理节奏特征。

2.4 情节之“庖丁解牛”

在初步解析了何为“情”、何为“节”之后，我想为大家介绍如何通过观摩影视作品来学习揣摩情节设计的要点，并尝试独立完成拉片笔记，如同上一章节所展示的范例那样，以一种倒推的手法，还原影视剧作中的情绪节奏设计。

可能有读者会担忧——“我还是个初学者，对于何为情节的概念尚一知半解，现在就开始进入自学阶段，独立完成拉片笔记，是不是操之过急呢？”其实这样的担忧完全是多余的，拉片训练是一种思维训练，注重的是过程而非结果，换而言之，并不存在一种既定的标准答案，建立在一套标准的知识概念之上。只要你拥有对节奏的感知，对情绪的体认，那么你识别出影视故事中的情节设计并非难事，所以从现在开始，不要放过你能接触到的任何叙事艺术作品，它可能是电影、电视剧、舞台剧，也有可能是一段广告、一部MTV，找出其中明示或暗含的情节线索，由浅入深，学习探索情节的奥秘。

2.4.1 参照系之一：表演

我们看到的影视作品是建立在剧本层面之上的二度创作，换而言之，情节的设计已通过演员表演搬至荧幕，呈现在观众面前。跳过了剧本文稿，我们无法在字里行间圈圈点点，但是却能透过演员的表演获取关于情节设计的基本信息。原因很简单，剧作家围绕着剧中角色展开故事，无论是台词也好，还是关于身体语言的舞台提示也罢，都是为演员提供操作台本的，情绪加节奏贯穿于剧本的始终，而优秀的演员则必须对剧本揣摩、拿捏再三。无疑，演员应当是剧本最忠实的读者，如果不能做到这一点，那也就谈不上是优秀的演员，好演员不仅仅是记熟台词那么简单，他们必须对每句台词进行深度打磨，所谓的细抠剧本——“抠”，就是指要对台词所显现的节奏韵律、情绪变化仔细标记，忠实再现。表演的行话称之为“打点”，打的所谓“点”，就是情节的“节点”。如此说来，通过观察优秀演员的表演，可以反向推测剖析剧作的情节“节点”。

回到我们前文提及的“梅耶荷德演员训练节奏三部曲”：奥卡兹（otkaz）翻译为“拒绝”，但我更愿意将其理解为一种“建制”；泊希尔（posil’）代表“发送”（实现）；托施尔（tochka）代表“结束点”。可以将其简单的称之为0、1.2。每位演员所代表的角色都有属于自己的节奏，即：属于自己的0、1.2。但是一出剧作中的角色不止一位，每一角色在其各自的节奏频率中行动，彼此间的错位构成了误会、巧合等戏剧性情境……

以《饮食男女》中的高潮段落为例。在家族的最后一次大聚餐中，几乎所有的剧中角色都悉数登场。大女儿和三女儿此时已找到了意中人，带着她们的伴侣赴宴，而这场宴席的焦点在于父亲老朱，他决定要向女儿们宣布自己的新伴侣以及今后生活的安排。为此，他特意邀请来了恋人兼邻居的锦荣以及锦荣的母亲，其本意是在宴席上向锦荣母亲提亲，宣布自己将娶锦荣。而锦荣母亲梁伯母却误以为老朱对自己有意，她精心打扮，期待着老朱向她求婚。老朱的表演动作是和他的内在动机紧密相关的，他对这桩恋情隐忍已久，此刻将鼓起勇气对大家宣布，此时要说出的话想必是字斟句酌，他心中也有隐忧，女儿们会做何反应？毕竟他想要娶的妻子年龄和女儿们相仿，而且还是多年的邻居和女儿的老同学……这些隐忧压抑着、拖延着他的行动，如同被压紧的弹簧，不断地继续着一股能量，等待着触发的机会。而与此同时，梁伯母也有属于自己的表演动作，她虽然平时一贯风风火火，口不择言，但是因为对老朱的芳心暗许，此刻又充满期待，竟也流露出少女般的羞涩，坐在老朱身边，她小心翼翼地发言，其戏剧动作富有内在张力，且隐忍待发。只可惜在剧中这两人个性差异太大，并非有缘人，他们的节奏彼此错位，也正因为彼此的表演节奏相错位，才造就了这一幕的戏剧性场面。我们可以用下表来简单表示两人的节奏错位。

老朱：0……………………1…0…1…………2

梁伯母：0……1…0…1…………（2）

老朱的“0”可谓蓄谋已久，从第一次家庭聚餐时他就想要宣布和锦荣的恋情，只因女儿们的各种烦心事搅局，一拖就是许久，直至此刻，他已然解开心结，女儿们大致找到归宿，他又经历了丧友之痛，也明了余生所求为何，这顿晚餐是他一手策划，虽然在准备时手忙脚乱，但对于自己的情感诉求却是胸有成竹，蓄势待发。而梁伯母则对老朱是芳心暗许，接到老朱的邀约也是意外和惊喜，她虽然一贯伶牙俐齿，但却并不洞悉人性，亦不擅长察言观色，更不了解老朱的真实想法，因此她的“0”之初始，正是盛装出席之时，直至老朱清嗓，起身，和三个女儿逐个碰杯，乃是在“0”之范畴不断积蓄力量，数杯下肚，脸红耳热，鼓起勇气，清嗓，起身，开口发言，貌似启动“1”，梁伯母误以为老朱即将宣布，立即为之斟酒，并配合其行动，欲启动“1”，谁知老朱洋洋洒洒却不找重点，中途放弃“不说了！”旋即坐下，女儿们催促其完成发言，老朱再度鼓起勇气，启动发言，他首先为梁伯母敬酒，梁伯母还以为老朱是要向她求婚，此时心如小鹿乱撞，亟待启动“1”，不曾想老朱继续表态，他首先宣布卖房的决定，梁伯母依旧误解，接上一句“好啊！新屋新人新气象……”老朱旋即表示要敬梁伯母一杯酒，这让梁伯母的误解更甚，情绪即将冲至“1”，老朱的一句“梁伯母”却如兜头凉水，硬生生截住梁伯母的行动，接下来老朱向锦荣的求婚表白彻底打乱了梁伯母的节奏，此刻的她内心可谓翻江倒海，她再也绷不住了，仰面倒下。她的“1”以自己也没预料到的方式猝然而至，她喃喃自语、呼天抢地，语无伦次地喊出：“这是一个什么世界啊……”被众人抬至门外，并未实现完整意义上的收尾动作“2”。老朱在众人的不解、斥责中默然而立，回望了一眼垂泪的家倩，他的行动以一个定格收尾于“2”。演员的精湛表演，如同踩着节奏起舞，众演员的配合又如多声部的奏鸣曲，如何把握住这些节点，当然不仅仅是演员、导演的功劳，事实上，我们同样可以从中洞悉编剧工作者在其中精心编排着情节节奏。

以下是学生在“影视表演”课程中，按照教师规定的表演拉片模版所做的拉片笔记，这门课程的学生来自编导专业，他们对于分镜剧本的写作已有学习基础，因此在拉片笔记中会标明景别和镜头运动，如果读者缺乏视听语言方面的专业知识，可省略这一部分，直接考察每个角色的动作设计、表演节奏，并以此为基础倒推、梳理故事情节的设计方案。这样的训练过程也可让读者明白，剧本写作并不仅仅是完成台词，台词之外的身体语言交流同样是剧本的组成部分，它和台词一起，构成情节的有机律动。

《饮食男女》表演拉片笔记①（节选）

……

段落序号：55

段落命名：第四次家庭聚餐

时长：7分33秒

老朱

可见动因：坦白自己和锦荣的恋情，宣布卖老房子。

不可见动因：认为所有女儿都已经有了归宿，自己也可以追求新生活了。

家倩

可见动因：无（旁观一切的发生）

不可见动因：老宅的灵魂不见了

表演节奏分解：

① 作者：倪兆宇。

0：聚餐前大家的准备

1：聚餐

2：老朱起立发言，大家离开

表演节奏：紧

表演分解：

1. 全景，城市大全景，体育老师载家珍去老宅，镜头随两人摇

2. 中景，平视背拍，老朱做饭，镜头随老朱在灶台前移动摇

3. 中景，平视侧拍，家宁、阿伦在镜子面前准备着装

4. 近景，侧拍，老朱准备食物

5. 中景，锦荣帮姗姗梳头，作为前景，梁伯母在试衣服

6. 中景，同（2），老朱在厨房忙碌出错

7. 中景，体育老师和阿伦追着鸡，镜头以两人为主体摇，抓住鸡，中间穿插老朱从厨房窗户探出头指导的中景

8. 中景，平视正拍，老朱雕刻出错

9. 全景，镜头以家倩为主体，家倩出内屋的门走向老宅大门迎如锦荣一家人，带领他们进屋，镜头随之摇

10. 全景，俯拍，镜头以老朱为主体，所有人围坐在圆桌上，镜头下拉至平视

11. 近景，从体育老师的近景开始摇，带过所有就席的人，至家宁近景结束

12. 中景，老朱端着菜入画，镜头随老朱摇，老朱来到自己的作为，放下菜，镜头随着菜被放下向下摇

13. 中景，正拍，镜头内只有锦荣和姗姗，姗姗评论菜

14. 中景，正拍，镜头内只有家珍和体育老师，两人反应镜头

15. 中景，正拍，梁伯母指责姗姗

16. 中景，同（14），家珍反应镜头

17. 中景，正拍，只有家倩一人，家倩反应镜头

18. 中景，同（14），拉回

19. 中景，同（15），梁伯母夸老朱

20. 中景，家珍一对、家宁一对

21. 中景，镜头内只有老朱和梁伯母，梁伯母给老朱倒酒，老朱敬酒

22. 中景，老朱、家宁一对、家珍一对、家倩，老朱向他们敬酒，镜头正反打

23. 中景，老朱敬好家倩，一口喝酒，镜头疾摇到锦荣

24. 中景，同（17），家珍喝完酒放下酒杯，神情尴尬

25. 中景，镜头对桌上的食物，大家动筷子开始夹菜

26. 近景，老朱一杯酒一饮而尽，清了清嗓子，起立

27. 中景，老朱站起发言，带入梁伯母和锦荣的头部

28. 中景，众人的反应镜头，姗姗、家珍一对同处一个镜头，家倩、家宁一对同处一个镜头

29. 中景，同（27），老朱继续说话

30. 全景，侧拍，镜头以老朱为主体，绕着桌子摇移至正拍，厨房的玻璃作为前景，老朱说到一半说不下去，坐下

31. 中景，同（28），大家对话，三组镜头穿插

32. 中景，正拍，梁伯母缓和气氛，老朱拍案站起，镜头上摇，把准备结婚的事情告诉大家，三组镜头继续穿插，家珍让老朱别喝了说他喝多了

33. 近景，正拍，老朱呵斥说自己没有喝醉，让锦荣说话

34. 近景，正拍，锦荣承认

35. 中景，同（28）大家不敢置信，让老朱不要说了

36. 近景，正拍，老朱反驳家倩说自己没有疯

37. 近景，同（34），锦荣朝梁伯母方向看，问她怎么了

38. 近景，梁伯母颤抖着，眼中含着泪水，倒下

39. 近景，梁伯母倒下，所有人蜂拥而上架起梁伯母，镜头以梁伯母为主体，随之摇

40. 中景，梁伯母被驾到沙发上，梁伯母要离开到家驾着她离开，所有人跟着出门，镜头以梁伯母为主体，跟之摇，最后摇到老朱身

上，老朱回望

41. 全景，老朱视线，家倩倚靠在餐桌边

42. 中景，同（40）末尾镜头，老朱转身离开

43. 近景，正拍，家倩哭泣

读者通过拉片笔记，还会发现一个小小的规律，每个场景总有至少一位角色，拥有完整的“0-1-2”节奏三部曲，这是判断该场戏核心人物的关键指标。此外，还有些角色无法在一场戏中拥有完整的节奏三部曲，其原因可能是他（她）的节奏周期需要跨越好几场戏，例如该场戏中的家倩，在此前的几场戏中，家中姐妹的相继离开，她均有情绪的积攒，在这场戏尾声处的垂泪，事实上是之前数场戏之后的一个情绪节点的爆发，直至片尾和父亲的两人聚餐，才是她情绪节点的收尾。作为剧作家，要在情节设计中对剧中的每位重要角色有细致的交代，对其表演动作背后的情绪节点有所标记，力求完整呈现。事实上，当观众在观剧结束后，他们抱怨的并非是欢乐的结尾（happy ending）或伤心的结尾（sad ending）哪个更称心如意，他们如有不满，多半是情节结尾处没有对主要角色的情绪节奏有完整的交代，请记住，这是人类的天性——讨厌不告而别，讨厌言而无信，讨厌未完成式——人类同样讨厌好不容易进入一个故事，却在结尾发现主要角色不知所终，情节发展没有一个完满的收尾。

参照影视作品中的表演元素，学习揣摩如何组织人物对话和身体语言，构建情绪—节奏，形成完整情节。

2.4.2 参照系之二：场景

场景是剧本的重要组成部分，一般的戏剧剧本会分场、分幕展开情节，而影视剧则直接会在剧本中标明每一场景的场景编号。我们学习剧本写作，就是为了有朝一日能够动笔写出属于自己的剧本，很多编剧爱好者可能也会尝试着阅读剧本，了解经典剧作的样貌以及剧本写作的基本格式。问题在于：分场景的写作方式仅仅是一种格式要求吗？其中有没有什么内在的艺术逻辑？当然！编剧工作者在设计场景分布的同时，事实上就包含着对于整个故

事内在情绪、节奏的把控。

有的时候，我们采用“花开两支，各表一头”的叙事模式，选择两条故事线索，两处故事场景，然后在两个场景间不断转换，例如电影《两生花》的情节，两位样貌相似的姑娘身处不同的时空，她们各自生活，彼此毫无交集，但在情感悸动时仿佛有相通之意，我们如果细细观察场景的切换，就会发现其内在有某种韵律节奏。

还有时候，我们采用蛛网状的叙事模式，例如电影《一一》，家中奶奶参加婚礼后陷入昏迷状态，此后大家庭中各位成员在各自的生活境遇中摸爬滚打，纷繁的场景交织呈现，室内或室外，学校、公司、快餐店、乐器行、马路边……看似无迹可寻，但是当这些家庭成员回到一些特定场景时——这些场景往往是大型的仪式性场景。例如：婚宴、满月宴、葬礼。三个大型场景分别位于影片的开始、中间及尾声，为整部影片的情节划分了最基本的节点，此外，某些重要的节点利用场景的集中设置为全剧做出结构性暗示。我所指的是各家庭成员和昏迷的奶奶说话的那一场戏，这一场景为貌似生活流的电影剧作做出了某种归纳：奶奶成为了整个大家庭的向心力所在，家庭成员在奶奶面前的陈述则像是对个人生活情境的一种梳理和小结。这里的结构性暗示则是：奶奶在生命的终点位置，静观一切，家庭成员则环绕四周，代表着人生的幼年、少年、青年、中年，参与到生命的顿悟过程。无论他们在这一场景结束之后奔赴生活的哪个角落，这种情节流转的基本范式已然形成。我们可以在影片中的各个生活场景中均看到这种节奏模型：猝然相遇—慌乱无措—尴尬收场。而每一个场景的收场都留给观众顿悟的时机。《一一》值得读者以场景为参照系，做详尽的分析。杨德昌在这部作品中展现出计算机程序员优异的逻辑思维（这确实是他的大学专业），超出常规影片的故事信息量、笔墨相等的众多角色、层出不穷的生活场景，在他的谋篇布局之下，有序分布、匠心独具。

2.4.3 参照系之三：主题

从表演到场景，你会逐渐发现，在一部优秀的剧作中，情绪与节奏的涌动无处不在，在初步建立对于情节的感知能力后，我们再更进一步，考察下情节是如何在构建过程中体现主题的。

电影《肖申克的救赎》恐怕是大家耳熟能详的一部经典影片。我常问学生一个问题，这部影片主要讲述了一个越狱的故事，那么影片为什么不在安迪越狱成功，从地下水道艰难爬出，获得自由的那一刻出片尾字幕？反正影片的海报也是安迪越狱成功瞬间的剪影。再说了，他越狱之后的段落也显得有些拖沓，不是么？瑞德顺利出狱后，并没有直接去找安迪，而是找了一份超市收银员的工作，他对这份工作也感到百无聊赖，甚至觉得外面世界的生活不见得比监狱的生活更自在，直到看到老狱友在屋檐上的留言，才萌生了去寻找安迪的念头。瑞德不紧不慢地上路，到了目的地还走了一段长长的石墙，到了一片开阔的草地山坡，在草地中央的大树下，挖出了一个小盒子，才终于找到了安迪留下的线索，最终瑞德与安迪相会在蔚蓝的海边。大家想想，这种大山坡、大树下挖出一个小盒子的情节完全适用于浪漫爱情剧（例如电影《我的野蛮女友》就照搬了这一情节），但是《肖申克的救赎》可是一部悬念迭出、情节曲折的影片，并且出自大作家斯蒂芬·金之手！美国作家的特点一贯都是简明、实用、用笔经济，为什么要安排这样一段高潮段落之后的下降动作（falling action）？难道不能去掉吗？去掉的话会影响该片情节的完整性吗？

你可以老老实实地回答，去掉或缩减这段情节，确实不会从根本上影响该剧情节的完整性，但是去掉它也是不可行的，这就涉及到情节和主题的强关联性问题了。因为瑞德（Red）的名字就是英文单词“救赎”的前三个字母，如果安迪越狱成功就宣告故事结束，则《肖申克的救赎》的主题无法完型。而瑞德走过那段长长的石子路又有何意味呢？因为瑞德并没有参与安迪的越狱行动，他是正常出狱的，他虽然走出了监狱，但其精神层面上依然未能摆脱监狱对他的桎梏，他必须要有一次“精神越狱”，才能有资格与安迪相会，因此片尾处那段极具仪式感的行动，事实上是对影片主题的回顾、深化，也是对主人公安迪自救—救人的行动总结，倘若缺少这一段的情节设计，影片只能沦为一部普通的、关于越狱的动作影片。

通过《肖申克的救赎》，你能分辨出那些为主题服务的情节设计吗？你能理解情节如何在紧凑时紧凑，大胆地删除枝枝蔓蔓，又如何在舒缓时舒缓、提炼、深化主题，并给观众留出足够的回味空间？

自主学习板块：

（一）拉片笔记

以下是一份关于拉片笔记的详细模版，包含上文提及的表演、场景、主题元素，以及上文未及展开的音响元素，请尝试着在观摩经典影片后进行拉片笔记的训练。不要试图寻找标准答案，你只需明确，过程比结果更重要，通过这样的拉片学习，逐步培养你对情节的感知能力，进而进入到自主创作。

拉片笔记（模版）

段落序号：

段落命名：

时长：

演员 1 小传：可见动因：

不可见动因：

演员 2 小传：可见动因：

不可见动因：

……

群戏演员：可见动因：

不可见动因：

节奏分解：0：建置（00 ： 00-00 ： 00）

1：交代关系节点：（00 ： 00-00 ： 00）

2：解决（00 ： 00-00 ： 00）

节奏：（松 / 紧）

演员调度：（动作调度、演员位置，可绘图）

场景特点：（包含场景设计、特定景别、镜头位置、移动方式如何为情节节奏服务，可绘图）

音响作用：（有源 / 无源音响、音乐 / 自然音响，如何参与情节节奏的建

制和变化过程）

（二）段落整合

拉片笔记往往工程浩大，完成一部影片的拉片往往会让你感到筋疲力尽，但是千万不能松懈，因为在这一练习过程中极忌“只见树木不见林”，那就近乎于“无用功”了，如若想要“见林”，段落整合必不可少。以下给出电影《鬼子来了》的段落整合，仅做参考。

注：段落目录中，凡出现反复的段落用同一颜色标出，加重的反复段落加黑体；重点段落加星号标明，表演节奏（0、1.2）下划线标出（虚线为次分层/实线为主分层）

《鬼子来了》

1 海军村庄游行（1）

2 “我”

3 村民合计（1）

4 海军游行（2）

5 审审

6 地牢

7 海军游行/喊救命（3）

8 地牢（2）

9 求白面

10 地牢（3）

11 做饺子

12 上路

13 等“我”

14 吃鸡

15 村民合计（2）

16 埋人

17 压惊

18 收拾

19 没杀人

20 海军游行（4）
21 海军游行（5）
22 村民合计（3）
23 过关：过关
　　　　求四表姐
　　　　途中
　　　　求一刀刘
24 斩首
25 别说了
26 村民合计（4）
27 小三求见
28 还人
29 回村
30 联欢
31 日本投降：yes，sir
　　　　　　斩汉
32 斩三：出事了
　　　　斩马大三

3. 如何“编织”情节

3.1 以“细节”编织情节之经线

一件艺术作品，无论是绘画、雕塑、音乐或文学，凡是能够被称为“精美”之作的，无不是因其对于细节的重视，叙事艺术尤其不能忘却这一点。在前文我们充分探讨了“情节”之“情”——情绪以及“情节”之“节”——节奏的重要性，而无论是“情绪”还是“节奏”，都需剧作者在创作中不断细心雕琢，使其在细节上日臻完美。

细节并不是故事中可有可无的游离情节。有人认为细节只是剧情的点缀，或者是对于人物性格的点缀，于是我们看到，为了表现主人公的焦虑——“他的烟灰缸里堆满了烟头”；为了表现主人公的愤怒——“他将烟头狠狠地摁在烟灰缸里”“他将烟头扔在地上，用脚狠狠地碾碎”——这种“烟头主义”式的细节处理模式恰恰暴露了剧作者的懒惰以及对于细节的漠视态度。而一味依赖大开大合、跌宕起伏的剧情，以模式化的误会、巧合化解一切的人生遭遇只会让观众以为，编剧的抽屉中常备有一整套的剧情公式，但唯独没有他自己对于生活的细微观察。

以中国电影《孔雀》为例，这几乎是一部以细节构成的生活悲剧。要表现那个压抑的年代对于个体人性的摧残，本来有很多种办法，比如设计一场惨绝人寰的悲剧，但是在普通人的日常生活中，重大的事件并不是经常发生的，所谓生活对于人的摧残往往如同温水煮青蛙一般徐徐展开，如果不依赖细节，又如何体现这一个“温水煮青蛙”式的日常悲剧？于是我们在该剧中看到了一壶烧开的水不停地扑腾着壶盖；作为职业医生的母亲总是给家里的孩子打针、施行针灸；姐姐和弟弟对于智障者哥哥的怨恨源于父母对其的偏袒，分糖的时候让哥哥独占了绝大多数的糖，而这位既得利益者却将多得的糖轻易地丢给了他的大白鹅吃；弟弟对于哥哥的厌弃源于一个雨天发生的小故事：傻哥哥为他送伞，却遭到了全班同学的嘲笑……而全剧中最为巧妙的一个生活细节的铺陈在于：全家人在院子里制作煤球，还未完工就来了一场瓢泼大雨，未成型的煤球瞬间瓦解，母亲心急慌忙地挽救颓势，其他人却渐渐放弃努力，甚至对这一事件所构成的荒诞意味忍俊不禁。这个看似微不足道的细节很难说建构了什么实质性推进叙事的情节，但却强烈地导向一个意味深长的隐喻：这家人的生活状态，正如遭遇大雨的煤球堆，绝无挽回的可能。剧中主角，由张静初饰演的姐姐，虽然内心蠢蠢欲动，全剧中堪称重大的事件几乎全由她参与：制作降落伞、为讨回降落伞在小树林里向陌生的男孩脱裤、协同弟弟投毒智障者哥哥、为亲近老艺人不惜割腕博取同情……这些情节当然不能归入“细节”的范畴，而是属于独具爆发力和视觉冲击的情节点，但是编剧必须用细密绵长的细节之网将这些情节点牢牢缚住，那些体现压抑、困顿的细节之网一点点地缠绕住女主人公渴望自由的身体上，我们在故事的尾端看到，姐姐并没有做出什么惊世骇俗的举动，她所能做的，就是在多年以后偶遇最初的暗恋情人时，蹲在一堆西红柿面前，一边挑拣，一边痛哭失声……观众可以看到，即使是在女主人公的情绪制高点，全剧的高潮处，编剧都努力地将这个故事的跌宕之处降低到“细节”的尘土之中，使其最终成为一个日常悲剧，而非一个奇异吊诡、以生离死别赚取观众眼泪、但却让凡人亲近不得的悲剧故事。相比较《孔雀》的剧情安排，另一部同类型题材影片《青红》则设计为：女主人公青红少年时代的情人小根因为情绪过激，和青红发生了性关系而被判处死刑。显然，作为一个突发性的重大事件，不可避免地改变了整个故事的基调——故事不可能再回到常态的日常生活中去，剧作者在此前提下更无暇分身，展开较为丰富的细节追述。于是整个故事虽然在一时之间震惊了观众，但却在那一刻丧失了细节的真实度和人物的血肉丰满性。

有人可能会提出疑问，艺术影片 / 剧作一直倾向于淡化过于戏剧化的冲突，因此展现细节不可避免，那么商业影片 / 戏剧是否就不需要关注细节了呢？事实上并非如此，悬疑大师希区柯克的电影作品，均擅长以细节建构悬念。例如希区柯克最为著名的作品《后窗》，主人公以窥探的视角，将后窗中每户人家的日常生活尽收眼底。正是在后窗所展览的众多生活细节的横断面上，主人公目光敏锐地发现了不同寻常的细节之处——其中有一户人家，妻子卧病在床，丈夫是一个商人。在一个晚上这位丈夫出去了三回，次日早上整理一堆锯和刀。随后不久，邻居的小狗，对着楼下的花坛又刨又挖，在这一切令人极度生疑后，那条小狗又被人残忍地拧断脖子……和以往的犯罪题材作品不同，在这个故事里没有完整的作案过程，仅仅是充满疑点的细节拼贴而成的作案动机和疑似手段，这样的剧情设计依然带给观众无穷的悬念刺激。正是这些琐碎的日常生活细节太为人们所熟知，因此才能引发观众的窥私乐趣，并借助常识判断参与案件的侦破过程。

细节是剧作的血肉，无论是何种类型、何种题材，无论是作者热切地期望为观众树立象征意象、价值观与审美趣味，抑或作者只期待做一个巴尔扎克式的忠实记录者，冷静地隐身于作品之后——都无法漠视细节元素的重要性。在浩如烟海的生活素材中，优秀的编剧正是那个最善于挖掘有价值、有美感的细节的有心人。而观众在庸常的生活中，早已麻木于司空见惯的生活流水账，唯有剧作家能够以细节点醒他们麻木的神经，进而对自身的处境以陌生化的眼光加以细细打量。

3.1.1 何为有价值的细节？——尊重生活逻辑

莱辛在《汉堡剧评》中指出：诗人必须将动作安排得“使我们看到他的人物所采取的每一步骤后，便不得不承认在同样的环境中并有同样程度的激情时，我们也会采取同一步骤的”。所谓“有价值”的情节，必须立于生活逻辑的原则上，而所谓的生活逻辑，并非指一板一眼地照搬生活的原貌，机械地套用某一时期大多数人都认可的生活轨迹，而是指应当符合人类的普世价值观和基本情感诉求。

世界是多元的，历史存在纵向度的演进，假如以狭隘的眼光雕琢细节，形而上地遵守某一时期、某一地域的所谓生活逻辑，那么剧作很有可能会被时代所抛弃，无法具有长久的生命力，甚至会在多年以后被观众所唾弃。举例而言，现在的观众如何能接受一部赞颂印度种姓制度的戏剧作品？即使在印度，那被视为是理所应当的生活、宗教习俗，今天的人们也无法接受被怀疑通奸的女性被石头打死，或者法官判定将疑犯投入河中，以沉浮判断谁为罪犯……可是你无法否认在某一历史时期，上述这些情形都曾在人们的生活中真实地存在过。

但是我们依然会去观赏一个古代的故事或者充满异域风格的故事，尽管这些故事在很多方面迥异于今天的时代或我们生活的地域空间，但我们依然会被打动，为什么呢？因为这些戏剧故事抓住了人类的普世价值和伦理诉求。例如布莱希特的戏剧作品《高加索灰阑记》，法官要判断孩子究竟该归于亲生母亲还是养母时，使用了一个办法，让两位母亲在一个圆圈中拉扯争夺自己的孩子，最后，法官凭借养母格鲁雪的一个细节——她因不忍心伤害孩子而选择了松手——将孩子判给了养母格鲁雪。在这个戏剧故事中，显然历史、地域的设定对于观众而言都存在陌生感，但是大家在目睹法官看似荒唐的判决手段后，都衷心地认可最终的决定——因为格鲁雪所表现出来的对于孩子发自内心的疼爱完全符合人们所认可的伦理标准，她的行动本身符合一个母亲的形象，于是这一情节设计因其合理性引发了观众的共鸣，是富有价值的细节 / 情节设计。

因此我们首先需要理解的是，不能狭义地去理解“生活逻辑”，而是要抓住生活逻辑的本质内核，以细节体现人们能够产生共鸣的价值、情感取向。

在此基础上，有价值的细节从来都不是光为感叹“自然”之美而设置的美丽词汇，除非作者觉得这一感叹必能和之后故事的发展有何联系。有价值的细节，必须与作者所采纳的题材、所表现的主题相合拍，要做到因地制宜、相得益彰。

有价值的细节能够为情节发展提供必要的铺叙，在高潮未到的线索中埋下小型但不足以炸光热门激情的引爆点。换而言之，有价值的细节能够为情节发展点燃高潮的导火索。在引起人们兴趣之后，并在人们失掉兴趣之前，作者就必须把握“娓娓道来”的尺度，将导致大悬念以及高潮诞生的细节一一铺设好。有价值的细节一定是推动剧情发展的，在这当中，作者甚至还需利用这些细节制作一些情节的假鱼饵，令观众在引导之下努力搜索那个真正的悬念和高潮。

日本影片《盗信情缘》在开端部分不厌其烦地铺设生活细节，这些细节无不是为了剧情的关键要素服务的。观众首先目睹小镇邮递员泽木龙每天分拣信件，再骑车送信，生活枯燥而刻板。接着他在一次送信中看到了熟悉的名字——他的中学同学野口，他亲自登门拜访，迎接他的却是门缝中一只阴郁狐疑的眼睛，这一细节立刻勾起了观众的好奇之心，之后泽木龙进入到野口的房间，他目睹了更多不同寻常的细节，野口的手指在流血，野口悄悄地拉开窗帘观望楼下那辆黑色的汽车，那包悄悄被放入泽木龙邮包中的物品，甚至还包括那截触目惊心的断指……每一个小细节都以有条不紊的节奏徐徐展开，又以显著的方式刺激着观众的视听神经，观众努力地在其中检索信息，并猜测究竟全剧的大悬念会在哪里出现，直到镜头指向黑色汽车中的便衣警察，从他们的对话中我们得知：野口是从事贩毒的黑社会分子——这基本解释了那包神秘的物品的来源，似乎解开了观众之前所期待的悬念之一，但是更大的悬念又展现出来——警方已将泽木龙锁定为最为可疑的贩毒分子。其后的情节发展证明，此前的断指、邮包等细节的铺设均不是该剧的最大悬念，充其量只能算是编剧故意施放的小悬念诱饵。那么是不是这些细节的铺设就毫无价值呢？显然不是，这些细节中有对主人公的必要交代——邮递员枯燥的生活；有对主导性悬念的必要交代——断指、邮包是造成主人公被警方怀疑的重要物证。客观而言，没有这些细节的铺设，之后跌宕起伏的剧情无法顺利展开。

要寻觅有价值的细节，并将其有机的组合在一起，并不是一件容易的事。当我们从已成型的经典作品出发，总是不难历数其中精彩的细节铺陈，例如上文所述《盗信情缘》开头部分的相关细节。但是毋庸置疑这是一种反推、解构的做法，建构永远要比解构来得困难。试想面对同样的一堆素材，不同的编剧会用不同的眼光判断细节的价值。例如，上文提到的《盗信情缘》，假如有编剧对野口的一系列素材产生极大的兴趣，也许他会将野口加入黑社会的过程直至断指明志的行为以及贩卖毒品的故事视为最重要的细节材料，那么整部影片的情节路线也将发生重大的转变，可能这部影片也不会命名为《盗信情缘》，而是另一部黑帮题材的作品。而事实上《盗信情缘》的编导萨布却在诸多素材中挑选了默默无闻的邮递员泽木龙的生活素材，从他平凡乏味的工作境遇出发，引出他深夜回家拆看信件的不寻常举动，而外部强加给他的突发事件（警方的怀疑和追踪），又推动他赋予自身责任意识，并打破平凡乏味的生活状况。

我们每天通过各种媒介获知海量的新闻素材，也许偶尔你也会在社会新闻版面瞥见这样的报道：某位邮递员因私自拆取私人信件数千封而耽误邮件的正常投递，因此造成恶劣的社会影响，被捕入狱。当你看到这样的新闻时，是将其视为一个不可理喻的非常规案件，漫不经心地说一句：这个邮递员真可恶，太缺乏职业道德了！还是仔细琢磨这条新闻背后的人性挣扎和戏剧线索，并细心地为这个失职的邮递员寻找其行为背后关乎人性的情感逻辑？读者如果对于如何判断有价值的细节依然心存疑虑，不妨再看俄国伟大的作家陀思妥耶夫斯基的名著《罪与罚》，陀思妥耶夫斯基同样是从一则报端的新闻出发，挖掘出其有价值的部分，进而创作出一位刺杀放高利贷老太太的大学生的犯罪心理图谱。睿智的作者总是能一眼看中人物、事件、细节背后无以言传的生存悖论，而这一切的诠释过程又全然符合生活逻辑的规律。

3.1.2 何为有美感的细节？——体现生活况味

一位初入新闻行业的实习记者被选派去报道一场车祸事故，资深记者在看过他带回来的拍摄素材后指出：那些血腥的场面、悲惨的尸体不要过多地暴露在观众视野之中，虽然那些素材都无比真实，但要有节制地控制尺度，避免刺激观众的情绪。类似这样的看法同样存在于戏剧领域，古希腊剧作家索福克勒斯《俄狄浦斯王》中，闻听自己在命运的摆布下，杀死了自己的父亲，娶了自己的母亲，他悲愤交加，在极度的自责和痛苦中剜去了自己的眼睛，然而这一幕悲惨的情境并没有在观众面前表演。历史证明，在古希腊以及之后漫长的欧洲文化传统中，戏剧必须得体而庄重——“作者必须小心地只容许一些简单的、得体的动作在舞台上表现出来”①。在这种要求“得体”的美学标准下，欧洲戏剧甚至走入刻板的极端，比如：不允许在舞台上表现谋杀场面。

我们到底该如何看待“有美感”的细节？是否为了“美感”就意味着要将生活的残酷性从我们的戏剧中剔除掉？如果这样，戏剧创作是否也会面临“失真”的危险？把这个问题推到极致，就变成——“求真”和“求美”之间一旦出现水火不容的状况，该如何取舍？

“美”所求的无非是大众在长期潜移默化中所形成的固定欣赏形式。它们像是铺在捕兽夹上的鲜美牧草，试图以一种美好且不太残忍的方式捕获观众，并使观众不经意地接受编剧者想要表达的思想。直接将捕兽夹放在观众面前，并让他们直面捕兽夹上鲜血淋漓、痛苦呻吟的动物，这种做法虽然很直截了当，但是观众却感到无法忍受。或者说，这样的创作本身并没有顾及观众的审美需求。而令观众赞赏的剧作，即使本身的题材涉及人生的悲剧，但并不直接将悲剧的丑陋性展示给观众看，而是在剧作中体现出悲剧性的人生况味。田纳西·威廉斯在其代表剧作《玻璃动物园》中，以他的姐姐为原型，塑造了劳拉这位可怜的瘸腿女孩。现实中田纳西·威廉斯的姐姐因为精神疾病被切除了脑叶。这个悲惨的原型人物，被田纳西转换到舞台之上后，并没有刻意强化其可怜的悲剧命运，田纳西·威廉斯赋予剧中女孩劳拉的形象腼腆而脆弱，在剧终她向多年前暗恋的男孩展示了她的收藏：一堆玻璃制作的小动

① 参见：贝克拉克编．欧洲戏剧理论集［M］．转引自：J.H. 劳逊．戏剧与电影的剧作理论与技巧［M］．中国电影出版社，1989.

物，在深情感人的独白中，观众明了了劳拉内心的痛苦，她就像自己所热爱的那些玻璃动物一样美丽而脆弱。这是富有美感的一幕，同时也是伤感悲戚的一幕，剧作家并没有强迫观众去注视他自己姐姐的不幸遭遇，而是展现了理想与现实相碰撞后的悲剧性以及微妙动人的人生况味。显然玻璃小动物的细节设计远比其他自然主义式的展览剖析来得更具美学价值。

因此，在“求真”和“求美”之间，本不存在泾渭分明的界限，这两者本是同根的兄弟。只是如果一味地苛求“真”必须为“逼真”，美必须为“优美”，就会出现一个误区：秉承“逼真”的一方无法容忍“美”的刻意修饰；而信奉“优美”的一方却无法接受“丑陋”的“逼真”。“真”和“美”的握手言欢必须基于编剧对生活意蕴的理解，对人生况味的把握，并有一双发掘有美感细节的眼睛。

何谓有美感的细节，作为编剧该如何展现有美感的细节——

在电影中，编剧可以用镜头语言、画面构图、声音、色彩等为人所熟知的元素使情节更具美感。当然，这并不是指一定要以电影《阿凡达》为榜样——男女主角在荧光点点中接吻，这种温馨的场景直接诉诸视觉形象，具有“让眼睛吃冰激凌”的审美快感。对于编剧而言，“让眼睛吃冰激凌”的职责可以交给摄像、特效等工作人员，他还需要费心琢磨“让心灵坐沙发”的技巧。比如利用影视语言在特写功能上的优势，充分发挥人物的肢体语言，以意味深长的肢体语言传达优美而含蓄的人生况味。

在舞台剧以及话剧中，观众无法用电影中特写的距离去查明各个场景的布置。因此只能靠聆听演员所讲的台词来辨明是否符合美的标准。以这点来说，莎士比亚的成功重要因素之一是他出色的文学功底以及修辞技巧。在舞台上，台词是体现人物性格极为重要的一个环节，甚至比服装与装饰的综合更为重要。这个时候，编剧的心思就更应该从环境艺术的布置与情节的结合上转向台词的琢磨上——优美而富有意义的台词便是“具有美感的细节”。

需要补充的一点是，以台词体现戏剧审美常常是西方戏剧的传统，在东方戏曲中，发展出另一套独特的富有美感的细节处理手法。摒除繁复的舞台美术设计，中国戏曲善于以抽象化的程式动作表现出写意化的戏剧情境，富有美感的细节以一种象征化的优美仪态和观众达成一种默契，可称之为高度凝练的、仪式化的戏剧语言。在现代戏剧和现代影视中，也开始吸纳这种独特的美学风格。以中国导演费穆的代表作品《小城之春》（1948年出品）为例，这是一部情节淡化的作品，但是情节淡化并不代表漠视情节背后人物深刻的心理动机。影片中玉纹身处一个破败的家庭，丈夫卧病在床，她内心空虚落寞，而旧情人章志忱的来访却令她的内心泛起涟漪。作者并未给玉纹安排过多的台词，这位内心丰富却寡言少语的女性，面对旧情人时，总表现出羞怯的神情，在和章志忱约会交谈中，她将纱巾蒙住自己的脸颊，又随意地摆弄着，肢体语言呈现出戏曲化的风格。“发乎情而止乎礼”是该剧情节所要求的人物关系，而女主人公的动作细节则将这种情节的要求含蓄而生动地表现了出来。

美的细节往往追求点到为止的境界，而人生的况味往往就体现在“点到为止”的临界点上。正如昆剧《桃花扇》中最后的一幕，李香君和侯方域在历尽战争磨难之后，终于再度相逢，两人相见时可谓悲欣交集，然而当侯方域的斗篷落下，李香君才发现他的发式已改为清人的装束，多年以来两人虽天各一方，但均为了民族气节而坚韧不屈，上下求索，可是最终还是逃不脱时代的戏弄。情境至此，可谓推至悲剧意境的高潮，然而李香君浑身颤抖，以手指指侯方域，再指自己的心胸，却一句话也未曾出口。这一个经典性的戏剧桥段，仅凭意蕴深长的细节铺陈便达到了令无数巧费心思的佳构剧情都无法企及的艺术高度。

3.1.3 细节中体现情节修辞——闲笔不闲，百转千回

所谓修辞是指：“在使用语言的过程中，利用多种语言手段以收到尽可能好的表达效果的一种语言活动。”① 而所谓“好的表达”，则必须包含“准确性、可理解性和感染力”。② 修辞方法纷繁芜杂、各有千秋，但无论是比喻、比拟、顶真、对比、反复、借代、排比、双关、抑或象征、通感，等等，都必须体现出准确性，令受众易于理解，继而才能实现丰富多样的感染力。在叙事艺术中，使用修辞手法应当成为编剧者的本能诉求。没有一位优秀的剧作家是

① “修辞”词条［EB］. 百度百科。

② 同上。

不擅长于情节修辞的。

由于很多初学剧本的人士都是由文学爱好者起步，在他们的写作习惯中，文学修辞即戏剧修辞，换而言之，他们往往以为，只要在台词中体现出良好的文学修辞能力便是成功的剧本创作。为此他们不惜令剧中人滔滔不绝、口吐莲花。但问题是：简单地将文学修辞置换为情节修辞就能够打动观众吗？事实上未必如此。即使是著名言情小说畅销书作家琼瑶也无法逃脱文学修辞的窠臼，请看电视剧《情深深雨蒙蒙》中的台词："书桓走的第一天，想他，想他，想他。书桓走的第二天，想他，想他，想他。书桓走了第三天了，想他，想他，想他，发疯一样的想他 ......"显然在这句台词中，作者熟练地使用了"反复"这一文学修辞手法，目的是为了凸显女主人公无法抑制的思念情绪冲动。然而当文学作品直接转换为戏剧，成为主人公的台词后，观众却难以接受，甚至对其大加嘲讽，认为其过于夸张、肉麻。

问题出在哪里？作者冀图通过台词展现连绵不绝、感人肺腑的人物情绪冲动，为何观众却不愿接受？显然，在这个示例中，长期从事文学创作的作家却忽略了一点：影视 / 戏剧情境中的"情节修辞"并不能简单地处理为台词中镶嵌"文学修辞"。

就拿上文提到的"反复"这一常见的修辞手法，试问"情节修辞"中是否也有"反复"？当然是有的，但绝不是上文所举的那段冗长、夸张的台词设计。

试举一例证明何为"反复"的情节修辞：

美国电视剧《白宫风云》(The west wing）中，第二季最后一集的情节：巴特勒总统面临危机。由于他隐瞒自己罹患多发性硬化症的事实遭到曝光，引起国内舆论的不满，民主党内建议他不再竞选连任，总统夫人也反对丈夫以牺牲身体健康为代价再度连任，而总统的贴身秘书，他少年时代的老师蓝丁汉太太在车祸中意外丧生，这令总统的情感遭遇又一重打击。在重重压力下，总统必须做出最后的抉择：是否继续竞选连任。在这一集故事中，巴特勒总统不断回忆起少年时代他那担任中学校长的父亲如何以威权压制他追求自由、民主的愿望，而蓝丁汉太太却一再鼓励他担负起应有的责任，为压制和不公而战。剧中当蓝丁汉太太向年轻的巴特勒提出学校的男女薪酬不平等，并希望巴特勒向自己的父亲提出交涉时，巴特勒起先并未接受，但是当蓝丁汉太太说："看看你，你备受同学们的敬仰，你比最聪明的学生还要聪明，你有颗赤子之心，你一定能感觉到……"巴特勒闻听此言，缓缓地将双手插入了裤袋。接下来的台词是——

蓝丁汉太太　你打算做？

巴特勒　我没有这么说。

蓝丁汉太太　你有！你将手插在裤袋，眼望远方微笑，代表你已下决心。

巴特勒　（掩饰地）那不代表什么。

蓝丁汉太太　哦！当然不是……

巴特勒　（争辩）我将手插在裤袋……

蓝丁汉太太　（胸有成竹地）而且眼望远方微笑。（微笑）我们有望了。

一个看似不起眼的细节动作，却在这段对话中被反复提出。编剧的用意何在？在该集结尾处，我们看到巴特勒总统冒着大雨，走上讲坛，他不再回避压力，而是镇定地点名最刁钻的记者发问。当记者提问：总统先生，你打算角逐连任吗？浑身湿漉漉的总统，目光柔和而坚定，他停顿半晌，在万人期待的目光中，特写镜头显示，总统的双手缓缓从讲台上滑下，然后插入了裤袋……伴随着片尾字幕出现，观众已然了解，无需再有宏篇大论的宣讲，总统面对于重重压力已选择了起而应战，他的那个习惯性的动作为他的决定做了最佳的注解。

细节的反复运用，在上文所举的《白宫风云》中，堪称精彩之笔。首先，"反复"这一修辞，并不是借着絮絮叨叨的台词灌输给观众，而是由视觉呈现的动作主导，台词只是一种提示和强调——借蓝丁汉太太的话语，我们记住了巴特勒表达坚毅决心的一个细节动作。而在片尾，这个动作再次出现时，无需台词再介入其中，细节本身便充当了修辞的本体；其次，"反复"并不代表"啰唆"，剧本需要"反复"的细节是重要的、独具代表性的动机 / 动作——

例如那个插裤袋的动作隐喻了巴特勒总统的坚毅果敢，而当反复的动作 / 动机再次出现时，同时可以删减一些不必要的交代，例如该剧结尾，由于观众的心领神会，那些不必要的“表决心”式的冗长台词可以一并省略和摒弃。由此可见，“反复”和“省略”的修辞艺术其实并不矛盾，它们可以同步使用。

在一些不包含台词的艺术影片中，细节的修辞往往发挥着更大的作用。例如奥斯卡最佳动画短片《父与女》中反复出现的自行车意象——由父亲陪伴的小女孩可以轻松地骑那辆自行车上坡。但是当父亲离开她以后，她必须独自面对这个世界，她慢慢长大，但是当她骑车上坡的时候，却比以前更为吃力。之后她每每骑车迎送着来来往往的人，只是不断地回想、追念她的父亲。她面对生活中的种种艰辛和不易，有时要顶着狂风，自行车骑不动了，只能推车上坡……再以后她有了爱人、孩子和家庭，可是骑自行车这件象征意味浓厚的事件却从未离开过女主人公，直到她垂垂老矣，颤颤巍巍地推着自行车，来到父亲曾告别她的河岸滩涂那里，自行车摇摇欲坠，倒下，老奶奶将它扶起，再倒下，再扶起，反复三次，老奶奶放弃了努力，仿佛意味着放弃了始终支撑她生活下去的拐杖，她一步一步地走向那只小船，慢慢地蜷缩起来，走向生命的终点、父亲告别她而去的地方……自行车在这部短短 8 分钟的短片中，起到了极其重要的作用，它既是源于生活的道具、是父亲留给女儿的信物，又是多种象征——既是运转不休的生命轨迹，又负载着女儿无穷无尽的思念之情，同时它又是人生之艰难的印证。骑自行车这一在很多人看来微不足道的生活细节，在这部短片中被放大为极其重要的核心意象，作者将这一生活细节反复运用，细腻却又不乏单纯，百转千回，意蕴无穷。

自主学习板块：

1. 搜寻细节

去一次公共场所，可以是车站、电影院、图书馆、超市、医院，观察人们交流时的动作、言谈细节。和你的学习伙伴交流观察心得，试着描述一个你生活中观察到的陌生人，仅用若干细节交代他（她）的有效信息，互相评价哪些细节能够构建人物的基本面貌。

2. 组织细节

选择一张获奖的人物摄影照片，为其编写一个故事，注意运用你所观察到的细节信息。

3.2 以“节奏”串联情节之纬线

我们可以将一部剧本看作是中国古代的竹简，无数的细节好比是竹简本身，但是假如没有坚韧的纬线相串联，竹简必然会散架，假如线绳穿错了竹简的顺序，即使是天下第一等的美文，也会变成不知所云的呓语。事实上，在剧本创作的过程中，前期所做的工作基本是搜集素材，为剧本充实血肉，而在此过程中，有一个常见的危机是：创作者往往会陶醉于这些素材、细节中，认为把握了内容题材，即把握住了故事本身，而事实上，“讲什么”只是剧本创作的第一步，而“怎么讲”的重要性一点也不亚于前者，甚至往往还更为重要。

为了确定故事“怎么讲”，我们必须认真看待“节奏”——情节之纬线。事实上对于剧情节奏的安排，一千个编剧可能就有一千种做法。其中有常规的做法，同时也有打破常规的做法。正如我们欣赏音乐，不同的节奏安排使得音乐的风格千差万别，有时同一首旋律，因为编曲者的创新，可能会呈现出截然不同的欣赏体会。如同古典主义的曲目被改编为节奏布鲁斯，往往会让人误以为是两个完全不相干的作品。

戏剧理论家尽可以归纳出 36 种戏剧情境，但却无法穷尽过往、现在、未来的剧作中可能会出现的节奏的种类。总是有剧作家渴望打破以往的戏剧节奏程式。

在最初的古希腊戏剧中，埃斯库罗斯的《被缚的普罗米修斯》代表了一种节奏范式，平缓庄重，以台词诗歌体的韵律展现给观众，而不依赖跌宕起伏的戏剧情节。普罗米修斯的悲壮动人的独白占据了整个戏剧空间，而歌队的劝诱、提问则不时烘托着普罗米修斯的不屈信念。全剧的唯一悬念便是，普罗米修斯掌握着宙斯灭亡的秘密究竟是什么。但是从普罗米修斯对宙斯的控诉中，观众对于这个简单的悬念几乎没有什么期待。将《被缚的普罗米修斯》

放在今天的舞台上演出，观众一定会被这部节奏平缓的作品催眠，但是在当时古希腊的观众却能凭借他们的文化背景理解这部作品的仪式美学。

而索福克勒斯的《俄狄浦斯王》则更接近于一种更为标准的情节节奏模式，在接近矛盾冲突的制高点、悬念结扣处开始剧情，外力不断推动俄狄浦斯王追查杀死老国王的真凶，解救陷于诅咒的城市。而主人公的每一次努力，推动着悬念的不断解开，同时也一步步地将自己推入万劫不复之境地。对于观众而言，剧作开端提出的悬念之扣一点点松开，似乎可以慢慢松口气，但是这边解开的悬念之扣，又在另一边越来越紧地扼住了主人公的咽喉，因此观众依旧大气不敢出，专心注视着主人公的命运发展。最终俄狄浦斯王终于知道了自己无意中犯下的弑父娶母的罪行，观众的神经这才放松，但又在无限扼腕中为俄狄浦斯王的悲剧命运神伤。节奏曲线往下沉，但是当观众目睹俄狄浦斯王在痛苦的呼喊中剜去双目，远走他乡时，又不得不敬佩其勇于承担责任的勇气。在尾声处节奏曲线上扬，亚里士多德所说的悲剧“净化”作用在此激起了观众对于悲剧故事积极意义的又一重理解。《俄狄浦斯王》所展示出来的精美绝伦的节奏曲线成为后世西方戏剧家效仿的典范。亚里士多德借此归纳出时间的一致、地点的一致和表演的一致。这似乎证明了：在一个集中、锁闭的戏剧情境中，戏剧能够在各元素的激烈碰撞中达到最为惊心动魄的力量。

亚里士多德的理论后来被古典主义戏剧观进一步强化，甚至僵化地规定为“三一律”，要求故事发生在一天（一昼夜）之内，地点在一个场景，情节服从于一个主题。当“三一律”作为戏剧公式存在时，戏剧的节奏趋向工整化、单一化，甚至是令人乏味、千篇一律的一种节奏呈现。在古典主义时期，只有莫里哀的喜剧在“三一律”的桎梏中跳出了精彩的舞步，由于他善用种种误会、巧合的设计，使得戏剧情节丰富、节奏精彩；他还懂得让重要的人物稍晚出场，以其他次要人物的介绍引出观众对于未出场人物的好奇（《伪君子》），在不破坏“三一律”的前提下，莫里哀还能够变幻出丰富的戏剧节奏，牢牢把握住观众的期待。他可谓戏剧界的奇才。

当然更值得一提的是，古典主义时期之前的文艺复兴时代，莎士比亚的戏剧迥异于那种锁闭式的戏剧模式，莎士比亚赋予戏剧一种外向的、开放的节奏曲线，他甚至采用了双线索的模式来写《仲夏夜之梦》。他同样不介意将悲剧故事和喜剧情节杂糅一处（如前文所述《麦克白》的相关情节），而这点在古典主义时代是绝不被允许的。但是莎士比亚之所以对于悲剧、喜剧采取信手拈来的态度，源于他是一个不折不扣的商业戏剧作家，他的戏剧为观众服务，因此契合观众的观演情绪是第一要务，只要能够让情节节奏丰富多变，只要能令观众眼花缭乱，就是成功的、受欢迎的戏剧作品。

而20世纪的荒诞派戏剧，则走上了反情节之路。于是西方戏剧中惯常的节奏模式宣告失效，贝克特的《等待戈多》，将节奏变成了周而复往的圆周循环运动，这种具有颠覆性的戏剧模式挑战着观众脆弱的神经。观众们早已习惯戏剧在三分之二处应当出现峰回路转，高潮迭起，然后是一个优美的弧线，走向尾声。这种对于节奏的期待暗合了人们期待生活在危机重重时总会有奇迹出现的善良愿望。而荒诞主义戏剧家偏偏要打破观众们的美好迷梦，告诉他们没有救世主，也没有峰回路转，迎接人们的只有无穷无尽的深渊，要想在绝望中奋起，只有依靠自己和荒谬进行殊死的搏斗。

在漫长的戏剧史中，戏剧节奏的变化暗合了人类文明的演进路线，对于初次学习戏剧写作的人们而言，必须了解这变化的轨迹，但是如果不能掌握前人已运用纯熟的戏剧技巧而空谈创新，则是不现实的。下文中列举的几种情节节奏模式属于较为常用的节奏模式，较多地运用于商业影视和戏剧中。

3.2.1 自反式

自反式的节奏模式可以用一句俗语来解释，即“搬起石头砸自己的脚”。一般而言，最常使用“自反式”的戏剧类型为喜剧作品，因为喜剧中最为重要的诙谐元素之一即对于个人或生活中的缺陷的嘲讽，而对于自我的解嘲往往便是通过“搬起石头砸自己脚”的方式完成的。

动画片《樱桃小丸子》中描绘了一个可爱淘气又任性的小女孩，在第一集中：小丸子和姐姐争一本妈妈给的笔记本，而笔记本归了姐姐所有后，小丸子心存不甘，于是在晚上偷偷地用记号笔在笔记本封面的姓名栏上写下了“笨蛋”二字。后来她与姐姐和好，不知情的姐姐自愿将笔记本让给了她，此时她拿到的是在封面上写有“笨蛋”二字的笔记本，欲哭无泪。

这是一个较为简单的自反式情节，其节奏模式可演化为“1-2-1”。自反式情节不能简单地理解为——否定之否定，再回到最初的起点，而是具有螺旋上升的趋势。樱桃小丸子虽然最后拿到了写着“笨蛋”的笔记本，看似是一种咎由自取，但其实她是经过了一个和姐姐由争吵到和解的过程。在姐姐回赠笔记本时，戏剧情境已转入一个新的层次，矛盾得到化解，人物关系得到弥合，观众的预期是一个上扬的结尾，但是剧作者往往要努力地和观众“作对”，给予他们意料之外的观赏体验。所以从“1”到“2”之后不是“3”，而是回身转向“1”，但是这个回身所用的力量幅度并不等同于从“1”到“2”，而是较小幅度的一次回摆。读者可以想象一下蹦极的体验过程，从高处向下降落，到底端后又被绳索牵起，向上小幅回弹。上文中小丸子所经历的情节节奏基本如此。

我们再来看英国喜剧影片《四头狮子》，其故事梗概为：在英国北部的一座城市，四名男子正在制订一个秘密计划。奥马尔已经对穆斯林在这个世界上得到正确的认识和对待不抱幻想，并决心要成为一名圣战战士。这在他的朋友瓦伊看来，是世上最令人兴奋的想法了，于是，他们专程前往巴基斯坦恐怖分子训练营受训。同时，信仰伊斯兰教的白人巴里，与他的同伴费萨尔一道，尝试着训练乌鸦携带炸弹，为了充实队伍，巴里又招募了第五名恐怖分子哈桑。一天，意外发生了，费萨尔在一次训练中炸死了自己，而剩下的四人继续着他们心中荣耀的事业，将目标对准了即将开始的伦敦马拉松赛。

这个喜剧故事针对恐怖主义这一较为严肃的题材，但却选取了四个小人物作为故事的主人公，从情节设计中不难看出，“自反式”是贯穿小情节和大情节的核心节奏程式。

其中有一段，当奥马尔与瓦伊为了更好地参加圣战而委托关系进入塔利班训练营时，瓦伊为了炫耀自己身在塔利班而用手机录制视频影像。场景如下：

在塔利班基地——

瓦伊对着手机视频，朝天空开枪。

瓦　伊　　你看到了吗？巴里（四位主人公之一），我不落魄，我是巴基斯坦的蓝波（史泰龙主演的《第一滴血》男主角名）。

他再次朝天空开枪

基地训练人员　给我停下！你这个蠢蛋！

瓦　伊　我在拍圣战战士视频。

训练人员　你以为自己是谁？你是他妈的詹姆士·邦德（007系列男主角）？

瓦　伊　不，不是。

奥马尔　你他妈的在做什么，瓦伊？

训练人员捡起手机

训练人员　信号！信号会泄露我们的位置。（他动手打瓦伊）你这个狗屁的蠢蛋！

随即搬石头砸坏手机

这一戏剧桥段首先预设了主人公的英雄情结——“我不落魄，我是巴基斯坦的蓝波”，看似给予主人公一个积极、正面并且上扬的基调，但是随后的剧情发展则是洋相百出，训练人员的那句“你以为自己是谁？你是他妈的詹姆士·邦德（007系列男主角）”恰好对应前文中“巴基斯坦的蓝波”，代表着对于主人公无情的嘲弄，可谓相当彻底的“自反”情节。其后的剧情是，奥马尔和瓦伊得知美国的无人侦察机飞向营地——

瓦　伊　它飞得好低，要被发现了！我们快走！

奥马尔　我们去哪里？瓦伊，我们得把它打下来。

瓦　伊　用什么打？我们没有子弹。

奥马尔　不，不，不，瓦伊，听着。想想看，这是安拉（古兰经里信奉的上帝）的计划，他让我们来这里保护训练营，这是我们的圣战。

瓦　伊　这是我的错，兄弟。

奥马尔　是你脑子里的魔鬼让你这么想的。不要听他的，安拉在你心中，告诉我他怎么告诉你的。

瓦伊犹豫了会儿

瓦　伊　他告诉我，我们应该反抗，兄弟，展开圣战。

奥马尔　很好，瓦伊！

两人拥抱

取出火箭筒，对准天空。

发射时，由于火箭筒的强烈后冲力，奥马尔失去平衡，火箭筒反而打到了另一个山头里，那里是基地训练营的老巢。

前面的情节设置依然是对于“英雄主义”的戏仿——面对危险绝不屈服的大无畏精神，无论是语言还是行动，两位主人公都表现出坚定不移的决心，如同传统戏剧观所规定的人物必须秉承“最高任务”，这两位人物的“最高任务”极其明确——向美国侦察机开炮，而所谓的“自反”在此刻出现：主人公越是迅速地、明确地指向最高任务，就要以同样明确和迅速的姿态将其最高任务反转——火箭筒击中了他们自己的基地训练营。

毋庸置疑，上文所列举的“自反式”情节更多地集中于戏剧的外部动作，自反的动力来自于机缘巧合（主人公糟糕的运气和操作武器的低水平），但是上述故事并不能从人物的内在动力出发，以自己的拳头给予自己痛击——这样的戏剧情节往往具有戏谑的外壳、悲剧的内核，能够反映人对于自身的无法确定。

2010年出品的影片《社交网络》则从人物心理层面和整个故事的总体节奏上实现了“自反式”情节架构，虽然这并不是一部喜剧作品，但却能从“自反式”中获得深刻的戏剧效果。

《社交网络》的基本情节是：2003年秋，恃才放旷的哈佛大学天才学生马克·扎克伯格被女友甩掉，愤怒之际，马克利用黑客手段入侵了学校的系统，盗取了校内所有漂亮女生的资料，并制作名为“Facemash”的网站供同学们对辣妹评分。他的举动引起了轰动，一度令哈佛服务器几近崩溃，马克因此遭到校方的惩罚。正所谓因祸得福，马克的举动引起了温克莱沃斯兄弟的注意，他们邀请马克加入团队，共同建立一个社交网站。与此同时，马克和室友爱德华多·萨维林建立了日后名声大噪的“Facebook”。

在这个故事的开端，马克的女友和他发生争执，女友坦言：“你将来会成为一个 IT 精英，但你永远不会懂得女孩们为什么讨厌你！”事实上这句话揭示了马克的人性缺陷在于：他不懂得如何与人沟通，不懂得如何才不会用言语刺伤别人，疏于了解人际交往的基本法则。他是一个刚愎自用但却脆弱、孤独的孩子。然而深具反讽意味的是：这样一个具有人际沟通障碍的孩子却在赌气中开启了一场计算机领域的炫技之旅。正因为他不懂得人际交往的基本法则，因此才会肆无忌惮地入侵隐私材料，将哈佛校园女生的照片建成一个可供打分的开放数据库；也正是因为他不懂得如何与人表达情感，因此突发奇想在 facemash 上增设了公开个人情感状态的功能。一个不懂得真人社交的技术天才，却发明了令无数人为之着迷的社交网络，改变了无数年轻人的社交生活方式。故事的发展沿着上升曲线，带观众欣赏了这个天才少年制造的一系列奇迹。但是另一条隐形的线索却带着主人公急转直下，于是我们看到一个奇妙的人生悖论：当马克的 facebook 发展壮大，拥有五百万个“好友”时，他自己的好朋友却与他对簿公堂，并对他说：“我是你唯一的朋友，但你却背叛了我。”最为彻底的“自反”情节出现在片子结尾，马克独自一人，坐在电脑面前，点开了他自己创办的 Facebook 网站，他依旧恋恋不忘离他而去如今已反目成仇的女友，于是在百般踌躇之后，他惴惴不安地向女孩发出了交友请求，然后他一遍一遍地刷新页面，但是女孩再也不会给他任何回应……回顾开头的段落，这一头一尾两相呼应，完美诠释了马克的生活悲剧。整个故事中，均没有过多表现马克内心世界的情节，但这个巨大的自反情节本身已为他的内心做了最为显著的注解。无疑，这部作品是对于“自反式”情节的较为完美的诠释。

3.2.2 上升式

上升式的情节模式经常被用于正剧，尤其是那些着力体现正面、积极价值观的作品，不少主旋律基调的人物传记影片都采取“上升式”的节奏模式。但是“上升式”要做好，必须遵循先抑后扬的原则。换而言之，没有之前的下挫情节，又何以体现后面的上升情节呢？

影片《阿甘正传》描述了一个智商只有70的孩子，如何通过自我奋斗的经历，成功地实现人生价值。这部作品堪称弘扬美国精神的主旋律影片。影片的开端平静祥和，阿甘娓娓道来自己的成长经历，由于年幼时腿部的残疾，他自小便生活在异样的眼光中。整个节奏的上扬出现在坏孩子追赶并欺负阿甘，而阿甘少年时代的好朋友珍妮的一句呼喊："快跑！阿甘！快跑！"阿甘拥有了动力，努力狂奔，那些羁绊他行走的绑腿纷纷脱落，他如同一匹脱缰的野马自信地驰骋于属于自己的竞技场上。之后阿甘便是在"快跑"的信念支撑下努力地做好每件事，认真地对待身边的每个人，实现了他人生中一个又一个奇迹。应当说，那个奇迹般的奔跑场面多少带有一些超现实的色彩，但是编导者必须要给予主人公一个向上的基调和动力，为了这个目的，即使适当地运用夸张手法也未尝不可。

另一部讲述自闭症患者的电影《自闭历程》同样采取了"上升式"的节奏安排：坦普尔·葛兰汀自幼患有自闭症。她害怕与人相处，讨厌令自己焦躁不安的杂音。在上大学前的暑假，她的妈妈送她去姨妈家的农场度假，凭借自我脑中独特的视觉转换天赋，她设计出符合动物习性的生活设施。在她的母亲老师和家人孜孜不倦的呵护与教导下，坦普尔·葛兰汀终于走出了自闭的阴影，最终成为著名的畜牧科学家。

本片通过一个被普通人另眼相待的自闭者的视觉，再次体现出"上帝为人关上一扇门，一定会为他打开一扇窗"的至理名言。在影片的最后，坦普尔·葛兰汀参加了1981年自闭症大会。这一段，可谓是全片高潮后的总结性段落。情节如下：

坦普尔·葛兰汀看见了许多自闭症患者，其中有个女孩在不断地原地转圈，而她的妈妈则不停地对她说"停下，冷静些，亲爱的，冷静。"并试图阻止。

旁边是主持人的讲话：接受密集的心理治疗，自闭症儿童能……

观众A：但是穆兰德报告说，自闭症不是精神疾病。

女孩在打转。

母亲：停下，冷静些亲爱的，冷静。

主持人：他们会不停地辗转，原地翻滚。

观众B对母亲：如果你让她安安静静地坐着会比较好。

坦普尔·葛兰汀：我觉得自转挺好的，打滚也是，自我激励的确能安抚紧张的情绪，是一个弥补无法拥抱的法子（自闭症儿童畏惧别人的拥抱）。被别人抱住是件恐怖的事情，但是打滚或者与地面接触，就能产生如同拥抱一样的感觉。

观众：你的孩子多大了？

坦普尔·葛兰汀：我并没有孩子，我是个自闭症患者。

观众集体转过头来看她。

坦普尔·葛兰汀：我也需要拥抱的感觉。所以我就发明了一个能够拥抱我的机器，我现在变了，不再决然独处。我直到四岁才开口说话，但是现在我有了学士和硕士学位并在攻读博士学位。

观众争相提问：你怎么学会开口说话的？怎么可能！

坦普尔·葛兰汀：大多数自闭症患者都会对声音和颜色特别敏感，过多的刺激会造成伤害。你们知道有时候人们七嘴八舌就会造成我们紧张。

观众C：你是怎么治好的？

坦普尔·葛兰汀：那个，我并没有被治好，我一直都有自闭症。我妈妈不愿相信我将终身不语，当我学会讲话的时候，她送我去了学校。不管是学校还是在家，举止和规矩都很重要。我被灌输了这些东西，但我很幸运。

（镜头一直对着母亲含泪的脸庞）

坦普尔·葛兰汀：所有的这些都奏效了，每个人都努力让我融入集体。我是说，他们知道我不同，却不另眼相看。我有一个天赋，能够以一种不同的方式看这个世界，我能够看到普通人视而不见的细节。我妈妈迫使我变得独立。我夏天会在阿姨家的农场干活，还上了寄宿学校和大学什么的。一开始，那些东西让我手足无措，但是它们帮助我打开了通往新世界的大门。

工作人员：不好意思，但是我们想知道你的全部经历。（递来话筒）

观众：是的，求你了。请告诉我们这些。

坦普尔·葛兰汀毫不犹豫地接过了话筒，往主持台走去，穿过两边坐着的人群，她看到了通往主持台的阶梯变成了另一扇门，像是从前自己无数跨过的门（困难）一样，她泰然地走上台去。

她笑着说：大家好，我的名字叫，坦普尔·葛兰汀。

画面被定格，影片至此结束。

“上升式”的故事需要在结尾处进一步升华，要将属于个人的事件推广至普世价值的层面，正如上文的剧本所显示的那样，坦普尔·葛兰汀在那样一个意义不凡的公众场合（自闭症大会），再一次宣告了战胜自闭症的信念，而那个始终转圈的小女孩恰好象征着曾经的坦普尔·葛兰汀，葛兰汀用掷地有声的语言告诉大家，只要在爱的环境中赋予自闭症孩子勇气和力量，那么一定可以像她一样获得人生的跃进。

3.2.3 下降式

采取下降式节奏安排的戏剧/影视作品并不多，原因在于，大多数的观众不愿意看到一路下行的情绪曲线、灰暗的结局以及没有出路的人生。来到剧场的观众往往是为了寻求梦想和欢乐，又如何能接受毫无希望的戏剧情节呢？但是总有一些剧作家，要将人类面临的深切的苦痛和无望告知大家。这个世界有乐观主义者，但也不能排除悲观主义者的存在，悲观主义式的下降式节奏往往出现在荒诞派作家笔下。例如尤奈斯库的《椅子》或贝克特的《啊，美好的日子》均存在明显的“下降式”倾向，《啊，美好的日子》中那对老年夫妇日渐衰弱的语气，尤其是埋在土丘中的妻子温妮，在每一幕开场时，观众都会发现她比此前埋入土丘的部分更多一些。显然戏剧的发展就是这对老人渐渐地步入死亡和虚无。

抽象的荒诞派剧作以象征和隐喻暗示人类日暮穷途的命运，而一些现实主义风格的作品也会着力描绘人物一步步地走向堕落的深渊。

美国影片《梦之安魂曲》便是这样一部现实主义题材的影片：

哈瑞和玛丽安彼此相爱，梦想着开个服装店，梦想着有个美好的明天。然而他们都离不开毒品，并想着以销毒赚得第一桶金。哈瑞的母亲是个彻底的电视迷，最大的梦想是上电视，为此不顾年迈吞食减肥药。由于药品里的毒品成分，她渐渐上了瘾。哈瑞的朋友狄龙同样是个瘾君子，为了挣大钱加入了黑社会。为了梦想，他们努力着，却一步步深陷毒品难以自拔。哈瑞的胳膊因注射毒品感染而被割去；玛丽安为了毒品出卖肉体和自尊；哈瑞的母亲最终住进了精神病院受尽折磨；狄龙锒铛入狱。当视线变得模糊，梦在遥远处呼唤，迷失的人该以怎样的姿态安抚自己的灵魂。

这部影片或许在开头时就已注定了几个主要人最后的命运。哈瑞的母亲是由始至终都呈现出“堕落”趋势的一条直线。而哈瑞和他的女朋友以及男性朋友狄龙在影片当中有一刻似乎流露出抗拒堕落的动机。在哈瑞第一次贩卖毒品亏钱之后，女朋友劝他就此收手，但是哈瑞说“没有钱的话，我们要的服装店怎么办？”无奈之下，他去寻找毒品来源，最后不得已找到一位黑人供货商，但那供货商只接受女人提货，哈瑞让他女朋友去，起初她不愿意，但是到最后她念想着美好的将来以及两人共同的梦想，为了帮哈瑞筹钱，她去找了毒品犯。而此时哈瑞以为女朋友不会帮他，因此他寻找到了别的途径搞毒品，就在他女朋友为他受尽众人的凌辱时，他拿到了新货，在回家的途中试货，不幸手臂感染，送入医院后，医生叫来了警察，正当他面临囹圄且手臂被截去时，他的女朋友拖着疲惫的身躯回到了他们之前一直暂居的小屋，穿上厚厚的衣服以及靴子，躺在沙发上，手里抱着那些足够替他们完成梦想的纸钞，带着微笑睡去了。至此，剧中的四个人物，都走到了难以挽回的地步。

在这部电影的结尾之处，四人在不同的地点，即：哈瑞在医院病房内，他的母亲在精神病院内，狄龙在监狱里，玛丽安在小屋的沙发上，都以婴儿蜷缩在母体内的姿势各自睡去。每个人物都曾努力地追寻梦想，但却在重重打击之下一步一步地走向人生的低谷。这种“下降式”的节奏模式并非一条直线到底，而是有震荡、有起伏，只是在作用力和反作用力的对抗下，人物不由自主地向下滑。因此虽然是下降，但是由于观众目睹了剧中人物的不懈努力，因此这部作品和荒诞派的“下降”还有所不同，由于外在的积极动力存在，这样的情节节奏显得更具可看性。

下降式的节奏模型也经常运用在那些讲述人物性格悲剧的影片中。美国影片《愤怒的公牛》和《百万宝贝》同样是讲述拳击运动员的故事，同样让观众目睹运动员职业生涯的告终，但你能清晰地感觉到，后者重在励志，节奏是上扬的曲线，而前者中的主人公却走了一条下降式的曲线。在影片开端，拳击手杰克·拉莫塔是一个自律、自强、自信的男人，他渴望成功，虽然婚姻不如意，事业也并未步入正轨，但至少他对于自己的未来有所把握。但是伴随着他的拳击生涯越来越步入辉煌，其性格的缺陷鲁莽、冲动、多疑也渐渐暴露，他变得越来越不能控制自己的情绪，对于第二任妻子狂热的爱恋也渐渐转换为极端的猜忌，甚至直接破坏了他和自己兄弟的感情。观众可以清晰地随着影片进程目睹男主人公的一路颓势，他最终被多年前的手下败将击倒也几乎是在情理之中。演员罗伯特·德尼罗为了饰演事业后期的拳击手，不惜暴食增肥，其实也就是从外在形体的臃肿不堪直接提示观众主人公的最终命运。

下降式的节奏曲线暗含了创作者在构建作品时的一种悲观倾向，它违背了普通观众的观演预期——“一切都会好起来的”，而是站在一个现代主义的立场，揭示一个并不让人舒服，却又直击人心的事实——正如墨菲定律所言——“事情如果有变坏的可能，不管这种可能性有多小，它总会发生。”

3.2.4 平行式

最为人熟知的平行式节奏段落当属《教父》中的经典段落，流畅的剪辑，再加上刻意为之的音画不同步，使得下文的这段平行段落呈现出明快动人的节奏感：

> 迈克克里昂在教堂中为孩子洗礼时，他安排帮会成员，在不同的地方分别暗杀了参与杀害他哥哥以及夺去克里昂家族地盘的对头与内奸。

镜头 1:

神甫为婴儿祈祷，抚摩婴儿的头部。

迈克的手下擦拭着枪，装子弹。

迈克杀手之一，拿着画，坐上一辆汽车。

镜头 2: 转回教堂，对准迈克俊朗且仁慈的脸。神甫取出圣油涂在婴儿嘴上。

镜头 3: 迈克仇人之一，在理发店里，仰躺在椅子上等着刮胡子。

镜头 4: 杀手整理衣物。

镜头 5: 神甫取出圣水在婴儿的脸上画十字架。

镜头 6: 一只牛皮纸袋里子滑出枪和子弹。

镜头 7: 先前牛皮纸袋的主人化妆成了警察。

镜头 8: 拿画的仇家上车。

镜头 9: 教堂里一众人看着婴儿受洗礼。

镜头 10: 迈克平静的脸。

神甫: 迈克，你相信是万能的上帝创造天地万物吗?

迈克: 我相信。

神甫: 你相信耶稣基督，他的独子是圣子吗?

迈克: 我相信。

神甫: 你相信圣灵，神圣的教堂吗?

迈克: 我相信。

以上是旁白，画面中为迈克手下的杀手在各个地点埋伏的场景。伴随着神甫的拉丁文旁白与婴儿的啼哭。杀手们已经接近目标。

神甫: 迈克克里昂，你弃绝撒旦吗?

画面中，迈克炯炯的双眼与坚毅的神情。

接下来，各处的杀手与刺杀目标碰面，开始暗杀。

镜头回到教堂

迈克: 我弃绝。

神甫: 及他（撒旦）的所作所为吗?

伴随着教堂的管风琴音乐，另外一边的杀手杀得不亦乐乎。

迈克：我背弃。

神甫：以及他的虚伪吗？

迈克：我背弃。

杀手把目标通通解决。

神甫：迈克克里昂，你会接受洗礼吗？

迈克：我会的。（伴随的画面是仇家的尸体）

神甫：迈克，上帝会与你同在。

平行的镜头剪辑背后，台词也起到了对称性的互文效果，迈克在教堂中所宣誓的内容恰好和他的行为相违背——口称“弃绝撒旦”，却对黑帮对手展开冷酷无情的暗杀、血洗活动。人性、神性原则在现实生活的丛林法则面前显得如此不堪一击。

虽然我们将其简单地称为“平行式”节奏，但是读者必须注意到：这一段美妙的“平行”段落事实上伴随着神学伦理规范和现实丛林法则的剧烈交锋，有“平行”有“交错”才能锻造美妙的节奏韵律。

另外一部警匪影片《盗火线》则采取了以两位人物一警、一匪为主人公，各自展开其生活轨迹。颇有意味的是：代表正义的警察却是一个在生活中苦闷暴躁的人，一个无法对家庭尽责的丈夫；而匪徒在生活中却是一位温文尔雅的绅士，懂得珍爱自己生命中最重要的女人。故事的发展始终在这种平行加对比的节奏中展开，直至最终警察击毙了匪徒，观众才从之前的平行与错位中醒悟过来，而眼花缭乱、交错纷繁的节奏布局则令观众唏嘘不已。

3.2.5 散文式

事实上我们可以在众多欧洲电影中找寻到这种模式的叙事节奏。这并不是一种迎合大众趣味的节奏模式，因为此类作品往往不会像好莱坞影片那样清晰地标明节奏点，并始终照顾到普通观众的观赏趣味。但是从另一种角度来看，也许并非散文式节奏的影片节奏缓慢、晦涩深沉，就活该遭受票房的唾弃，而只是因为大众已经完全习惯了好莱坞式的叙事节奏，因此排他性在起作用，无法接受与好莱坞模式不同的戏剧节奏。散文式戏剧节奏如同散文这种文体一般遵循着“形散神不散”的原则。

为了能够进一步说明散文式叙事节奏内在逻辑，我们不妨将目光投向意大利导演安东尼奥尼的电影叙事理念。安东尼奥尼的影片参与开创了电影叙事向现代主义的转型，在此之前，电影的叙事还是遵循着亚里士多德的《诗学》对于一个完整故事的规范，并暗合着人类一直以来对于元叙事的认同：有头有尾、有因有果，这一切都要合乎逻辑规范。作为一出戏剧的主人公，他要么受到命运的驱使，要么被恶念或无情的宗法规则所左右，总而言之，人们认为传统意义上好的故事不会逻辑混乱，不会令主人公游荡于故事线索之外，茫然不知所终。但是，彼埃尔·勒布洛翁指出：安东尼奥尼的影片“——他始终不断地重复这一点——乃是人物、人物之间和人物与事之间的关系。因此，既然故事中的主人公对这些事已不再发生兴趣，那么为什么他还要保持这种兴趣呢？……当新的事实取而代之，占据了主要人物的思想，产生了新的感情时，以往的一切都化为乌有，并失去了继续存在的一切理由。”① 应当承认，安东尼奥尼的电影以及与之相类似的现代派电影叙事遵循的是内心化的现实主义，同时站在“不确定性”的立场否定了外部现实的逻辑假象。这就好比，作为设计者，可以精心规划好多米诺骨牌的路线，但是设计者永远无法期待，当第一块骨牌翻倒时，它一定会沿着预定的路线开展，也许有细微的偏差，也许有风，也许有各种各样的意外。但这就是生活本身——只要这一切的设计都不是在真空、密闭的环境中展开，任何设计者都不能自诩为无所不能的造物者，正如编剧不能将自己笔下的人物视为规定情境、规定事件下的玩偶，而要尊重他（她）的内心选择。

因此，散文式的叙事节奏并不意味着天马行空，它同样要被我们认真看待，并清晰地审视其基本原则以人物内心的意识流动为准绳。只有在这条准绳确立的前提下，才能信马由缰，否则任何冠名“散文式”的叙事作品均只能被看待为“一盘散沙”。

例如，我们在塔尔科夫斯基的《乡愁》中，看不到传统意义上明确的叙事线索，但我们很明确地能够感觉到男主人公的思绪始终围绕着无法归去的

① ［美］D.G. 温斯敦．周传基、梅文译．安东尼奥尼和无情节的电影剧本［M］. 119.

俄罗斯故乡。他的闪回片段脱离不了故乡的爱人和孩子以及无法言说的温暖回忆。而这种“乡愁”情结，伴随着他漫无目的的旅途，间或无始无终的两性关系，以蔓延的方式贯穿全剧始终。

如果说，前述的几种节奏模式还有其可模仿、可借鉴之处，那么“散文式”则基本不可模仿，难以借鉴。对于编剧者而言，这一部分或许是最难掌握的，正所谓“羚羊挂角，无迹可求”。因为它基本依赖于天赋、激情、阅历乃至哲学领悟。值得一提的是，20世纪以来，在现代文学艺术界，真正的大师例如乔伊斯、英格玛·伯格曼、塔尔科夫斯基等，均是在这一叙事节奏领域有着超越常人的建树。编剧学习者如果出于纯功利主义的目的，那自当跳过这一小节，因为这种无类型的类型原本不是大众趣味所在；但如果除却学习编剧以外，你的旨趣在于丰富内心，或者说你在创作领域有鸿鹄之志，那么那些大师之作则不可不读。

自主学习板块：

关于“细节”的学习，似乎并没有任何捷径，观察、搜集、提炼是颠扑不破的王道。对于编剧学习者而言，也许唯一的好消息是掌握“细节”不需要过多的天赋，它纯属勤勉的结果。当然，你需要能够从日常生活中有所感悟，还必须比普通人多一些敏感度，但这种敏感度不难习得，只需尽可能纵览古今中外的优秀文学作品和视听艺术作品，在此基础上再回眸生活中的点滴，你会发现寻常的生活百态自会生出多种细致入微的况味。也许在不知不觉中，你借助了叙事艺术大师的诸多帮助，磨炼了自己的感官功能，加之自身的努力，你会发现，在日常生活或艺术鉴赏中搜寻细节的魅力，不但不是一件苦差，而且还会成为人生难得的乐趣所在。

此外，几种节奏模式（除却散文式之外）均有较为明确的规律可循，读者可以通过搜集相应的戏剧、影视作品加以分析、揣摩，也可以随机抽取一部作品（建议以好莱坞商业类型影片为主），再分析其属于哪种模式。

在建立起对于节奏模式的感性认知的前提下，读者可以尝试练笔，同时结合不同的细节元素，下列练习中音响、物件、动作三种细节元素可以和不同的节奏模式相搭配，读者可以多加练习，并在完成后和老师、同学加以讨论、修改，甚至可以选择集体接龙创作的方式，熟悉各种节奏模式和细节的运用。

讨论：每位学生寻找个人生活记忆中真实可感的细节，将其收集在一起，集体讨论如何安置于一个合理的人物之上，编写一则短小的故事，要求每项细节必须真实可考。

剧作练习（可选择）：

音响小品：选择一个音响元素，编写一则小品剧本，要求同一音响元素必须在情节中出现三次，且合情合理，能够贯穿剧情。

物件小品：选择一个和剧情有关的道具，编写一则小品剧本，要求同一道具元素必须在情节中出现三次，且合情合理，能够贯穿剧情。

动作小品：选择一个重要的、细节性的人物动作，编写一则小品剧本，要求同一动作元素必须在情节中出现三次，且合情合理，能够贯穿剧情。

4. 情节风格的形成

4.1 情节风格的形成：细节 × 节奏的层层推进

细节帮助建立故事的血肉，而由细节编织而成的故事内容又必须通过节奏体现人类共同的情绪 / 情感，这一切相辅相衬，均不可或缺。每位作家具有自己独特的创作风格，而创作风格源于他们不同的世界观、人生观和价值观。我们无法以一套标准去衡量剧作家是否具有编写剧本的能力，正如我们不能批评贝克特不具备编织跌宕起伏的情节的能力——他采用“反情节”的方法写作剧本虽然和传统相背离，但那仅仅是出于他对于这个世界的看法而已。同样的细节素材和不同的戏剧节奏相结合，抑或同一种戏剧节奏搭配不同的细节素材，都有可能构建出风格迥异的戏剧作品，正因为“细节”和“节奏”的相乘，我们才能看到如万花筒般璀璨多样的戏剧作品。

尚未成熟的编剧工作者，可以从模仿著名作家的剧作风格入手了解他们各自的风格流派，然后再逐步建立起属于自己的风格。编写剧本是一个创造性的工作，但却不是天马行空地放任想象去驰骋。大部分戏剧作品囿于时空的局限，即使是时空不限（如科幻作品），也得受制于大多数观众的审美心理以及他们所能接受的戏剧节奏，契合于人类的普遍情感。尤其是进入商业流通渠道的影视 / 戏剧编剧，更需要深入了解各种商业类型的基本元素及其一般意义上所匹配的戏剧节奏。例如：爱情片往往以抒情性段落为重点，节奏舒缓；而警匪题材则注重节奏紧凑的追逐、枪战段落以及悬疑重重的破案过程。这些传统的范式需加以学习、练习，这一过程和达·芬奇画鸡蛋的意义等同。

而已经成熟的编剧工作者，则能立足于一种基本风格之上，再尝试风格的杂糅。上文所提到的《盗信情缘》堪称风格杂糅的代表，这部影片综合了悬疑、爱情、黑色幽默等多种类型元素，而成功杂糅这些类型的编剧也借此建立了自己的风格。问题是，这么多种的类型元素所要求的戏剧节奏和细节元素各不相同，那么编剧是如何做到使其能够相互兼容的呢？编剧的诀窍在于配合戏剧节奏的安排，细心寻找插入各种细节元素的合理位置。例如该剧在开头处一直层层设套，为观众展开一场疑案的追逐，当警察将怀疑对象锁定为邮递员泽木龙时，按照戏剧节奏的要求，此时应当对于戏剧悬念采取延宕的措施，于是编剧适时地在这里插入不知情的邮差回到自己的家中，拆看各种信件。这时，连观众都看到泽木龙的邮包中掉出来的那个神秘的包裹，可是泽木龙却未曾在意；接着观众又看到了那截断指……编剧仿佛故意要吊足观众的胃口，就是不让泽木龙发现这些前文中重点提到的证物。泽木龙在一堆信件中唯一注意到的，却是一个身患绝症的少女北川小夜子写给她唯一亲人的信。至此，一个和此前影片的基调风格截然不同的全新爱情故事开始插入。这个过程看似像鲁莽的硬切，但是由于之前一系列的悬念已经牢牢地拴住了观众，因此编剧得以不紧不慢地展开言情叙事：泽木龙在医院找到了女孩，经过交往两人产生了真挚的感情。在医院里，泽木龙还遇见了一位名叫小林的杀手。他正在等待在意大利举行的世界级“杀手王”大赛的通知单。借着小林之口，编剧又将一个黑色幽默式的故事嵌入了《盗信情缘》。编剧之所以敢于如此气定神闲地铺设其他类型的细节元素，正是基于影片开段早已精心铺设好了悬念，而每一种新的类型细节元素加入其中都不会破坏该剧的最大悬念，而只会令其更为生动有趣。直至泽木龙的危机加深：他已被警方确认为碎尸案的嫌疑人。紧接着，小林、野口得知泽木龙的生存危机后，骑自行车去通知泽木龙，剧情发展到了这里，犹如百川归海——一面是警方兴师动众围捕泽木龙，一面是泽木龙与野口、小林在公路上汇合，三人一起奋力骑车去医院会见即将离开人世的北川，完全不知杀身大祸即将临头……戏剧节奏也开始为此前设定的悬疑主题服务，将故事推向高潮。颇有意味的是，这里的高潮既是悬疑的高潮，同时也是主人公关于友情、爱情的情感高潮，无论风格如何杂糅，到了这里都显得天衣无缝，毫不突兀。

细节 × 节奏的组合可以造就出别具韵味的剧作，我们不妨再学习一下彼得·谢弗在《伊库斯》中所创造的含蓄内敛的剧作风格。在这部注重心理探索的影片中，剧作家明明是为了重点阐释"问题少年"艾伦的心理状况及其背后的社会原因，但是却在剧本中第一次涉及心理学家对艾伦的探访时，严格控制节奏，将有价值的细节徐徐展开。下文摘录的是心理学家狄萨特第一次见到艾伦的剧情：

狄萨特坐下，打开卷宗。

狄萨特　怎么样，路上顺利吗？我希望他们至少让你吃过午饭了。倒不是说英国铁路上的伙食和这里有多大区别。

艾伦站在那里眼睛紧盯着他。

狄萨特　你不坐下吗？（停顿。他没有坐下。狄萨特查阅卷宗。）这是你的全名吗？艾伦·斯特兰？（沉默）你十七岁了，对吗？十七？……啊？

艾　伦　（低声唱）加倍的愉快，加倍的开心，加上双料薄荷，双料薄荷，双料薄荷的口香糖。

狄萨特　（泰然自若地）现在，我们来看看。每星期你都在一家电气商店里工作。你和父母住在一起，你父亲是一个印刷工人。他印些什么东西啊？

艾　伦　（唱歌声稍大些）加倍的愉快，加倍的开心，加上双料薄荷，双料薄荷，双料薄荷的口香糖。

狄萨特　我是说他是不是印小册子和日历？或者是这一类

东西？

（艾伦不怀好意地走近他）

艾　伦　（唱）尝尝马丁尼酒的味道，世界上最好的酒。最可口的——最透明的——那就是马丁尼！

狄萨特　如果你要唱下去，我希望你坐下来唱。你不认为这样会更舒服一些吗？

停顿。

艾　伦　（唱）台风里只有一个台，口袋和茶叶袋也是有一个袋。不管你怎么样，都会发现这些事实。台风里只有一个台！

狄萨特　（欣赏的）这倒是一支好歌。我说这支歌比那两支好。能把这支歌再给我唱一遍吗？

（艾伦走开，坐到舞台后部的长凳上。）

艾　伦　（唱）加倍的愉快，加倍的开心，加上双料薄荷，双料薄荷，双料薄荷的口香糖。

狄萨特　（微笑着）你知道我说错了。其实我认为这支歌比较好。这支歌的曲调挺好听，请你再唱一遍。（沉默。艾伦看着他。）一会儿我把你先安置在一个单人房间里。还有一两间空着，这些房间比看守所舒服得多，请你明天再来见我，好吗？……（他站起来）顺便问问，是你父亲还是你母亲不许你看电视？还是他们两个都不许你看？（向门外喊）护士小姐！

（艾伦紧盯着他。护士走进来。）

护　士　医生，什么事？

狄萨特　请把这位斯特兰带到三号房间去，好吗？他要在那里住几天。

护士　好的，医生。

狄萨特　（向着艾伦）你会喜欢那个房间的，那房间不错。

（艾伦坐着，眼睛紧盯着狄萨特。狄萨特也紧盯着他。）

护　士　跟我来，年轻人。这边……我说请你这边走。

（艾伦不太情愿地向护士走去，威胁性的从狄萨特身旁一擦而过，从左面的门走出去。）

狄萨特满腹狐疑的目送他离去。①

我们在这一段落中，既没有看到剧情的推进，也没有从对话中听到任何有效的交流，剧作者似乎也无意揭开观众的悬念。艾伦永远是用歌唱来回答狄萨特的任何问题。但是歌唱与对白的轮番出现恰恰制造了一种奇特的节奏，虽然这并不像是有效的沟通，但却从节奏层面为观众制造了神秘的效果，艾伦的歌唱虽然什么也没说明，但其背后所透露出的抗拒、脆弱和敏感却如此生动。这一段“无效”对白为该剧确立了一种与众不同的风格样式。

细节 × 节奏也有另一种更为普通观众所接受的呈现方式，这种呈现方式致力于推进情节的发展。日本导演黑泽明的影片偏重于古典主义式的剧作风格，古典主义追求首尾完整的工整戏剧结构，因此，和荒诞风格的剧作不同，我们可以清晰地从剧作中看到细节 × 节奏的绵密安排，以《红胡子》为例，这部电影以陀思妥耶夫斯基的《被侮辱与被损害的人》为创作母本，设计了一个拼盘式结构的故事，小石川疗养所里生活着一群身处底层或边缘地带的庶民，他们长期被生理或心理疾病困扰，受到红胡子医生的庇护。每一个病人拥有属于自己的一段故事。由于角色众多，电影剧作必须用最经济的手法刻画人物，描述各角色身处庇护所之中的遭遇。其中有一位角色是红胡子和实习医生保本登从妓院解救出的女孩阿丰，阿丰这从小在妓院长大，饱受精神和肉体的双重虐待，离开妓院之时，她已经基本丧失了对人的信任，极度缺乏安全感。而在她身上体现出来的最重要的一个细节特征就是：她在极度惊惶中会用“狠狠地擦地”这个动作表达内心的痛苦挣扎（见图 1）。

① ［英］彼得·谢弗．外国当代剧作选（2）［M］．北京：中国戏剧出版社，1991.

图1：《红胡子》中一幕：妓院中的阿丰

图2：《红胡子》中一幕：红胡子医治阿丰

图3：《红胡子》中一幕：医生保本登与阿丰

图4：《红胡子》中一幕：阿丰康复

编剧敏锐地抓取了阿丰的这一行动细节，并以此为重要的标记，确立阿丰在观众心目中的初始印象。假若这一细节只使用一次，那么细节的效度并不能很好地体现出来，如何才能用最经济的笔墨将人物的确立、转变明确地标识出来呢？细节需要有节奏地复现，才能实现其效用。阿丰在获救及治疗阶段始终不愿开口说话，她的肢体动作成为了她唯一的表达出口，因此她的每一个宝贵的戏剧行动作为重要的情节节点，不止一次地重现，并赋予其节奏性的律动。有些小的动作节奏律动倒是不难处理，例如红胡子给阿丰喂药（见图2），阿丰几次将药勺推开，红胡子却始终充满耐心地继续喂她，仔细观察阿丰的“推开”动作，从第一次的惊惧到第二次警惕到第三次的试探，动作节奏发生微妙的变化，以此透露她的内心动机：难道这世界上真的有人会愿意关爱我，不伤害我吗？这里的动作节奏处理有效地表现出人物关系的细微变化。但是除此之外，大的戏剧行动转折却着实难以表现因为阿丰的病属于心理层面而非生理层面，正所谓心病难医，偏偏这位病人不开口说话——这可真是难煞编剧！写成梗概倒是容易：“阿丰在保本登医生和红胡子医生的悉心照料下，得以痊愈。”——但如何在情节中体现这一痊愈的过程，才是真正考验编剧功力的所在！回到此前所描述的阿丰的那个习惯性动作“擦地”，是否能找到情节的突破口呢？电影中是这样处理的：保本登为了照料阿丰，自己反倒病倒了，当他卧床不起时，阿丰开始主动地照料他。有一日，保本登昏昏沉沉地醒来，他一眼瞥见阿丰正在擦地（见图 3），他万分惊恐，因为这意味着阿丰可能旧病复发了！我们都知道阿丰的“症状”就是“擦地”。接着，镜头给到阿丰的擦地动作，她轻轻地调整了身姿，单手擦了另一侧的地板（见图 4）——仅这一个小小的细节动作让保本登松了一口气——观众也随之释然。阿丰以往那种匍匐在地、狠狠擦拭地板的动作标志着她内心的屈辱、不平和痛苦难抑，而此刻的擦地则是正常的家务劳作。没有用到任何台词，仅凭充满律动的动作细节完成剧情的转折，这一情节处理可谓高妙！

情节设计中最难的就是描述“变化”，无论是人和人之间情感关系的变化还是个人的观念转变。优秀的剧作会用 80% 的篇幅耐心地铺陈主人公的变化过程，在这漫长的过程中用细节 × 节奏层层推进。而平庸的作品则会急不可耐地设计主人公的转变，强迫观众相信这种转变是理所应当、水到渠成的。这两种作品的差别大致就是《辛德勒的名单》和《金陵十三钗》之间的差别。前者通过绵长的情节铺设——其中包括丰富的细节体现和节奏安排，呈现辛德勒如何从唯利是图的商人转变为战争年代的义士；而后者则让一个想发战争财的假牧师在突发情境中瞬间转变为大公无私的英雄。

总而言之，细节 × 节奏的例证实在是不胜枚举，对于编剧工作者而言，这可能需要终身的学习。

4.2 情节范式的确立：需不需要“自圆其说”？

在现代的戏剧 / 影视剧作领域，一般存在两种基本的情节范式，一种常见于好莱坞电影，体现了亚里士多德的《诗学》原则和美国式的实用主义作风。即讲述一个完整的、有头有尾的故事，往往需要在一个锁闭的空间完成对于事件和人物的交代。换而言之，对于一个故事的情节，必须能够自圆其说。

让我们来品读田纳西 · 威廉斯的著名剧作《欲望号街车》，这部曾被改编为电影的剧作，充分显示出好莱坞式“自圆其说”的情节范式。下文的桥段出自：白兰琪被朴实的男人米奇所拒绝，原因在于她难以启齿的荒唐过去被曝光，而此时白兰琪仍在妹夫斯坦利面前吹嘘自己被富翁看上——

白兰琪　我一想到能再次孤身独处有多好——我真要高兴得痛哭一场！

斯坦利　这位达拉斯的百万富翁能让你孤身独处不加干涉吗？

白兰琪　事情可不像你心里所想的那样。这人是个君子，他尊重我。（一时信口开河）他只要我和他做伴。钱多了有时也会使人感到孤单！一个有文化的女人，聪明而有教养的女人，可以使一个男人生活丰富——这点真是不可估量！这些优点我全可以奉献，而且不会消失。形体的美是会逐渐消失的，那是昙花一现的东西。可是心灵的美、精神的丰富、内心的温存——这些优点我都具备——不但别人夺不去，反而会滋长！它们会与年俱增！多奇怪，居然把我叫作一贫如洗的女人！可我心里却珍藏着所有这一切财富。（哽咽了一下）我觉得自己是个非常、非常富有的女人！但是我真傻——竟在猪猡面前晒珍珠。

斯坦利　猪猡，嗯？

白兰琪　就是，猪猡！猪猡！我指的不光是你，还有你的朋友，米奇先生。他今晚来看我。他居然敢穿着工作服来这里！而且一再诽谤我，用他从你那里听来的恶毒谣言诽谤我！我给他下了逐客令……

斯坦利　你就这样干了吗？嗯？

白兰琪　可后来他回来了。他带了一盒玫瑰花回来，请求我原谅！他恳求我原谅。但是有的事情是没法原谅的。对人故意狠心是不能原谅的。依我看，这是唯一绝不能原谅的事，也是我一生绝对、绝对不会犯的罪过。我就这样告诉他了，我对他说：“谢谢你。但是，如果我还以为我们有可能互相迁就的话，那我就太傻了。我们的生活方式是那样不同，我们的态度，我们的门第出身都是水火不相容的。对这种事情，我们得现实一点才行。那么，再见了，我的朋友！但愿我们之间心里没有疙瘩……

斯坦利　这番话是在收到得克萨斯的石油富翁发来电报之前，还是以后说的？

白兰琪　什么电报？不！不，在那以后！事实上，电报正好在——

斯坦利　事实上根本没有电报！

白兰琪　噢，噢！

斯坦利　也没有百万富翁！米奇更没有带玫瑰花回来，因为我知道他在那里——

白兰琪　噢！

斯坦利　他妈的全是无中生有，胡说八道！

白兰琪　啊！

斯坦利　全是招摇撞骗和吹牛皮的骗人话！

白兰琪　啊！

斯坦利　瞧瞧你自己！瞧你穿着那一身狂欢节穿旧了的破衣服的样子！那是从旧货店里花五角钱租来的！还戴上那件疯疯癫癫的头饰！你以为你是哪里的皇后？

白兰琪　啊——上帝啊……

斯坦利　我一开始就注意你！你一次也骗不过我这个小子的眼睛！你来这里之后，到处洒香粉、喷香水，把灯泡罩上纸罩。嗨！你瞧，这地方都变成埃及了，你就成了尼罗河王后！你坐在宝座上大喝特喝我的酒！我看——哈！哈！你听见我说了吗？哈——哈——哈！（走进卧室）

白兰琪　别进来！（白兰琪周围的墙上映出憧憧黑影，离奇古怪，好像有人在斗殴。她喘了一口气，跑到电话旁，

> 摇动挂钩。斯坦利走进洗澡间并把门关上）接线员！接线员！我要挂长途，请你……我要找达拉斯的谢普·汉特莱说话。他那么有名，不需要地址。随便问一下人就——等一下！！不，我现在找不来……对不起，你明白，我——不！不，等着……等一会儿！有人——没事！请别挂上！（把电话放下，谨慎小心地走进厨房）①

在剧本的前半部分，白兰琪的性格缺陷虚荣、纵欲、自视过高均通过一系列细节加以体现，而她念念不忘自己以往“高贵”的出身则直接导致了她的自以为是和自怨自艾。事实上，白兰琪的坎坷命运具有某种时代共性，但是为了将这个人物完成，让之前的情节铺陈有所交代，编剧必须从剧本的后半段开始，将白兰琪设计为一个不同寻常的悲剧人物。而锁闭式的情节架构需要在一定的时间节点将剧情推至高潮，之前铺设的细节也好、悬念也罢，必须在高潮部分有所交代，于是我们在上文中看到白兰琪的歇斯底里。归根结底，剧作家必须设计白兰琪的精神坍塌，才可将这出《欲望号街车》的故事结束。很多人为《欲望号街车》的情节所震撼，为白兰琪这个角色的悲剧性命运所唏嘘，但是观众或许并不曾想到，这一切的剧情设计，也许有一个很重要的原因，那便是“自圆其说”——符合亚里士多德为悲剧所下的定义：完整、有头有尾。

事实上，进入 21 世纪，戏剧情节范式已不再强求必须“自圆其说”。换而言之，后现代主义哲学取消了元叙事的存在，为了表现人生的不确定性以及人性的不确定，我们往往无法再奢求一个能够“自圆其说”的完整的故事。放弃了“自圆其说”，叙事艺术会不会“乱了套”？让我们先来看美国作家阿尔比所作的剧本《三位高个子女人》。这出两幕剧共有四个人物，都没有具体的名字，分别为“A”“B”“C”和“男孩”（作家自己）。A：高龄女子，病弱健忘，专横而尖刻；B：看起来非常像五十二岁时的 A，实际而富于同情心；C：

---

① 宫保荣主编. 外国戏剧鉴赏辞典［M］. 上海：上海辞书出版社，2010.

看起来非常像二十六岁时的B，急躁而好奇。在剧中，B是一个人到中年的女子，既是A的秘书也是每天照料她的护士；C是一位由A的律师派来专程来处理其财务事务的年轻律师。在第一幕里，她们以A的生命故事为出发点，探讨着每个人在其一生中都会遇到的爱情、痛苦、性以及不可避免的肉体的衰老和精神的衰退。而随着A的突然中风，第一幕戛然而止。第二幕幕起时，濒临死亡边缘的A以一具模型的形式躺卧在床上，代替她的是外貌上和她一模一样的、另一个精力充沛的A。与此同时，其他两个人物——B、C则变成了分别处于A的两个不同人生阶段的同一个人物。于是她们从各自截然不同的角度，对自我的生命进行了一番既让人耳目一新，又令人感到惊心动魄的全新的探讨与思考。①

从故事梗概中我们便会发现，这部作品已经取消了明确的人物，而是以简单的符号系统来代表，因为没有明确的人物，所以剧本也可以不用和真实的现实时空相对应，在模糊的时空概念中，只剩年龄确定、面目却模糊的女人们，仿佛在不断地和自己的过往、现在、未来对话——

A:（一种宣告，没有任何原因，也不针对任何人）我九十一岁了。

B:（停顿）是吗？

A:（停顿）是的。

C:（微笑）你九十二岁。

A:（稍长的停顿；没有人非常高兴）那又怎么样。

B:（对C）真的吗？

C:（耸肩；指着文件）这儿是这么说的。

B:（停顿；伸懒腰）好吧……这又有什么关系？

C: 虚荣真是令人不可思议呀！

B: 大概是忘了吧。

A:（平和地）我九十一岁。

① 宫保荣主编．外国戏剧鉴赏辞典［M］．上海：上海辞书出版社，2010.

B:（承认的同时叹口气）好吧。

C:（微微一笑）你九十二。

B:（漠不关心地）oh……别去管它了。

C: 不行！这很重要。会使事情……

B: 不要紧的。

C:（低声地）对我很重要。

A:（停顿）我知道，因为他说，你整整大我三十岁；我知道我多大，因为我知道你多大；如果你忘了你的年龄，那么就来问我我的年龄，这样你就知道了。（停顿）oh, 他像那样说过了很多次了。

C: 如果他记错了呢？

A:（隔着一段距离；好奇地，轻轻的声音）什么？

B: 随它去吧。

C:（依然对 A）如果他记错了呢？如果他不是比你年轻三十岁呢？

A:（奇怪的提高声音，强硬的）你应当认为他知道自己多大！

C: 不，我的意思是……如果他搞错了你的年龄呢？

A:（停顿）别傻了！如果我比他大三十岁，那他当然要比我年轻三十岁了！他说过好多好多遍了。（停顿）每次他来看我都这么说。今天几号？

B: 是……（和演出真实的时间一样）

A: 你明白吗？！

C:（有点像对小孩似的）好啦，你们两个可能有一个是错的，可他也许不会错。

B:（微微嘲讽的）他。

C:（很快地微笑起来）是的，我知道。①

① 宫保荣主编．外国戏剧鉴赏辞典［M］．上海：上海辞书出版社，2010.

有人从传统戏剧观出发，阅读这部剧作时，忍不住执拗地要将剧中人物对号入座，明确其人物关系、身份、职业等，他们正是出于“自圆其说”的习惯思维来解读这部作品。而事实上一部剧作一旦放弃了“自圆其说”的情节范式，就意味着它找到了一个更为宏观视野的位置，更为彻底、明确地表达作者的观念。《三个高个子女人》与其说是讲了三个女人的故事，不如说是一部关于时间、历史的观念剧。

4.3 情节戏仿的翻新：历史文本 × 现实观念的情节交叠

劳逊认为：希腊人关心的只是打破一条公认的社会法规以后所产生的结果，而伊丽莎白时代的人却要探求出原因来，并要用个人的名义来检验这条法规的是否合理。在戏剧史上，戏剧第一次认识到性格的流动性，意志的形成和受到挫折。这就使情节得到了外延。[①] 事实上，伴随着时代的更迭、历史的演进，人们对于情节的看法早已发生了天翻地覆的变化，重视对于人的内心化呈现，而非对于规则本身的尊崇已成为现代戏剧的原则，在此基础上，情节的外延也不断地向外拓展。

但是现代人依然愿意缅怀那些古老的、经典的剧作，并不断地将其重新演绎。诸多经典的戏剧作品已成为文学创作的重要母题，例如《俄狄浦斯王》所揭示的戏剧情节“弑父娶母”已成为后人津津乐道的母题。弗洛伊德据此研究出恋父情结、恋母情结的存在，而美国剧作家奥尼尔则根据古希腊的相关悲剧作品，结合弗洛伊德的精神分析，创作出《悲悼三部曲》，借一个家庭故事，讨论恋父情结和恋母情结的问题。由此可见戏剧母题为后世的人们提供了丰富的艺术源泉。

初学剧本写作者对自己的构思能力或许缺乏信心，那么选择经典剧作进行改写则是一条不错的捷径，但是改编的过程中应注意取舍，需要保留的是母题的核心情节架构，具体到和时代背景相关的情节、人物的细节设计则必须符合生活逻辑。有一位学生将莎士比亚的剧作《第十二夜》改编为一出中

---

① J.H. 劳逊 . 戏剧与电影的剧作理论与技巧［M］. 北京：中国电影出版社，1989：29.

国武侠剧，还为剧中人起了武侠味十足的名字，如南宫叶、慕容梦、上官弋、欧阳婷等，地点也改在了悦来客栈后山的树林。

莎剧并非不可改编，也并非只有在各方面超越原著的改编才是成功的剧本改编。只要改编本能从新的情境出发，既自圆其说，又能体现民族性和时代性，也未尝不可。谁能肯定维多利亚时代的风貌就不能和中国古代的某一时期相契合呢？谁又能说欧洲的贵族、骑士小姐就不能改头换面为中国的武侠人物呢？但是既然要改写，就必须要做好功课，既了解原著的脉络和内涵，同时又对改编本有着实在的把握。

比如，我们先需要了解莎士比亚原作的梗概。《第十二夜》讲述的故事是：西巴斯辛和薇奥拉是相貌相同的孪生兄妹。在一次航海事故中，两人在伊利里亚岸边失散。薇奥拉以为哥哥身遭不幸，便女扮男装，化名西萨里奥，投身到当地奥西诺公爵的门下当侍童。奥西诺公爵派薇奥拉替他向年轻貌美又富有的伯爵小姐奥丽维娅求婚。可是，这时薇奥拉已经暗暗地爱上了主人奥西诺。而奥丽维娅却对代主求婚的薇奥拉一见钟情。事情变得微妙复杂了。

从故事梗概中可以看出，《第十二夜》中的主要戏剧冲突点在于：1. 长相极为相似的双胞胎；2. 因某意外而双胞胎置换了身份；3. 置换性别身份后所处的性别角色地位；4. 在此性别下所遇到的情感矛盾。

正确的改编方法应该是保留人物的基本属性，但在整体故事情节设计上作出较为重大的更改。这就是改编剧作的方法之一，即：抓住原著内的矛盾线索为故事的主题，但重置主角所在的时空背景以及环境因素，也就是俗称的“新瓶装旧酒”。作为核心的冲突因素不变，隐约所显的还是该剧原著的人物面貌。可惜在学生作品中，连瓶子也是旧的。

学生的改编作品虽说试图以中国式的人名为作品增添“中国武侠”风格，但全剧除了人物的名字有所替换外，基本台词都是原封不动的照抄莎翁的原著。这样的作品，与其说是改编，不如说是在原有的人物图谱介绍后增加了一个个破折号——这和所谓的“中国武侠风”并无关联。

而同样改编自莎翁作品《第十二夜》的好莱坞青春电影《足球尤物》却能做到合理地置换时空背景。以下为《足球尤物》的电影故事介绍：

少女薇欧拉（阿曼达 · 贝尼斯）长相青春可人，笑起来也杀伤力一片，可漂亮的她却是个疯狂足球迷。但该死的学校居然砍掉了女生足球项目，教练也不许薇欧拉进男子队伍，她只能在家闷闷不乐。这时，本该去新学校报到的双胞胎哥哥赛巴斯蒂安却决定离家出走两个星期，去伦敦追求自己的音乐梦。

薇欧拉突然灵机一动，为什么不代替身材相似的哥哥报名呢，何况哥哥学校的足球队正是自己以前足球队的最强敌手！足球的吸引力加小小的复仇心态，心动不如行动，造型师一番打扮，薇欧拉果然报名成功！但一切可没她想得的容易，住进男生宿舍的她要保持不穿帮简直太困难了！更让薇欧拉不知所措的是，她居然爱上了英俊的室友杜克。

大帅哥一心把她当成知心兄弟，薇欧拉通过杜克的好友知晓了杜克喜欢学校最漂亮的奥莉维亚。还以为事情不会更糟，她却发现大美女奥莉维亚喜欢上了有点书呆子气的赛巴斯蒂安，当然，也就是自己！谁让女扮男装的薇欧拉完全符合大美女完美情人的条件——敏感而又善解人意。坏事一箩筐而来，不仅赛巴斯蒂安的前女友莫妮卡来凑热闹，连哥哥赛巴斯蒂安也居然提前回来了，偏偏这傻哥哥还完全不知道自己的身份已经被占用了……

显然，与先前学生改编之作相比，电影《足球尤物》才称得上是真正的改编之作。

笔者认为，如果改编者想要立志图新，不愿屈服于原作者本来的创作主旨，那就更应当采取和原作相似的人物关系主线，同时努力寻觅原剧作在情节设计中所显现的某一细微的灵感点，并从中得到某种发散性的启示，以达到自我作品对原剧本“取意”之效——在一个细节点上阐发自己的创作意图，继而构造出骨骼，覆之皮肉。这样的改编作品比之原作，更贴近创作者本身所想创造之物，只是点燃此灵感导火索的火星来自于另一部伟大的故事。但由于这样的改编需要改编者具有丰富的文学涵养以及写作功力，通常不易被改编者所采纳。

而一些身为“马戏团主”的改编者们似乎更喜欢只拿先人的骨与肉，涂上新的福尔马林，宁愿使其成为一具符合现代审美的皮囊，也不愿选取古老而富有真理的灵魂加以填充。也因此，他们的改编剧作中难得见到优秀的作品。

有人埋怨观众会带有“先入为主”的偏见。或许观众的期待值过高是一个原因，但更多的原因在于改编者对原著本身的理解不够彻底，或内心对其想要改编的对象压根没有情感，或是作为创作者的素质根本没有达到去改变一部作品的地步。

4.4 情节的风格案例解析

自主学习板块：

1. 组成一个四人小组（单人或多人均可），选择一部大家较为熟悉的莎士比亚戏剧。按下秒表，用三分钟时间回顾整部戏中的重要事件，表演一部删改的三分钟版本的戏剧。表演完成后展开讨论，思考自己所作的选择[①]。这一练习旨在锻炼学生对于经典故事情节要素的概括能力和还原能力。

2. 命题片段练习：风格改写 / 仿写：选取风格不同的著名剧作家的代表作品，让学生根据自己的生活体验与个人喜好，转换情节风格，变换故事载体，进行仿写或改写，不能改变的是原故事的基本范式与节奏。

备选剧目：《俄狄浦斯王》《莎乐美》《十五贯》《麦克白》等。

3. 学生习作讲评：附录学生习作及教师详细点评。

附：

剧本　双月岛和一些小事

作者　景一飞

人物

白姐—32 岁，生在双月岛，白族人。

赵航—33 岁，生在双月岛，白族人，在双月岛对岸的镇上医院工作。白姐的丈夫，白姐父母后期的养子。（不出场）

白姐妈—50 多岁，经常到对岸的镇上集市贩鱼。

白姐爸—50 多岁，渔民。

阿海叔—60 多岁。双月岛居民之一，和白家往来密集，交情很好。

时间　农历大年初四。

① 参见：［英］乔纳森·皮奇斯．表演理念：尘封的梅耶荷德［M］．北京：中国电影出版社，2009.

地点　双月岛，白姐家门外。

农历大年初四，白族接本主。白族信奉本主教，春节里要迎接本主。每个地方的本主不一样，所以迎接本主的方式和本主节的时间都不一样。双月岛迎接本主的方式是划船出海迎接。清晨天亮后，全岛的男人划着大船从双月岛出发，到海中一个叫小普陀的小岛上接本主。船上驾着类似轿子的坐骑。接本主其实是人们的想象，并没有真正的实物。到小普陀接到本主之后，划船往回。再把坐骑抬上岸，走过岛上的全部路途。

老人在前面带路，手上抬着祭祀品。边走边问，轿子重不重，回答，不重呢。就继续往前走。再问，轿子重不重，回答，有一点重了。继续往前走。再问，轿子重不重，回答，太重了，抬不动了。这就表示本主已经坐上轿子了。这时就把轿子抬到本主庙门口。然后家家户户就会抬着自家准备的贡品到本主庙里去祭拜。（故事背景）

双月岛是洱海东边的一个渔村小岛，岛上住着世代都以捕鱼为生的渔民。

双月岛地方不大，街道狭窄，有一条绵延的小路从村里铺过，那是村里唯一一条道路。路两旁住着双月岛的渔民。道路没有路灯，晚上漆黑一片，但是星星十分明亮。道路西边通往洱海，东边通往后山的田野。白姐家在通往海边的路上，是一座典型的白族民居建筑——三坊一照壁。大门为“三滴水”门楼，檐下有泥塑斗拱装饰。木门上贴着崭新的春联和门神。门神的边角纸张受两个铁铸刻龙的门柄影响而稍有弯曲。大门两旁正在焚烧大香。大香约有 1 米高，外皮是梅红色的，焚烧后的烟灰随风飘散。托住香的是两个小的铁桶，类似装油漆的桶，里面盛放着满满的沙土。香便是插在沙土上。随虚掩的门往里看是一面洁白的独脚照壁，在照壁的檐口墙上是一带状的深蓝色莲花及其根茎线条图案。照壁上画着一幅水墨山水画，写着“苍洱毓秀”四字。照壁遮挡住楼房的所有景象，这是白族人的风俗习惯，从风水或习俗上讲，白族建筑的大门不能直面住的楼房。房屋的东北角有一口水井，一片空地。白姐家人经常在这片空地上洗衣或者洗菜。

舞台右前方正面是白姐家的门楼大门。典型的白族建筑，依照原型建筑制作等大“三滴水”门楼，檐下有泥塑斗拱装饰。木门上贴春联和门神。门神的边角纸张受两个铁铸刻龙的门柄影响而稍有弯曲。大门两旁正在焚烧大香。大香约有 1 米高，外皮是梅红色的，焚烧后的烟灰随风飘散。托住香的是两个小的铁桶，类似装油漆的桶，里面盛放着满满的沙土。香便是插在沙土上。由门内见照壁。洁白的独脚照壁，在照壁的檐口墙上是一带状的深蓝色莲花及其根茎线条图案。照壁上画着一幅水墨山水画和“苍洱毓秀”四字。剧情中如有人进入白姐家，便从大门入内，绕至照壁后下场。舞台左后方斜面相对大门是井水和空地，空地前有矮小的石质条凳。石质条凳偏右，靠近大门，但在大门的后方，挡不住演员在水井边空地上的行动及观众视野。主光从左后方及左前方向右下照射，以表明早上九十点光景。舞台前方留一条不宽的道路，表示白姐家门外的双月岛的道路，通向海边。

【墨蓝色暗光，表示天尚未亮。

【白姐坐在门外的石凳上缝绣片，绣了两针停顿片刻，心有所思的样子，同时也表现勤劳能干的白族女人形象。

【白族史诗:（播放画外音）

太阳歇歇么，歇得呢。
月亮歇歇么，歇得呢。
女人歇歇么，歇不得。
女人歇下来么，火塘会熄掉呢。
冷风吹着老人的头么，女人拿脊背去门缝上顶着。
刺棵戳着娃娃的脚么，女人拿心肝去山路上垫着。
有个女人在着么，老老小小就拢在一堆了。
有个女人在着么，山倒下来男人就扛起了。
有个女人在着么，山倒下来男人就扛起了。
……

【灯光亮起。主光从左后方及左前方向右下照射，以表明早上九十点光景。

【白姐放下手中的针线活，走到井边打水洗菜。

【白姐妈端着菜从家门走出，白姐看见后过去接应。

白　姐　阿妈。

白姐妈　（向道路左右望望）接本主的队过了吗？

白　姐　刚过去了。这次接本主的队可热闹了，连新海村的人都来赶热闹了。本主的轿子上结满了红绸带，从没见过那么多。

白姐妈　前面领路的是谁？

白　姐　当然还是阿海叔，还有弥纳妈。

白姐妈　抬轿子的呢？有阿黑吧？

白　姐　（略羞涩地）嗯。

白姐妈　（瞅了白姐一眼，不高兴白姐的应答）这么有力气的小伙子怎么三十好几了还没娶媳妇，肯定是自己有什么问题，不敢娶媳妇了。要不就是他那些丑事坏脾气传到女人们耳朵里，谁都不敢嫁给他。我都听说不少呢。

白　姐　（极力想打断母亲）阿妈！

白姐妈　赶快洗菜，接本主的队都快到本主庙了，我们家的贡品还没准备好，去晚了岛上人又说闲话哪。

白　姐　说什么闲话！我看哪个嘴巴吃了小米辣，那么泼辣敢说我家坏话。

白姐妈　你不知道，赵航从来不和岛上人一起接本主，拜本主，他们说对本主不敬，不会有好果子吃的。

白　姐　呸！我看哪家说这种话哪家人才遭殃呢。打上一条食人鱼咬断他指头。

白姐妈　你闭嘴！姑娘家哪来那么多恶毒的话。赶快洗菜，待会儿还要刮鱼鳞呢。午饭前能弄出来就不错了。忙都忙不过来你还有心思管人家说什么。

白　姐　（正式地）阿妈，我要去和赵航说说这个事。这样下去根本不是个办法。这日子实在没办法过了。平常就有好多人对着我指指点点，现在倒好，连过个春节都过不安稳了。

白姐妈　赵航不是说了吗，镇上医院春节特别忙，他当个医生本来就没有办法休息嘛。再过不久，他多赚些钱，就回来接你去镇上了啊。

白　姐　哈！他忙，他忙我更忙。还忙着避是非，忙着准备帮他拜本主，忙着帮他守着个空房，我哪门子得罪他。我们家待他够好了吧。他父母出海捕鱼出了意外，我们家接他过来住，供他到镇上读书，读医学院。阿妈您自己想想，当时那个学费我们是怎么凑给他的。现在他飞黄腾达了，事业有成了，看不起我们双月岛了，本主也不放在眼里了，媳妇也不要了。……不行，我今天拜完本主就去找他。

【白姐妈没事做，说完继续忙着洗菜，显出一副焦虑的样子。

白姐妈　（平和地）听妈一句劝，我们白族人过日子一向以和为贵。你听过周围哪家子吵吵闹闹。过日子不就得相互忍耐嘛。我们祖先是怎么教导我们的？女人生来就要吃苦做事，勤劳能干，忠孝容忍。在家做饭，操持家务，待好丈夫，自己缝绣花衣服。……

白　姐　（抬起头打断母亲，凶狠地）待好丈夫！我可想待好他，可是他人在哪儿？大年三十回来一个晚上被子还没捂热乎呢人就走了。谁晓得他心里想些什么！他一年就回岛上三四次，也不说些什么。他还知不知道他媳妇是谁啊……

【白姐爸从家中走出，准备出来拿已经洗好的菜。

白姐爸　（笑笑地）怎么大清早就吵架了啊？

白　姐　阿爸，我正要和你说呢。我拜完本主之后想到镇上找赵航去。

白姐爸　嗯。也好。过年去陪陪他，让她带你在镇上玩两天。

（忽然想起地）今天下午有船到对岸吗？今天全都在忙着拜本主呢，恐怕不一定有船吧。待会儿阿海叔回去时会路过我们家，你问问他。

白姐妈　（决心地）哪儿也不许去，好好在家待着。

【白姐端着洗好的一盆菜进门去。

白姐爸　（微笑着，和善地）孩子想去就让她去嘛。反正过年她一个人总待在这儿也没意思。出去转转说不定就喜欢镇上的生活，那时候赵航准备接她到镇上住她就欢欢喜喜地答应了嘛。

白姐妈　谁告诉你她是去镇上玩的？她要是去了镇上，铁定找赵航吵架去。这让我们脸往哪儿搁！

白姐爸　（不解并着急地）吵架？怎么了？赵航什么地方亏待我家闺女了？

白姐妈　（不耐烦地转过身去对白姐爸）就因为赵航过年在医院加班，在镇上工作，一年就回来那么几天。岛上人都闲言碎语的说她。她愣说这日子没办法过了。你听这是什么话？她的意思是要离婚吗？怎么能离婚！我们白族人最重视自己的贞洁，她要是离婚，三十几了还这么不守本分，以后日子怎么过，这脸要抹多少层土才遮得住！

白姐爸　（稍显沉默地）哦，是这么个事。也不能全怪罪在闺女头上。毕竟老是这样过日子，难免会有些怨气的。你让她发泄一下也就好了。

白姐妈　我不也这么和你过了一辈子了吗？以前人民公社的时候你老是抢着带头出海捕鱼，好几天才回来一趟。我找谁发泄啊。她年纪也不小了，要好好教育她怎么过日子。明年生个孩子，她还像这样埋怨，对小孩多不好啊。不是舒舒服服就过上好日子的。白族女人历来都勤劳勇敢。没有谁那么唯唯诺诺的。

白姐爸　你这个老顽固，我们那会儿的生活和现在怎么比啊。以前条件那么艰苦，当然是要艰苦过日子。现在日子好过了，不必那么将就，得让闺女好过才行。我们也就这么一个孩子。

【白姐爸说话的时候，白姐从屋内走出，穿戴整齐，头戴包头，背着背包。

白　姐　（镇定地）我现在就去找他。

【说完转身准备离开，白姐妈立刻过去抢下她的包，制止白姐离开。

白姐妈　（气愤、焦虑地）你想去跟他说什么？

白　姐　（略带挑衅、无情地）问他这日子怎么过下去！

白姐妈　（强硬地）你放屁！你先学会做个女人你再去管你丈夫！连个女人该做什么都不知道你还想管别人！

白　姐　（抢）我怎么不知道了，那他又知道怎么做个丈夫吗？他哪里比阿黑好？我就不明白你们干嘛当初要让我嫁给他！

白姐妈　（恶毒）你不要脸！这么不要脸的话你都说的出来！阿黑那个小混混，他现在三十多岁有什么？什么都没有，走到哪里混到哪里！别说双月岛了，旁边的新海村，有哪个姑娘愿意跟他多说两句话！你瞎了你的狗眼了！

白　姐　他当初对我那么好你们也不是不知道。就是因为赵航考上了医学院，你们就不许我和阿黑来往了。现在好了吧，人家走远了，留着我一个人在这儿。

【白姐爸在母女吵架中一直显出尴尬的神情，一方面想要阻止，但又不知道规劝哪方好，走到白姐妈身边轻微地拉白姐妈，试图阻止。

白姐爸　（和事佬似的）闺女、孩子她妈，都别说了。闺女你先别走，我们先把贡品做出来，祭拜完本主我们一起到镇上找赵航，顺便到镇上买些货物回来。这个春节我们都还没买什么东西呢。

【沉默数秒。

白姐妈　（想起要拜本主的事，对白姐）你先把东西放下，先来做菜。（对白姐爸）你赶快进去炸乳扇。

【白姐进屋脱下包头，放下背包出来继续和白姐妈洗菜。白姐爸准备进屋，但再确认不会有争吵才离开。进去之前给白姐使了个眼色，让她别跟她母亲吵架，尽量顺应。

【沉默的洗菜。约十秒。

白姐妈　（有些哽咽但强忍地）闺女啊，妈知道你苦。妈也是这么苦过来的呀。妈跟你说过多少次，这点苦不算什么。苦日子忍过去了，日子就甜了。妈知道你不愿离开双月岛，可是镇上日子更好过，你生个孩子，去镇上生活，让孩子去读书，将来像赵航一样有出息，不是更好吗？等拜完本主我们一起到镇上去看看赵航。你的彩棉线不是没了吗，去买些回来，给妈织一双绣花鞋。岛上的人都说你这双手最灵巧了，绣的花又鲜艳又好看，还有各种新的花样。

白　姐　（释怀地）阿妈！

【阿海叔从本主庙回来，路过白姐家门口。看见白姐和白姐妈在门口洗菜后停下。

阿海叔　（欢喜地）小白花，今天你们家做什么好菜？有没有生皮？要知道没有你做的蘸水和生皮，我这个酒是喝不开的！啊哈哈哈哈！（转而对白姐妈笑笑以示问候。）

白　姐　阿海叔！

白姐妈　（强颜欢笑地）有，有，有。待会儿我就让她给你做。今天中午来我家吃饭！你可说好了啊。

阿海叔　好哇！我都有好长时间没和她爹好好地喝上一场了。

白姐妈　没问题。你中午过来就行。现在我们还忙着做贡品，本想赶着早些时候去的，又有点事，延了一些时间。（自嘲地）争取赶紧去，不然本主吃饱喝足可就不买我家的账喽。

阿海叔　时间错开一点也好，不然现在人挤人的，本主都怕忙晕了，认不得谁家是谁家了。哈哈哈哈！我吃饭时候过来，让小白花她爹准备好鹤庆干酒，今天要和他好好喝一场。

【说着大踏步离开。

白　姐　（急忙地）诶，阿海叔，今天下午有去镇上的船吗?

阿海　（思索一番后）今天下午？没有没有。今天全都忙着接本主、拜本主，下午都没有力气出海了，况且今天没有比本主更大的事了，不会有人出海。明天才会有。

【阿海叔下。

【白姐妈没说话，把洗好的菜端进屋里。

【白姐有些呆滞地望着井水。沉默间隙。

【拿菜刀切菜。刚开始切是正常速度，越切越快，越切越狠，最后几乎要把菜剁碎的架势。

白　姐　（轻声自语）今天没有船出海了。

【放下刀，坐在旁边的石凳上。

【墨蓝色暗光，表示夜色降临。

【白姐坐在门外的石凳上缝绣片，绣了两针停顿片刻，心有所思的样子，同时也表现勤劳能干的白族女人形象。

【白族史诗:（播放画外音）

苦荞不苦么，吃得呢。

槟榔不苦么，嚼得呢。

女人不苦么，咋个得嘛。

女人不肯吃苦么，日子过不甜呢。

天上不有个女人在着么，天就不会亮了。
地上不有个女人在着么，地就不长草了。
男人不有个女人陪着么，男人就要生病了。
天底下不有个女人在着么，天底下就不会有人了。
天底下不有个女人在着么，天底下就不会有人了。
天底下就不会有人了。
……

【剧终】

这部戏富有民族特色，语言、舞台道具、服装都显示出了这一点，但是主题还需明确：究竟是在说白族女性勤劳勇敢呢？还是在表现她们愚昧的忠诚？剧中的白姐妈简直成了全剧的核心，她说的台词“我们白族人最重视自己的贞洁，她要是离婚，三十几了还这么不守本分，以后日子怎么过，这脸要抹多少层土才遮得住！”你觉得这话里有人情味吗？如何让观众认同她的观念？当然剧作者未必真的打算赞颂白姐妈的这种封建思想，但是由于白姐妈在全剧中的贯穿动作太过强势，完全压过了白姐，反而会让观众认为作者是完全站在白姐妈这边。

如果作者希望表现白姐的悲剧，即：不断反抗却终于沉沦，被现实压倒，永远走不出双月岛，美丽的双月岛同时也是压抑人性的双月岛……那也是可以的。但是这就必须加强白姐的戏，甚至可以把她和阿黑的戏加进去……突出白姐被压抑的人性欲望。戏怎么写还要看作者怎么想，如果作者也认为白姐应该独守空房，为了贞节而放弃自由，那我的建议就是无用的。

全剧的意蕴是很美的，但是戏剧冲突不足，不是几个人大声地争执吵架就一定会有冲突性，白姐的戏太弱，白姐爸的态度也有些奇怪：他到底是真的站在女儿这边呢？还是只想息事宁人？不清楚……

最后需要指出的是，接本主是个很好的戏剧象征意象，但现在观众除了知道“接本主”这个词，对于这项仪式真正的意义并不了解，本主意味着怎样的一种信仰？它对于白族人的生活究竟有怎样的影响？无法从剧中体现出来。

四、人物部

说 明

早在古希腊英雄时代，怪兽斯芬克斯蹲在忒拜城附近的悬崖上，拦住过往行人，向他们提出一个著名的谜题。直到俄狄浦斯到来之前，人们因猜不出这谜题被挨个吃掉。最终，俄狄浦斯结束了这场血腥的游戏，谜底就是——人。可是，智慧如俄狄浦斯，即便猜中了斯芬克斯的谜题，却对自己是谁不尽了然，在无知之中弑父娶母，做了弟妹的父亲。可见，在生活中辨识人物，比回答一个关于人的谜题困难得多。而摆在一位编剧面前的人物谜题，除了自己以外，还涉及形形色色的他人。这简直是一个由交叉小径织成的迷宫，我们应该选择何种地图作为探险的依凭呢？

此前，种种剧作理论提出了一些颇具启发性的观念。

威廉·阿契尔将人物性格的发展精辟地比喻为摄影术中的“显影”，并指出发展并非个性的改变，而是意味着揭穿、揭示。编剧不仅要努力使人物个性和情节相契合，还要剖析人物的心理过程。不然，个性的显影就只是一堆相互兼容的特征组合。①

乔治·贝克辩证地讨论了动作与个性的关系。他说，英国戏剧的历史表明，性格描写是在对动作的兴趣业已很好地建立之后，才作为一种增加上去的兴趣而出现的。缺乏动作的戏剧是非戏剧性的。但是，并非一切形体动作

① ［英］威廉·阿契尔．吴钧燮、聂文杞译．剧作法［M］．北京：中国戏剧出版社，2004：311.

都具有戏剧性，除非它能够在观众身上激起感情。要做到这一点，就需借助性格描写。贝克总结道："虽然形体动作在戏剧中无疑是根本的，但是如果没有性格描写来说明和解释动作，戏剧就不能从粗糙的情节剧和闹剧发展成为更高级的形式。"①

劳逊也对动作与个性的关系非常感兴趣。他认为，观众只能从行为来了解人物个性，同时，行为本身必须揭示性格，而且一定要在人物关系之中进行揭示。为此，他区分了两个概念：图解性动作与情节动作。他推崇情节动作，因为它实现了动作、个性、情节线索的三位一体。这也是所有编剧向往的理想状态。②

和契诃夫一样，《故事》的作者罗伯特·麦基认为人物就是自知：你对自己人性的神秘之处观察得越深，对自己的了解就会越多，也就越能了解别人。麦基把编剧比作心灵虫，这种奇异的生物能够潜入心灵，发现独特个体的各个方面，然后创造出一个完全符合他本性的激励事件，将他送上一条求索之路，令他达到自己生存的极限。这些方面包括：外表特征、行为举止、语言和手势风格、性别、年龄、智商、职业、个性、态度、价值观、住在哪儿、住得怎样，等等。激励事件将人物置于两难境地，迫使他在压力之下作出选择——压力愈大，选择愈能深刻而真实地揭示其性格真相。编剧要写出人物的欲望和动机。主人公是多维的，他创造了其他人，他们由这些维度衍生出来。③

悉德·菲尔德把人物创造分为两个阶段：形成人物与展示人物。编剧需描绘人物从出生到现在的重要历史以形成人物，并在确定人物需求之后用动作来展示人物。人物包含戏剧性需求、观点（看待世界的方式）、态度、变化、个性、行为。悉德·菲尔德还为编剧常犯的问题列出了一长串清单。

L·埃格里从生理、社会、心理三个方面来形成人物，并从中寻找迫使人物行动的压力源。他对性格与行为、命运之间的因果关系给予了充分的重视。

---

① ［美］乔治·贝克．余上沅译．戏剧技巧［M］．北京：中国戏剧出版社，2004：27.

② ［美］J.H. 劳逊．邵牧君、齐宙译．戏剧与电影的剧作理论与技巧［M］．北京：中国电影出版社，1999：350.

③ ［美］罗伯特·麦基．周铁东译．故事［M］．北京：中国电影出版社，2001：440.

他认为内在矛盾决定着人物去做他必然做的事情，一个罪犯身上必然具有犯罪的根源。而且真正的人物性格是在成长的，编剧必须在人物的思想发展到顶峰的时候抓住他。埃格里还亲自示范，用人物“艾琳”来演示人物如何形成。相较于前两位大师，埃格里在解析个案时更加细腻充分。

大卫·马梅遵循亚里士多德的观念，把角色定义为“一个人在追求他想要的目标时所采取的所有动作”。他断定绝对没有角色性格这回事。可是，只要我们看过由他编导的影片《赌局》，便会觉得这种说法很可疑。如果角色只是习惯性动作的话，作为编剧，如何决定这个习惯性动作属于人物A，或者那个习惯性动作属于人物B。动作的背后如果没有心理过程的支持，人物将会面临无法整合的困境，人物之间也可能会显得彼此游离。有些著名的剧作家在谈论自己的创作经验时，这种口是心非的现象屡见不鲜。①

这些颇具影响力的关于人物的观念都指向一个目标——人物性格的揭示。无论是写动作，运用激励事件，或者将人物放入人群之中，最终都是为了揭示人物个性。人物个性又是什么呢？加工信息的方式、潜在的动机、重要的选择、日复一日的行为习惯、爱好和恐惧、世界观、对待事物的态度……我们可以列出更多的条目。可是，没有哪一个故事可以写尽一个人物的所有方面，就像不能在一个博物馆看完全世界的古迹一样。依据篇幅的长短，一个故事实际考虑的应该是把其中的一个或几个方面写透，而不是对每个方面都浅尝辄止。在做基础性的人物元素练习时，尤其要注意这一点。

上述经典理论指出了一系列重要的剧作原理，然而遗憾的是，作者们无意将这些真知灼见转化为一套具有可操作性的元素练习方法。虽然读者在阅读中对这些原理不乏心领神会的瞬间，训练的路径却依然隐蔽着。

有感于此，本书人物部分从经典剧作中选出若干片段，就人物差异、人物关系、情境、心理阶梯等元素进行针对性的示例与剖析。这些片段篇幅短小，结构较为完整，加之主要从人物角度进行读解，我们可以把它叫作“人物速写”。这种短小精干的人物速写不仅便于深度解析，还为读者提供了练习的摹本。在编剧训练的起步阶段以微型剧作的练习为主，或许比啃大块头更为可

---

① ［美］大卫·马梅．曾伟祯编译．导演功课［M］．桂林：广西师大出版社，2003：22.

取。之所以舍大取小，主要有三点考虑。一者，就像我们在数学课上做了许多加减乘除的习题，才明白这四种基本运算是怎么回事，对人物创造的某种元素进行针对性训练，有助于巩固基础。二者，截取剧作片段则是因为每部剧作在结构上都具有单元性特征。一项总的叙事任务是由多个单元连接而成，在常规的单元拆分中，一部戏被分为三到五幕不等，一幕戏由多个场次构成，甚至每场戏也可以拆分。这样，从最宏观的总体结构到最微观的“动作 / 反应”节拍，一部戏就像一个由母动作与子动作织成的严密的动作体系，这种关系就好像电脑逻辑驱动中的根目录与子目录。既然整部戏是由大大小小的单元合成，那么，在基础训练中，单元练习就显得非常适宜和必要了。人物速写就是一种单元练习。三者，便于与读者分享一些具体而微的体会——因为编剧在写作中要解决的，往往只是具体而微的事情。

限于本书篇幅，“人物速写”难免挂一漏万，还有一些元素以及更多的经典剧作未有论及，只能留待以后再叙。而人物真相与人物网络牵涉到整个故事系统中的人物设计，不宜用“人物速写”来讲述，所以采用了常规的行文方式。

另外，每个部分都会给出相应的习题，期望读者在练习中增进自己对故事的认识和写作的技巧。

1. 人物真相

编剧常常用发展的方式来塑造人物，人物在故事终点时的状态与起点时有明显差异甚至截然不同。罗伯特 · 麦基将这种变化称之为“人物弧”。一个优质的故事，在推动情节演进的同时还要刻画人物的变迁，如今已经成为创作者的共识。但在实际创作中，如何来打造这条至关重要的弧线，却是一个关乎具体操作方法的问题。人物弧线中的起伏波动，并不是杂乱无章随意而为的，它的目的在于揭示人物真相，即这个人的本性，与别人相比他有什么独特之处。观众看到这个人的变化，也会对他的真实面目产生极大的兴趣，并绞尽脑汁去分辨，哪个才是真的他。

并不是所有故事中的人物都拥有人物真相。比如古罗马喜剧，意大利即兴喜剧中愚蠢又暴躁的老头、年轻的花花公子、好管闲事又足智多谋的奴隶、吹牛的军人、吝啬鬼、寄生虫，以及中世纪为了提升信徒道德而演出的道德剧中那些以品质命名的人物。这些定型人物在故事中通常不会有性格上的发展，从初次萌生到向后延续的创作历史会不断重复、固化初始的人物设定。在创作中，定型人物被抛入特定情境，依照较为简单直白的人物设定，对事情做出符合人设的反应，故事结局也常常是预设好的，诸如善战胜恶、有情人终成眷属等，以大团圆结局带给观众心灵的抚慰，而不是依照人物的现实逻辑导向一个自然而又必然的结局。于是，观众的兴趣点主要在于人物以何种方式来解决问题（how to do），而不是他在解决问题的过程中自身起了什么变化（who is he）。在 how to do 中，人物本身其实是被忽视的，他成为一个解谜的工具；而在 who is he 中，人物自身成为那个待解之谜。

作者可以将定型人物和真相有待探究的人物写入同一个故事，并让这两种人物成为搭档。比如《丁丁历险记·独角兽号的秘密》，丁丁是一个定型人物，几乎将各种优秀品质集于一身，他勇敢、坚定、正义、人道主义、阳光、专注，任何艰难险阻都不会让他改变自己的面目……跟他搭档的阿道克船长则是一个处在发展中的人物。故事开始时，他的前史和现状都混乱不堪，低迷、酗酒、无所事事、糊里糊涂。可是，随着情节的推进，他变了，丁丁的激励和他对航海事业的深爱，让他重新振作，寻回真我，并最终战胜敌人。这种角色搭配在故事创作中非常普遍。例如，《福尔摩斯探案集》中的华生与福尔摩斯，在福尔摩斯眼里，华生是普通人的范本，所以他常常会询问华生对案件的看法，来推测罪犯故布疑阵想达到的效果。克劳德·吉迪等编剧的《真实的谎言》中，吉普和哈瑞也是这样一对搭档，吉普工作能力平平，两性关系尴尬，但能顺其自然，得过且过，有人情味，他的人设稳定地维持在一个普通人的水准；哈瑞则是一个优势突出、短板很短的“超人”，这为他的人物真相预留了伸展的空间——身为一个工作狂，他忽视了家人，当恐怖分子挟持了他的家人，拼命工作和拯救家庭重合为一，他此前被工作挤压掉的对家人的爱才熊熊燃烧起来。这两种人物各有创造的价值，定型人物提炼出人类的某种特质，再敷以肉身，因其确定性而带给观众在实际未知的世界中缺失的安全感，并为后一种人物提供一种标准化的参照；真相有待探究的人物则更多变化，与捉摸不定的现实相仿，更容易让观众产生代入感和移情，感到自己得到了理解。

在类似的故事中，几乎总是后一种人物成为叙事的原动力。如果把故事看作一个平衡被打破和恢复的反复校正的系统，后一种人物常常在打破平衡、制造延宕、自我调整中左右故事的方向，制造情节的拐点。就像阿道克，他不是在海上烧掉了乘坐的救生船差点连累丁丁也葬身大海，就是把能做飞机燃料的酒给喝了使得飞机几乎因没有燃料而在沙漠中坠毁，或者因为酒瘾发作弄丢了丁丁费尽辛苦拿到的纸卷而险些令坏人对宝藏捷足先登……

人物真相的“真”与“假”是相对的。在塑造这类人物时，作者的叙事目的是去假存真，拨开假相的迷雾，揭示人物的真我。所以，作者就需要在叙事起点先描绘出人物的假相，再层层剥笋般，抵达人物的真实。我们可以把这个起点标记为“现在”，从“现在”开始，能让观众最快地入戏。但确切地说，这个“现在”是指人物行动的“此时此刻”，它可以比现实时刻或早或晚。于是，以“此时此刻”为零点，作者揭示人物真相时，在时间坐标上就有了两个向度，一是向过去钩沉，二是向未来求索。这两个方向各有不同的写作惯例。

如果是向过去钩沉，那就意味着，“现在”更显眼的虽然是人物假相，但人物真相其实早已存在。大致有四种情况。

一是假面人物。这类人物的真相与其假面截然相反，人物明知自己现在戴着假面，却刻意隐藏真相，并用这副假面来瞒骗他人。在塑造这类人物时，作者需先设定好人物真相，并把它放置在遥远的过去，但要注意让它在“现在”时刻露出一些马脚。“现在”时刻的写作重点仍是刻画人物的假面，这个假面看上去越逼真越好，最好能吸引观众几乎全部的注意力，让观众忽视那些实际已经露出的真相的端倪，并对这副假面搁置怀疑信以为真。然后，等到人物假相充分完形的那一刻，再猛然扯动起这些早已潜伏着的真相的马脚，越来越迅疾地吸附起相关的信息，引发剧中其他人和观众认知的地震，进而爆破这个人物的真相。这时，粗心大意的观众就会犹如醍醐灌顶，恍然大悟；而嗅觉灵敏、经验老到的观众则为自己见微知著解开“who is he”这个谜题而欣然自得。这种模式中，“who is he”其实取决于“who was he”。阿加莎·克里斯蒂深谙此种创作之道，在《零时》中她写道：“故事其实远远在此之前就展开了——有时是在许多年以前——然后各种各样的原因和事件把某些人在某一天的某一刻带到某一个地点。”这个故事最大的悬念也依此而设，即钩沉男主角内维尔的过去，他少年时的蓄意谋杀定义了他一生的行为逻辑，他对前妻的罪行只不过是一次间隔久远的故技重施。故事开始时，内维尔给自己戴上了花花公子的假面，抛弃贤淑的奥德丽娶了性感的凯，但真相却与之相反。内维尔是因为得知奥德丽爱上了别人，为了维护自己的尊严才故意制造先一步抛弃奥德丽的假相，而后，内维尔设计周密地展开对奥德丽的报复，不惜杀害姑母嫁祸给奥德丽。罗伯特·唐尼和罗曼·波兰斯基编剧的《唐人街》也是此类故事的翘楚：莫拉雷太太既是年幼女儿的母亲，也是她的姐姐，莫拉雷太太在心存疑惑的私家侦探杰克的逼问下，才无奈而又绝望地说出了这个秘密……

二是被误读的人物。这类人物的假相并不是由他本人制作，而是来自局外人的错误解读。南非自由摄影记者凯文·卡特就是一个典型案例。1994 年 7 月 27 日晚上七点，凯文·卡特在自己的车里自杀。人们对他的死因猜测纷纷，其中流传最广的说法是：凯文·卡特在 1993 年拍过一幅反应苏丹大饥荒的新闻照片《饥饿的苏丹》，并获得普利策大奖。但这幅照片在为凯文·卡特带来荣耀的同时，也把他推向舆论的刀尖和道德的深渊。因为照片中的苏丹小女孩奄奄一息，即将被一旁蹲守的秃鹰啄食，而此刻的凯文·卡特竟然只考虑拍摄而不是施以援手。因此，凯文·卡特被定义为一个“自私的、不关心民众的媒体记者，踩在小女孩的尸体上得了普利策奖”。他的自杀也被理解为不堪忍受良心的谴责而终结了自己的生命。但事实并非如此，《饥饿的苏丹》在拍摄时，小女孩的母亲就在一旁领救济物资的队伍中，小女孩本人也戴着表明她受到人道主义援助的手环，被秃鹰啄食的现实困境是不存在的。所以，“自私、不关心民众”只是大众给凯文·卡特强行戴上的人物假相。真实的凯文·卡特，其实是经济窘迫、挚友因他而死、生活频频受挫的可怜人，他不堪忍受一连串的打击，生活的痛苦远远超过了欢乐的程度，所以才选择了自杀。陈凯歌、唐大年编剧的《搜索》里的叶蓝秋，也是这样一个被局外人误读的人物，叶蓝秋的人物真相在不被偏见所惑的杨守诚的追索下，才渐渐浮出水面。

（图：《饥饿的苏丹》，摄影：凯文·卡特）

以上两种情形，假相最终都被证伪，真相与假相截然对立、不可并存，真相在推翻假相的基础上显示其唯一的正确性。在这类故事中，人物真相大多针对某一核心事件而设，核心事件成为观看这个人物的窥视孔。相对于人物复杂多变的一生，这样的人物真相其实是作者大幅裁剪后留下的微小局部，人物假相也往往针对这一局部而设。

三是拼盘人物。人物真相还有更加复杂的形态，真相与假相不是对立关系，假相也是真实的，但它之所以为假，是由于它只给出了局部的真实。这就像盲人摸象，盲人们把自己摸到的大象的脚、尾、腹、背、耳、头、牙认作是大象，这些部位都具有局部的真实性，但它们单列出来都不能代表这一整头大象。这类人物可以称之为“拼盘人物”。罗伯特·鲍特等编剧的《阿拉伯的劳伦斯》在呈现人物真相时就采用了这种方式。有趣的是，影片获得奥斯卡奖一年以后，劳伦斯的亲弟弟阿诺德对帕尔电视台说：“真正的劳伦斯是我所认识的人中最优秀的、最善良和最乐观的人。即使在自己最不幸的时候，他也总是极力表现出欢乐的样子，令人欣慰”。他又告诉《纽约时报》，影片在塑造劳伦斯形象上运用了“心理作用这一剂灵丹妙药，其处方为：一盎司的孤芳自赏，一磅的哗众取宠，一品脱的虐待狂，一加仑的嗜血欲，再加上点其他荒诞离奇的东西，放在一块搅和而成”①。阿诺德企图净化他这位举世闻名的哥哥，就像最称职的入殓师一样仔细修整亡人身上的每一点瑕疵，直到把他制成完美的标本，永久供奉在神龛上。阿诺德简直是在打造一个丁丁那样的定型人物。但事实上，劳伦斯并不完美，他的魅力正是在于他的复杂。我们来看看编剧是如何做的。在阿拉伯事务中，劳伦斯既有丰功伟绩，也有些许失误甚至失控，但影片的叙事兴趣主要不是这些波澜起伏的情节，而在于劳伦斯究竟是一个怎样的人？影片开头，一个记者问那些从劳伦斯的追悼会走出来的人群：“你能谈谈劳伦斯吗？”接着，心有城府的政客仅仅点评了劳伦斯的政治功绩。著名记者班特尼是个两面派，刚对记者夸完劳伦斯是个诗人、学者及英勇的战士，转脸却对身边的人说：“他还是自从巴纳姆和贝利之后，最无耻的爱现狂。”一个曾跟劳伦斯握过手的普通人打断这番对话，声称劳伦斯是个伟大的人。一旁的英军将领则轻描淡写地说：“他曾在开罗为我做过一些不重要的工作。”这些议论看似针锋相对、自相矛盾，却都不假，都算得上是对劳伦斯史诗般的人生中各个阶段和侧面的忠实描述。编剧比阿诺德更有勇气来面对真实而完整的劳伦斯：既谦卑又孤芳自赏，仁慈而嗜血，无比坚韧却不堪一击，自恋而又自虐，舍生忘死却满怀恐惧，目光远大而又怪诞滑稽，劳伦斯的人格就像谜一般充满魅力。正如导演大卫·里恩所说：“他是一个极其复杂、超群出众的英雄人物。”那些展示了人物较为漫长的人生段落并致力于人性探索的传记片，常常采用这种方式来刻画主角的人物真相。他人的议论提供了观看这个人物的多维视点，从人物关系的角度来揭示这个人物。

这种叙事方式可以追溯到《公民凯恩》。这部影片也是从凯恩之死写起，一个记者走访了与凯恩关系切近的人们，以获知“玫瑰花蕾”的真实含义，由此来展开凯恩人生的多个侧面和阶段：在曾经的监护人赛切尔的手稿中，凯恩“只不过是一个走运的流氓，被惯坏了的、没有责任感的无耻之徒”。曾与凯恩合伙办报的伯恩斯坦还原了凯恩口头宣扬新闻真实，实际上却罔顾事实，只顾制造轰动效应的实用主义嘴脸。在与凯恩友谊破裂的里兰眼里，凯恩是

① 夏岩编译.《阿拉伯的劳伦斯》——位英雄的历程［J］. 世界博览，2000（2）：26.

一个蹩脚的办报人，因为“他使自己的读者得到消遣，但从来没有跟他们讲过实话”。现在一家低级酒吧卖唱的前妻苏珊回顾了她与凯恩从一见钟情到婚姻破裂的始末，凯恩曾是一个温柔、有担当的情人，又因事业垮台渐渐沦为一个阴晴不定的暴君。但无论如何，“玫瑰花蕾”所代表的凯恩对与母亲共同生活的儿童时光的怀念，成为凯恩贯穿一生的底色。而在《阿拉伯的劳伦斯》中，劳伦斯在受难者面前始终保持着内心的柔软，不论对方是朋友或者敌人，这个基调将复杂的劳伦斯弥合为一个整体。

四是谜式人物。《公民凯恩》《阿拉伯的劳伦斯》这一类故事，人物真相虽然多维貌似拼盘，但因上述贯穿元素的存在，人物真相有一个较为明确的核心。另有一些故事，在从多个视点来追索人物真相的过程中，却出现不但人物假相无法证伪，且人物真相也无从确立的困境，这类人物可以称为“谜式人物”。黑泽明、桥本忍编剧的《罗生门》就是此类故事的代表。在武士的亡魂、强盗多襄丸、武士妻子真砂、砍柴人对簿公堂的时候，他们对发生在树林里的强盗和武士的生死之搏，在关键细节上有着截然不同的解释，每一种解释都推翻了前一种解释中呈现的各自的人物形象。砍柴人作为局外人，他的证词也因他偷了案发现场的匕首而丧失了客观性。于是，这些人物的真相就无法确定，谜式人物始终无解。

如果是向未来求索，则人物真相存在于未来。“现在”呈现的人物假相，并非人物刻意隐瞒或者遗忘所致，而是因为真相本身尚未成型。所以“who is he”这个谜题，有了它的变体“who will he be”。在这个向度上，人物的意志是写作的关键，由此出现两种情况。

一是成长的人物。人物意志与内外的阻力进行较力，意志强于阻力，则人物真相等于他想成为的那个人，如《奇迹男孩》《幸福终点站》《当幸福来敲门》等具有上升性人物弧线的故事。《奇迹男孩》中，男孩奥吉脸部天生畸形，五年级才被送到父母精心挑选的学校上学。可是，他还是因可怕的外形而受到同学们的捉弄和排挤。奥吉一度退缩，但最终在亲人的鼓励和支持下，以他的勇敢、善意和聪慧赢得了友谊，并在毕业典礼上荣获亨利沃德比彻奖项，这是一个乐于助人奖。校长颁奖时，援引了比彻的一段话：“伟大并非在于力量的强大，而是你如何正确地使用你的力量。所有伟大的人，将自己的魅力化作力量，影响周围的人。”奥吉从一个备受欺凌的弱者，成长为一个能够激励很多人的强者。《幸福终点站》中的维克托因祖国政变导致他的国籍不被承认而被滞留在纽约的机场，他身无分文，周围尽是陌生的人群，机场主管还想方设法要把他赶出这个容身之所。可是维克托利用机场的各种条件和规则顽强地生存下来，还结交了各色朋友，赢得了美丽空姐艾米莉娅的芳心。人们从猜测他动机不轨到发现他其实是为了满足父亲的遗愿，大家被维克托的坚韧和温情所感召，纷纷助力他合法地走出机场大厅，走进门外的纽约。《当幸福来敲门》中的克里斯·加德纳遭遇了一连串变故，先是公司裁员让他丢掉了工作，而后离家出走的妻子把儿子塞给了他，房东又因他拖欠房租把他和孩子赶出了家门。但是，穷困潦倒的加德纳始终积极地应对生活的难题，并把乐观向上的精神传递给儿子。想要过上幸福富足生活的强大愿力和不屈不挠的行动，最终让他成为一个百万富翁。

二是堕落的人物。如果意志弱于阻力，人物真相则是被各方阻力揉捏而成的那个人，人物终将成为他最不想成为的那个人，如《小武》《偷自行车的人》《倒扣的王牌》等呈下行性人物弧线的故事。《小武》中的小武是一个扒手，他成天四处游荡，去赶旧朋友小勇的婚礼被嫌钱脏，一有空就去陪伴歌女胡梅梅，人家却瞧不上他，连父亲也嫌弃小武把他赶出家门，最终小武在扒窃时被逮个正着，被公安当众铐住，看着川流的人群和他们鄙视的眼神，小武对这个生他养他的小城愈发感到游离。《偷自行车的人》中，失业两年的安东刚刚找到一份张贴海报的工作，保有这份工作所必需的自行车却被人偷走了。安东带着幼子想尽办法追踪自己的自行车，却阻碍重重，眼看工作就要丢了，安东焦灼之下偷了街边的自行车，却被路人当着儿子的面逮住。《倒扣的王牌》中的丘克原本是一个怀才不遇的记者，在外出采访途中偶遇小镇店主里奥被困山洞，丘克以其超凡的想象力和新闻嗅觉，将这件事人为炒作成一宗轰动全国的新闻，却令里奥错失了最佳的营救时机而困死洞中，丘克在事业的巅峰不但没有品尝到成功的喜悦，反而备受良心折磨，以致失去了活着的勇气。

由此，故事高于生活这个创作理念在人物真相的正负两极都得到了极致化的体现。而实际创作中，还不乏过去和未来两种向度的结合：虽然人物的“现在”中埋藏了过去，但叙事的最终目的不是将人物钉回到“过去”的十字架上，不是用“过去”来定义人物的“未来”，而是人物如同“破茧化蝶”般，从“过去”的阴影与压力中挣脱出来，凭借强大的愿力，创造一个新的“未来”。这一类人物则是“重生的人物”。《似是故人来》中，假杰克“现在”是劳瑞勤劳又体贴的好丈夫，可没多久他被控谋杀，这揭开了他“过去”的罪行，但接下来他没有逃跑，而是为了劳瑞接受了惩罚，实现了旧我的更新。《沉默的羔羊》中克拉丽斯“过去”曾救助待宰的羔羊失败，“现在”在汉尼拔的点拨下，她直面这个心结，并在与野牛比尔的较量中险胜……

总体来看，人物真相在逐渐显露的过程中，常常伴随人物身份的揭示，对过往的钩沉或从“旧我”中更新。但不论人物身份怎样变幻，过往和未来如何与现在大异其趣，人物真相的核心，都在于人物以何种方式思考、感受和行动。就像索福克勒斯的《俄狄浦斯王》那样，俄狄浦斯在追查谁杀害了先王拉伊俄斯时，发现自己才是那个杀人者，进而发现自己的真实身份是拉伊俄斯的亲生儿子，而且犯了杀父娶母的重罪。但是俄狄浦斯的人物真相并不止于此，在追查的过程中，最能说明他是谁的并不是他的身份，因为身份是无法选择的，能让俄狄浦斯成为俄狄浦斯的，是他无论真相如何都要追查真相——不管这个真相有多么可怕实际又会伤到哪些人，是他直面、接纳真实的勇气和不顾一切追求真实的执念。活在真实中，是俄狄浦斯的至上原则。又如中岛哲也等编剧的《被嫌弃的松子》。松子渴望父亲的关爱而不可得，她离家出走，先后与畅销作家八女川、八女川的竞争对手冈野健夫、“白夜”酒店的常客小野寺、理发店主岛津贤治、曾经的学生龙洋一恋爱并同居。可是，她交往的男人不是因为不堪生活之痛苦而自杀，就是为了自己的前途而抛弃了她，或者移情别恋，又或者为了不再伤害她而远离她……松子的恋爱一次次失败，她又一次次在崩溃中复苏，奋勇再爱，爱和对爱人的依赖成为驱动她前行的执念。在创作中，找到了人物的执念，作者就更容易把握这一个人物的真相。

此外，还有一种“被质疑的人物”。前面说到，定型人物无所谓人物真相，这是从人物自身从始至终没有变化，而且观众对他究竟是怎样的人没有探究的兴趣来讲。如果人物自身虽然稳固如初，但剧中人或者观众对他产生了探究的兴趣，这样一来，即便是定型人物，如何呈现人物真相也会成为创作中要解决的一个问题。在这样的故事中，要将定型人物转化为拥有人物真相的人物，常用的方法是“他人的怀疑”，即剧中其他人对定型人物的初始模样不信任，认定这是假相，当定型人物在接踵而来的压力情境下再三证明自己之后，他人方才确认其人物真相与初始模样毫无差别。林黎胜等编剧的《天下无贼》中的傻根就是这样一种“被质疑的人物”。他天性淳朴善良，心无恶念，深信天下无贼，怀揣打工挣下的钱打算回老家盖房娶媳妇，却一坐上火车就被贼给盯上了。女贼王丽信傻根表里如一，男贼王薄却对他满心怀疑，百般试探捉弄，甚至谎称王丽得了绝症，演一出苦情戏来看傻根是否肯为这个路上认的姐姐慷慨解囊。通过这些试炼，王薄逐渐认识到傻根的“傻”不仅不是假装做作的善良，反而是出于一种十分可贵的单纯与爱。此刻，一贯作假骗人的王薄被傻根感召，不惜与贼首性命相搏，以保护傻根和他的血汗钱毫发无损。《血战钢锯岭》也是如此，在二战冲绳岛的硝烟中，医疗兵戴斯蒙德·道斯因不肯杀人而备受长官和战友嘲弄，他们按照常理来理解他的行为，认定他的不杀是源于懦弱，是为自己的懦弱戴上了圣徒的假面。可是，当道斯独自从枪林弹雨中赤手空拳救出 75 名奄奄一息的战友和敌军时，大家都为他的博爱与坚毅而震撼，灵魂受到了洗礼。

如果作者有志于塑造一个充满魅力的人物，而不是止步于讲述一个有吸引力的情节，那么，深入去思考这个人物的真相，以及用何种方式来呈现其真相，就是一个无法回避的问题。无论是 who is he，who was he，又或者 who will he be，都指向对人物的深入的认知。作者不仅要运用自己的理智，还要调动自己的情感，钻进人物的躯壳，感受他的脉动，体会他的心。而对人物的了解，归根结底在于作者对自我的认知：我如何看待自己，别人如何看待我，我又如何看待别人眼中的我，过去的我、现在的我、未来的我是什么模样，坦然面对和接纳真实的自己，是写好人物真相的活水之源。

练习：

找出韩国电影《老男人》中两位男主角各自的人物真相。

2. 设置压力情境

马丁·艾思林曾说:“剧院是检验人类在特定情境下的行为的实验室。”① 换句话说,情境功能在于人性的试炼。情境的构成要素包括:“人物活动的具体环境,对人物发生影响的具体事件,特定的人物关系。”② 但是,并非所有包含了这些要素的情境都具有戏剧性。我们来比较以下两种情境③:

(1)一个人站在峭壁下面的流沙上正在缓慢沉下去,他孤独的一个人,求援无门,难免一死。

(2)在上述情境中,增进一项:这个人的哥哥站在峭壁上,手里拿着绳子,只要他的弟弟讲出一个秘密,他可以救他的弟弟。

显然,情境(2)更有悬念,戏剧性更强。这不单单是因为(2)增加了特定的人物关系,还在于(2)中的弟弟不得不在压力中作出选择:是说出秘密获救,还是保守秘密死去?如果这个秘密牵涉到弟弟深爱的女友,说出秘密意味着女友将会没命。那么,弟弟就不得不在自己的生命和女友的生命之间作出选择。这两者对他来说都是非常宝贵的。设置戏剧性情境的关键就在于,让人物在压力中进行选择,压力越大,对人物真相的揭示就越深刻。

在这方面,莎士比亚戏剧《罗密欧与朱丽叶》④ 的第一幕第一场提供了一个经典的范例。这场戏里的人物关系是这样的:桑普森和格雷戈里都是凯普莱特的仆人;亚伯拉罕是蒙太古的仆人;鲍尔萨泽是蒙太古之子罗密欧的仆人;班伏里奥是蒙太古之侄,也是罗密欧的朋友;提伯尔特是凯普莱特夫人的内侄,朱丽叶的表兄。在维洛那广场上,戏开始了。

【桑普森及格雷戈里各持盾剑上。

① [英]马丁·艾思林.罗婉华译.戏剧剖析[M].北京:中国戏剧出版社,1981:13.

② 谭霈生.戏剧本体论[M].北京:中国戏剧出版社,2005:122.

③ 顾仲彝.编剧理论与技巧[M].北京:中国戏剧出版社:1981:210-211.

④ [英]莎士比亚.朱生豪译.莎士比亚文集:2[M].桂林:漓江出版社,2004:153.

桑普森　格雷戈里，我们可真的不能让人家当做苦力一样欺侮。

格雷戈里　对了，我们不能随便给人欺侮。

桑普森　我说，我们要是动怒，就会拔剑动武。

格雷戈里　对了，你可不要把脖子缩到领口里去。

桑普森　我一动性子，我的剑是不认人的。

格雷戈里　可是你不大容易动性子。

桑普森　蒙太古家的狗都会惹恼我。

格雷戈里　恼了你就跑，有胆子你就站住不动。如果惹恼了你，你就跑。

桑普森　我见了他们家的狗，就会站住不动；要是不出现蒙太古家里任何男女，我就顺墙壁而走。

格雷戈里　这正说明你是个软弱无能的奴才，只有最没出息的家伙才会顺墙而走。

桑普森　不错，所以生来软弱的女人老是被人逼得靠墙。我见了蒙太古家里人来，是男人我就把他们从墙边推开，是女人我就把她们摔到墙上。

格雷戈里　吵架是我们两家主仆男人们的事，与她们女人有什么相干？

桑普森　那我不管，我要做一个杀人不眨眼的魔王，一面跟男人们打架，一面对娘儿们也不留情面，我会砍下她们的头。

格雷戈里　要娘儿们的性命吗？

桑普森　对了，砍下她们的头，即使是处女的头也不管。你爱怎么说就怎么说。

格雷戈里　那就要看她们怎么想了。

桑普森　她们会想只要我活着，那就是一身横肉呢。

格雷戈里　幸而你不是一身鱼肉，否则你便是一条可怜虫了。拔出你的家伙来，有两个蒙太古家的人来啦。

【亚伯拉罕及鲍尔萨泽上。

桑普森　我的剑已经出鞘。你去跟他们吵，我给你撑腰。

格雷戈里　怎么？你想转过背逃走吗？

桑普森　你放心吧，我不是那样的人。

格雷戈里　哼！我倒有点不放心！

桑普森　还是让他们先动手，打起官司来也是我们的理直。

格雷戈里　我走过去向他们横个白眼，瞧他们怎么样。

桑普森　好，瞧他们有没有胆量。我要向他们咬我的大拇指，瞧他们能不能忍受这样的侮辱。

亚伯拉罕　先生，你向我们咬你的大拇指吗？

桑普森　先生，我是咬我的大拇指。

亚伯拉罕　先生，你是向我们咬你的大拇指吗？

桑普森　（侧向格雷戈里旁白）：要是我说是，那么打起官司来是谁的理直？

格雷戈里　（侧向桑普森旁白）：是他们的理直。

桑普森　不，先生，我不是向你们咬我的大拇指，我是咬我的大拇指，先生。

格雷戈里　你们想打架吗？先生。

亚伯拉罕　打架！不，先生。

桑普森　你要是想跟我们打架，那么我可以奉陪。我侍候的主人可不比你的主人差。

亚伯拉罕　差不多。

桑普森　那就好，先生。

【班伏里奥上。

格雷戈里　（侧向桑普森旁白）：说“差得多”。我家老爷的一位亲戚来了。

桑普森　是啊，差得多，先生。

亚伯拉罕　你胡说。

桑普森　是男人就拔出剑来。格雷戈里，别忘了你的撒手锏。

【双方互斗。

班伏里奥　分开，蠢才！收起你们的剑。你们不知道在干什么吗？（击下众仆的剑。）

【提伯尔特上。

提伯尔特　什么！你竟跟这些没心没肺的奴才打架吗？过来，班伏里奥，让我结果你的性命。

班伏里奥　我不过是维持和平。收起你的剑，或者帮我分开这些人。

提伯尔特　什么！你拔出了剑，还说什么和平？我痛恨这两个字，就跟我痛恨地狱、痛恨所有蒙太古家的人和你一样。照剑，懦夫！（两人格斗）

在这个案例中，桑普森的真相是什么呢？他最初像一个真正的男子汉那样英勇，接着又表现得像个懦夫，最后为了维护主人的荣誉不惜和对方拔剑相搏。桑普森到底是一个勇士，还是一个懦夫？哪一种才符合桑普森这个变色龙真实的人格特质呢？我们来看这个案例中的几种情境。

情境 1：凯普莱特家的仆人桑普森和格雷戈里拿着盾剑来到维洛那广场。他俩地位相同，彼此非常熟悉，闲聊起来无所顾忌。这个情境没有对桑普森形成必要的压力。桑普森说了一些很有血性的话，而格雷戈里对此却并不认真看待，还用风趣的语言对桑普森揶揄取乐。这时，我们还无法辨别桑普森那些话的真假。格雷戈里的反应只是一个参考条件，不能以此为凭对桑普森作出判断。

情境 2：亚伯拉罕和鲍尔萨泽的出现，给人物关系增加了新的因素。不好惹的亚伯拉罕使桑普森感受到扮演勇敢者的压力。是不折不扣地英勇下去？还是立马逃之夭夭？桑普森走了一条中间道路，他在维护理想的自我形象和避免现实伤害中寻找平衡点。对他来说，身为凯普莱特家的仆人，桑普森有必要在主人的仇家面前摆出一副骄傲的样子，这是为他赢得忠仆名声的有效办法。但实际上，主人家有没有世仇与仆人们又有什么直接的关系呢？他们和主人之间不存在血缘纽带，本质上属于雇佣关系。他们可以今天在这个主人家帮佣，明天又转投到那个主人门下。桑普森那些充满血性的话，对着格雷戈里说说无伤大雅，要是对着亚伯拉罕也这样，就有被揍的风险。所以，桑普森一面做了一个侮辱性的动作——向亚伯拉罕咬自己的大拇指，一面又故意去掉了这个动作的侮辱性内涵——口头否认是在向亚伯拉罕咬大拇指。同时，在同伴格雷戈里面前，他又为自己的出尔反尔找到了一条合理的理由：为了避免难缠的官司。这样，桑普森既不会挨揍，又勉强维持了自己的面子。这个情境剥掉了桑普森英勇的表象，把他还原为一个爱吹牛的胆小鬼。

情境 3：提伯尔特的加入，使人物关系再次发生变化。提伯尔特是凯普莱特夫人的内侄，桑普森的主人。他脾气暴躁，剑术高明。提伯尔特的出现，消除了亚伯拉罕带给桑普森的压力。这时的桑普森有实实在在的靠山了，所以，桑普森再次向亚伯拉罕挑衅。这时候的挑衅是没有风险却很可能有收益的，他或许会在主人心目中留下忠仆的印象。这实在是划算的买卖。所以，桑普森又“勇敢地”和亚伯拉罕对仗起来。

上述三个情境的演变，非常有趣地揭示了桑普森的人物真相。在他的人物真相和表象之间，存在着很大的落差。但是，如果没有情境 2 中亚伯拉罕带来的压力，我们将无法看到桑普森怎样自我揭示为一个胆小鬼。如果没有情境 3 中提伯尔特的出现和压力的撤销，我们也无法领略桑普森打肿脸充胖子的喜剧天分。

或者，我们可以把亚伯拉罕和提尔伯特看作两个向度的压力。在亚伯拉罕的压力下，桑普森要做一个胆小鬼才能全身而退；在提尔伯特的压力下，桑普森必须做一个勇敢者才能保全自己，因为在主人面前显得无能和不忠会让自己丢掉饭碗。这时，桑普森就需要权衡两种压力，进而做出决定并付诸行动。有时候，一场戏里的压力可能会更加复杂和多元。编剧如果能分析清楚人物所处情境中各方面的压力状况，在设计人物的应变方案时会更加准确。

在游乃海编剧的电影《枪火》中，有一场戏是写阿 Mike 送阿信坐船逃走。在这之前，阿信和包括阿 Mike 在内的其他四人在保护文哥的过程中，通力合作，冒着生命危险多次击退杀手的进攻，并查出幕后主使肥祥，圆满完成任务。他们也由陌生人成为生死兄弟。但是阿信被查出与大嫂有染，阿鬼受命枪毙阿信，其他三人念及兄弟情谊，助阿信逃脱惩罚。这时，阿信就要坐上去台湾的船，如果不走，他就会死，这是他此刻所感受到的唯一压力。但阿 Mike 的一席话将其他方面的压力在他面前摊开：如果阿信走了，阿鬼会被枪毙，其他三人也会死。此刻，阿信必须在自己的生命和四个生死兄弟的生命之间做选择。除了现在时态的压力，他还不得不考虑未来时态的压力：如果逃走，他自己的罪没有得到应有的惩罚，而兄弟们都因他而死，他失去了做人的本分，一生一世都将不得安宁。最后，阿信选择了跟阿 Mike 回去，也就是主动把自己送到阿鬼的枪下。可见，对阿信而言，自己的死亡是比较轻的压力，四兄弟的死和未来的精神折磨是比较重的压力。从中，我们就能看出阿信的人物真相，他是一个重感情、有血性、有尊严的杀手，不愿意带着罪恶感苟且地活着。

情境是动态的。新人物上场、新事件介入、人物关系波动、环境变化等，都可能带来压力的改变，打破原有的平衡。戏剧意味浓烈的情境，会包含一种潜在的角力，各种力量在其中你退我进，此起彼伏。总的来说，“人物真相只有当一个人在压力之下作出选择时才能得到揭示——压力越大，揭示越深，该选择便越真实地表达了人物的本性”[①]。

在情境的变化之中揭示人物真相，还意味着人物设计上有真相与表象的对比，就像上一个案例中桑普森的怯懦与勇敢。另外，什么时候人物会乖乖地抛开表象呢？当表象给他带来极大妨碍的时候。没有一个剧作者能够命令他的人物抛开其所钟爱的表象，因为那上面寄托着人物的自我认同，除非人物自己主动要抛开这个表象。例如，当勇敢会让桑普森挨揍甚至失去生命的时候，他就会自动变回胆小鬼，因为在那个时代决斗盛行，须臾之间沦为剑下亡魂就如同家常便饭，而桑普森并不具备泰山崩于前而不惊的真正的英雄特质。所以，当我们在用情境来做人物练习时，如果涉及人物真相的揭示，就需要回答这些问题：什么是人物表象？什么是人物真相？维持表象要承担什么风险？什么因素会带来这种风险？

另外，在一场戏中，人物自我遮蔽的方式是多种多样的。有时用与实际有差距的理想人格来标榜自我，例如桑普森；有时是人物的投射，把属于自己

---

① ［美］罗伯特·麦基．周铁东译．故事［M］．北京：中国电影出版社，2001：118.

的特征说成是别人的，例如《罗密欧与朱丽叶》第三幕第一场中暴躁的默库提奥硬说冷静的班伏里奥是暴躁的；有时是人物考虑不周，例如《枪火》那场戏里的阿信，他逃跑时没有想到后果……剧作者所知道的方式越多，写戏时选择的余地也就越大。但归根结底，无论人物如何自我遮蔽，他的终极目的是自我揭示。这就是情境对于人物的意义。

练习：

1. 观摩游乃海编剧的《枪火》，自选一场戏，分析情境。

2. 阅读莎剧《罗密欧与朱丽叶》，剖析第三幕第一场戏的情境。

3. 人物差异

人物差异首先是个性的差异，一个有个性的人物才能在故事中立足。Jerry M. Burger 将个性定义为："稳定的行为方式和发生在个体身上的人际过程"（consistent behavior patterns and intrapersonal processes originating within the individual）[①]。通俗地说，个性就是一个人的习性，他惯于如何想、如何做。个性使得一个人物在具体情境下的体验和反应跟别人不一样，我们可以毫不费力地举出很多例子：在餐馆吃饭时，如果发现菜里有虫子，有的人会立马拍桌子叫来服务员讨个说法或者要求赔偿，有的人会把虫子剔出去，自我安慰说这恰好证明菜是无公害的。在电影院看片的时候，如果前排来了个醉鬼不停地念台词，有人会朝他扔矿泉水瓶，有人觉得这比电影还好笑，有人虽然烦躁但不愿错过电影只好忍了，有人很想上去揍那个醉鬼又担心打不过只好原地不动，有人叫来保安把醉鬼撵走……

以个性为基础，人物差异还衍生出功能和外观两方面的区别。功能的差异，是指他在情节的推进上承担着特殊的任务：有洞察力的人物往往为其他人指明前进之路或者发现某个秘密，短视而贪利的人则成为搅局的帮凶，懦弱

---

① ［美］Jerry M. Burger. 陈会昌等译 . 人格心理学：第 6 版［M］. 北京：中国轻工业出版社，2004：3.

却不乏正义感的人常常在大家意想不到的时候奇兵突起。而外观差异有利于观众从视觉直观上把他和别人区别开。例如，用阴阳头来装扮偏执的科学博士，用法令纹来刻画一个过于严苛的老人，等等。毫无疑问，在三种差异中，个性最为复杂，我们所知的关于人的各个方面都可能成为培植个性差异的土壤，大到民俗，小到生活习惯，以及年龄、性别、职业、生理等。但总的来说，差异总是在比较中显现出来的，描绘人物差异最有效的方式，莫过于把几个人物放在同一个情境中。

荣获第 54 届奥斯卡最佳改编剧本奖的电影《金色池塘》中有这样一对夫妻：丈夫诺曼曾经是一个校长，现年 75 岁，喜欢钓鱼。他很爱老伴艾塞尔，两人常常拌嘴但相处和谐。但是，除了艾塞尔，诺曼的人际关系很有问题，甚至可以说恶劣。他任性孤傲，爱挑剔，对什么都不满意，说话尖酸刻薄，却又闪烁着幽默机智的光芒，这常常令人倍感尴尬甚至因无力反击而觉得受了侮辱，可他自己还浑然不觉。他和艾塞尔有一个女儿，父女关系拧巴，已经好久没来往了。艾塞尔曾经是诺曼的同事，他管辖下的一名教师，60 多岁。艾塞尔的生活态度积极阳光，总是充满了活力，很善于从生活中发现生动有趣的事情。她热爱大自然，也喜欢跟人打交道，人际关系很好。她爱诺曼，常常在丈夫和女儿、丈夫和其他人关系紧张、矛盾一触即发的时刻，充当“消防员”的角色。总的来说，诺曼是一个孤僻又不乏可爱之处的怪老头，艾塞尔是一个充满爱心和童真的女人。编剧欧内斯特·汤普森在开端部分用一场戏鲜明地定位了诺曼和艾塞尔夫妻俩的差异。

【春夏之交，诺曼夫妇驾车来到金色池塘的故居。下车后，艾塞尔听到潜鸟的叫声，欣喜不已。

艾塞尔　诺曼，诺曼，是潜鸟，潜鸟，它在欢迎我们回来。

诺　曼　我没听到。

【两人进屋，房间里蒙着许多防尘布。

艾塞尔　看我们的房子。

诺　曼　乱七八糟。

艾塞尔　一会儿就会变好的，变得井井有条，还很暖和。

【艾塞尔出去了，诺曼拉开窗帘。看到几张剪报，一个是自己年轻时的相片，一个是自己退休时候的报道。诺曼戴上遮阳帽，推开门。门因年久失修而倒了。诺曼拿起电话机。

诺　曼　电话通了，我想是这样。

【诺曼拨电话。

诺　曼　喂！喂！喂！

【诺曼看到相框里一家三口的合影。

诺　曼　（对相框）这是谁？（对话筒）谁？接线员？什么事？你打给我肯定有什么事。哦，等等。我给你打过电话，可没人接。那么，你好吗？对，还行。听着，我是诺曼。在金色池塘，想请你帮我做件事。你拨过来好吗？我想知道电话还响不响。整个冬天没用了，谁知道呢？电话号码？我忘了，有一个9，我只记得这个。查电话簿，你查查看。诺曼·塞伊，我们试一下好吗？

【诺曼拿起相框细看。

诺　曼　见鬼，是谁呀？

【有人敲门。

诺　曼　有人在敲门。

艾塞尔　是我，你这个老糊涂。

【艾塞尔扛着一截木头在门外。诺曼开门。

诺　曼　看看你！

艾塞尔　看看我？挺有趣对吗？诺曼，真是美极啦！它们都刚刚醒来。那些小鸟，那些嫩叶子。我看见一片小野花，就在地窖口边上。我忘了叫什么啦！黄色的小花。来吧，帮我掸掸屋里的土。

诺　曼　只好这样了。

艾塞尔　来吧。

【艾塞尔揭开防尘布。

诺　曼　你去树林里干什么？

艾塞尔　诺曼，你以为我是去干什么？我去捡柴火。嘿，我遇见了绝妙的一对。

诺　曼　在哪儿？

艾塞尔　树林里。

诺　曼　一对夫妻。

艾塞尔　不，是一对羚羊。当然是一对夫妻。是密歌利亚夫妇，我想。

诺　曼　密歌利亚？这是什么名字？

艾塞尔　我不知道，意大利人，也许是从波士顿搬来的。

诺　曼　它们说英语？

艾塞尔　它们当然说英语。是一对中年夫妇，和我们一样。

诺　曼　和我们一样，就不算中年人啦。

艾塞尔　当然它们是。

诺　曼　中年是人生的一半，艾塞尔。人活不到150岁。

艾塞尔　那我们正处在中年的后期，这总行了吧。

诺　曼　还是不对，不算中年。你老了，我更老。

艾塞尔　哦，老糊涂！你不过70多，我也才60多。

诺　曼　都不能算中年。

艾塞尔　你又想为这事耗费一下午和我斗嘴？

诺　曼　愿意奉陪。

艾塞尔　我的天哪！先不管它们是什么年龄啦。密歌利亚夫妇邀请我们有空去吃饭。你有兴趣吗？

诺　曼　不知道，我可能受不了小肉笼之类的意大利菜。

【艾塞尔发现了掉在地上的小人偶。

艾塞尔　哦，不！我的艾尔莫，它摔得可不轻。可怜的艾尔莫，你真不幸。（对诺曼）他是我的初恋情人。

诺　曼　我知道我不是第一个。

艾塞尔　对，你是个不合格的替代者。他这次可摔坏了，真可怜。

【诺曼拿过人偶。

诺　曼　他可能想自杀。也许得了癌，长了疮，想自焚。

【艾塞尔拍诺曼的手。

艾塞尔　闭嘴，诺曼！

诺　曼　这结局不错，嗯？从壁炉上往下一跳，寻求点刺激，在烈火之中结束生命。

艾塞尔　诺曼，你给我闭嘴！

诺　曼　那时候你也来帮我，好吗？扶我上去，指给我往哪儿跳。也许我很容易跳出个满分来。

艾塞尔　诺曼，你这套对死亡津津乐道的论述，已经破坏了我原本的好情绪。

【诺曼拿着银杯端详。

诺　曼　不是津津乐道，而是忍不住想到它。

艾塞尔　5 分钟想一次，你没有别的事好想啦？

诺　曼　都没这个有趣。

艾塞尔　那好，没人拦你。你现在就去跳好了，马上结束吧。

诺　曼　把你们俩留在一起，我可不傻！

【艾塞尔笑了，搂着诺曼的肩。

艾塞尔　喔，我们别争啦！好了，快帮我去抬船，走吧！

这是一个漂亮的开场，人物一亮相就遵循各自的性格逻辑说话、做事、思考，并且彼此之间产生活泼的互动关系。细读文本，我们可以发现编剧在表现人物差异时所用的具体方法。

一、用人物与环境的关系传达他们不同的内心状态。

这场戏包含了两种环境：一是春夏之交的斯夸姆湖。这里充满着勃勃生机，有欢快的潜鸟，情意绵绵的密歌利亚夫妇，还有地窖口上不知名的黄色小花。二是闲置的房子。房子里面落满了灰尘，显得寂寞沉闷。前者是开放的自然环境，后者是一个封闭的空间。

编剧安排艾塞尔两次进入开放的自然环境，并且让艾塞尔来发现所有和生命有关的事物：从下车伊始听到潜鸟欢歌，到之后进入树林见到刚刚醒来的小鸟和野花，和久违的密歌利亚夫妇亲切交谈。环境的开放性暗示了艾塞尔内心的敞开。艾塞尔对周围的一草一木始终是兴致勃勃的，充满着有趣的互动。她自己活力四射，也善于感受大自然中生之喜悦。

诺曼正好与艾塞尔形成鲜明的反差。在这场戏里，他待在自然环境的时间少于艾塞尔，只有刚下车到进门之间的一段。而且在这个时段里，他虽然置身大自然中，感官却是封闭的，不但没有听到潜鸟的歌声，还对此毫无兴趣。以后的时间，他一直在房子这个封闭的空间里。

编剧除了用不一样的空间分配来表达人物，还设计了人物对同一空间的不同态度。除了上文提到的对潜鸟的不同反应，还有他俩如何对待房子。

诺曼和房子的关系是疏远的。当他看到落满灰尘的房间，第一反应是它“乱七八糟”。其实，房间一点儿也不乱，只不过四处盖上了防尘布而已。诺曼夸大房间的坏处，对房子作出了消极评价，但他却没有主动打扫房间的意愿。他连摆放其中的自己一家三口的相片也认不出来。在这里，他仿佛一个局外人，不记得自己和这个房子的过去。

艾塞尔对房子很亲近。她进门的第一句台词是：“看我们的房子”，这句话表达出一种归属感，一种久别重逢后的复杂情绪。面对这个房子，艾塞尔的计划是让它变得干净，而且温暖起来。所以，揭开防尘布、抱木头回来这两个动作交给艾塞尔来完成，而不是诺曼。这是由人物差异决定的。那么，诺曼能做什么呢？

那扇年久失修的门，是由诺曼推倒的。这件事派给诺曼来做，因为编剧分配给艾塞尔的任务是去发现生的喜悦，而不是来发现朽坏。

二、用两个话题来表现人物不同的心理向度。

心理向度是不可见的，为了让它显形，编剧从两个方面来揭示它。一是上文所说的人物和房子的关系，二是下文要讲的两个话题。从中我们可以发现：艾塞尔主导着积极提升，诺曼支配着消极下降。

在密歌利亚夫妇的话题中，艾塞尔负责生动有趣的段落：艾塞尔把两只羚羊看作夫妇，起了人的名字，还想象它俩是来自波士顿的意大利人，并热情邀请诺曼夫妇有空去吃饭。但这个活泼的对话环节却因诺曼对年龄问题的较真而中断了。诺曼固执地把注意力集中到消极的事情上，所以由他来发起有关年龄的争论：艾塞尔把六七十岁看作中年，顶多是中年的后期，她努力模糊中老年的界限；诺曼一个劲儿地强调自己和妻子都已经迈入老年。表面看来，艾塞尔说了谎，而诺曼陈述了客观事实，但从另一个角度来看，这体现出他俩心理年龄的差距。诺曼的心理年龄显得比他的实际年龄还要老，而艾塞尔还像孩子一样拥有童心。

继上一个话题纠缠于老龄问题之后，在小人偶艾尔莫的话题上，诺曼对消极事物的关注直接指向了死亡。艾尔莫摔倒了，这在艾塞尔看来只是一个意外，她的反应是把艾尔莫抱在怀里安慰。而诺曼却把这个意外解释成艾尔莫受不了病痛折磨而自杀，他不会去安慰艾尔莫，而是玩味起了艾尔莫的自杀方式。接着，他甚至以自己替代艾尔莫来做假想自杀事件的主人公。

话题或者谈论对象本身是中性的，如何去谈论它，并展开它的哪个方面，可以让对话者的心理惯性显露出来。在这两个话题中，诺曼把兴趣放在消极的方面，而艾塞尔要么打开话题的积极面，要么阻止消极面的扩大。这就是话题与心理向度的关系。

三、用具有隐喻意味的道具来描绘人物不同的交际特征。

为了强调诺曼不善交流，编剧反其道而行之，偏偏让他拿起了电话。电话本来是沟通外界的工具，可诺曼对着话筒的时候，语气生硬，盛气凌人，看不出有求于人时应有的态度。他的语言逻辑也很混乱，明明是自己打的，却问对方打过来有什么事。电话这个道具隐喻了诺曼主观上有沟通的意愿和需求。可同时，这部电话又是闲置了很久、还不知道能不能打通的电话，这可以看作是对诺曼实际沟通能力的一个隐喻。就整部戏来看，诺曼过人的语言天赋并没有帮助他和女儿有效地交流，反而是阻碍了交流，不仅不能增进感情，反而造成关系的疏远与隔阂。

在诺曼打电话期间，艾塞尔进入树林里。她虽然没有使用电话，但她的交际是无障碍的。因为即便是语言不通的羚羊，她也能和对方愉快地互动，何况是说同种语言的人呢。

在成百烨等编剧的电影《五岁庵》中，有一场戏也用了人物与环境的关系来写人物差异，这是净觉和尚带着五岁男孩吉顺赶往蔚山寺院的戏。同样一段路程，吉顺会留意到一路经过的有情众生。他聆听画眉鸟的心声，抚摸花茎上的绒毛，以一颗怜悯虔敬之心来体会佛祖泽被众生的情怀。这段山路对吉顺来说很漫长，他曾经因为疲惫而感到枯燥，可他还是努力开发过程中的乐趣，领会生活即景的美妙。对于别人习以为常的事物，他能保持一种陌生感，以初遇的喜悦心情来看待和应对遇见的一切。而作为大人的净觉和尚却只顾着赶路。他一心想尽快到达蔚山寺院，以禅定苦修来开启灵魂之眼，使修持再上一个境界。净觉由于执著此行的目的，反而将周围的有情众生屏蔽在外，把自己和环境隔离起来。所以，他对一路上的画眉、松鼠还有野花都视而不见。

用话题来写人物差异的戏，我们还可以在休姆·克罗宁编剧的《绳索》中看到。其中有一场辩论，用一个话题来演绎人物不同的价值观。这个话题是："优秀的少数人"是否拥有杀死"劣等的大多数"的特权。持赞同态度的罗伯特是一个妄想家，他喜欢做思想的冒险，对那些不流于庸常的观念很感兴趣，并且不遗余力地宣扬它们。他不考虑这些思想一旦被纳入实践的轨道将会带来何种后果，他只从与众不同的思想中获得乐趣。但在现实层面，他良知未泯，有自己的道德底线，从未想过拿无辜的人做实验。他对自己的那些观念并未当真，其实是叶公好龙罢了。作为罗伯特的学生，布兰顿全盘接受了这种危险又极富冲击力的思想。和罗伯特总体上温文尔雅与世无争的气质相比，布兰顿显得更有现实的攻击性。他认为善恶的准则是为凡夫俗子而定的。他没有道德底线，只信奉智慧，如何以一种巧妙的方式做成一件困难的事情，并且在众目睽睽之下掩人耳目，这才是他的兴趣所在。他对冒险的渴望非常强烈，以至于逾越了思想的界碑，跨入现实的领地。大卫的父亲凯德力则是一个人文主义者，他对罗伯特和布兰顿的观点提出严肃的质疑：谁有权决定谁是劣等人？谁适合被谋害？他批评了他们对人性的轻蔑，并在布兰顿滔滔不绝时，愤怒地中止了这个话题。

用道具来写人物差异还表现为人物对道具不同的对待。例如，我们想象一下在一颗苹果树跟前，植物学家会观察到每一根枝条是树干的分形，每一片叶子又是枝条的分形；果农会观察果树长势如何，哪些枝叶需要修剪，是不是有病虫害；物理学家会从苹果落地悟出地心引力学说；绘本作家则从苹果树与人之间的施受关系中，歌颂爱的伟大。道具不仅可以用来表现职业差异，还可以描绘年龄的不同。一个爸爸摘下树上的苹果，一般是沿着肚脐到把儿的中线剖开；而一个孩子可能想到把苹果拦腰截断，然后发现里面藏着无数的星星。

用环境、空间分配、话题、道具来表现人物差异，其实是把不同的人物放在同一个参照系中。这样的参照系是描绘人物的支点。人物“踩着”这些支点才能使自己得到显现，不要让人物成为无所依凭的悬浮体。

此外，较为直观的用外在造型来写人物差异的例子也有很多。大卫·马梅编剧的《赌馆》第一场戏中，女心理学家玛格丽特·福特出场时穿一身挺括的深蓝色西装套裙，里边露出白色带条纹的衬衣，金色短发一丝不苟地向后梳着。这是一个散发着浓烈的职场气息的女人。而请求福特签名的女读者穿着一身火红的大摆连衣裙，烫着蓬松的卷发，相比福特冷静、内敛、干练的气质，她显得更加热情、放松、闲适。在《金色池塘》的开场部分，诺曼穿着灰色调的服装，艾塞尔的上衣则是明朗的绿色，正好对应了他们内心世界的基调。虽说造型更多地被看作服化道的工作，但是，编剧要是对这一点心中有数，会使人物塑造更加细腻和有质感。

练习：

1.游乃海编剧的《枪火》中，有一场戏写文哥的五位保镖初次相见，分析这五个人物的差异。

2.《教父 1》开场的室内戏为博纳瑟拉等人向教父求助，描述这些来访者的区别。

4. 人物关系

人物走进一场戏的时候，并非一片空白，而是带着各自独特的历史，或者已经形成了特定的人物关系。对此进行细致充分地梳理，有利于准确地走戏。动笔之前，需弄清楚几个问题：人物带着什么样的情绪进入这场戏？人物关系的起点和终点是什么？在起点和终点之间，还有哪些关键点？通过关系的互动，要揭示人物什么样的特质？谁是关系的主导者？这里的人物关系对情节有没有推动作用？如果有，具体是什么？用什么方式来承载人物关系的内涵？找出这些问题的答案，有助于把一场戏写得精确，使它完成单元任务。

由大卫·凯普等编剧的电影《世界大战》中，有一场雷·费瑞尔和儿子罗比打棒球，女儿瑞秋旁观的戏，它对上述问题的所有方面都作出了非常明确的回答。

【罗比正躺在床上看电视，雷关掉电视，把棒球手套扔到罗比身上。罗比看了雷一眼。

罗比　　棒球赛季结束了。

雷　　5分钟而已，累不死你。

【院子里，雷戴上棒球帽，上面写着"NY"。他左手戴着棒球手套，两拳相击。

雷　　来啦？

【罗比慢慢踱过来，戴上棒球帽，上面写着"B"。

雷　　波士顿？

【雷又击打双拳。

雷　　原来是这样？

【罗比右手戴上棒球手套。准备扔球。

雷　　你真的想这样？

【罗比扔球，直击雷的胯下。雷接住球，笑着叫了一声，发觉力道不轻。

雷　　掷球小心点。

罗比　　雷，随你。

【雷把球扔过去，罗比接住。罗比扔球，雷接住。

雷　　你妈说你有作业周一要交。

【雷扔球，罗比接住，又扔给雷。

雷　　所以等我们练完了，你得去做功课。

罗比　　是的，我已经快完成了，就差打出来了。

【雷扔球给罗比，力道加重。

雷　　胡说！

【罗比的棒球手套换到了左手，接住球。

罗比　　是吗？你又知道什么，雷？

雷　　什么都知道，你没听说过？我和我兄弟，我们什么都知道。

【罗比扔球。在圆桌旁看球的小女儿瑞秋天真地笑了。

瑞秋　　澳大利亚的首都是哪儿？

【雷握着球，面向瑞秋。

雷　　那个我兄弟知道。

【瑞秋觉得这个回答很好玩，笑了。

【罗比接球。

罗比　　头一次我还能笑出来，可你都讲过 500 遍了。

【罗比使劲扔过去一个球。雷接住，扔球。

雷　　做好你的功课，送你上学可不是让你考不及格的。

【罗比扔球。

罗比　　又不是你付的钱，是蒂姆交的学费。

【雷攒着劲扔球。罗比左手接球，被强劲的力道震得不太舒服，他舒展着手臂。

雷　　我才用了一半的力气。

【罗比扔球，也使上了劲。

罗比　　你是个混蛋，我讨厌来这。

【雷接过球，显得不太痛快。

雷　　所以你就表现得这么操蛋？

【球飞过来，罗比侧身，球在窗玻璃上砸出一个圆洞。罗比看了看窗户，扯下连帽衫的帽子，又把棒球帽正面往脑后一转，上楼去了。

【从窗玻璃的圆洞看出去，是雷的脸。

【雷和瑞秋互相看了看。

雷　　怎么了？

瑞秋　　这样和他沟通可是行不通的。如果你想让他听你的话——

雷　　你当你是谁啊？你妈还是我妈？

【雷开始走。

瑞秋　　你去哪儿？

雷　　睡一觉。挣钱可不容易。

瑞秋　　我们吃什么？

雷　　你知道的，外卖。

在这场戏里，雷和罗比是带着这样的情绪和关系上场的。雷把棒球手套扔给罗比之前已经离婚了。雷不是一个合格的丈夫和父亲：和玛丽离婚后，他把两个孩子都扔给玛丽，从来没给过抚养费，也不过问孩子的学习和生活；当孩子们偶尔被寄放到他家时，他没有提前收拾房间和买些基本的食物；他没有照顾到孩子们对私密空间的需要，把罗比和瑞秋的卧室安排在一个房间。早晨8点半，当他比预约时间晚半小时回到家时，玛丽已经来了。他看到了玛丽现在的丈夫蒂姆。罗比见了雷，连招呼都不愿打，绕过雷直接上楼，当着蒂姆的面给他难堪。瑞秋很有礼貌，主动问候雷。但接下来，瑞秋搬不动大箱子的时候，雷竟然没有想到去帮忙，玛丽硬是挺着大肚子把箱子拎上楼，又让他在蒂姆面前丢份了。蒂姆买了一辆很棒的新车，他西装革履，看上去是生活很有规划很会赚钱养家的成功男人，和雷的不修边幅、不学无术、得过且过对比鲜明。现在，玛丽怀了蒂姆的孩子，蒂姆很体贴玛丽，和罗比、瑞秋关系融洽。雷除了运动员般的身体素质可能强过蒂姆以外，不论从哪一点来说，他都明显比蒂姆矮了一大截。玛丽、罗比、瑞秋，这些原本应该跟雷非常亲近的人，现在都生活在蒂姆的羽翼之下，成了他的亲人。这些情况肯定会让血气方刚的雷感到失落甚至痛苦。所以，当玛丽和蒂姆走后，他会想要修补自己跟子女的关系。把棒球手套扔给罗比，是修补的开始，他想用共同游戏来重建父子之间的亲近感。

在接到雷扔来棒球手套之前，罗比的状态很消极，他窝在床上看电视，不停地换台，很无聊地打发周日九点半妈妈来接他之前的这段时间。然后，雷闯了进来，很突兀地掐掉电视，把棒球手套扔给他。罗比可以说是被强制性地拉到球场，不论对父亲还是打球，他内心是抵触的。他不像雷那样，是为了建立父子的亲近感而来到球场的。因为 17 岁的罗比见证了父母婚姻破裂的全过程，他看不起雷这样失职的父亲，已经很久没叫雷“爸爸”，他总是直呼其名。今天早晨，罗比因为绕道而行被雷骂成“还是这么没家教”；他看到雷一点也不体贴瑞秋年幼力薄，竟由着快要生产的妈妈拎着大箱子爬楼；他还发现雷房间里到处摆着机电设备，冰箱里什么吃的也没有。所以，罗比会认为雷还是老样子，一点没变，甚至更糟了。罗比根本不指望打一场球就能消除父子的隔阂。

雷发起球赛，是关系的主导者。而关系的起点一般由主导者的初始意图来定。所以，这场戏的关系起点是交流。终点落在哪儿，则要考虑这场戏放在整个故事里，它的阶段性目标是什么。这部电影有两条线索，一是驱逐外姓人，二是雷和家人的和解。这场戏处在开端的位置，所以，它的终点不可能落在雷和罗比握手言和，而应该把关系恶化。此后的篇幅会让他们完成重归于好的叙事任务。起点和终点明确以后，还要清楚其他关键点，尤其是令动机和效果相背离的那个转折点。雷明明是出于好意邀请罗比打球，怎么到最后两人却闹僵了呢？转折点在雷说“胡说”，接下来还有三个关键点：一是罗比说“头一次我还能笑得出来，可你都讲过 500 遍了”，二是罗比说“又不是你付的钱，是蒂姆交的学费”，三是罗比说“你是个混蛋，我讨厌来这”。

我们来看中间这四个关键点的作用。既然雷的目的是和罗比沟通，而他们之前的关系又很僵，雷就需要表现出一定的诚意，在开始几个球，雷做得还不错。雷是纽约洋基队的忠实球迷，他看到罗比戴着洋基队死敌——波士顿红袜队的帽子，默认了这个事实。接着，罗比一球直击雷的胯下，他也没跟罗比较真。可是，当说到作业话题时，雷却认定罗比在“胡说”。这也许是因为雷想象的做功课只是伏案疾书，而罗比很可能是另外一种形式，即在脑子里构思框架和细节，然后落笔。写论文是一种脑力劳动，身为码头工人的雷不明白这一点。他把罗比的话完全看成了托辞，所以他脱口而出“胡说”。此时，雷背离了原初的交流目的，采取了一种武断粗暴的方式，他按照自己的惯性来理解罗比，而没有尊重罗比的特点。从这句台词可以看出来，雷徒有交流的愿望，却用了不恰当的方式。

接下来的三个点，都在不断暴露和激化父子的矛盾。首先，罗比说“头一次我还能笑得出来，可你都讲过 500 遍了”，他不仅嘲笑了雷的幽默感，还拿掉了他的遮羞布。雷没什么文化，这个笑话是他挽回尊严的一贯方式。瑞秋对此还感到新鲜好玩，可是罗比不给雷留面子，当着瑞秋的面拆穿他。其次，罗比说“又不是你付的钱，是蒂姆交的学费”，这句话直击雷的软肋，又准又狠。作为一个男人、一个父亲，他不养家，而是像杜鹃鸟一样把孩子放在别的窝里，靠别人来养。虽然这是事实，但是当面说破还是会让雷感到颜面扫地。再次，在罗比接连两次伤他自尊以后，雷没有反躬自省，而是以武力反击。他重重地扔过去一个球，打得罗比手臂发麻，而雷却说“我只用了一半的力气”。这是在向罗比示威，警告他不要再损害一个父亲和一个男人的尊严，否则他会使出全力，罗比肯定招架不住。而雷的体能过人，又那么不着调，他很可能说到做到。罗比对雷还是有所畏惧的。所以，他没有再迎难而上，去具体地羞辱雷，而是笼统又明确地表达自己的心声：“你是个混蛋，我讨厌来这”。这句话可以说宣告了雷此次交流彻底失败。

这场戏把瑞秋设为旁观者。球赛结束时，由她来点破雷打球的初始动机和失败的根源。她看出雷是想和罗比交流，却用了不对的方式。但是，雷没有虚心接受，而是很反感地把这看成说教。于是，继刚才和罗比闹崩之后，他又切断了和瑞秋的沟通之路。

不断地激化雷和罗比的矛盾，用意何在呢？就整部电影来看，雷内心其实是渴望温情、渴望跟家人和解的，他不愿意在冲突中耗费一生。这是电影结局部分的目标。所以，这场戏激化父子矛盾可以使前后人物关系形成反差，并给予雷强大的心理驱力，现在他越没法和解就越想和解，驱力总是在理想和现实的落差中产生。

在表达人物关系时，除了从人物前史中寻找关系的症结，并以相关话题来点出症结以外，还可以选择合适的事件、动作、道具使意义更加丰满。这场戏的事件是打棒球。球赛本身是一个对抗性的活动，对应了雷和罗比关系上的对抗。雷在打球过程中，反复击打双拳，这是一个表达自身力量的示威性动作。虽然雷的本意是要交流的，体态语言却暴露了他内在的矛盾，雷其实还想降服这个不把他当爹的臭小子。两人上场时戴的棒球帽正好代表了两个敌对的球队，而罗比下场时故意把帽子转到脑后，再次强调了自己属于波士顿，永远不可能跟痴迷洋基队的雷和解。最后一个球，罗比侧身让过，球击破了玻璃。破了一个洞的玻璃，形成了对雷和罗比关系的隐喻，这对父子的关系同样脆弱易碎。另外，还把抛接球的不同力道和话题的分量轻重关联起来，话说得越狠，球抛得越重，以道具的使用来标示情感节奏。

以上七种提问对二人戏、三人戏或者群戏都同样适用。不过，群戏人数众多，容易写得混乱。下面以伯格曼编剧的《野草莓》中艾隆叔叔生日午餐的一场戏为例，具体说明写作群戏的要点。

【房子中间是一张长条餐桌，孩子们在餐桌周围各自忙碌着：查洛塔在清点餐具，本杰明在整理衣服，双胞胎在弹琴唱歌，艾隆叔叔在看曲谱……

【妈妈从门口进场，她长得很结实，步态体现出一种果断和不容置疑的气势。她走到餐桌正中心，拍拍巴掌，散在四周的人们都围过来，站在各自的座位后面。大家双手交握。

妈妈和众人　以耶稣之名我们就坐。天主护佑，赐予我们食物，阿门！

妈　妈　（一边打开餐巾，一边看着斜对面的男孩本杰明）：

本杰明，马上去洗手。（本杰明正在脖子上围餐巾，不高兴地停下来）你要什么时候才懂得保持清洁？

本杰明　（微笑着）：我懂啊！

妈　妈　（舀着粥）：斯格弗里德，把粥给安杰里卡。（对本杰明）你的指甲太脏了。

【本杰明倒牛奶，看自己的指甲。

妈　妈　哈格巴特，给我面包。

【哈格巴特正往面包上涂黄油，他侧身把面包递给妈妈。

妈　妈　（对哈格巴特）：不要涂这么多黄油。（对查洛塔）查洛塔，你把盐弄湿了，都结块了。（查洛塔低下头，神情郁闷）我告诫过你很多次别干坐着。

本杰明　（朝妈妈伸出左手，争辩地）：只是我指甲里的油漆。

艾隆叔叔　（拿起小桶）：谁给我摘的野草莓？

莎　拉　（一边舀菜）：我。

艾隆叔叔　（把听筒举到耳边）：什么？

莎　拉　（一边舀菜）：我。

妈　妈　大声点，亲爱的，艾隆叔叔听不清。

莎　拉　（隔着查洛塔，向叔叔大声说）：是我！

艾隆叔叔　你竟然记得我的名字！你真好！

【艾隆叔叔抱起草莓桶闻着。

小胡子　叔叔可以喝一杯以示庆祝吗？

妈　妈　爸爸在家的时候千万别这样。

双胞胎　叔叔已经喝了三杯。我们在八点去洗澡时候看见他了。

艾隆叔叔　你们也去摘了草莓？谢谢！

妈　妈　双胞胎，该说的时候才说。（双胞胎连忙埋头喝汤。）你们没收拾好床铺，把银器弄干。

双胞胎　不。

妈　妈　照阿姨说的做。本杰明，别咬指甲。安娜，你在做什么？你可不是小孩子。

【安娜勾着腰，她坐起来。

安　娜　我想把我的画给叔叔。阿姨，现在可以送礼物了吗？

妈　妈　你们的礼物呢？

安　娜　（兴奋地弯下腰）：在桌子底下。

妈　妈　不行，吃完饭再说。

斯格弗里德（从桌子底下拿出画）：高级艺术品：弗里约夫和英格伯伯。我分不出哪个是弗里约夫。

双胞胎　刚才莎拉和斯格弗里德，在草莓园里做什么？（莎拉受惊）我们看见你们了。

戴帽子的女孩　这两个活宝应该戴个口罩。

查洛塔　你们两个安静，点否则离开饭桌。

本杰明　禁止言论自由啦？

斯格弗里德　闭嘴！混蛋！

扎两条辫子的女孩　莎拉脸红了。

【莎拉和斯格弗里德尴尬的神情。

双胞胎　斯格弗里德也脸红了！莎拉和斯格弗里德！

妈　妈　大家安静！

【双胞胎喝汤，偷笑。

【莎拉羞愤难忍，用勺子扔双胞胎。

查洛塔　莎拉！

莎　拉　（哭喊）：她们在说谎！

【莎拉离席。静场片刻，查洛塔扶起被莎拉绊倒的椅子，走出餐厅，安慰在楼梯上哭泣的莎拉。

“一切有生者，均在雾中，而非水晶中孕育而成”①。群戏要做到杂而有序，戏散而神聚，需形成特定的氛围，其实质是一种特质鲜明又具有流动性的情

① ［黎］纪伯伦．伊宏、伊洁、伊静译．先知园［M］．北京：中央编译出版社，2007：57.

绪团。这场戏的氛围大体上有四个变奏：1. 孩子们都在为生日午餐做准备，这时是宁静而愉悦的；2. 妈妈入场后发号施令多有责难，孩子们感到压抑不满；3. 艾隆叔叔问起谁摘的草莓，气氛回归到一个生日午餐应有的轻松快乐；4. 双胞胎揭开莎拉和斯格弗里德的隐私，在变奏 2 中被抑制的狂欢情绪在这里以恶作剧的形态爆发。

群戏对场面调度提出了更高的要求。为了控制场面，编剧常用的工具有主控性人物和刺激性话题。这可以将散乱的注意力集中到某个点上，并引发戏剧性的互动。

主控性人物是一场戏中最具有控制力的人物，这个人往往有强势的个性。本案例中，只有妈妈堪当此任，她冷静强硬，谨守规则，霸道苛刻。妈妈控制着整个场面，以及其他人物的行动：她入场后，原本散落各处的人物聚拢了。在接下来的进餐过程中，她不停地矫正孩子们的进餐习惯，不容许他们在细枝末节上有丝毫的违规，并认定自己是对的，不许别人反驳。而后，她又强行终止了孩子们对莎拉与斯格弗里德暧昧关系的调侃。

在群戏中，主控者之外的“大多数”往往较为被动。对本杰明、斯格弗里德、哈格巴特、查洛塔、莎拉、双胞胎、乃至艾隆叔叔而言，他们的群体特征是无条件地服从妈妈的调遣。但是即便如此，编剧也要尽可能地利用其参差多态的个性，使得服从这一行为呈现出纷繁的变化。本杰明和查洛塔可以说是两个极端。当妈妈责备本杰明手很脏的时候，本杰明一再争辩自己是懂得清洁的，指甲里并没有脏东西只是一点洗不掉的油漆而已。本杰明毕竟惮于妈妈的威严，不敢直接对妈妈顶嘴。可是，当查洛塔等人阻止双胞胎宣扬莎拉与斯格弗里德的暧昧情事时，本杰明突然气愤地插话：“禁止言论自由啦？”表面上，本杰明是针对查洛塔等人，但是从情绪轨迹来看，本杰明也是在变相地反抗妈妈的权威，因为妈妈就是禁锢言论的“典范”。而查洛塔，当妈妈责备她把盐弄湿而且无所事事的时候，虽然这并不符合事实，她却没有为自己争辩，反而郁闷地低下头，仿佛真的是自己做错了一样。可见，在遭受挫折时，本杰明倾向于据理力争，甚至干脆利落地反击，表露出明显的攻击性；而查洛塔则易于认同消极评价，并阻止自己表现出敌意，个性偏于抑郁。此外，安娜一直很快乐，似乎对负面情绪有着强大的免疫力；双胞胎乐于发现别人的隐私，她们的兴奋点主要放在广播不可告人之事上面；斯格弗里德和哈格巴特面对压力时，善于隐藏自己真实的情绪，只在行为上服从；艾隆叔叔懂得怎样才能满足自己被约束的口腹之欲，这点不经意的聪明与其朴拙的外表形成反差，不由得让人感到他的耳聋就像《茜茜公主》中的公爵那样可疑，也许，他有效地利用了自身的残疾。

在二人戏、三人戏之中常见的双向交际，到了人数众多的群戏中往往拓展为网状交际。网状交际形态最能凸显戏剧的复调特征。其实，几乎所有剧作都具有复调特征，只是群戏表现得尤为突出而已。它强调每个人物的独立意识，在人物之间存在一种平等的对话关系，这里的平等不是指人物身份的平等或者话语权的平等，而是说人物的内在真实都应该得到充分的展现，哪怕只是一瞬间。不然，剧作会变成编剧或某个人物的独白，而难以成为各具完整价值的多声部合奏。这场戏中，尽管妈妈控制着话语权，编剧并没有让其他人保持沉默，他们以有差异的回应方式彰显了自己的个性和行为习惯。也就是说，妈妈在进行控制的同时，也不自觉地为其他人开辟了表演的平台。她的台词和动作可视为引发他人反应的刺激源。

这场戏的话题相对比较集中，主要有三个：妈妈的训诫，艾隆叔叔的生日，莎拉与斯格弗里德的暧昧。前两个话题主要是双向交际，最后一个话题转换为网状交际。相形之下，由妈妈主导其他人被动回应的双向式交际显得沉闷压抑，而众人主动参与的网状交际却极其活跃生动。交际模式转换的契机是一则带有禁忌意味的话题，莎拉和斯格弗里德的暧昧关系在莎拉与伊萨克已经定情的前提下是不被认可的。

此外，话题的运用章法也很重要。这三个话题分别出现在戏的前、中、后三个阶段。其中，第一个话题是贯穿性的，在前部展示最充分，在中、后部仍有余续。另外两个话题仅在局部出现。三个话题的分量不可等量齐观。第二个话题原本是这顿午餐的存在根据，但编剧却没有用它来贯穿始终。因为这样一来，场面的主控者就很可能转为艾隆叔叔。艾隆叔叔个性温和，与世无争，他不像强势的妈妈那样既能收束场面，又能为场面中的每个人提供足够的刺激。

要将群戏写得紧凑，还需充分利用事件本身所含的元素，而不要节外生枝。这些元素除了事件的时间进程，还包括与这个事件有关的常规道具、场景、规则等元素。这场戏的事件是生日午餐，以妈妈入场聚拢众人为开头，以莎拉离席结尾。同时，它还运用了与进餐有关的元素，如用餐卫生、黄油、盐、禁酒令、勺子等。这些无不给人物关系提供了有效展示的支点，并使剧作具有简洁之美。

练习：

1. 博·古德曼等编剧的《闻香识女人》有一场戏讲法兰中校和查理在威利家用餐，找出这场戏的主控者，分析其中的交际过程。

2. 南希·迈耶斯编剧的《爱是妥协》有一场哈利与艾瑞卡第一次晚餐的戏，找出这场戏的刺激性话题，说明主控者转换的情况。

3. 大卫·凯普等编剧的《世界大战》主人公为雷·费瑞尔，用一场戏来描绘他糟糕的婚姻生活。

5. 人物网络

人物关系涉及的是二人或多人之间的互动，人物网络则更为宏观。作者在构思时，要把故事当作一个叙事系统来考虑人物的配置，对自己提这样两个问题：这个人物与主题关联何在？他和其他人是否相互推动，并带来故事的发展？总之，进入这个故事的人物，必须构成一个互相联通的网络。

日本电视动画《阿尔卑斯山少女》的人物网络设置，就有着明确但并不直露的主题指向。这部剧表面上只是一个孤女和爷爷相依为命，被强行拆散后终于重逢的温情故事，其实深刻透视了劳动异化、心理失谐等人性问题。这部剧的人物网络主要由两个对立的部分构成：一是作为人性理想的完整的人——这种人以审美的态度生活，散发出柔和的治愈力量；一是反映人性问题的残缺的人——要么是劳动异化带来的职业特征泛化到生活的所有方面，要么是心理失谐带来的顾此失彼。

《阿尔卑斯山少女》主要在阿尔卑斯山和法兰克福两个空间展开故事。其间分布着各种各样残缺的人。从严苛冷酷的罗曼雅管家到慈爱忧伤的小豆子奶奶，甚至高贵的绅士史思明先生、开明的医生还有深爱小莲的爷爷和小芬，他们都有这样那样的问题，并因为这些问题，给他们自身或者周遭的人带来了不快甚至痛苦。体现在罗曼雅管家和小豆子奶奶身上的，主要是劳动异化的问题。而史思明先生、医生、爷爷和小芬等人身上，则显现为心理失谐。

关于劳动异化，席勒在《美育书简》中说："只要一方面不断扩大的经验和更精确的思维造成科学严密的分工，另一方面由于国家的更加复杂化的机构使各等级和职业之间更严格地区别开，这就使得人性的内在联系被割断，一种致命的冲突把处于和谐状态的人的各种力量分裂了"。于是，人"永远束缚在整体中一个孤零零的断片上，也就把自己变成一个断片了"。其结果是，"人无法发展他的和谐。他不是把人性印刻到他的自然（本性）上去，而是把自己仅仅变成他的职业和科学知识的一种标志"①。

从职业水准来看，罗曼雅管家是非常称职的，她甚至堪称优秀。罗曼雅管家看重规则，并有着坚定不移的意志和果断的执行力，她不会因为个人的好恶或者自己身体状态的变化，而放下规则。比如，在第 42 集中，虽然罗曼雅一直反对小芬到阿尔卑斯山去，她自己也十分排斥大自然，但是当她看到去山上的事情已成定局时，却主动请缨。她说："照顾小姐的生活起居是我的责任。"罗曼雅言如其行，之后，她为了在身体疲累时尽到照顾小芬的责任，竟然强忍对动物的厌恶，骑马上山。

由她打理的史思明府上，就像一座走时精准的钟表：小芬中午必须睡觉，作为陪伴的小莲不能午睡；下人阿昆和阿桃必须尊称小芬和小莲为小姐；小莲只能被叫成安迪尔海特；在餐桌上吃饭，不能发出不雅的声音；所有的杂活，甚至包括推轮椅、拉开餐椅这种举手之劳，都必须交给下人来做，而不能由两位小姐亲自动手……总而言之，在罗曼雅的管理下，出身上流社会的小芬，要表现出合乎上流社会礼仪通范的行为；身为佣人的阿昆和阿桃，必须收敛个人的情感，做回佣人的本分；而小莲在陪伴小芬时，也被一套细密的规则框定着她的行为。

---

① ［德］席勒．徐恒醇译．美育书简·译者前言［M］．北京：中国文联出版公司，1984：13.

但问题是，罗曼雅管家将府上诸人所属的阶层、职业与相应的社会化行为准则的关联性绝对化了。任何逾矩的行为都不被允许，都会受到罗曼雅管家及时的喝止甚至惩罚，哪怕行为的主导者是她的主人小芬。

这种管理公式强制性地将原本丰富的人性纳入一种单调性的轨道。于是，小芬只能是上流社会的有教养的小姐，而不被允许表现为一个稚气未脱的任性女孩，即便她根本不困，也必须去睡那个规定的午觉；年幼的小莲在法兰克福的任务是做小姐的陪伴，就算她对山上的家思念成疾，罗曼雅也不允许她对小芬重提山上的事；那个让小莲感到别扭并且自己从没听过的教名安迪尔海特，一直伴随她在法兰克福的始终；仆人阿昆帮小猫安家这种爱心之举，竟然只能偷偷摸摸地进行，因为这超出了仆人的本分。

日常生活的单调性，成为罗曼雅主导下的史思明府上突出的特征。从小姐到仆人，每个人都活得很规律，但是却缺少欢乐、自由与勃勃生气。罗曼雅的管理公式是机械化的，这种管理公式的旨归，更多的是在履行责任，而非施予真正的爱。前者看重“应当或不应当”的硬性规则；后者则倾向于设身处地地体察受者在当下情境中的真实感受，从更全面的角度权衡利弊，而令受者得到身心的愉悦。

可悲的是，劳动异化作为一种特定时代具有普遍性的社会现象，有时并不被看成一个需要严肃对待的问题。《阿尔卑斯山少女》中，小芬因为罗曼雅的管束而郁闷不乐，这是阖府上下除了罗曼雅之外大家都知道的事实，却没有人想到去改变。甚至将小芬视如生命的史思明先生，也仍然放心地把女儿和这个家交给罗曼雅管家。在第 42 集，当小芬表达对罗曼雅的不满时，史思明先生却说：“罗曼雅或许是严格一点，但是她真的很担心你的事情。就是因为她很认真考虑过，才反对你去的。对你而言，罗曼雅管家是很重要的人。”这段话意味着，史思明先生认同罗曼雅的管理公式，罗曼雅的克己尽责，使她成为实践这种公式的理想范本。

在劳动异化与理想范本之间，横亘着一道巨大的鸿沟，罗曼雅的管理公式所造成的客观事实与人们对它的主观认知表现出严重的背离。最深的受害者，却正是罗曼雅管家本人——她被自己的管家公式给公式化了。除了管家身份，她不再拥有别的人生维度；除了法兰克福这样的城市，她不想踏足任何乡野；除了人之外，她不愿接触任何有生命的事物，包括森林和动物。所以，当大多数人都对罗曼雅管家敬而远之的时候，睿智的小芬奶奶却哀叹罗曼雅是一个“可怜的人”。

劳动异化，不仅体现在比较负面的形象罗曼雅管家身上，连令人深感同情的小豆子奶奶身上，也体现了劳动异化。如果说劳动异化的具体表现，在罗曼雅是“手段与目的脱节”的话，那么，小豆子奶奶则属于“享受与劳动脱节”。在《美育书简》中，席勒断言，如果一个人的“耳朵所听到的永远是由他推动的机器轮盘的那种单调无味的嘈杂声，人就无法发展他的和谐”[①]。马克思也说：“忧心忡忡的穷人甚至对最美丽的景色都无动于衷；贩卖矿物的商人只看到矿物的商业价值，而看不到矿物的美和特性。”[②] 小豆子奶奶的状态正是如此，她日复一日地坐在纺车前纺线，阴暗的房子里萦绕着纺车转动的轱辘声，从中她享受不到任何劳动的乐趣。这与山上的爷爷在做木工时的愉悦和自豪以及小豆子跟爷爷学木工时的兴奋投入形成了鲜明的对比。此外，因为眼睛瞎了的缘故，小豆子奶奶虽然身处美丽的阿尔卑斯山，却看不到大山的美。眼盲症这种生理疾病，可以说是小豆子奶奶人性失谐的一个譬喻。她的心也积尘深重，常常为了只能吃硬硬的黑面包而哀叹，为冬天到来时老房子可能垮塌而忧虑。在小豆子奶奶身上，马克思的话可以说一语成谶：“劳动创造了美，却使劳动者成为畸形……劳动生产了智慧，却注定了劳动者的愚钝、痴呆。”[③]

另一种人性的残缺表现为心理的失谐。人本主义心理学家卡尔·罗杰斯界定了心理和谐者的特征：“心理和谐的人坦诚地对待自己的经历。与其陷入常规的生活模式，他们似乎更愿意投身于生活。与此相联，心理和谐的人试图生活在现实的空间里。他们的目的是体验生活，而不仅仅是过日子。心理和谐的人愿意相信自己的感觉，如果他们觉得一件事是对的，他们可能就会去做，他们对别人的需要感觉敏锐，但是他们不会屈从于社会行为标准对他们的要求。……心理和谐的人与其他人相比，不太屈从于社会期待的角色要求。

---

① ［德］席勒．徐恒醇译．美育书简·译者前言［M］．北京：中国文联出版公司，1984：13.

② 马克思．刘丕坤译．1844 年经济学 - 哲学手稿［M］．北京：人民出版社，1979：78.

③ 马克思．刘丕坤译．1844 年经济学 - 哲学手稿［M］．北京：人民出版社，1979：78.

心理和谐的人与其他人相比，能深刻而敏感地体会自己的情感，包括积极的和消极的情感。唯其如此，心理和谐的人接受和表达他们的愤怒，或者做一些其他的事情来使自己摆脱某种情绪。也正是因为这种敏感性，心理和谐的人能经历更丰富的生活。”①

这段话非常准确地表达了小莲与小芬奶奶的人格特质，同时也从反面照见了心理失谐者的面貌。在《阿尔卑斯山少女》中，除了小莲与小芬奶奶，几乎其他所有人都存在不同程度和侧面的人性失谐，即便小莲挚爱的爷爷也不例外。

爷爷的心理失谐主要有两种表现，一是不能坦诚地对待自己的经历。第 1 集中，当蒂尔福里村的村民们对蒂提姨妈送小莲上山疑虑重重时，透露出爷爷曾经杀过人的信息。坦诚对待自己的经历，并不是要对所有人解释自己曾经做过什么，而是说以坦然的态度来面对过往。但在《阿尔卑斯山少女》中，爷爷始终对此讳莫如深，村民们因猜测而畏忌爷爷，而爷爷反过来又鄙视村民，与他们格格不入、针锋相对、心存芥蒂。二是从爷爷对小莲的体察来看，他对别人的需要应该是敏感的，但他会刻意屏蔽自己的这种敏感，这样当别人有困难的时候，他就不用为没有施予援手而自责，也不会为别人不知感恩而愤愤不平了。比如，在小莲来到山上之前，山腰上小豆子家的房子每到起风的时候就会呼呼作响甚至有倒塌的可能，而住在不远处的山顶的爷爷，虽然擅长木工，却一直不闻不问。第 11 集中，两个猎人出言不逊冒犯了爷爷，当他们在暴风雪中差点丧命时，如果不是小莲的担心打动了爷爷，他是不会出手相救的。

小芬的爸爸史思明先生也存在这类问题。史思明先生大部分时间都花在工作上，虽然他工作的最终目的是为了小芬，但他却会用委婉但坚决的方式来拒绝小芬最真切的需要——较长时间的陪伴。而且，他比较回避小芬的消极情感。在第 26 集中，史思明先生在短暂地陪伴小芬之后，又要赶去巴黎忙工作。小芬很舍不得爸爸，史思明先生承诺下次一定待久一点，小芬忍不住说每次都有被骗的感觉。这时，史思明先生用温柔的责备阻止小芬继续说下

---

① ［美］Jerry M. Burger. 陈会昌等译 . 人格心理学：第 6 版［M］. 北京：中国轻工业出版社，2004：212-213.

去，小芬只好为自己生气而道歉。

小芬在这方面的缺失就更多了。与其说她生活在现实的空间里，还不如说她活在一个密封箱里。她房间的窗户从未打开过，在小莲到来之前，她甚至连家门也没有踏出一步，她最远的旅程只是坐在轮椅上到院子里晒太阳。窗外对她来说完全是一个陌生的世界，而且长期的封闭式生活，让她连出去的愿望都失去了，她豢养的笼中鸟可以说是对这种状态的一个暗喻。这样的生活对小芬来说，的确只是“过日子”而已。小芬身上另一个突出的特征是，她会屈从于社会期待的角色要求，不论这个要求来自爸爸或者罗曼雅管家，她通常都会在微弱的抗议或者干脆毫无声息的情况下，压抑自己的情感，去扮演爸爸或者罗曼雅管家喜欢的角色。但她的可贵之处在于，她对别人的需要是感觉敏锐的。即便自己有多不舍，当看到小莲那么想回山上时，她还是决定放手。

蒂提姨妈就更不用说了。她按照一般的社会标准，认为在法兰克福这样的都市做有钱人家的陪读对小莲是更好的，不惜用欺骗和强制的手法将她带到法兰克福，却没有体察小莲是更加适合大山的孩子，而且小莲已经跟爷爷和小豆子建立了深厚的亲情和友情，是她一手将小莲推进了法兰克福备受煎熬的痛苦之中。

在心理失谐的众多人物中，医生在这方面的程度是最轻的。他身为医生，却没有把药物治疗视为唯一的方法，当小芬的家人都把康复的希望寄托在药物上时，他充分认识到大自然神奇的治愈力量，表现出一种尊重完整事实的开放眼光。在第30集，医生对来拿药的小莲说：“药只是病好的助力。太阳是把身体内沉睡的力量呼唤出来的动力。”在第33集，医生通过深入的观察，发现小莲梦游症的肇因在于思乡病，并力促史思明先生送小莲回山上，这又体现了医生对别人需要的敏锐感觉。但就这两点来说，医生是有缺漏的，并不完满。在第41集，医生受史思明先生之托，来阿尔卑斯山勘察环境，看是否适合送小芬来疗养。医生担心山上斜坡太多，会对坐轮椅的小芬带来危险。小莲看到小芬来山上的希望快要破灭时，说了这样一段话：“这种地方是不能坐轮椅的。可是不能走的地方，又不是只有这里而已。即使在法兰克福，轮椅也没有什么用啊。你们都说，因为有轮椅，小芬才可以到处走动。这样的话，没有轮椅又有什么关系。轮椅，轮椅，医生，你就只会说轮椅的事。可是，小芬的心里，根本就不想坐什么轮椅嘛。与其坐在那种东西上面，倒不如坐在山上的草地上更舒服些。小芬的心情，医生你一点都不会了解啊。”到这时，医生才如梦初醒，原来自己的勘察，是建立在让小芬安全地坐轮椅的基础上，而不是让她自己站起来走路。而疗养的目的却是为了小芬能够自己走路，而不是让她继续留在轮椅上。

虽然大多数人物都被劳动异化和心理失谐所染，但是从整体上来看，《阿尔卑斯山少女》却是一部爱的物语。这都是因为两个完整的人的存在——来自阿尔卑斯山的小莲和来自德国都市的小芬奶奶。这两个人物虽然出身、年龄、教养各异，但她们在精神层面却极其相似，甚至可以说互为镜像。在她们身上，体现了高畑勋对完整的人的理想。她们就像初升的朝阳与薄暮的夕阳一般，彼此呼应，照耀着别人，照亮了这个描绘了诸多人性问题的故事世界。

那什么是完整的人呢？席勒对全面和谐发展的完整的人是这样定位的："人性的完美就是实在与形式的统一、必然性和偶然性的统一、受动与自由的统一（第 15 封信）。这就是使人的能力（所有可能的现实性）的绝对体现与表现（所有现实事物的必然性）的绝对统一。"[①] 席勒认为，通过游戏冲动，"人的感性要求和理性要求结合在一起，把物质过程和精神过程统一了起来。美不仅是我们的对象，而且是我们主体的状态"[②]。这种结合与统一，正是完整的人的表征。

波德莱尔曾说："天才就是随手被抓回来的童年。"小芬的奶奶年过花甲，却是一个童心未泯的游戏大师。她戴上马戏团的熊头套来看望小芬，她把上楼梯变成猜拳游戏，把吃饭的碗和杯子变成交响乐器，用婚礼游戏的热闹兴奋来淡化她悄然离开的忧伤，用游戏打开了每一件东西除了功用之外的无限可能，从而让两个孩子感受到无所不在的快乐。

小莲虽然只是一个孩子，但这丝毫不妨碍她成为一个完整的人。正如法国作家艾姿碧塔所说："我从来不把儿童看作'尚未长成'的大人。相反的，我认为，儿童在他自己的每一个发展阶段，在他生命的每一个片段里，都是

① ［德］席勒．徐恒醇译．美育书简·译者前言［M］．北京：中国文联出版公司，1984：17-18.

② ［德］席勒．徐恒醇译．美育书简·译者前言［M］．北京：中国文联出版公司，1984：17-18.

完整的。”①

而上文提到的“美不仅是我们的对象，而且是我们主体的状态”这句话，在小莲身上体现得尤为充分。因为日常生活本身是中性的，在不同人的眼中，它可以平庸，也可以诗意。蒂尔福里村的村民成天穿行于阿尔卑斯山的胜景之中，却对大自然的诗意视如不见，只看到它能带来利益的一面，甚至连放羊娃小豆子也是如此。比如第11集，小豆子为了钱带猎人去捕杀大角老大。而小莲呢？她在爷爷家睡的虽然是堆干草的阁楼，她却很欢喜，因为在这里睡觉即使躺下来也能看到外面的星空，她用干草做盖被，美滋滋地认为即使是国王也可以招待他在这里过夜（第2集）。她会静静地倾听屋子旁边的高大松树的私语，在旁人看来那只是风吹树叶的沙沙声而已（第7集）。她还会追着春天的风奔跑，把身体藏在云朵里，虽然差点摔到谷底，她还是觉得好棒（第7集）。下雪了，小莲不畏寒冷，反而在雪地奔跑，大叫着：“下多一点，把所有东西都变成白色的吧。”（第9集）……小莲跟周遭的关系不是功利主义的，不是以实用为目的的工具论，而是一种纯粹的审美关系。高畑勋所钟爱的法国诗人雅克·普莱维尔也是如此用诗来表达日常生活。

可以说，小莲跟周遭的这种审美关系，让她置身于类似童话的世界中。但这只是小莲的童话，阿尔卑斯山在村民眼里，更多的仍然是可供砍柴、放羊、打猎的大山。所以，当小莲来到法兰克福，她也把童话的阿尔卑斯山带走了。所幸，完整的人必然是开放性的，她们本身没有分裂和隔阂，而且她们有时候反而能弥合分裂、沟通隔阂，能够用自身内在的统合有意或无意地影响和转化外部世界。

就小莲和小芬的关系来说，这种影响和转化主要体现为小莲的童话对于小芬的治愈力量。小莲来到法兰克福，其实启动了小芬另一个层面的治疗进程。如果说医生用药物对治的是小芬的生理机能，那么小莲的陪伴，她在无意中为小芬描述的童话的阿尔卑斯山，触动了小芬认为自己只能一辈子坐轮椅的心理意象，并使这种根深蒂固的观念发生变化，激发了小芬对身体自由（从轮椅上站起来）和心灵自主（面对罗曼雅的管束不再唯唯诺诺）的渴望。

---

① ［法］艾姿碧塔．林徵玲译．艺术的童年［M］．安徽：安徽教育出版社，2005：62.

正如心理学家维蕾娜·卡斯特所说，把童话用于心理治疗时，“能触动我们自己心中的意象，并使这些固着的意象——它们来自于根深蒂固的观念与偏见——开始变化，从而全面影响我们的幻想以及情绪历程。……如果用童话意象来做治疗，那就是把我们自己的意象置入一个发展过程中，这过程本身充满了希望，其最终目标是解决难题。……有时候那些陷入僵局的历程会因为童话意象的影响而重新启动，换句话说，我们再度燃起了希望”[①]。

甚至小莲和罗曼雅管家之间，也能看到小莲所拥有的治愈力量在起作用。人本主义心理学家卡尔·罗杰斯说：“好的人生，是一种过程，而不是一种状态；它是一个方向，而不是终点。”[②]罗曼雅的管理公式虽然让史思明府上处在一种如钟表走时般准确的状态，但由于小莲的进入，这种状态不时被打破，开启了史思明府上从一种较为凝固的状态向具有流动性的方向的转折。虽然罗曼雅努力将“方向”调整回“状态”，但最终，在阿尔卑斯山的自然环境和小莲等人的努力令小芬腿疾康复的事实面前，罗曼雅也松动了。她也不再将轮椅视为小芬唯一的行动工具，而是亲自搀扶她上下楼梯练习用脚走路。也就是说，她自己也进入到一种积极的“方向”之中。

通过《阿尔卑斯山少女》的剖析，我们看到人物网络要从各个方向来映射故事的主题。下面，我们再以《幸福终点站》为例，来解析人物网络的运作方式。

在故事的人物网络中，有时主角好似一盏明灯，沿途照亮人物网络中的其他人物；有时主角却像一把湿柴，不断地从其他人物身上吸收热量，直到干燥后升温自燃。前一种主角通常目标清晰，拥有自觉欲望，他就是叙事的核心动力，其他角色都受他影响，这可以称为主角照亮他人的人物网络；后一种主角常常目标模糊，最初并不具备自觉欲望或自觉欲望被遮蔽，常被他人或环境左右，他在故事中渐渐成长或者跌落，这可以叫作主角被他人照亮的人物网络。在实际创作中，这两种模式常常合用，即主角与他人相互点燃，彼此照亮。因为即使主角有明确的目标，他也可能在压力情境下气馁、妥协，

---

① ［瑞士］维蕾娜·卡斯特．林雅敏译．陈瑛修订．童话的心理分析［M］．北京：三联书店，2010：4-6.

② ［美］Jerry M. Burger. 陈会昌等译．人格心理学［M］．北京：中国轻工业出版社，2004：212.

这时他就非常需要其他人的帮助。就像《幸福终点站》那样，男主角纳沃斯基在大部分时间里，都在不断地照亮他人，后来他为了维护朋友而放弃了目标，这时，被维护的古普塔决定牺牲自己来成全纳沃斯基的梦想，古普塔这时所表现出的惊人勇气，就像一座灯塔，靠着从纳沃斯基那里借来的光芒反过来照亮了灰心丧气的纳沃斯基。所以，在实际创作中，人物网络中的“照亮”是相互的。我们以《幸福终点站》为例，来探讨主角照亮他人的方法。

一是照亮对立人物。

《幸福终点站》中，纳沃斯基的对立人物是弗兰克。作为前任领导最器重的接班人选，在弗兰克的管理下，全美第一的机场运作得井然有序，这证明了他的管理能力。他还能明察秋毫，快速识别伪装的非法入境者。他也非常忠于职守，在这个机场，他足足服务了 27 年之久。但这都只是他的职业身份，而职业外衣包裹下的真实人性面貌却并不可见。纳沃斯基的出现逐步照亮了弗兰克身上那些不易被人觉察的人性“黑点”。

起初，初次接待纳沃斯基后，弗兰克便打发他在过境厅里自由活动。但很快，他发现纳沃斯基成了一个麻烦，弗兰克便设局诱使纳沃斯基走出门厅，想要将麻烦甩给他人却没有得逞。由此，纳沃斯基“照亮”了一个只关心自己的工作职责而漠视他人需求的弗兰克。

接着，纳沃斯基在过境厅里混得风生水起，不仅赚得外快、结交朋友，还谈起了恋爱。后来他当上了建筑工，赚的时薪比弗兰克还高，弗兰克接二连三想办法逼纳沃斯基犯错，又增加机场客服来斩断纳沃斯基赚钱之路。再后来，弗兰克还向空姐艾米莉亚揭穿纳沃斯基的窘迫现状。在领导视察机场时，一位保加利亚人为父带药被禁，纳沃斯基以“山羊”一词帮他钻了法律的空子，成全了他的孝心，这一义举却让弗兰克怒火中烧进而失控。弗兰克心胸狭隘的第二个黑点也被纳沃斯基“照亮”。

紧接着，纳沃斯基抱着一条维京岛旗鱼去见弗兰克时，弗兰克拒绝了旗鱼，用纳沃斯基的话讲，弗兰克不是真的喜欢鱼。鱼代表着自由，弗兰克喜欢的只是对自由的禁锢与扼杀。于是，弗兰克办公室墙上悬挂的鱼在纳沃斯基的作用下，变成了照妖镜，让弗兰克的“真心”显形。

作为对立角色，纳沃斯基与弗兰克几乎在各个方面都呈两极对立：情感对法律、自由对规则、同情对自私、真诚对虚假……在对比中，纳沃斯基的光芒让弗兰克的阴影更加凸显，弗兰克的阴影也让纳沃斯基的光芒更加耀眼。

二是照亮镜像人物。

镜像人物是指次要人物就像一面镜子，折射出主角的种种相似的遭遇和处境，反之亦然。透过镜像，主角的特质得到强化，从某种意义上说，镜像人物是主角的另一个自我。

在《幸福终点站》中，来自印度的古普塔是纳沃斯基的镜像，他们都失去了合法的身份而被困于此。影片的开始部分，古普塔以怪老头的形象特质出场，呈现给观众的是一位领地意识强烈、难以接近、满脑子的迫害妄想症，古普塔始终都在隐藏自己的真实身份，回避自己的真实意愿，自从袭警逃离之后，古普塔对他人的身份永远保持怀疑态度，观众断定他是一位懦弱多疑心的胆小鬼、小心眼和庸俗无用的糟老头。

纳沃斯基的表里如一和毫无掩饰的真逐步瓦解了古普塔对他的偏见。古普塔的偏见来自过去印度家乡不断向自己索贿的警察。本代表公平正义的警察却是贪得无厌的压迫者，这将古普塔对他人的判断定格了23年。在古普塔看来，人显露在外的都是“假身”，“真身”往往见不得人，这正是他以“假身”护体，将“真身”隐藏起来的缘故。

但古普塔的‘真身’与纳沃斯基非常相似：爱家人、正直、不妥协、善恶分明，纳沃斯基的出现照亮了古普塔隐藏在暗处的真实自我。

纳沃斯基对古普塔的照亮是逐步的：先是纳沃斯基与艾米莉亚的爱情点燃了古普塔，一个有血有肉、依旧流淌着青春血液的古普塔开始复活；接着，纳沃斯基勇敢地帮助给父亲带药的保加利亚男子的行为，唤醒了他内心深处的正义感和大无畏的英雄主义，他对纳沃斯基的认同，其实也是对当年自己袭警行为的肯定，所以，古普塔并不仅仅是一个胆小鬼和糟老头；最后，古普塔用肉身阻挡飞机的行为被自我牺牲的纳沃斯基点燃，古普塔则以镜像方式的自我牺牲去成就纳沃斯基，镜像人物在此刻相互照亮，让观众同时看到了两个以情感为至重的大写的人。

镜像人物对某种事物或行为的认同，实则也体现了主角的价值观和人格。《幸福终点站》中，纳沃斯基救助为父带药的保加利亚男子的事件后，古普塔对纳沃斯基的“山羊”事件大肆渲染，将纳沃斯基投到了众人视野之下。剧中人和观众在放大的投影中，对纳沃斯基的认识更清晰深刻了，而古普塔也从过去的逃避、低调中走出来，完成了自我的成长。

镜像人物拓宽了观众理解主角的视野，增强了叙事的纵深。由于镜像的相似性和关联性，镜像人物中任何一方的B故事或潜故事都可以成为解读另一方的媒介，如《幸福终点站》里纳沃斯基的“山羊”事件与古普塔的袭警事件互为印证，从而让叙事达到1+1＞2的效果。

韩国电影《老男人》堪称镜像人物的经典叙事，吴大修与李有真尽管互为仇敌，但两人又是对方的一面镜子，从这面镜子中，彼此逐渐发现自身的罪恶与爱恨。李有真乱伦的仇恨种子也在吴大修与女儿之间种下，但最后，吴大修对女儿的情感照亮了李有真还未泯灭的善，李有真放弃终极复仇，并不是对吴大修的原谅，而是对吴大修女儿的不忍，因为吴大修的女儿也正是李有真的姐姐的镜像。

三是照亮同盟人物。

在人物网络中，同盟人物既不是对立、对抗关系，也不是相似镜像的关系，而是有着显著差异却又相互扶持的人物关系，如《幸福终点站》里的纳沃斯基与空姐艾米莉亚。

艾米莉亚的生活在机场与酒店之间来回交织，她的命运被职业属性捆缚着，缺乏安全感和归属感。无论对自己的职业身份还是情人身份，她总是质疑不断，纠缠不清，这与目标明确、生活笃定的纳沃斯基差异巨大。

艾米莉亚的出现照亮了纳沃斯基枯燥的机场生活，让观众看到了一个不卑不亢的男人形象，他的爱情观超越了民族、物质和偏见，是一种平等的人本精神的体现。而在弗兰克眼中，纳沃斯基根本无法与艾米莉亚般配，可以说，艾米莉亚的出现也让观众洞见了弗兰克的功利主义和世俗的一面。

艾米莉亚作为与纳沃斯基情感上最亲近的人物，在叙事上她让观众首次了解到纳沃斯基的“秘密”，获知事件的真相，从而让观众窥见了纳沃斯基信守承诺、执着孝顺的人格。也正是这个“秘密”照亮了艾米莉亚，她心中的“拿破仑”形象变得越来越清晰，观众最后看到了一位情感丰富真挚而无门第偏见、毫不世俗的新女性。尽管最终她选择了向“命运”妥协而未能与纳沃斯基走到一起，但她已经开始从纳沃斯基那里学习了掌握自己不放纵，最后一次出镜时，她脚步稳健、淡定从容。

影片的主题是关于等待，艾米莉亚和纳沃斯基呈现了主题的两极：一个迷茫、不知等待何人，一个执着、目标清晰笃定。同盟人物丰富了主题的内涵。

作为同盟的人物往往在价值观上具有共同点，相互依赖却又彼此独立，难分主仆，两者都是发光体，相互照亮。同盟人物彼此照亮在影视作品中屡见不鲜。比如比利·怀尔德的经典喜剧《热情似火》中，乔和杰瑞性格差异巨大，意见总有分歧，但在目睹黑帮集团命案之后，他们不得不男扮女装被迫绑在一起结为同盟，一同亡命天涯。逃亡路上，他们共同保守身份秘密，共同对抗追杀，即使绑在一起依然独立行使各自的意愿，偶尔的冲突也总被第三方力量化解。在这个过程中，他们彼此照亮，让彼此的棱角在对比中愈加鲜明。

四是主角照亮追随者。

人物网络中，拥有自觉欲望的主角与追随者的关系如同太阳与其行星的关系，太阳的光芒照亮了环绕它运行的行星，行星折射太阳之光，由此传递出更丰富的信息。

《幸福终点站》里的送餐员是纳沃斯基的第一个追随者。纳沃斯基与空姐的交往让他心生神往，他和暗恋对象的关系与纳沃斯基同空姐的关系有相似之处：男方的身份、外表比女方更加卑微或不堪。但送餐员缺乏纳沃斯基的自信和勇敢，纳沃斯基就像太阳一样照亮了不自信的送餐员。而一同被照亮的还有送餐员暗恋的对象，尽管她经历了被男友欺骗的恋情，但纳沃斯基乐观积极，一句“一个红章，一个绿章，有 50% 的通过机会”的俏皮话照亮了正陷在伤心事中的她，从后来她主动向送餐员亮出戒指的行动中，我们不仅看到了一个走出情感低谷的她，也感受到纳沃斯基这个发光体的温度。

纳沃斯基的追随者，以及他曾经求职而不被接纳的商户们、弗兰克的得力助手和部下，还有机场餐厅的厨师和服务人员……纳沃斯基用自己的行为照亮了众人，甚至弗兰克的上级领导都告诫弗兰克要向纳沃斯基学习。这让观众看到了一个并不冷漠的、有良知的温情群体。

主角照亮追随者的案例在各种英雄主义的类型片中普遍存在。如《头号玩家》《我不是药神》《死亡诗社》《血战钢锯岭》等影片结尾部分，全都如众星拱月般，追随者们认同谁，认同什么，一切不言而喻。可见，在主角照亮了追随者后，追随者的合力又反过来照亮了主角身上原本并不直白的价值观。

与主角照亮他人不同，另一种常见的情形是主角被他人照亮。这种模式常常应用于主角的人物真相成谜或主角开始并无自觉欲望的情况。叙事过程如同将黑暗中的地图逐步点亮，直至观众看清全局。在这个解谜的过程中，其他人物就成为点亮黑暗地图的航行灯。

在《我不是药神》里，离婚、失去儿子抚养权的程勇，守着已无人问津的神油店，在压力重重的生活下，他唯一的目标就是赚钱，所有的高尚、风雅和理想都与他无关，呈现给观众的就是一个失败、颓废、堕落且充满市侩气息的小商贩。程勇对白血病人的态度经历了以下几个阶段：漠不关心、抵触拒绝、以赚钱为目的而被动接受任务、降低药品价格、与多方力量抗衡到最后做赔钱的买卖以支持更多病人。这一路都是在其他角色的照明之下，程勇这张“黑暗地图”才逐渐展开，最终观众看到的是一位勇敢、正直、具有同情心、无私且能力出众的平民英雄。

探照程勇这张“黑暗地图”的其他人物类型各异：有前来求助的不速之客，这位重疾患者将程勇引入白血病的陌生世界，程勇因此孤身前往印度，勇敢无畏的英雄特征初露锋芒；有因女儿患病而组建病友团的舞女，通过她，映射出一个有道德原则的程勇；黄毛的出现直至牺牲，将程勇隐藏在内的同情心、正义感和无私品质导引出来；舞厅经理、假药贩子、正版药品商人、警察等对立面也各自扫清了程勇画像的盲区。影片的前半部分，程勇被他人和环境推动着前行。在他拥有改变白血病群体遭遇的主动意愿后，他集合个人的财力、物力和社会资源推动着他人，这时候的程勇由最初的“湿柴”变成了熊熊烈火，照亮了无数人，其中既包括警察，也包括假药贩子。在程勇被照明到自燃的蜕变过程中，叙事的主题得以丰满，最后程勇让警察告诉儿子的那句“爸爸是个好人”，将地图里最后的暗黑部分也点亮了，叙事的解密至此全部完成。

练习：

观看《霸王别姬》，分别找出程蝶衣和菊仙的镜像人物，并具体分析。

6. 心理阶梯

通常，无论在生活中或一场戏里，人的内心总是处在一个波动的状态下，一个念头赶着一个念头，上一念才冒了个头，下一念又跟着来了，这样念念相续，永不间断。这便是内心世界的现实。所以，编剧在创作故事时，不仅要构建结构、设置情节，还要还原人物的内心世界，落实到每一场戏中，需理清人物内心生活的顺序和逻辑层次，或称之为“心理阶梯”。

心理阶梯虽然不可见，但它与外部动作同样重要。正如乔治·贝克所说：“显著的内心活动是很可以同单纯的外部动作一样有戏剧性的。”① 因为“‘从感情到感情’是任何好的剧本的公式。套用几何学上的一个定理来说，‘剧本是从感情到感情最短的距离。’所要达到的感情，乃是观众的感情。被传达的感情乃是剧中人物的感情，或者是剧作者从对剧中人物的观察而得来的感情。”②

苏联著名戏剧导演斯坦尼斯拉夫斯基非常重视开掘人物的心理阶梯。人物看上去是不可捉摸的，因为人物常常把内心生活当作秘密隐藏起来，甚至故意做出与真实状况相反的样子来。但是，深入探究一个动作的根据，揭示动作背后一层层的心理过程，会让动作的意义更加充实，同时也令人物之间的互动更为真切。

在排演莎剧《奥赛罗》的过程中，斯坦尼细腻地展示了研究人物内心生活的门径，并揭示了严谨的推理和有根据的想象力在还原人物内心生活方面的价值。他重点剖析了“惊扰”这场戏（第一幕第一场）。在一个深秋的午夜，勃拉班旭从睡梦中惊醒，从前来报信的洛特力戈口中得知女儿苔丝德蒙娜私奔的消息。斯坦尼把勃拉班旭的心理过程分成几个循序渐进、互相衔接的任务：“1. 开头勃拉班旭不过是对扰乱了他的美梦的醉鬼们生气和责骂。2. 由于

① ［美］乔治·贝克. 余上沅译. 戏剧技巧［M］. 北京：中国戏剧出版社，2004：34.

② 同上：20.

醉鬼们的胡言乱语玷辱了他家的好名声，他于是勃然大怒。3. 所宣布的可怕消息愈接近真实，他就愈不肯相信它。4. 但有些语句打进了他心里去，刺痛了他。这时他就越发努力推开这临头的不幸。5. 新的确凿证据。不可能推开它了，因为那是太没有疑问了，就好像已经把一个人带到他应该跳下去的万丈悬岩边缘。在相信这个消息之先，必须进行最后的决定命运的斗争。6. 他相信了。他跳到万丈悬岩的底层了。必须了解一下新的情况：要去注意什么呢？！抓住什么呢？！总得做点什么才好。在这种情况下没有动作比什么都可怕。7. 最后，找到事情做了，那就是跑，追，报仇，把全城人都喊起来！去拯救自己的宝贝。”这段剖析将勃拉班旭前后截然不同的态度所内含的连贯性揭示出来，勃拉班旭的变化正是“通过一系列合乎逻辑和顺序的瞬间，通过一系列心理的阶梯而实现的。”①

斯坦尼对演员所做的解说，对编剧同样适用。演员为了理解角色而体验的，正是编剧在台词和动作中埋下的情感宝藏，即“一个人从萌生一种感觉到发生激烈的欲望和行动所经历的内心过程。”②

怎样来梳理人物的心理阶梯？在剧本写作中，这是一个很实际的问题。斯坦尼提供了一种方法，将情节、事件的面与日常生活的面乃至民族、阶层、历史等的面连接起来，正确估计情节、事件在其中发展的历史、社会条件，从而更加深入具体地去了解这些情节和事件。简言之，即充分考虑人物所处的情境，或者说对人物发生作用的外在条件，如事件、环境、人物关系等。在上述《奥赛罗》的案例中，勃拉班旭之所以最初对洛特力戈的惊扰感到愤怒，除了在午夜12点被人吵醒会令人烦躁之外，还因为以勃拉班旭对洛特力戈的了解，他会认为这个行事鲁莽的富商不过是在借酒装疯，上门发泄被苔丝德蒙娜拒绝的痛苦，勃拉班旭是看不上洛特力戈的。而当他看到洛特力戈一直保持礼貌的态度，郑重其事地诉说苔丝德蒙娜已经投入奥赛罗怀抱的事实，勃拉班旭才开始正视这件事情的可能性。接着，当确认苔丝德蒙娜已经不在家中，勃拉班旭作为一个父亲和一个元老，深深地感到受了伤害和侮辱。

---

① ［苏］斯坦尼斯拉夫斯基．郑雪来译．演员创造角色［M］．北京：中国电影出版社，1987：236-237.

② 谭霈生．戏剧本体论［M］．北京：中国戏剧出版社，2005：123.

因为在人们的心目中，苔丝德蒙娜纯洁、天真，是一个高官显贵的女儿，而把元老们叫作“主人们”的奥赛罗，只是一个被歧视的黑人奴仆。而且，奥赛罗或许是个异教徒，没有一个神父敢为他们举行婚礼，这样一来苔丝德蒙娜就不是光明正大地嫁给奥赛罗，而沦为私奔了。

又如《哈姆莱特》第一幕第一场，卫兵弗兰西斯科与前来交班的勃那多有这样一段对话：

【夜，城堡上的岗哨。勃那多自对面上。

勃那多　那边是谁？

弗兰西斯科　不，你回答我；站住，你是谁？

勃那多　国王万岁！

弗兰西斯科　勃那多？

勃那多　是。

弗兰西斯科　你来得也太准时了！

勃那多　这不才刚十二点？睡去吧，弗兰西斯科。

弗兰西斯科　谢谢你来替我；天太冷了，都难受到心底里了。

勃那多　这班岗还安静吗？

弗兰西斯科　连只老鼠也没见！

就这段常常被导演删去，被误认为“没戏”的戏，孙惠柱教授做了精彩的读解：“我曾经数次拿这段戏给学生做导演练习，有人说剧本写错了，应该是卫兵先问‘那边是谁？’，要把两人的台词颠倒过来才能演。是莎士比亚‘错’了吗？他为什么让前来上岗的勃那多主动发问？根据军事规范，当然应该是站岗的卫兵主动发问，现在来者先发制人，还没听到卫兵的声音就自己问起来，显然破了规矩。是他错了吗？其实是卫兵犯了错误，所以他立刻就心虚了，先是抱怨勃那多没‘准时’来接班，遭驳斥后又诉苦说‘天冷’‘难受’——他刚才不是在原地打盹，就是一边拉稀去了，反正没觉察到有人接近，没能尽职主动发问。须知这是在城堡上站岗的哨兵，万一来者是个敌探就送命了。现在虽然没事，他还是很怕反客为主的勃那多报告上去，给他弄个军纪处分。”[1] 通过情境的还原，我们从这短短的五句台词中看到弗兰西斯科内心丰富的变化，以及有序呈现的心理阶梯。

还原情境有助于理解人物之间微妙的互动，这对梳理心理阶梯也很有帮助。在马吉德·马吉迪编剧的影片《小鞋子》中，有一段写兄妹俩换鞋的戏：

【哥哥阿里在巷子里焦急地等着妹妹莎拉。莎拉姗姗来迟。

阿里　　你去了哪儿？

【莎拉绕过墙角，没有理他。

阿里　　你迟到了。

【莎拉脱下鞋扔给阿里。

阿里　　鞋怎么湿了？

莎拉　　我不再穿它们。

阿里　　鞋怎么会湿的？

莎拉　　它掉进水里了。

阿里　　我怎能穿着湿鞋上学？

莎拉　　它们太大，我总是穿不稳。

阿里　　那只是借口。

莎拉　　都是你不好，你不该丢失我的鞋。你不把它们找回来，我要告诉爸爸。

阿里　　你尽管告状，我不怕被他打。但他也没钱买新鞋给你。他要借钱才能买到。

【莎拉默默地看着阿里。

阿里　　我以为你会明白。

围绕着鞋子这个话题，阿里和莎拉展开对话，可是，兄妹俩想要表达的东西并不一致：阿里希望妹妹对迟到给出合理的解释，莎拉却希望哥哥注意到

① 孙惠柱．主动 VS 客动：社会表演学的哲学探索［J］．戏剧．2011.2（140）：53.

这双本不属于她的鞋使她受了委屈。从这两个出发点延伸出两条近乎平行的心理阶梯：1. 阿里焦急地等着莎拉来换鞋，他昨天差点被教导主任逮住，今天眼看着又迟到了。莎拉终于来了，可她的样子让阿里恼火，不但来晚了，还慢吞吞的，好像故意拖延时间。2. 阿里心急火燎地问她去了哪儿。莎拉一下课就往这里赶来，可大号鞋子偏偏跟她作对，戏弄她，掉进了水渠里，她费尽力气却总是追不上，最后还是因为好心人的帮忙才捡回鞋子，她已经为此哭了一场。莎拉心里的委屈不知道怎么说才好，所以，当阿里问她，她只是绕过墙角，没有搭理他。3. 阿里想知道发生了什么事，但从莎拉反常的态度来看，他没法知道答案，所以，他简单干脆地指责莎拉迟到了。可莎拉期待着哥哥耐心听她说这究竟是怎么回事，这双鞋子让她吃的苦头，她也只能向他倾诉。但哥哥不仅没有表现出一点耐心，还反过来指责她。莎拉心里更委屈了。于是，她只是脱了鞋给阿里，仍然不说话。4. 阿里换上鞋，本来应该拔腿就跑的，可他发现鞋湿了，阿里带着火气问妹妹怎么回事。可是，这时的莎拉还沉浸在因追不上鞋子和哥哥的漠不关心而产生的委屈中，所以，莎拉没有冷静下来告诉哥哥事情的原委，而是情绪化地说不会再穿它们。5. 莎拉的迟到和不直接回答问题让阿里更加恼火，作为哥哥，他认为自己应该得到妹妹的尊重。怒火让阿里把对迟到的恐惧撇到一边，不问出个所以然，他是不会甘心就这样跑到学校的。莎拉是一个懂事温顺的女孩，看到哥哥这么生气，虽然不是她的错，却不免有些心虚，于是她说出实情。6. 阿里的怒火还没有平息，反问说："我怎能穿着湿鞋上学？"这个反问句并不是要莎拉告诉他如何把湿鞋变成干鞋，仅仅是发泄余怒罢了。莎拉心里仍然是委屈的，她希望得到哥哥的体恤和安慰，就像自己体恤哥哥一样。毕竟，莎拉是为了哥哥才忍受着这双大鞋子，而且为哥哥保守着丢失小鞋子的秘密。可是，哥哥看来并不想知道她为什么不想再穿这双鞋子，她只好自己不问自答："它们太大，我总是穿不稳"。7. 这个回答反而让阿里感到，不想再穿这双鞋子才是妹妹姗姗来迟的真正原因，他在莎拉不愿穿大鞋子和弄湿鞋子之间建立了因果关联，这样，鞋子不小心掉进水渠或许是莎拉故意的。所以，他像看待一个撒谎的小孩一样，摇着头斜着眼看自己的妹妹，说"那只是借口。"对诚实早熟的莎拉来说，阿里的姿态和言语是一种侮辱。莎拉在家常帮妈妈带孩子，给爸爸斟茶，做各种力所能及的家务，是爸妈眼中的乖女，不像阿里虽然年长，还常常因为不懂事挨爸爸骂。现在，阿里竟然这样侮辱她，莎拉被激怒了，心中的愤怒夹杂着委屈直泄而出。8.可是，阿里基于前面的判断，以为莎拉为了逃避责任才这样说。在他看来，莎拉回避了他提出的问题（她为什么把鞋弄湿了），而将话题引向另外的事情（阿里丢失了她的鞋子），这根本是两码事。更可气的是，莎拉把爸爸端出来当保护伞，她竟然利用他对爸爸的敬畏来威胁他。为了男子汉的尊严，阿里索性打肿脸充胖子，说："你尽管告状，我不怕被他打。"暗示莎拉就算他肉体上吃点苦头，他也绝不认输。但是，爸爸的巴掌的确令人害怕。阿里摆了谱之后，其实还是害怕话说得太过火令莎拉真的向爸爸告状，于是，他强调了一个事实："但他也没钱买新鞋给你。他要借钱才能买到。"以此告诉莎拉，你向爸爸告状于人有害于己无利，因为你不会因此得到新鞋子，就算得到了，也是以增加家里的债务负担为代价的，家里早就连房租都付不起了。这话起到了立竿见影的效果，莎拉的怒火和委屈立马被残酷的现实浇熄了，她默默地看着阿里，懂事的她总是为家里分担责任，怎么好让爸爸为难呢！ 9.在阿里眼中，妹妹的沉默等于认输，带着胜利者的优越感，阿里临走时撂下一句："我以为你会明白。"这实际上给莎拉指出了唯一的解决方案，那就是继续保守这个秘密。因为莎拉如果告状就意味着她不明白、不懂事，而不单纯是讲述一个事实。至此，兄妹俩的心理阶梯终于有了交点：鞋为什么湿了以及莎拉为什么不想穿这双鞋，这些问题都不再重要，重要的是如何处理兄妹俩共穿一双鞋的问题，是继续穿还是不穿？这是兄妹俩要共同面对的。

心理阶梯之所以存在，主要是因为不论生活中或一场戏中的人物大多心随境迁，难以做到如如不动。这是一种人生的常态，编剧在练习中如能尽量全面地观照人物所处的情境，细心考量人物之间的互动关系，便有可能充分地开掘人物的心理阶梯。

练习：

1.田纳西·威廉斯编剧的《玻璃动物园》第一幕第一场母子共进午餐的片段，分析人物的心理阶梯。

2. 欧内斯特·汤普森编剧的《金色池塘》有一场戏写诺曼和比利雷谈当晚如何分配卧室，描述人物的心理阶梯。

3. 詹姆斯·卡梅隆等编剧的《真实的谎言》有一场戏写晚餐时哈瑞试探海伦，梳理人物的心理阶梯。

7. 世界观

世界观是“人们对整个世界的总的看法”[①]。人们怎样去感受和解释自己经验到的世界，通常就会有什么样的世界观，就像活在二维世界的蚂蚁很可能觉得三维世界是天方夜谭，而活在不可逆时间中的人们常常把回到未来看作科学电影的奇想一样。埃德温·艾伯特写过一本小说《平面国》，非常富有想象力地呈现了活在不同维度的几种角色对这个世界全然不同的看法，以及由此引发的无谓的对立。世界观并不一定对应世界的本来面目，客观地说，它只是一种视野。

对于剧本来说，有两种世界观：人物的世界观和编剧的世界观。我们先说人物的世界观。

在剧本中，世界观常常如呼吸一样伴随着人物，一个人的行住坐卧无处不体现他的世界观。一个人如果把整个世界看作一体，没有人我的分别心，他的一举一动就会显得安详、柔和与仁慈，并福泽他人。一个人如果把整个世界看作由丛林法则所支配，强调人我的对立，他就容易在时时处处感受到冲突和焦虑，从而殃及亲邻。世界观作为人格结构的核心，会渗透在人物的每一刻当下，辐射到人物的方方面面，从生活的细枝末节到人际交往模式。它就像人物的原点，关于人物所有的一切都可以归拢于此。没有世界观的人物是残缺的，因为他还没有完成自性的整合。世界观不是抽象的观念，所以，我们可以在一场戏中展示一个人物灵魂的特征。由吕克·贝松等编剧的《第五元素》做了很好的示范：

① 新华词典编纂组.新华词典［M］.北京：商务印书馆，1989：818.

【喽啰们把神父推进佐格博士的办公室。剃着阴阳头，打扮怪异的佐格博士回过头。

佐格　很高兴又见面了，神父。

神父　我想起来了，你自称是艺术商人。

佐格　你记起来最好，因为你需要它。石头在哪儿？

神父　我不知道，知道也不告诉你这种人。

佐格　为什么？我有什么不对？

神父　我努力拯救生命，而你却一心要毁灭生命。

佐格　神父，你大错特错！听我解释。

【大门自动关上，佐格坐在宽大的办公桌后，左手边有一只玻璃水杯。

佐格　你侍奉的生命经由毁灭混乱，譬如这空杯子。在这里，它是平静的、无聊的，但是如果把它（佐格的手指弹向杯子，杯子滑落，摔碎在地）摧毁了，（一队机器扫把从办公桌下钻出来）你看这些小东西，好忙碌，你看每个都有用，（扫把们各施绝技）多可爱的芭蕾舞，多彩多姿！想想因这些机器人的制造，使技师、工程师得以养家糊口。他们的子女长大后又生儿女，一直繁衍下去，为生命的大链子贡献力量。（复原的玻璃杯回到桌面，接水）水，水果，神父，你看，我经由毁灭来鼓舞生命（机器送上一颗樱桃，佐格把樱桃投入杯中），其实，我们是同行。（端起水杯，冲神父眨眼）干杯！

【佐格一饮而尽，转眼间却脸色通红。他时而拍打前胸，时而指着自己的喉咙，很难受的样子。

【神父不知所以地看着佐格。

【佐格胡乱拍着桌上的按钮。桌上的充气玩具鼓胀起了，门闩自动拴上。

神父　　帮你捶背的机器人在哪儿呢？

【佐格胡乱拍按钮。一株仙人掌，一册活页卡片，一打衬衣从桌子里边升起来，冲向空中。

神父　　或者它们的子女，在哪儿？

【佐格胡乱拍按钮，一只古怪的小象不解地望着主人。

神父　　你看，所有的权利并不可靠。（小象被佐格的滑稽样逗乐了）你那专搞毁灭的帝国即将垮台了。只因为一粒小小的——樱桃。

【神父抬起右掌，向佐格的后背拍去。樱桃从喉中迸出。

【大门打开，手下们进来。佐格拎着神父，扔向手下。

佐格　　你救我一命，作为回报，我也饶你，现在。

神父　　佐格，你好残暴。

佐格　　我知道。

【佐格挥手，手下把神父带走。

佐格　　（对手下）你把总统打死我都不在乎，只要拿石头来见我，限一个钟头。

佐格的世界观非常鲜明，即信奉毁灭的力量，把毁灭当成世界存在的意义。编剧没有让它成为一个架空的观念，而是用佐格的所作所为乃至染有他人格特质的外在环境来表现这个世界观：佐格之所以要找齐石头，是为了帮影子星球的毁灭之路扫清障碍，这个星球是死本能的绝对化象征，哪儿有生命，它就带去死亡，它毁灭地球既不为钱也不为权，只是纯粹地想要终结所有生命，以毁灭为毁灭的唯一目的，而不是为了鼓舞生命，佐格的身份恰好是影子星球的仆人。佐格的专长在于武器制造，武器是用来杀戮，用来毁灭生命的，不管谁当炮灰他都不在乎，他喜欢用子弹发表演讲，或者雇佣杀手。佐格不喜欢和人打交道，从不使用沟通技巧，他的办公大楼里充斥着机械奴仆，只需一个按钮就能执行他的指令，供他行走的椭圆形通道具有金属的质感。他用“工厂”来称呼这个地盘，这儿就像一个庞大有序的机械运行系统，这个系统里的每一个人只具有零部件的价值，佐格从不把他们看作是有独立性的主体。他用机械包围着自己，最大限度地与同类隔离，即使活在人口为2千亿的未来世界，也犹如独居荒岛。有着强烈毁灭欲望的佐格在危害人类的同时，自己也劫数难逃，他的阴阳头造型或许是刻意为之，或许是一种病症的表现，而残疾的左腿即便装上了金属义肢也难以恢复正常的行走能力，仍旧一瘸一拐，而他的结局则是被自己制造的定时炸弹炸得灰飞烟灭……

如此庞杂的内容要在一场戏中得到清晰地传达，并不容易。吕克·贝松的智慧之处在于，他借用修辞的手法，用一个杯子的破碎和复原来象征佐格的世界观，这样能起到以一统多的效果，而且不落窠臼，既接近生活又富有新意。而且，编剧以这个杯子为核心，形成了两条鲜明的道具链，来演绎佐格的世界观并巧妙驳斥他。

第一组道具链用来演绎佐格的世界观：杯子1——各式机器扫把——杯子2——樱桃。编剧巧妙地在道具的现实功用和象征意义之间进行转换。其中，杯子1既是一个易碎的玻璃器皿，也指代原始秩序。当这个原始秩序像脆弱的玻璃那样被打碎之后，各式机器扫把就出来行使整理房间的职能，同时这又象征着秩序的重建。而后，玻璃碎片被重新整合为杯子2，新的秩序建立了，而杯子也恢复了盛物的功能。最后，佐格用一颗樱桃来犒劳自己伟大的奇思妙想和精彩的自我展示。可是，樱桃是用来吃的，而不是用来喝的。佐格用不恰当的方式来食用一颗小小的樱桃，就像他用不恰当的方式来理解和对待整个世界一样。而樱桃所代表的正是和杯子、扫把这些“工厂出品”有着本质差异的生命。佐格被樱桃卡住喉咙，他的一整套崇尚机械价值的世界观也将因为一个小小的生命而崩塌。樱桃所指代的脆弱而顽强的生命，在影片的后续段落中被置换为来自蒙度沙瓦的第五元素丽露。她就像这颗樱桃一样，在最后一刻战胜了影子星球，扭转了人类被摧毁的命运。

樱桃是一个拐点，继而，这场戏用第二组道具链对佐格的世界观进行反讽：充气玩具——自动门闩——仙人掌——活页卡片——衬衣——小象。与第一组道具链不同的是，这组道具不仅没有与自身有关联的象征意义，连它们的现实功用也一并丧失了。佐格在这时并不想玩充气玩具，不想闩门，不想欣赏仙人掌，不需要使用活页卡片，不用更换衬衣，也无暇抚摸宠物小象。

他只想让它们中的任何一个来帮忙捶背，使他吐出樱桃。它们不再像第一组道具那样，服从于佐格的意志，而是犹如初释的囚犯那样狂欢般地迸出。佐格对第二组道具完全失控，它们原本是佐格有序的生活世界中沉默的成员，此刻却因为不合时宜的出场而制造了混乱。

本书在“编剧的素养”中谈到“建立秩序的能力”，其实，对人物的世界观进行定位，也是这种能力的表现，因为一个人物的世界观决定了他的内在秩序。而这种内在秩序又必然和故事中其他的内在秩序形成冲撞，就好像信奉毁灭的佐格博士与信仰神的神父在这场戏的交锋一样。一个好故事的张力，往往正是由几种强大而又异质的内在秩序之间角力形成的：在保尔·鲁德尼克等编剧的《复制娇妻》中，是崇尚绝对权力的丈夫们与追求自我实现的妻子们；在南希·奥利弗编剧的《充气娃娃之恋》中，是善良自闭的拉斯和努力帮他融入真实生活的小镇居民；在阿莫来·戈普特编剧的《地球上的星星》中，是患有阅读障碍的艾沙和迷信常规教育的大人们……每个人都是自成一体的小宇宙，世界观则是这个小宇宙的运行规则。

编剧的世界观有时会附着于某个人物，有时则超越具体人物来表达自身对大宇宙秩序的观想。由大卫·凯普等编剧的《世界大战》片头是这样的：

【多个弯曲透明的链条浮游着。原来，它们都是DNA，属于同一个细胞。这个细胞又包含在一个长约200微米左右的草履虫体内。越来越多的草履虫交错游动，它们都被包裹在一颗露珠之中。这颗露珠倒映出一片绿叶的形状，而它本身正停在一片叶子之上。

画外音　在21世纪初，没人能够相信……

【这颗露珠变成蓝白相间的颜色，恰如地球。露珠后的绿叶消失，代以浩淼的太空，地球悬浮其中。

画外音　人类世界正被比我们更加先进的智慧文明所监视着……

【地球变红，成为马路上指挥交通的红灯。车来车往，人头攒动。

画外音　正当人们忙于各自不同事务的时候……

【垂直俯瞰高楼大厦。

画外音　它们在观察、研究着我们……

【马路上车辆穿梭，行人横穿马路。垂直俯瞰立交桥，桥上车辆行人小如蚂蚁。

画外音　如同我们从显微镜下，观察一滴水中微生物的运动和繁衍一样……

【小男孩在扔棒球。

画外音　伴随着无限的满足，人类对我们世界的……

【绿树环绕的草坪，很多人铺着坐垫散坐各处。广场上鸽子纷飞，人们在此拍照、游玩。穆斯林聚集地，人群走动。中国的集市，行人如织。巴黎凯旋门内，落日西沉。

画外音　统治地位充满了信心，然而，越过茫茫宇宙的深渊……

【地平线上红光升起，天空中繁星点点。一颗星球的边缘闪烁钻石光芒。圆形光芒越来越大，盖住星球，充满整个画面。

画外音　无数冷酷、无情的智慧生物，正用贪婪的目光注视着我们的星球，并缓慢地、稳步地，实施着针对我们的计划。

【圆形光芒缩小，集中到片名字幕上：WAR OF THE WORLDS。

无数的智慧生物与人类共享这个宇宙，不仅是《世界大战》演绎故事的大前提，也显现了编剧的世界观。悉德·菲尔德说，人们看待世界的方式，“通常是一个信仰体系，而且就像心理学家所说的，‘我们相信什么是真的，它就是真的’”。他援引了一部名叫《瑜伽瓦赛萨》的古印度经文，它说“世界就像你看到的一样”。“那意味着你头脑里的东西——你的思想、感觉、情绪和记忆——在你的日常经验之中被反映出来。我们的大脑和我们看待世界的方式，决定着我们的经验。内部和外部是一致的。"[①] 一个信仰体系对编剧来说至关重要，因为只有那些我们真正相信的事情，我们才会投入真实的情感，才有可能把它写得充满激情和力量，而不是软弱无力。罗伯特·麦基也说："故事大师对事件的选择和安排即是其对社会现实中各个层面（个人的、政治的、环境的、精神的）之间的互相关联所作的精譬妙喻。剥开其人物塑造和场景设置的表层，故事结构便展示出作者个人的宇宙观，他对世间万物之所以有如是的对最深层的模式和动因的深刻见解——这是他为生活的隐藏秩序所描画的地图。"[②] 在对宇宙智慧生物的畅想中，编剧体现出与人类中心主义截然不同的视野，并刺破了人类无所不能的妄想，揭示了人类在宇宙中实际的地位，如同一粒微尘。就像在一粒微尘的角度来看待人，也会把人这个庞然大物当成无限大的宇宙一样。有一份组图《世界从 10 亿光年到 0.1 飞米》也对这一点做了奇妙的揭示。任何极大的都有可能是极小的，没有绝对的边界。

这场戏的写法与它的内容具有同构性，也是在大与小之间进行转换：一个细胞——草履虫——一颗露珠——地球——浩瀚太空中的其他星球——红灯——忙碌的人们——被俯视的人群如蚂蚁一般——显微镜下一滴水中的微生物——休闲中的人们——地球——点点繁星——另一颗星球——无数的外星智慧生物。里面包含从小到大的六重递进：细胞——微生物——露珠——人——地球——太空。这六重递进贯穿在两个句子当中：第一句是喻体，从"一个细胞"到"浩瀚太空中的其他星球"，第二句是本体，从"红灯"到"无数的外星智慧生物"。即用喻体中细胞与太空的关系，来比喻本体中人与太空的关系。因为细胞的微小是人所共知的，但人却很难看到或者承认自己也是微小的，用了这样的比喻，可以让一个被掩盖的真相更容易被人认知。或者可以说，六重递进中每相邻的两物都对紧随其后的相邻两物形成喻体与本体的关系，这样，每一个物体相对于前者的大，在后者的衬托下都一一转化为小。不仅是人，连太空都犹如微尘了。大即是小，小即是大。这种观念从片头一

① ［美］悉德·菲尔德．钟大丰、鲍玉珩译．电影剧作者疑难问题解决指南［M］．北京：中国电影出版社，2002：163-164.

② ［美］罗伯特·麦基．周铁东译．故事［M］．北京：中国电影出版社，2001：10.

直贯彻到了故事的结局，强大无敌的外星生物之所以返回自己的星球，正是因为它们无法抵抗地球上普通病菌的侵蚀，而这些病菌大多是单细胞生物。

故事本身是一个关系和意义的体系，世界观能帮助编剧完成体系的整合。关键在于，我们有没有一个确信不疑的世界观。

练习：

1. 观看吉姆·谢里丹等编剧的影片《我的左脚》，描绘克里斯蒂的世界观。

2. 观看奥利维埃·达昂等编剧的影片《玫瑰人生》，从伊迪丝·琵雅芙的人生轨迹中剖析她的世界观。

3. 观看阿莫来·戈普特编剧的《地球上的星星》，说明艾沙理解世界的方式有什么特别之处。

8. 提升人物

在悉德·菲尔德为编剧开列的问题清单中，有几条是关于主要人物的，诸如“主要人物不很值得同情”“主要人物单调沉闷、令人厌烦”等[①]。主要人物深深地影响到故事的气质，如果主要人物有了上面这些毛病，故事的可看性也就大打折扣了。

解决的方法大体有：增加人物的维度，即个性中的矛盾；提升人物，使其超越一般的俗知俗见，传达出人性的光辉，等等。罗伯特·麦基在《故事》中对人物维度已经做了详细的解说，这里不再赘述，主要谈一谈人物的提升，以都梁编剧的《亮剑》第34集为例。其中有一场戏写田雨打电话向冯楠哭诉丈夫李云龙爱上张白鹿的事。

【田雨刚刚得知丈夫李云龙和她的好友张白鹿有了感情，痛哭起来。过了一会儿，她拨通好友冯楠的电话。

① ［美］悉德·菲尔德．钟大丰、鲍玉珩译．电影剧作者疑难问题解决指南［M］．北京：中国电影出版社，2002：155-169.

冯楠　　喂，田雨呀？我是冯楠。

田雨　　冯楠，老李他变心了。他跟张白鹿好上了。我要和他离婚。可我这心里，难受。

冯楠　　既然你已经决定离婚了，那还有什么可恨的。离了婚你们形同路人，还有什么爱呀恨的。傻丫头，不要再赌气了。张白鹿，我了解这个人。她挺聪明，也是一个挺有魅力的女人，她爱上你丈夫，没什么可奇怪的。李云龙的性格就是挺吸引女人的。他除了文化差点，总的来说，还算是个优秀的男人。再说了，他的地位那么高，这样的男人，无论是现在还是将来，总难免会有女人追着他。就算躲过这次危机，难免还有下一次。你总不能什么事都不干，天天看着他吧！张白鹿，也算是个心高气傲的女人。她为什么那么下功夫追求李云龙？这里面的原因，为什么自己不好好想想？作为男人，李云龙身上确实有很出色的一面。你作为妻子，要是总发现不了丈夫的优点，而是一味指责他冷淡你，那你何必和他生活在一块呢？照这么看，离婚倒是一件好事了。田雨呀，你想想自己，是不是太追求完美了？世界上有完美的人吗？

田雨　　那赵刚不是很完美吗？文化水平又高，又懂得体贴女性，而且还是个有血性的军人。你当然知足了！

冯楠　　我告诉你啊，连赵刚自己都多次和我说过，同为军人，李云龙不知道比他强多少倍。除了没有受过正规教育之外，李云龙哪方面都够他学的。别的不说，给他一个军，他就指挥不了。他就只能当政委，带兵打仗，他差远了。当年的晋西北独立团，要是没一个政委可以，要是没一个团长，这独立团连一个月都生存不下去。这就是李云龙的本事。这本事可不是吹出来的，实实在在干出来的。

田雨　　冯楠，听你这么一说，我还真觉得我以前做得很糟糕。那，那我该怎么办呢？

冯楠　　这还用说吗？如果你还爱他，就把李云龙给抢回来呀！再说了，他本来就是你的。

田雨　　那，那我不跟你多说了，我马上去南京，把那个长了翅膀的家伙给追回来。

冯楠　　这就对了，是你的永远是你的。不是你的，得到也会失去。李云龙本来就是你的，她张白鹿固然聪明，而你田雨是谁呀？能败在她手下？快去吧，我等你好消息！

田雨　　谢谢你！冯楠，再见！

【田雨挂上话机，平静下来。

当一个妻子得知丈夫爱上别的女人后，往往会产生严重的挫败感，会感到痛苦、委屈。这几乎是所有的妻子在听到消息之初的共同反应。可是，接下来如何应对，每个人的做法不尽相同。有的人会被愤怒、嫉妒冲昏头脑，在还没有弄清楚自己是否还想持续这段婚姻之前，就将对方的糗事四处张扬，等到脸面撕破之后，才想到挽回。有的人表面上不动声色，暗中却收集对方不忠的证据，等证据齐备时诉诸公堂。有的人一味忍让，寄希望于对方的主动回归。有的人以牙还牙，以不忠来回敬不忠……这些都是一般性的表现，要么失去理智，要么过于冷酷，要么缺乏智慧，不是让对方遭罪，就是令自己受伤，算不上解决问题的最好办法。而田雨的反应则胜出一筹，超越了以上俗知俗见。

首先，危机当前，田雨选择了一个高明的倾诉对象。在突遭变故时，事主常常惶然失措，在心理上对倾诉对象有很大的依赖性。这时，倾诉对象的分析和建议会对事主有很大的影响，甚至会左右事主的抉择。所谓物以类聚人以群分，田雨在紧要关头，首先想到的是倾诉对象是冯楠，这本身就体现了田雨的境界。因为冯楠是一个外柔内刚、处变不惊、很有主见、很有分寸和智慧的女人，而且她和田雨相交甚深，对田雨与李云龙的恋爱史非常了解，她的丈夫赵刚和李云龙又是生死之交。这些决定了她会从全局来考虑问题，以一种成熟理性的态度给予建议。不仅如此，冯楠还是一个非常注重谈话技巧，很有说服力的女人。她善用迂回战术，精心裁剪谈话内容，从各个方向把田雨引导到自己预先设定的道路上去。冯楠的建议其实是劝田雨重新追回丈夫。可是，如果一开始就对田雨这么说，田雨肯定接受不了。因为最初在田雨看来，移情别恋的人是丈夫，她自己是无辜的，应该让丈夫来反追自己才对。这种无辜感必然会让田雨落入情绪的陷阱，在是非对错之争中难以自拔。所以，冯楠快刀斩乱麻，首先跳出是非对错之争，把谈话的起点直接拉到田雨最终的决定上面。冯楠给田雨提供了一个未来的视像：如果离婚了，你的生活会怎样。这才是田雨真正应考虑的问题。可是，这个未来视像的作用只是让田雨冷静下来，提醒她一切现在的决定都将影响未来。冯楠很清楚自己的任务并不是给田雨规划未来，而是帮助她应对现在。所以紧接着，冯楠杀了一记回马枪。先是安慰田雨让她别再赌气了，而后把她的注意力转向对这场婚姻危机细致客观的解剖上。她谈论了婚姻危机中的三方，虽然她所谈的内容都是真实的，诸如张白鹿如何优秀，李云龙如何吃香等，但是，她的高明之处在于引导田雨看到对方的优点。也就是说，冯楠指出的也只是局部的真实，她没有顺着田雨的情绪，去说他们身上的缺点以及在这件事情上他们的道德之失。这样就激起了田雨的好胜心，并令她反躬自省，进一步完善自己。因为在婚姻中，真正的安全感其实来源于人的自我提升，自我增值才能令爱情永继。冯楠的应对策略，不仅指出了田雨应如何对待自己，还提示她在和他人的交往中需抱以宽容的态度。毕竟生活不是艺术，艺术尚难以完美，何况生活呢？冯楠就像一个灭火器，在瞬间熄灭了田雨的怒火。反过来说，田雨首先想到向冯楠这个见解透辟、淡定坚韧的朋友倾诉，本身就体现出田雨内心想要正确的意见，而不是找个人和她一起抱头痛哭和痛骂过错方，或者逞一时意气草率地作出违背自己真实意愿的决定。

其次，田雨懂得择善而从。在得到正确的建议后，她没有束之高阁，为了倾诉而倾诉，而是迅速行动。这显示出田雨是一个高自尊的女人。研究表明，高自尊和低自尊的人格的差异主要表现在行为动机和自尊稳定性两方面。高自尊者的行为动机来自于对自我提高的关注，低自尊者的行为动机似乎来自于对自我保护的关注。高自尊稳定性的人会依据自己的意愿做决定，而低自尊稳定性的人更可能为了讨好别人而行事[①]。当冯楠为她分析婚姻的现状之后，她表现出很强的情绪控制能力和坦诚面对问题的素质，不去竭力辩解证明自己的无辜，而是看到自己的不足，并主动问冯楠自己该如何改进，随后又立马将这个意愿变为行动，赶往南京。

这场戏确定了田雨、冯楠的人格顶点。整个《亮剑》剧集如果没有这场戏，这两个人物恐怕会“泯然众人矣”。这场戏处于剧集靠近结局的位置，而此前的集数给予两个人物的展示空间有限。冯楠是一个知识女性，她和赵刚一见钟情，成为赵刚的妻子后，为丈夫的安危担心，仅此而已。田雨出生于知识分子家庭，为了革命走出校园当了一名卫生员，她不慕高官显爵，追求纯真爱情，为了和泥腿子出身的李云龙结婚不惜对抗父亲。其间，田雨也遭遇了一些危机，但这些危机本身就包含了化解的因素：在上司施压要她嫁给王副军长时，她所爱的李云龙在背后给她撑腰；当父亲不同意她的婚事时，母亲承担起劝服父亲的工作，而且李云龙也以有礼貌的倔强打动了老丈人。这些危机都没有将田雨推入绝境，没有把她抛到一个孤独的位置，让她独立承担压力。可是婚变不同，没有人能够代替她化解危机，除了她自己。但正是在这场戏中，田雨和冯楠以卓越的处理危机的能力，从正面思考与解决问题，化干戈为玉帛，释放出强大的人格力量，实在难能可贵。

提升人物，其实就是提升人物正面的品质。但这不是把人物硬往假大空上靠，而是充分考虑人物本身的历史和某一时刻的情境，估计他可能做出的最好、最有力量的选择。在这方面，很多优秀的故事做了很好的示范，例如丹尼·鲍尔等编剧的《127 小时》、克里斯托弗·巴拉蒂等编剧的《放牛班的春天》、马基德·马基迪编剧的《小鞋子》等。当人物身处逆境甚至死亡边缘时，编剧要看到人物身上潜藏的力量，恰当而又充分地把它释放出来，既不比他应有的多，也不比他应有的少。

---

① ［美］Jerry M. Burger. 陈会昌等译 . 人格心理学：第 6 版［M］. 北京：中国轻工业出版社，2004：248-249.

练习：

1. 一个人得知配偶另有所爱，他（她）向一个朋友电话倾诉，假设这个人的特征是低自尊，而朋友很幽默，写出两人的对话。

2. 情境与习题 1 相同，人物置换为一个高自尊者和一个具有攻击性的朋友，写出两人的对话。

9. 例证性动作

在前面谈到的每一个示例中，都包含着一个共同的元素——例证性动作。无论二人戏、群戏，无论处在什么样的情境中，人物都会用动作无声地表达自己。例证性动作有什么特点呢？杨健教授在《拉片子》一书中总结了它的内涵："例证性动作就是能体现人物个性特征和行为特点的动作。它又是贯穿全剧的抽象动作，对全剧的主题具有重要意义。贝克：具有例证性质的动作是戏剧的核心，而这种动作必须仔细选择。从若干可能的动作选择出来的这种动作，它应该迅速得到最大感情上的效果。发现和选择例证性动作，需要对生活进行哲学概括，并将这种概括转化为具体的戏剧行动。典型行动的确立，不仅要对生活有哲学发现，还要对生活有细节发现。没有细节，就没有具体的人物动作；没有发现性的细节，就没有独特的例证性动作。例证性动作集中体现了'典型环境中的典型性格'。好的例证性动作，来自对现实生活中人物性格和人物关系的时代性发现。"① 简言之，例证性动作就是能够准确定位人物的动作。

成熟的剧本会以例证性动作完成人物的开场白。在黛博拉·卡普兰等编剧的《闰年》中，安娜要广场上的陌生人放下搁在雕像上的脚，在酒吧用纸巾仔细擦拭桌面，试穿礼服时要裁缝反复调整细节……这些动作设计令安娜追求完美、注重规则的特质不言自明。霍顿·福特等编剧的《杀死一只知更鸟》中的艾蒂克斯·芬奇是一个正直的律师，也是一个循循善诱的慈父。开场部

① 杨健．拉片子：电影电视编剧讲义［M］．北京：作家出版社，2008：11.

分，贫穷的农夫科明汉送来一袋坚果，答谢芬奇帮他打赢官司，芬奇虽然也不宽裕，却并不嫌弃这点酬劳太少，还诚恳地感谢科明汉。当儿子杰姆赌气爬到树上不吃早饭，要芬奇和他踢球才肯下树时，芬奇先是用小饼干吸引杰姆，杰姆仍然坚持要跟爸爸踢球，芬奇向杰姆道歉，解释自己太老踢不了球，接着又请杰姆看在自己身为父亲的份上，给他一点面子。杰姆还是不肯下树，芬奇也不再勉强。芦苇编剧的《图雅的婚事》中，森格的亮相方式是他因为老婆跟人跑了，醉酒驾车摔在空旷的草地上不省人事。扎亚则一如既往地站在屋顶上瞭望，并出于小男子汉保护妈妈的本能，问图雅捡回来的男人是谁。瘫痪的昔日勇士巴特尔则坐在里屋一边为女儿摇着木马，一边还挂念着在外牧羊的妻子的音信。

例证性动作既然是贯穿全剧的动作，必定会重复出现，前后呼应，以便逐步深入地揭开人物真相。以罗伯特·鲍特等编剧的《阿拉伯的劳伦斯》为例。这部戏对传主的刻画极为精确，一开场就给出了劳伦斯的例证性动作：

【开罗英军司令部，劳伦斯中尉正在绘制地图。他抬起头，看见一行骆驼从窗外走过。桌旁坐着麦克。

劳伦斯　麦克·乔治·哈特利，这是个又脏又暗的小房间，

麦　克　没错。

劳伦斯　我们在这里不快乐。

麦　克　我快乐，这要比待在又脏又暗的小战壕来得好。

劳伦斯　那么你是个高尚的贵族喽。

麦　克　没错。

【勤务兵威廉·波特吹着口哨走来。

劳伦斯　啊！威廉·波特拿着我的报纸来了。

威廉·波特　拿去吧！

劳伦斯　谢谢！

【威廉·波特把报纸给劳伦斯。

劳伦斯　你想来根哈特利上校的香烟吗？

【威廉·波特拿烟。劳伦斯看报。

麦　克　有刊登吗？

劳伦斯　当然有。头条。我敢说《泰晤士时报》一定没提这条新闻："贝都因人攻击土耳其要塞"。我敢说连这里总部的人都不知道这件事，（折起报纸）或者在乎这件事。（对威廉·波特）我来帮你点烟。

【劳伦斯划燃火柴，为威廉·波特点烟。另一个士兵走进来。

士　兵　劳伦斯先生？

劳伦斯　我就是。

士　兵　您的电报。

劳伦斯　谢谢。

【劳伦斯左手拿着火柴柄，右手掐灭燃烧的火焰。大家都目不转睛地看着他。

麦　克　你总有一次会闯祸的，只不过是血肉之躯罢了。

劳伦斯　麦克·乔治·哈特利，你是个哲学家。

威廉·波特　你是个怪人！

【士兵转身走了。劳伦斯看完电报，拿起帽子和腰带准备走。威廉·波特划燃火柴，试着用手指掐灭火焰，疼得大叫一声。

威廉·波特　好疼啊！

劳伦斯　当然会疼喽。

【劳伦斯往外走，威廉·波特吸着手指。

威廉·波特　那么秘诀是什么？

劳伦斯　威廉·波特，秘诀就是不要在乎会疼。还有如果吉普森上尉要找我，告诉他我去跟将军聊天了。

威廉·波特（对麦克）他是个怪人。

麦　克　他很正常。

劳伦斯掐灭火柴这个动作非常独特，一般人不会这样做，因为常识告诉我们，用血肉之躯去碰火会疼，可劳伦斯不但这样做，还没有表现出一丝一毫的痛感。编剧用威廉·波特的尝试做参照，突出了劳伦斯此举的独特性。这个动作的内涵很丰富，表面上看，劳伦斯只是在玩一个危险的小游戏，打发无聊的时间，逗大家开心。但往深里讲，它显示了劳伦斯非同一般的人生定位：他不甘于平淡的人生，想要能人所不能，创造奇迹甚至神迹，哪怕会置自己于险境也在所不惜。但此时，这个深层意义还是隐蔽的，随后编剧通过对这个动作的重复示现，来彰显其深层意义。按时序排列如下：

1. 劳伦斯接受调令，离开安逸的司令部，到充满危险的沙漠中寻找费萨尔王子。

2. 在沙漠中，劳伦斯把水倒回壶中，要像真正的贝都因人那样忍受干渴。

3. 劳伦斯想出穿越死亡沙漠尼法德，从陆地进攻阿卡巴的策略，并马上行动。

4. 劳伦斯即将走出死亡沙漠尼法德时，发现嘉西姆掉队，冒着死亡的风险回去救他。

5. 劳伦斯被土耳其士兵射伤后，非但不躲避，还告诉同伴布莱顿："他们只有用金子弹才杀得了我。"

6. 劳伦斯伪装成阿拉伯人潜入土耳其军事重地迪拉，却以张扬的方式宣告自己到来，认为土耳其士兵看不见他。

它们虽然形态各异，但在精神实质上是统一的。这六个动作，连同最初的那一个，连成一条上升的动作线，描绘出劳伦斯实现梦想乃至到达人生巅峰的过程：从最初的想要创造奇迹，到投身危机四伏的沙漠，并以残酷的体能训练来磨练意志，然后制订了不可能的计划并以超人的意志力实现了它，由此成为阿拉伯朋友眼中创造奇迹甚至神迹的人。接着，他相信了自己不是凡人而是神，并以不明智的方式来试图证明这一点。

这场戏中包含的例证性动作不止一种，当然，"掐灭火柴"是最重要的，没有它就没有劳伦斯的丰功伟绩，也不能成就他恢弘跌宕的人生。此外，"给勤务兵点烟"是第二种例证性动作。以它为起点，牵引出另一条动作线，具体如下：

1. 在开罗司令部，劳伦斯给勤务兵威廉·波特点烟。

2. 在沙漠中，劳伦斯把随身手枪送给阿拉伯向导。

3. 在大帐篷向费萨尔王子提议，阿拉伯人不应成为隶属于英军的一个作战单位，而应作为一个完整的民族为恢复此前的光荣而战。

4. 在向尼法德沙漠进发途中，劳伦斯为使男孩杜德、法拉吉免受惩罚，收他们做侍从。

5. 在快要走出尼法德沙漠时，劳伦斯只身折回，营救掉队的嘉西姆。

6. 回到司令部，劳伦斯固执地要求给被英军视为低等人的法拉吉安排住所。

7. 在得知《史凯奇 - 皮科特》条约后，带领阿拉伯人赶在英军前面攻取大马士革。

8. 在简陋的卫生所看到土耳其伤兵的惨状后，对正义之战的信念崩溃。

9. 在约克郡的乡间小路上，为了避让迎面而来的两个少年，骑摩托车的劳伦斯车毁人亡。

这条动作线的精神核心是劳伦斯天性中的平等与博爱。他乐于取悦那些像勤务兵、向导、普通的阿拉伯男孩那样朴实而卑微的人，为了换回嘉西姆和两个陌生少年的生命，不惜牺牲自己。这种特质扩大到民族的层面，他不顾自己隶属于哪个阵营，仅仅以公平和正义来决定自己的行动，所以他会站在自己国家的对立面来帮助阿拉伯人，在看到生灵涂炭时同情与己敌对并深深伤害过自己的土耳其人。

人物有多少个重要的维度，就有多少种例证性动作。而每一种例证性动作都会在不同的情境中自我复制，形成一条明晰的动作线。这些动作线不是孤立的，彼此之间在时空上会相互交错，从而构成一张强大的动作之网。一个以人物刻画见长的故事，应该织起这样一张动作之网。

练习：

1. 观摩影片《阿拉伯的劳伦斯》，找出费萨尔王子、布莱顿、阿里的例证性动作。

2. 观摩由戴尔蒙德等编剧的影片《仙人掌花》，找出朱利安、迪金森、托妮的例证性动作。

10. 人物悖论

在一些喜剧性或者悬念感很强的故事片段中，编剧常常以反转的手法来制造戏剧效果。几乎所有的剧作元素都可以用到这种手法，如人物悖论、情节的突转、道具的误用、话题的反转等。其中，人物悖论主要包括人物自身的反差、人物关系的逆转。前者是指单个人物的表里不一，或者同时存在多个自相矛盾的特征等；后者则是人物关系的颠倒、换位。

以张肇麟等编剧的《国产零零漆》为例。从前史来看，人物有出身与际遇的悖论，而且零零漆与香琴的情况恰好形成鲜明的对照。零零漆根正苗红，是特工的后代，政治成分好，忠诚度足够；而香琴属于绝对的黑五类，父母、外公不是汉奸就是卖国贼。依常理，他们的际遇应该和出身相配，可实际上却正好相反。零零漆因为智商和身材都不合标准，连后备特务的资格都没有，他的档案在安全局的机要库沉睡了十年之后被扔到垃圾篓；香琴却因为司令的提携，做了他的贴身特工。零零漆以卖猪肉维生，生意清淡，怀才不遇；香琴以暗杀为业，出手利落，颇得上司赏识。虽然如此，零零漆却过着自由自在的生活，而香琴不过是一个不能有独立意志的提线木偶。

从全剧的格局来看，零零漆自身存在着多个矛盾的维度，这些维度之间互相反衬。他所在的居民小巷中，各式便民摊位靠墙摆着，不时有小孩打闹穿梭，还有扛生猪肉的贩子经过，地面积水铺着草垫才能通行，零零漆挥刀斩肉时油汗横流；但是，他略显忧郁的眼神，欷歔的胡茬子以及案板上摆着的那杯 dry martine，将雅致颓废的小资情调与散发着生猪腥味的市井气息并置在一起。他不轻易放过与美女调情的机会，无论在司令部还是富丽堂皇的丽晶酒店，他甚至有召妓的不良记录；可是，他却不避枪弹，只为摘取一朵盛开的白玫瑰献给香琴，唤醒了这个冷面杀手心中的真爱。接到夺回恐龙头骨的使命之后，他恶补了 1965 年的间谍手册、社交英语速成、007 盗版光碟，这种临阵磨枪的架势实非一个老道的特工所为；然而，当目睹小德的爸爸无辜惨死之后，他以飞刀绝技手刃劫匪，施展了令人惊叹的格斗技能。他心怀报效祖国的雄心，在被雪藏时感叹“力拔山兮气盖世，时不利兮骓不逝”；一旦他完成使命，又甘心归隐，做回普通的猪肉贩，与香琴一起安享市井生活。

这种异质的杂糅是后现代喜剧的突出标志。在创造这类人物时，编剧常常运用拼贴的手法，将相反的特质并置在一起，而不像《世界大战》中刻画佐格那样形成一个单调的性格核心。这与喜剧的本性相宜，因为“当两种或更多的不一致、不相称的事物组成一个复杂的集合体时，笑便产生了。”[①] 零零漆身上融合了卑琐与崇高、滑稽与严肃、世故与天真等相反的因素，这使人物塑造上表现出“去中心化”的特征，但是，由于零零漆的基本定位是喜剧英雄，各种特质的地位并不是完全平等的。在日常情境中，他玩世不恭；一旦遇到压力和险境，他就会奋不顾身，体现出一个优秀特工和有担当的男人之本色。相对而言，前者为人物表象，后者则是人物真相。

下面从该剧节选出一场戏，分析其中人物悖论的表现层次与方法。

【香琴家的客厅。零零漆坐在沙发上，和香琴聊天。他突然注意到地上的烟头。

零零漆　（警惕地）：你抽不抽烟？

香　琴　不抽。

零零漆　（紧盯着衣柜门）：出来！（从怀里掏出手枪）出来！（香琴不解地看着衣柜和零零漆）你不抽烟地上不可能有烟头，再加上柜门是虚掩的，很明显一定有第三个人躲在里面。（香琴走到零零漆身后）很危险，站在一边！（对柜门）出来！呀！（踢脚踹柜门）

【零零漆一条腿插在柜门里。香琴从地上捡起烟头。

香　琴　你是不是抽长寿的？

零零漆　你怎么知道？

香　琴　（把烟头递过来）：这烟头是你自己丢的。

零零漆　喔，shit！

---

① ［美］梅尔文·赫利泽．古丰译．喜剧技巧［M］．南京：南京大学出版社，2003：3.

【香琴打开柜门，拎出一只皮鞋。

香　琴　来，把鞋子穿上吧！

【香琴看到零零漆已经戴上礼帽和墨镜，端坐在沙发上。香琴坐回沙发，把鞋放茶几上。

零零漆　经过了大风大浪，不可否认我的神经是过敏了一点，但是我可以大胆地保证，我绝对是个优秀的情报员。

香　琴　把拖鞋还给我。

【零零漆脱下女式拖鞋，还给香琴。

零零漆　我这回接受国家这个任务，也是有备而来。

【零零漆打开工具箱，拿出一个旧式手机。

零零漆　喏！你看我拿的这个东西了吧，表面上它是一个大哥大电话，但是你看这里，有一层金属网膜，实际上，（点击开关）它是个刮胡刀（边说边刮胡子）。即使我在执行任务的时候，也能够神不知鬼不觉地刮胡子。（又拿起一只刮胡刀）至于这个表面上看是一个刮胡刀，其实呢，（摘下帽子，用它吹头发）它是个吹风机。

【香琴拿起一只吹风机。

香　琴　那你还有个吹风机呢？

零零漆　这不过是它表面的掩饰，我告诉你，（按下开关）它还是刮胡刀。你现在服气了吧！

香　琴　（讽刺地）：怪不得你那么酷！

零零漆　大家都这么说！

香　琴　万一吹风机不见了，你就不知道该怎么办了？

零零漆　难不倒我！我并非浪得虚名。

【零零漆拾起鞋子。

零零漆　就像这个鞋子一样。（按下开关）它也是个吹风机。（香琴惊奇地看着零零漆。）你要知道，作为一个情报员，外表很重要。啊呀！（在鞋里掏东西）你有没有电池？我的鞋子没电了。

香　琴　没有啊！

零零漆　算了，不管它，待会再弄吧。

【零零漆戴上礼帽，关上箱子，梳子还插在头上。

香　琴　（别有用心地）：我很想知道像你这么酷的情报员用的是什么枪，能不能借来看一看？

零零漆　说出来不怕你笑话，枪其实我不在行。我最在行的是——飞刀。

香　琴　飞刀？

【电闪雷鸣。

零零漆　不错，飞是小李飞刀的飞，刀是小李飞刀的刀。

【两人同时站起来。零零漆袖出一把飞刀，看着电视机上的米老鼠玩偶。飞刀出手。香琴寻找飞刀的踪迹，却不在米老鼠玩偶上，而在接近天花板的白墙上。

香　琴　（轻视地）：漂亮！

零零漆　基本上——

香　琴　可以了。言归正传吧。（香琴打开一个装满枪械的箱子）身为一个特务，对枪多少要有点了解。这把 UFO 来福枪适合远距离狙击，射程两百码。这种 224 痰盂子母弹是我特别配制专用的。

零零漆　这个名字我喜欢。

香　琴　357 左轮射程两百码。

零零漆　（接过左轮）：帅！不知道它能打死恐龙吗？

【香琴拿起一只手枪，装上子弹。

香　琴　那就要找一只试试才知道喽！（两人一齐端枪瞄准窗外，香琴拉枪栓）中国制 PPK，国内情报员专用，射程 120 码，缺点就是枪声太大，（装消音器）不过装上灭音器之后，杀人就可以无声无息了。

【香琴把枪口对准零零漆。零零漆好奇地观摩，拿住消音器。

零零漆　这里边是用什么隔音的?

香　琴　我想应该是棉花吧!

零零漆　(摘下墨镜，看着枪口):用棉花也能隔音?(香琴扣扳机)那用卫生纸行不行啊?

香　琴　你问的问题都好幼稚喔!

零零漆　看不到啊!(香琴扣扳机，零零漆摘下消音器)蛮可爱的!(从怀里掏出自己的手枪，把消音器装上)试试我这只，我这只比较合诶!能不能借我试一试啊?

香　琴　好啊!你想怎么试?

【风雨摇着窗户。

零零漆　(把枪放桌上):雨很大，我把窗子先关上。

【零零漆背对着香琴，关窗。香琴拿起零零漆的枪，向零零漆开枪，却射中自己的右肩。

零零漆　你怎么啦?你中枪了!

香　琴　我想试试你的枪。

零零漆　我的枪你不懂，一开就往后射。

香　琴　你怎么不早说?

零零漆　你在流血啊，等着我!

【零零漆找止血绷带，香琴举枪又射，这次她对准自己，却射中了自己的左肩。

零零漆　又怎么啦?

香　琴　我在试枪。

零零漆　又受伤啦?跟你说嘛，这个枪全名叫“古灵精怪枪”，向后射完再向前射，一后一前，你不问我一下。

香　琴　那你又不早说!

零零漆　你在流血，拿块胶布贴一下吧!(递上一只创可贴)快点!

【香琴拖着流血的胳膊冲进卫生间。

人物悖论在这场戏里主要表现为四个层次：一是人物动机的错位。零零漆要向香琴证明自己是一个优秀情报员兼一个有魅力的男人，香琴却要伺机杀掉零零漆。对香琴而言，零零漆的才华展示只是便于她更清楚地了解对手的危险系数。二是动机与效果的悖反。零零漆本来想证明自己多么优秀，种种举动却恰恰让香琴看不起他。他从一根烟头判断衣柜里有人，原本是想炫耀自己细致入微的观察力和缜密的逻辑推理能力，香琴却从烟头的牌子上发现其实是他扔掉的。零零漆有很多奇怪的发明，故意错置了种种生活用具的功能，可是这些对特工来说只是华而不实的累赘，香琴在片刻的惊奇之后，只觉得可笑。而在香琴身上，也有这种错位。她拿起枪，原本是要将零零漆一击即中，两次却都打伤了自己。三是表象与真相的颠倒。在戏的前、中部，零零漆显得很滑稽，夸夸其谈兼识人不明。在戏的后部，"古灵精怪枪"彻底颠覆了我们之前对零零漆的印象。四是人物关系的逆转。在香琴被射伤以前，她和零零漆是狼和羊的关系，她居于绝对优势地位，可对零零漆的性命予取予夺。在这之后，她被惊出了一身冷汗，虽然她的受伤纯属咎由自取，可是，零零漆仍然懵懂无知的外表却让她拿不准这究竟是不是一种掩饰。也许，她才是那只待宰的羔羊。

编剧用多组道具编织了一张结构精巧的网，将上述四个层次放到了最合适的位置。如果我们将主要道具依出现时间和功能来分组，就会发现这些道具的使用与人物悖论的展示其实是同步而行的。人物悖论的展示过程为：一开始零零漆表现得精明干练，但是转眼间这种印象就被证伪——他不过是花拳绣腿，而在最后他显得能堪大任。总之，这是一个不断推翻成见的过程。具体如下：

a. 烟头：零零漆经缜密的推理而知，烟头意味着还有第三个人藏在屋里。可是，香琴发现了烟是长寿牌，和零零漆抽的一样。零零漆所谓的推理能力被证伪。

b. 大哥大（刮胡刀）——刮胡刀（吹风机）——吹风机（刮胡刀）——皮鞋（吹风机）：零零漆很自信地展示一系列别出心裁的发明，最后因皮鞋吹风机没电了而尴尬收场。

c. 飞刀：零零漆要展示自己的飞刀绝技，他对准的目标是米老鼠。但米老鼠却毫发无伤，他的实战能力被证伪。

d. 枪：

d1：UFO 来福枪——224 痰盂子母弹——357 左轮——中国制 PPK：零零漆很好学地瞻仰这些武器，显得很无知。当香琴准备杀他的时候，他却恰如其时地下掉了消音器。

d2：古灵精怪枪：零零漆看上去很傻，令香琴再次有机可乘。但是，这只枪的古怪之处却让香琴弄巧成拙。

其中，a、b、c 对零零漆欲抑先扬，d 相反，欲扬先抑。它们共同划出了一个“V”字形的人物弧。a、b、c 为下行线，而 d 为上行线。两线交接处，是将零零漆贬抑到极点，置之死地而后生。

这段戏以四组道具展现了人物悖论，并最终揭示了人物真相，因为写人物悖论的终极目标是打开人物真相。此外，道具和人物悖论的契合还在于，在两方面都运用了逆向思维，编剧一直在打破观众的预期。在结尾处的小道具也是如此：零零漆为受伤的香琴寻找止血绷带，结果却只找来一小片创可贴。

编剧在零零漆身上全面贯彻了人物悖论的创作方法。罗伯特·瑞斯金编剧的《一夜风流》也是如此，第一场戏描绘了一个有趣的父亲安德鲁。女儿艾莉为了婚姻自由而绝食，安德鲁在甲板上对下属们暴跳如雷：“为什么不把吃的硬塞到她嘴里去？”可当他来到女儿房间，却低声下气地哄着女儿，甚至要喂她吃一块美味的牛排，还说这块牛排简直就像一首诗。正如罗伯特·麦基所说：用对照或反衬来对深层的人物性格进行揭示，“对主要人物而言是一条根本的原则。小角色也许需要也不许需要隐藏的层面，但是主要人物必须得到深刻的描写——他们的内心决不能和他们的表面一模一样”。① 无数优秀的剧作印证了这一点。

练习：

1. 观摩《一夜风流》，分析彼得、艾莉的人物悖论。

2. 观摩詹姆斯·卡梅隆等编剧的《真实的谎言》，分析海伦、吉普、西蒙的人物悖论。

---

① ［美］罗伯特·麦基．周铁东译．故事［M］．北京：中国电影出版社，2001：122.

参考文献

[1] 苏牧．荣誉【M】．北京：人民文学出版社

[2] 罗伯特·麦基．故事【M】．北京：中国电影出版社

[3] 悉德·菲尔德．电影剧本写作基础【M】．北京：中国电影出版社

[4] 布莱克·斯奈德．救猫咪——电影编剧宝典【M】．杭州：浙江大学出版社

[5] 温迪·简·汉森．编剧：步步为营【M】．南京：凤凰出版传媒集团

[6] 马丁·艾思林．戏剧剖析【M】．北京：中国戏剧出版社

[7] 斯蒂芬·金．写作这回事【M】．上海：上海译文出版社

[8] 亚里士多德．诗学【M】．罗念生译．北京：人民文学出版社，1982

[9] 黑格尔．美学（第一卷）【M】．朱光潜译．北京：商务印书馆，1979

[10]J.H. 劳逊．戏剧与电影的剧作理论与技巧【M】．中国电影出版社，1989

[11] 福斯特．小说面面观【M】．广州：花城出版社，1984

[12] 高尔基．论文学【M】．北京：人民文学出版社，1978

[13] 维·什克洛夫斯基．散文理论【M】．刘宗次译．江西：百花洲文艺出版社，1994

[14] 乔纳森·皮奇斯．表演理念：尘封的梅耶荷德【M】．北京：中国电影出版社，2009

[15] 贝克拉克编．欧洲戏剧理论集【M】．转引自：J.H. 劳逊．戏剧与电影

的剧作理论与技巧 [M]. 中国电影出版社，1989

[16]D · G · 温斯敦 . 安东尼奥尼和无情节的电影剧本【 M 】. 周传基、梅文译

[17] 彼得 · 谢弗 . 外国当代剧作选（2）【 M 】. 北京：中国戏剧出版社，1991

[18] 宫保荣主编 . 外国戏剧鉴赏辞典【 M 】. 上海：上海辞书出版社，2010

[19] J · H · 劳逊 . 戏剧与电影的剧作理论与技巧【 M 】. 中国电影出版社，1989

戏剧

[1]《俄狄浦斯王》索福克勒斯

[2]《罗密欧与朱丽叶》《哈姆莱特》莎士比亚

[3]《厨房》(1958 年) 阿诺德 · 韦斯克

[4]《高加索灰阑记》布莱希特

[5]《俄狄浦斯王》索福克勒斯

[6]《玻璃动物园》田纳西 · 威廉斯

[7]《欲望号街车》田纳西 · 威廉斯

[8]《桃花扇》孔尚任

[9]《仲夏夜之梦》莎士比亚

[10]《第十二夜》莎士比亚

[11]《等待戈多》贝克特

[12]《伊库斯》彼得 · 谢弗

[13]《三位高个子女人》阿尔比

[14]《莎乐美》

小说

[1] 川端康成《睡美人》
[1] 马丁·阿米斯《时间箭》
[1] 劳拉·埃斯基韦尔《恰水之于巧克力》

电影

[1]《电子情书》
[2]《本杰明·巴顿奇事》
[3]《情迷巧克力》
[4]《灵异第六感》
[5]《小岛惊魂》
[6]《搏击俱乐部》
[7]《维罗妮卡的双重生命》
[8]《法国中尉的女人》
[9]《美丽佳人奥兰多》
[10]《第九区》
[11]《月球》
[12]《E.T》
[13]《一条叫旺达的鱼》
[14]《狮子王》
[15]《窃听风暴》
[16]《公主和青蛙》
[17]《生死时速》
[18]《荒野生存》
[19]《机械公敌》
[20]《第五元素》
[21]《罗生门》
[22]《赌局》
[23]《金色池塘》

[24]《枪火》
[25]《教父 1》
[26]《世界大战》
[27]《野草莓》
[28]《小鞋子》
[29]《阿拉伯的劳伦斯》
[30]《国产凌凌漆》
[31]《昨天》(2001) 张扬导演
[32]《鬼子来了》(2000) 姜文导演
[33]《饮食男女》(1994) 李安导演
[34]《两生花》(1991) 克日什托夫 · 基耶斯洛夫斯基
[35]《一一》(2000) 杨德昌导演
[36]《孔雀》(2005) 顾长卫导演
[37]《盗信情缘》(1997) 萨布导演
[38]《小城之春》(1948) 费穆导演
[39]《四头狮子》(2010) 克里斯多夫 · 莫利斯导演
[40]《社交网络》(2010) 大卫 · 芬奇导演
[41]《阿甘正传》(1994) 罗伯特 · 泽米吉斯导演
[42]《自闭历程》(2010) 米克 · 杰克逊导演
[43]《梦之安魂曲》(2000) 达伦 · 阿罗诺夫斯基导演
[44]《愤怒的公牛》(1980) 马丁 · 斯科塞斯导演
[45]《百万宝贝》(2004) 克林特 · 伊斯特伍德导演
[46]《教父》(1972) 弗朗西斯 · 福特 · 科波拉导演
[47]《盗火线》(1995) 迈克尔 · 曼导演
[48]《乡愁》(1983) 安德烈 · 塔科夫斯基
[49]《红胡子》(1965) 黑泽明导演
[50]《足球尤物》(2006) 安迪 · 菲克曼导演
[51]《麦兜的故事：春田花花同学会》(2006 年)
[52]《父与女》(2000 年) 迈克尔 · 度德威特导演

剧集

[1]《贴身保镖》

[2]《猫与老鼠》

[3]《樱桃小丸子》

[4]《实习医生格蕾》Grey's Anatomy（2005 年至今）

[5]《白宫风云》The West Wing（1999-2006）

[6]《权力的游戏》

小品

《卖拐》

小说

[1]《金瓶梅》

[2]《罪与罚》

后 记

这本书最开始动笔起稿，是在 2008 年，时光飞逝，至今已十年有余。

当初，我们三个作者在上海嘉定的一间略显简陋的办公室里讨论这本书的写作方法的情景，我记忆犹新，就像发生在昨天。关于编剧方法，有不少大师之作让我们高山仰止，希德·菲尔德的“情节点”、罗伯特·麦基的“人物弧线”、马丁·艾斯林的“三种悬念”……这些我们都能如数家珍。那么，还有什么让我们三人非写不可的吗？

我们怀着对读者的敬畏之心，也希望我们的书是有用的。于是，我们另辟蹊径，找到“剧作元素练习”这条路。我们期望，这是一条初学者从此进入，也不会迷失的一条路。

吴丽娜

2019 年 4 月 7 日

《异形》的编剧丹·奥班农在《剧本结构设计》的第 17 章《为何要当编剧》的写法是我最欣赏的，因为整章就两句话：为何要当编剧？因为报酬优厚，且可以在家工作。

写得又短又好，堪称完美。

这本书是几年前参与写的，今日再版修改，我希望避免文字的拖沓和内容的粗放。但无论如何，仍有发自内心的尴尬。好在，我曾收到读者的反馈，说此书有用，聊以慰藉。为什么呢？因为“有用”这个评价，正合乎我做这本书的初心！

吕永华

2019 年 4 月 7 日

在我们这本书之外，编剧方法教材如汗牛充栋，其中不乏被奉为“圣经”的各种大师之作。那么我们这本书的价值何在呢？我记得有一位读者这样评价：如果那些经典之作是地铁车站的话，这本书就犹如行人从家里出发到地铁站所骑的自行车。换而言之，这本书真正的目的是为了让刚接触编剧艺术的人，不至于对漫漫征途产生畏惧感，他们只需轻松跨上这辆“动感单车”，Let’s go！就这么简单。

本书能够再版要感谢中国戏剧出版社，而在这背后更不能忘记读者们的默默支持，感谢你们的鼓励及批评。在修订的过程中，我始终在考虑，每一位读者，当他（她）内心升腾起一个故事的念想，并决定拿起笔，尝试学习这种看似奇妙、实则艰苦的艺术技艺时，他（她）注定走上了一条孤独之旅，甚至会遭遇旁人的漠视或嘲弄——“缘木求鱼”可能就是这种“嘲弄”的最佳注解。换种角度，编剧艺术其实是另一种“缘木求鱼”，在庸常的生活中寻找有意思的戏剧性，就是“缘木求鱼”式的一种较劲——水里游鱼有啥稀奇？树上有鱼才是故事！读完这本书，如果你对身边看似寻常的事物都产生了探究的好奇，并尝试用情节的经纬之线、人物的犀利之针编织出绵密的结构之网，也许我们的目的就达到了！

周倩雯

2019 年 4 月 8 日